LA DÉESSE & LE MARCHAND

DU MÊME AUTEUR

LES FEUX DU BENGALE (prix Médicis), Seuil, 1990 ; Points, 2002.
LIGNES D'OMBRE, Seuil, 1992.
UN INFIDÈLE EN ÉGYPTE, Seuil, 1994.
LE CHROMOSOME DE CALCUTTA, Seuil, 1998 ; Points, 2007.
LE PALAIS DES MIROIRS, Seuil, 2002 ; Points, 2007.
COMPTE À REBOURS, Philippe Rey, 2004.
LE PAYS DES MARÉES, Robert Laffont, 2006 ; 10/18, 2008.
NOUVELLES DU BENGALE, Magellan & Cie, 2007.
UN OCÉAN DE PAVOTS, LA TRILOGIE DE L'IBIS 1, Robert Laffont, 2010 ; 10/18, 2013.
UN FLEUVE DE FUMÉE, LA TRILOGIE DE L'IBIS 2, Robert Laffont, 2013 ; 10/18, 2014.
UN DÉLUGE DE FEU, LA TRILOGIE DE L'IBIS 3, Robert Laffont, 2017 ; 10/18, 2018.
LE GRAND DÉRANGEMENT, Wildproject, 2021.

"Lettres indiennes"
série dirigée par Rajesh Sharma

Titre original :
Gun Island
Éditeur original :
Farrar, Straus and Giroux, New York

ISBN 978-2-330-15424-0

AMITAV GHOSH

La déesse & le marchand

roman traduit de l'anglais (Inde)
par Myriam Bellehigue

ACTES SUD

Pour Anna Nadotti et Irene Bignardi.

LE MARCHAND D'ARMES

CALCUTTA

Le plus étrange dans tout cet étrange périple est qu'il fut déclenché par un mot – non pas un de ces mots rarement usités mais un terme ordinaire, banal, largement employé du Caire à Calcutta. C'est le mot *bundook*, qui signifie "arme à feu" dans beaucoup de langues y compris ma langue maternelle, le bengali ou bangla. Ce terme n'est pas non plus étranger à l'anglais : du fait de pratiques coloniales britanniques, il est parvenu à se faire une place dans l'*Oxford English Dictionary* où il est défini comme synonyme de "fusil".

Pourtant, nulle trace de fusil ni de quelque autre arme à feu le jour où débuta ce périple car le mot n'était pas alors censé faire référence à une arme – ce qui, précisément, attira mon attention. Il apparaissait en fait dans la composition d'un nom : "Bonduki Sadagar", que l'on pourrait traduire par "Marchand d'Armes".

Le Marchand d'Armes entra dans ma vie non pas à Brooklyn, où je vis et travaille, mais dans la ville qui m'a vu naître et grandir, à savoir Calcutta (ou Kolkata ainsi qu'on la désigne désormais). Cette année-là, comme à mon habitude, je passais la majeure partie de l'hiver à Kolkata, officiellement pour des raisons professionnelles. Je suis marchand de livres rares et d'antiquités asiatiques, ce qui m'oblige à faire beaucoup de prospection sur le terrain, et puisqu'il se trouve que je possède un petit appartement à Kolkata (aménagé dans la maison que mes sœurs et moi-même avons héritée de nos parents), cette ville est devenue ma base arrière.

À vrai dire, je n'y retournais pas uniquement pour mon travail : Kolkata me servait parfois de refuge, me protégeant du froid mordant des hivers de Brooklyn certes, mais aussi de la solitude que j'avais à affronter dans ma vie privée devenue, avec le temps, un véritable désert tandis que ma fortune professionnelle, à l'inverse, prospérait. Jamais n'avais-je connu isolement plus extrême que cette année-là, alors qu'une relation très prometteuse venait de prendre fin brutalement : une femme que je fréquentais depuis longtemps avait rompu sans explication, coupant tout contact avec moi sur l'ensemble des réseaux que nous utilisions jusque-là pour communiquer. C'était ma première expérience de *ghosting*, tout aussi humiliante que douloureuse.

Je voyais la soixantaine se profiler, dans un futur somme toute assez proche, et je me retrouvais tout à coup plus seul que jamais. Cette année-là, je partis donc pour Kolkata un peu plus tôt que d'habitude, m'arrangeant pour faire coïncider mon arrivée avec la migration qui s'amorce chaque année lorsque les températures chutent sous les latitudes septentrionales et que de vastes colonies d'Indiens "expatriés", originaires de Kolkata comme moi, s'envolent pour aller y passer l'hiver. Je savais que je pouvais compter sur une multitude d'amis et de parents qui auraient beaucoup de choses à me raconter, que les semaines défileraient dans un tourbillon de déjeuners, de dîners et de fêtes de mariage. Je suppose que me trottait vaguement dans la tête l'idée de rencontrer, dans toute cette effervescence, une femme susceptible de partager ma vie (ce qui est arrivé, après tout, à beaucoup d'hommes de mon entourage).

Bien entendu, rien de tel ne se produisit même si je ne ratai aucune occasion de sortir et si je fus présenté à nombre de divorcées, de veuves et de célibataires, toutes d'un âge approprié. À deux reprises, j'entrevis même le rougeoiement ténu des braises de l'espoir, pour finir par constater, comme de nombreuses fois par le passé, que peu d'expressions de la langue anglaise ont décidément moins d'attrait pour une femme que celle de "marchand de livres rares".

Les mois s'écoulèrent ainsi, ponctués de déconvenues, et alors que mon retour à Brooklyn approchait, j'honorai la dernière invitation de mon séjour, une réception organisée pour le mariage de la fille d'un cousin.

À peine avais-je pénétré dans le lieu des festivités – un club guindé datant de l'époque coloniale – qu'un lointain parent, un certain Kanai Dutt, me tomba dessus.

Je ne l'avais pas vu depuis des années, ce qui ne m'inspirait guère de regrets : il avait toujours été un "M. Je-sais-tout" précoce, désinvolte et vaniteux, usant de sa verve et de son physique avantageux pour plaire aux femmes et se faire une place dans le monde. Il vivait la plupart du temps à New Delhi. L'atmosphère de serre régnant dans cette ville lui avait réussi et il s'était imposé comme le chouchou des médias : quand on allumait un poste de télévision, il n'était pas rare de tomber sur lui en train de s'époumoner sur un plateau de talk-show. Il avait de l'entregent, comme on dit, et on parlait souvent de lui dans des magazines, des journaux, voire des livres.

Kanai avait l'art de me prendre en défaut, c'était ce qui m'agaçait le plus chez lui. Il ne dérogea pas à la règle à cette occasion. Sa première attaque consista à m'interpeller par le diminutif de mon enfance, Dinu (auquel je préférais depuis longtemps celui à consonance américaine de "Deen").

— Dis-moi, Dinu, me lança-t-il après une poignée de main expéditive, il paraît que tu es devenu un grand expert du folklore bengali ?

Il ricanait presque, cela me troubla.

— Eh bien, bafouillai-je, j'ai mené quelques recherches sur la question il y a longtemps. Mais je les ai interrompues quand j'ai quitté le monde universitaire et, maintenant, je vends des livres.

— Mais tu as bien fait une thèse, non ? poursuivit-il, goguenard. Ce qui, techniquement, fait de toi un expert.

— Ce n'est pas exactement ainsi que je me…

Il m'interrompit sans s'excuser.

— Alors, dis-moi, monsieur l'expert, as-tu déjà entendu parler d'une créature appelée Bonduki Sadagar ?

Son intention manifeste de me surprendre fut couronnée de succès : je n'avais strictement jamais croisé ce nom de "Bonduki Sadagar" ou "Marchand d'Armes", et fus même tenté de croire que Kanai l'avait inventé.

— Qu'entends-tu par "créature" ? Tu veux dire une sorte de héros de la culture populaire ?

— C'est ça. Comme Dokkhin Rai ou Chand Sadagar…

Il continua d'égrener les noms de plusieurs personnages célèbres du folklore bengali : Satya Pir, Lakhindar et d'autres encore. Sans être tout à fait des divinités, ces créatures ne sont pas non plus de simples saints mortels : comme les marais mouvants du delta du Bengale, elles surgissent à la confluence de multiples courants. On construit parfois un sanctuaire pour honorer leur mémoire et leur nom est presque toujours associé à une légende. Puisque le Bengale est un territoire maritime, il est souvent question de marins dans ces récits.

La plus célèbre de ces histoires relate la légende d'un marchand, un certain Chand (Chand Sadagar exactement), dont on raconte qu'il a traversé les mers pour échapper à la persécution de Manasa Devi, déesse des serpents et autres créatures venimeuses.

Il fut un temps dans mon enfance où Chand le Marchand et Manasa Devi, sa Némésis, peuplaient mon imaginaire tout comme Batman ou Superman y trouveraient leur place quand j'aurais appris l'anglais et découvert les comics. La télévision n'existait pas en Inde en ce temps-là et la seule façon de divertir les enfants était de leur raconter des histoires. Si le conteur était bengali, il revenait immanquablement tôt ou tard à l'histoire du Marchand et de la déesse qui voulait en faire son disciple.

Le charme de cette histoire s'apparente, je suppose, à celui de l'*Odyssée*, un protagoniste humain plein de ressources se retrouvant aux prises avec des forces terrestres et divines bien plus puissantes que lui. Mais la légende de Chand le Marchand diffère de l'épopée grecque sur un point : à la fin de l'histoire, le héros ne retrouve ni sa famille ni sa maison. Lakhindar, le fils du Marchand, est tué par un cobra le soir de ses noces et c'est la vertueuse épouse du garçon, Behula, qui va récupérer son âme aux Enfers, mettant un terme fragile au conflit qui oppose le Marchand à Manasa Devi.

Je ne me rappelle pas quand j'ai entendu cette histoire pour la première fois, ni qui me l'a racontée, mais à force de répétitions, elle s'est logée dans les profondeurs de ma conscience, là où je n'en soupçonnais même pas la présence. Or certaines histoires, tout comme certaines formes de vie, ont cet élan vital qui leur permet de durer plus longtemps que leurs congénères, et puisque l'histoire du Marchand et de Manasa Devi est très ancienne, je me dis qu'elle doit être dotée de cet élan, elle qui a survécu à de longues périodes de dormance. En tout état de cause, j'étais cet étudiant d'une vingtaine d'années, fraîchement débarqué aux États-Unis et à la recherche d'un sujet de mémoire, quand l'histoire du Marchand, perdue dans le permafrost de ma mémoire, finit par dégeler pour devenir, une fois encore, l'unique objet de mon attention.

En me plongeant dans les poèmes épiques banglas qui retracent l'histoire du Marchand (il en existe de nombreuses variantes), je découvris que la place occupée par cette légende dans la culture de l'Inde orientale ressemblait étrangement au type de vie qu'elle avait menée dans mon esprit. Ses origines remontent aux premiers jours de la mémoire du Bengale : il est probable que cette histoire soit née parmi les peuples autochtones de la région, peut-être engendrée par de véritables figures ou événements historiques (à ce jour subsistent, disséminés sur le territoire de l'Assam, du Bengale-Occidental et du Bangladesh, des sites archéologiques liés, dans la mémoire populaire, au Marchand et à sa famille). Jusque dans cette mémoire collective la légende semble mener une existence cyclique : elle peut s'éteindre pendant des siècles avant d'être subitement rajeunie par une vague de nouveaux conteurs qui la reprennent, attribuant parfois de nouveaux noms aux personnages familiers et introduisant dans l'intrigue quelques menues variations.

Certains de ces poèmes épiques sont considérés comme des classiques de la littérature bengalie et c'est un de ceux-là que je choisis comme sujet de recherche : un poème de six cents pages, écrit en ancien bangla. Il était alors communément admis que ce texte avait été composé au XIVe siècle. Mais rien n'étant plus agaçant pour un universitaire en herbe que l'opinion commune, je défendis dans mon mémoire – en m'appuyant sur des preuves extraites de l'œuvre elle-même, et notamment une référence à des pommes de terre – l'hypothèse selon laquelle le poème n'avait été finalisé que bien plus tard. Tout portait à croire, m'efforçai-je de démontrer, qu'il avait été achevé au XVIIe siècle, après que les Portugais eurent introduit en Asie des plantes du Nouveau Monde.

De là, j'avançai l'idée que les cycles de vie de cette histoire, c'est-à-dire ses renaissances régulières après de longues phases de dormance, étaient liés à des périodes de soulèvement et de rupture, caractérisant, dans cette partie de l'Inde, le XVIIe siècle, qui avait vu l'établissement des premières colonies européennes.

C'est cette dernière partie, je crois, qui impressionna le plus favorablement mon jury (sans parler de la revue qui, par la suite, publia l'article dans lequel je faisais la synthèse de mes hypothèses). Ce qui m'étonne, rétrospectivement, n'est pas tant l'hybris de jeunesse dont j'ai fait preuve en échafaudant ces hypothèses que mon aveuglement : j'étais incapable de voir que les conclusions tirées dans mon étude de la légende s'appliquaient aussi à l'existence que cette même légende avait vécue dans ma propre mémoire. Jamais je n'avais fait le lien entre la résurgence de cette histoire dans mon esprit et les années particulièrement tumultueuses que je vivais moi-même à ce moment-là. C'était une période où j'essayais encore de me remettre d'un double traumatisme : à la suite du décès d'une femme que j'avais aimée, j'avais quitté Calcutta, ma ville natale, alors traversée de conflits, pour aller m'installer, grâce à une bourse providentielle, dans une ville universitaire bucolique du Midwest. Quand j'avais fini par reprendre le dessus, j'étais tout à fait résolu à ne plus jamais revivre ce genre de bouleversement. J'avais dès lors consacré tous mes efforts à me construire une vie paisible, discrète et sans histoires, et y étais plutôt bien parvenu puisque le jour où, à l'occasion de ce mariage à Calcutta, le Sadagar refit surface dans ma vie sous les traits du Marchand d'Armes, il ne me vint jamais à l'esprit que la placidité réglée de mon existence puisse être, une fois encore, menacée.

— Es-tu sûr que tu ne trompes pas de nom ? demandai-je à Kanai avec une pointe d'arrogance. Tu as peut-être mal compris ?

Mais il confirma ses propos, précisant qu'il avait utilisé cette appellation de "Marchand d'Armes" à dessein.

— J'imagine que tu n'es pas sans savoir, poursuivit-il de son ton supérieur qui m'exaspérait, que ce personnage de Marchand apparaît dans notre folklore sous beaucoup de noms différents.

Certaines versions sont liées à des lieux précis, et je soupçonne la légende de Bonduki Sadagar d'en faire partie. Une sorte de variante locale.

— Et pourquoi donc ?

— Parce que cette légende est attachée à un sanctuaire – un *dhaam* des Sundarbans.

— Les Sundarbans ?

L'idée qu'une forêt de mangroves infestée de tigres puisse abriter un sanctuaire me paraissait tellement saugrenue que j'éclatai de rire.

— Dis-moi pourquoi quelqu'un irait bâtir un *dhaam* dans une zone de marais ?

— Peut-être, répliqua-t-il, impassible, parce que tout marchand souhaitant quitter le Bengale par voie maritime sera forcément passé par les Sundarbans. On ne peut atteindre la mer autrement. Les Sundarbans constituent une zone frontière où commerce et sauvagerie se regardent droit dans les yeux. C'est exactement le lieu où se joue la guerre entre profit et nature. Quel meilleur endroit qu'une forêt grouillante de serpents pour bâtir un sanctuaire dédié à Manasa Devi ?

— Mais est-ce que quelqu'un l'a déjà vu ?

— Je n'y suis jamais allé personnellement. Mais ma tante Nilima, si.

— Ta tante ? Nilima Bose ?

— Elle-même. C'est elle qui m'a parlé de Bonduki Sadagar et de ce *dhaam*. Comme elle a entendu dire que tu étais à Calcutta, elle m'a chargé de te faire savoir qu'elle serait heureuse que tu ailles lui rendre visite. Elle a presque quatre-vingt-dix ans et ne se lève plus. Mais elle n'a rien perdu de sa vivacité d'esprit. Elle veut te parler du sanctuaire : elle pense qu'il pourrait t'intéresser.

— Je ne sais pas si j'aurai le temps..., hésitai-je. Je dois repartir à New York très bientôt.

— Comme tu veux, fit-il en haussant les épaules.

Il sortit un stylo pour écrire un nom et un numéro de téléphone sur une carte qu'il me tendit.

J'y jetai un œil, pensant y lire le nom de sa tante, mais je me trompais.

— Piya Roy ? Qui est-ce ? demandai-je.

— Une amie bengalie-américaine, qui enseigne quelque part dans l'Oregon. Elle passe l'hiver ici, comme toi, et elle séjourne en général chez ma tante. Elle y est en ce moment. Elle organisera tout si tu décides d'y aller. Appelle-la. Je crois que tu ne le regretteras pas. Piya est une fille intéressante.

Ainsi associée à la tante de Kanai, cette histoire jusque-là plutôt improbable acquérait un nouveau statut. Impossible de ne pas prendre au sérieux une histoire transmise par Nilima Bose : courtisée par les hommes politiques, vénérée par les âmes charitables, soutenue par les mécènes et célébrée par la presse, c'était une figure jouissant d'une crédibilité totale.

Née à Calcutta dans une riche dynastie d'avocats, Nilima avait défié les siens en épousant un instituteur sans le sou. Cela s'était passé au début des années 1950. Après leur mariage, Nilima et son époux s'étaient installés à Lusibari, petite ville en lisière des Sundarbans. Quelques années après, elle avait fondé une communauté de femmes, devenue depuis le Badabon Trust, une des organisations caritatives indiennes les plus connues. Ce trust administrait à présent un vaste réseau d'hôpitaux, d'écoles, de cliniques et d'ateliers gratuits.

Les dernières années, je m'étais tenu informé des activités de Nilima à travers un tchat réservé aux membres de la famille élargie. J'étais encore adolescent quand j'avais eu l'occasion de la croiser lors de réunions familiales. Ces rencontres remontaient à un passé tellement lointain que je fus surpris – mais aussi tout à fait flatté – d'apprendre que Nilima se souvenait de moi. Dans ces circonstances, il me semblait impoli de ne pas composer le numéro que Kanai m'avait donné.

Quand j'appelai le lendemain matin, une personne avec un fort accent américain me répondit. Piya attendait visiblement mon coup de fil.

— Bonjour ! Vous devez être monsieur Datta ? lança-t-elle en préambule.

— Oui, c'est ça. Mais appelez-moi Deen. C'est le diminutif de Dinanath.

— Moi, c'est Piya – diminutif de Piyali, répondit-elle d'une voix tout à la fois sèche et cordiale. Kanai nous a dit que vous appelleriez sans doute. Nilima-di aimerait que vous passiez la voir. Pensez-vous pouvoir venir lui rendre visite ?

Quelque chose dans sa voix – un mélange de franchise et de sérieux – m'intriguait. Me souvenant des mots de Kanai – "Piya est une fille intéressante" –, j'eus soudainement envie d'en savoir plus sur elle. Les excuses que j'avais préparées se volatilisèrent.

— J'aimerais beaucoup. Mais dans ce cas, je dois passer sans tarder car je repars aux États-Unis dans deux jours.

— Attendez, je vais voir avec Nilima-di.

Elle revint au bout de quelques minutes.

— Pourriez-vous passer ce matin ?

Les projets que j'avais pour la matinée me parurent tout à coup insignifiants.

— Bien sûr. Je peux être là dans une heure si cela vous convient.

L'adresse que Piya m'avait donnée était celle de la maison familiale de Nilima à Ballygunge Place, un des quartiers les plus huppés de Kolkata. Je n'y étais pas retourné depuis des années mais j'avais gardé un souvenir assez précis du lieu à la suite de mes anciennes visites en compagnie de mes parents.

En descendant du taxi Ola que j'avais pris jusqu'à Ballygunge Place, je constatai que la vieille maison avait disparu ; comme beaucoup de majestueuses demeures de Calcutta, elle avait été démolie puis remplacée par un immeuble moderne suffisamment vaste pour accueillir tous ceux qui pouvaient prétendre à une part de l'ancienne propriété.

Étonnamment, le nouvel édifice avait du caractère. L'ascenseur qui me mena jusqu'à l'étage de Nilima était manifestement passé entre les mains d'un designer, de même que toutes les portes du couloir. Seule celle de Nilima faisait exception : aucune déco particulière, juste une plaque indiquant "NILIMA BOSE, BADABON TRUST".

Je sonnai et la porte s'ouvrit sur une femme petite et mince, aux cheveux courts et aux tempes grisonnantes. Ses vêtements – jean et tee-shirt – accentuaient son allure de jeune garçon. Tout en elle semblait fin et gracile hormis ses yeux, qui étaient grands et le paraissaient d'autant plus que sa peau foncée et soyeuse en faisait ressortir le blanc. Elle ne portait ni maquillage ni accessoire. Seul un petit trou sur une de ses narines suggérait qu'elle avait un jour arboré un bijou de nez.

— Bonjour, Deen, me dit-elle en me serrant la main. Je suis Piya. Entre, Nilima-di t'attend.

Une fois à l'intérieur, je découvris que l'appartement était divisé en deux parties : on entrait dans une première pièce où l'association avait établi ses bureaux et où brillaient des écrans d'ordinateurs. Une dizaine de jeunes gens concentrés, hommes et femmes, y travaillaient ; ils daignèrent à peine nous jeter un coup d'œil quand nous traversâmes la pièce pour atteindre la partie de l'appartement où vivait Nilima.

Piya ouvrit une porte et me fit entrer dans une pièce ordonnée et lumineuse. Couchée sur un lit qui avait l'air confortable, Nilima était calée contre quelques coussins, un drap remonté jusqu'à la taille. Elle qui avait toujours été minuscule semblait avoir encore rapetissé avec les années. Son visage en revanche était tel que je me le rappelais – même rondeur, mêmes fossettes, mêmes lunettes cerclées de fer, et je reconnus jusqu'à l'étincelle dans son regard.

Piya me trouva une chaise qu'elle rapprocha du lit.

— Bon, maintenant, je vous laisse tranquilles, dit-elle en serrant affectueusement la main de la vieille dame. Nilima-di, ne vous fatiguez pas !

— Ne t'inquiète pas, ma chérie, lui répondit Nilima en anglais. C'est promis !

Elle fit un sourire affectueux en regardant Piya sortir de la pièce.

— Cette fille est tellement gentille, dit-elle en bangla cette fois. Et elle a un sacré caractère. Je ne sais pas ce que je ferais sans elle.

Je remarquai que le bangla de Nilima avait acquis les intonations rugueuses d'un dialecte rural, probablement celui des Sundarbans. Son anglais, par contraste, avait conservé les syllabes arrondies de l'éducation aristocratique qu'elle avait reçue.

— C'est Piya qui dirige le trust à présent, poursuivit-elle. Quelle chance on a eue de la voir débarquer aux Sundarbans !

— Elle y passe beaucoup de temps ?

— Oh, oui ! C'est là qu'elle passe l'essentiel de son temps quand elle vient en Inde.

Nilima m'expliqua que Piya s'était d'abord rendue aux Sundarbans pour ses travaux de recherche en biologie marine. Nilima l'avait hébergée et aidée dans son travail et, au fil des ans, l'implication de Piya auprès du trust n'avait cessé de croître.

— Elle passe toutes ses vacances avec nous. Été comme hiver, elle vient dès qu'elle le peut.

— Ah bon ? m'étonnai-je en m'efforçant de ne pas trop trahir mon intérêt. Elle n'a donc pas de famille ?

Nilima me jeta un regard amusé.

— Elle n'est pas mariée si c'est ce que tu cherches à savoir.

Je baissai les yeux et tentai de prendre un air dégagé.

— Ceci dit, Piya a d'une certaine façon une famille, ajouta-t-elle. Elle a adopté la femme et le fils d'un villageois des Sundarbans qui est mort alors qu'il travaillait pour elle comme assistant. Piya a fait tout ce qu'elle a pu pour aider sa femme, Moyna, à élever le gamin.

Elle se reprit.

— Enfin, elle a essayé du moins…

Elle soupira et secoua la tête comme pour se rappeler pourquoi elle m'avait fait venir.

— Trêve de digressions ! Je sais que tu n'as pas beaucoup de temps.

À vrai dire, je brûlais tellement d'envie d'en apprendre davantage sur Piya que les digressions à son sujet ne m'auraient pas gêné le moins du monde. Mais puisqu'il m'était impossible de l'avouer, je plongeai la main dans la poche de ma veste pour en extraire un petit magnétophone, que j'emporte généralement quand je pars à la recherche d'antiquités.

— Tu veux enregistrer notre conversation ? demanda Nilima, surprise.

— C'est juste une habitude. Je ne peux m'empêcher de prendre des notes et d'enregistrer. Ne faites pas attention à ce gadget. Ça n'a aucune importance.

Nilima se souvenait exactement du jour où elle avait entendu parler pour la première fois du Marchand d'Armes. Elle avait consigné cette date dans un registre de comptabilité portant l'étiquette "Fonds d'aide, cyclone 1970", qu'elle avait récemment fait ressortir des archives du Badabon Trust. Elle l'ouvrit, le feuilleta et me montra la page en haut de laquelle étaient inscrits, en alphabet bangla, les mots suivants : *Bonduki Sadagarer dhaam* ("Sanctuaire du Marchand d'Armes"). En dessous figurait une date : 20 novembre 1970.

Huit jours auparavant, le 12 novembre 1970 plus précisément, un cyclone de catégorie 4 s'était abattu sur le delta du Bengale, ravageant la province indienne du Bengale-Occidental ainsi que l'État qu'on appelait alors le Pakistan oriental (et qui allait devenir, un an plus tard, un nouveau pays, le Bangladesh). À cette époque-là, on ne nommait pas encore les tempêtes qui éclataient dans cette région, mais le cyclone de 1970 serait par la suite désigné comme le cyclone de Bhola.

En termes de vies humaines, le cyclone de Bhola fut la plus grande catastrophe naturelle du XXe siècle. On estime à trois cent mille au moins le nombre de victimes alors que la réalité avoisine plus certainement le demi-million. Le Pakistan oriental, où couvaient depuis longtemps des tensions politiques, fut le plus durement touché. La réaction tardive du Pakistan occidental à ce désastre fut un des éléments déclencheurs de la guerre d'indépendance qui devait mener à la création du Bangladesh.

Du côté du Bengale-Occidental, le cyclone s'abattit de plein fouet sur les Sundarbans. Lusibari, l'île où vivaient Nilima et son mari, fut ravagée : l'onde de tempête emporta littéralement une grosse partie de l'île, ses habitations et tout le reste.

Et pourtant, les dégâts à déplorer sur Lusibari n'étaient rien comparés à ce qu'avaient vécu les îles habitées situées plus au sud, ce que Nilima n'apprit que plusieurs jours après. Elle en fut informée par un jeune pêcheur de son entourage, un certain Horen Naskar, qui avait pu constater par lui-même l'étendue des dégâts lors d'une sortie en mer.

Le témoignage d'Horen avait poussé Nilima à constituer une équipe de volontaires afin de collecter et distribuer des biens et des denrées de première nécessité. À bord d'un bateau de location piloté par Horen, Nilima et son équipe avaient acheminé cette aide d'urgence vers quelques villages côtiers.

Chaque expédition leur avait réservé son lot d'atrocités : hameaux entiers engloutis par l'onde de tempête, arbres dépouillés de tout leur feuillage, corps flottants à demi dévorés par des animaux, villages dont la population avait été quasiment décimée. L'arrivée de réfugiés du Pakistan oriental aggravait encore la situation. Cela faisait des mois que des gens traversaient la frontière en direction de l'Inde pour fuir l'instabilité politique de leur région ; ce flux régulier virait à présent à l'exode, augmentant drastiquement le nombre d'affamés dans une zone souffrant déjà d'une pénurie alimentaire extrême.

Un matin, Horen avait dirigé le bateau vers la zone des Sundarbans où le fleuve Raimangal sert de frontière entre les deux pays. Nilima évitait habituellement cette portion du fleuve, connue pour ses contrebandiers et ses puissants courants qui faisaient souvent dériver les bateaux de l'autre côté de la frontière.

Après qu'Horen fut parvenu, non sans mal, à maintenir le bateau du côté indien, ils avaient fini par atteindre un banc de sable où se dressait, quelques jours auparavant encore, un village : il ne restait plus rien de ce hameau, hormis quelques piquets tordus. Toutes les maisons, sans exception, avaient été balayées par la vague qui avait suivi le cyclone.

Apercevant quelques personnes sur la berge, Nilima avait demandé à Horen de s'arrêter. L'état des lieux laissait présager que la plupart des habitants avaient été tués ou blessés, mais quand Nilima avait posé la question, elle avait eu la surprise d'apprendre que tel n'était pas le cas. Personne dans ce petit hameau ne portait la moindre trace de blessure. Tous avaient même réussi à sauver leurs biens et à mettre de côté de la nourriture.

À quoi convenait-il d'attribuer la bonne fortune de ce village ?

Nilima avait été stupéfaite d'apprendre des habitants que ce miracle était l'œuvre de la déesse des serpents, Manasa Devi, qui, disaient-ils, protégeait un sanctuaire voisin.

Peu avant l'arrivée du cyclone, alors que le ciel s'obscurcissait, la cloche du sanctuaire s'était mise à sonner. Les villageois s'étaient précipités vers le temple, emportant le plus de denrées et d'affaires possible. Non seulement les murs et le toit du sanctuaire les avaient protégés pendant la catastrophe, mais cette protection avait duré puisque le sanctuaire leur avait ensuite fourni, grâce à son puits, de l'eau douce et potable, ressource rare aux Sundarbans.

Lorsque Nilima avait exprimé le désir de visiter le sanctuaire, les villageois l'y avaient conduite. L'édifice se situait à bonne distance du banc de sable, sur une petite butte au centre d'une clairière sablonneuse, entourée d'une mangrove touffue.

Nilima ne se souvenait que vaguement de la structure du bâtiment – des centaines de personnes grouillaient aux abords du lieu parmi des monceaux d'affaires. Elle se souvenait d'un ensemble de murs hauts et d'un toit bombé évoquant un bateau retourné : cette architecture lui avait rappelé les célèbres temples de Bishnupur.

Nilima avait demandé à parler au gardien du lieu ou, tout du moins, à la personne qui l'entretenait. Au bout d'un moment, un musulman d'une cinquantaine d'années à la barbe poivre et sel, coiffé d'un *kufi* blanc, était sorti du temple. Nilima avait appris que c'était un *majhi*, c'est-à-dire un batelier, originaire de l'autre rive du fleuve Raimangal. Il avait travaillé dans sa jeunesse pour les gens qui s'occupaient alors du sanctuaire – une famille de *gayans* hindous, sorte de rhapsodes qui avaient perpétué le *panchali*, ce poème épique racontant la légende du sanctuaire, en le transmettant oralement de génération en génération. Les années passant, la famille s'était progressivement éteinte et l'ultime survivant avait émis le souhait qu'après sa mort, ce soit le batelier qui veille sur le temple. Cela remontait à de nombreuses années, une décennie avant la partition du sous-continent indien en 1947. Le batelier s'occupait du sanctuaire depuis tout ce temps. C'était devenu sa maison, il y vivait avec sa femme et son fils.

Nilima lui avait demandé s'il n'était pas étrange pour un musulman d'avoir la charge d'un sanctuaire associé à une déesse hindoue. Le batelier lui avait répondu que tous ici vénéraient le *dhaam*, quelle que soit leur religion : les hindous croyaient que Manasa Devi en était la gardienne tandis que les musulmans le considéraient comme un lieu peuplé de djinns et protégé par un *pir*, un saint musulman, du nom d'Ilyas.

Mais qui avait construit le sanctuaire, et à quelle époque ?

Le batelier avait répondu avec réticence. Il ne connaissait pas bien la légende, assurait-il, et ne se souvenait que de bribes du poème.

N'y avait-il donc aucune trace écrite de ce texte ? s'était enquise Nilima. Non, avait répondu le batelier, car le Marchand d'Armes lui-même avait expressément souhaité que le poème ne soit jamais transcrit mais seulement transmis de bouche à oreille. Malheureusement, le batelier n'avait jamais mémorisé le poème dans son entier, il n'en connaissait que quelques vers.

Devant l'insistance de son interlocutrice, il avait fini par en réciter deux dont les mots étaient restés gravés dans la mémoire de Nilima, peut-être parce qu'ils lui rappelaient le *nonsense*, genre qu'elle affectionnait tout particulièrement.

Kolkataey tokhon na chhilo lok na makan
Banglar patani tokhon nagar-e-jahan

Calcutta en ce temps-là n'avait ni habitants ni habitations
Le grand port du Bengale était une ville-du-monde

Nilima me regarda furtivement et eut un petit rire gêné, comme si elle avait honte d'attirer mon attention sur un bout de texte absurde.

— Ça ne veut pas dire grand-chose, hein ? me dit-elle.

— Pas pour l'instant. Mais poursuivez.

Nilima avait continué d'interroger le batelier dont la réticence n'avait fait que croître : il prétendait ne rien savoir tout en répétant, dans le même temps, que la plupart des gens ne comprenaient rien à cette légende. À force d'insister, Nilima avait fini par lui soutirer les grandes lignes de l'histoire. Celle-ci ressemblait beaucoup à celle de Chand le Marchand.

On racontait que, tout comme Chand, le Marchand d'Armes était un riche commerçant qui avait provoqué la colère de Manasa Devi en refusant de devenir son disciple. Attaqué par des serpents, poursuivi par des sécheresses, des famines, des tempêtes et toutes sortes d'autres calamités, il avait pris la mer pour fuir l'ire de la déesse et s'était finalement réfugié en un lieu n'abritant pas de serpents : "l'île aux Armes" ou Bonduk-dwip.

Nilima s'interrompit pour me demander si j'en avais déjà entendu parler.

— Non, jamais, répondis-je en secouant la tête. Ce doit être un de ces territoires imaginaires qui abondent dans les contes populaires.

Elle acquiesça, ajoutant que d'autres lieux similaires étaient mentionnés dans la légende mais qu'elle en avait oublié le nom.

Cependant, même sur cette "île aux Armes", le Marchand n'avait pu échapper à Manasa Devi. Elle avait surgi un jour des pages d'un livre, l'avertissant qu'elle avait des yeux partout. Le soir même, il avait tenté de se cacher dans une pièce aux murs d'acier mais elle l'avait poursuivi jusque-là : une minuscule créature venimeuse s'était faufilée par une fente pour venir le mordre. Ayant survécu de justesse à cette morsure, le Marchand avait fui l'île aux Armes à bord d'un bateau mais, en pleine mer, il avait été de nouveau capturé, par des pirates cette fois. Après l'avoir enfermé dans un cachot, ceux-ci avaient décidé d'aller le vendre sur Shikol-dwip ou l'"île aux Chaînes", et Manasa Devi lui était de nouveau apparue lors de ce trajet. Elle lui avait alors promis que s'il devenait son disciple et lui construisait un sanctuaire au Bengale, elle lui rendrait sa liberté et ferait de lui un homme riche.

Le Marchand avait fini par céder, promettant qu'il lui construirait un temple à la condition qu'elle l'aide à retourner sur sa terre natale. Elle l'avait donc libéré avant d'orchestrer un miracle : le vaisseau avait été attaqué par toutes sortes de créatures, surgies de la mer et du ciel, et tandis que les pirates étaient occupés à les repousser, les prisonniers avaient réussi à prendre le contrôle du navire et à s'emparer des richesses de leurs ravisseurs. Grâce à sa part de butin, le Marchand avait pu rentrer chez lui, concluant en chemin quelques affaires fort profitables. Il rentrait au Bengale, doté d'une telle fortune et auréolé d'une telle réputation qu'on lui avait attribué le titre de Bonduki Sadagar, Marchand d'Armes. Voilà d'où le sanctuaire tirait son nom.

— C'est là l'essentiel de l'histoire, conclut Nilima dans un haussement d'épaules. Quand j'ai fait remarquer au batelier que tout cela n'avait ni queue ni tête, il n'a pas eu l'air surpris. "Je vous avais prévenue…, m'a-t-il dit. La légende est pleine de secrets. Si on n'en connaît pas la clé, on ne comprend rien." Avant d'ajouter : "Mais peut-être qu'un jour, quand le temps sera venu, quelqu'un en saisira le sens… S'ouvrira alors un monde que nous sommes incapables de percevoir aujourd'hui. Qui sait ?"

Nilima eut un petit sourire contrit.

— Pour une raison que je ne m'explique pas, cette histoire m'a fait forte impression : elle me hantait, je voulais en savoir davantage. Mais j'avais toujours tellement d'autres choses à faire qu'elle a fini par me sortir de la tête – jusqu'à l'autre jour, où je lisais un article sur le grand cyclone de 1970 et où, brusquement, tout m'est revenu.

— Mais ce fut là votre seule visite au temple ?

— Oui. La seule fois où j'y suis vraiment allée. Je l'ai revu une fois par la suite, mais de loin car je n'avais pas le temps de m'y arrêter. C'était il y a une dizaine d'années. Je pense que ce *dhaam* existe encore, mais pour combien de temps ? La mer grignote en permanence les îles des Sundarbans ; elles sont en train de disparaître sous nos yeux. C'est pourquoi je me dis qu'on devrait, d'une façon ou d'une autre, garder une trace de son existence ; je peux me tromper mais ce temple est peut-être un monument historique important.

— Avez-vous tenté de contacter le Service archéologique ? suggérai-je, soucieux d'être de bon conseil.

— Je leur ai écrit une fois mais ils n'ont pas manifesté le moindre intérêt.

Elle me regarda et sourit, faisant réapparaître ses fossettes.

— Alors, j'ai pensé à toi.

— À moi ? Mais pourquoi moi ? m'exclamai-je avec stupeur.

— Tu te passionnes pour les antiquités, non ?

— Certes. Mais des antiquités d'un autre genre. Essentiellement des vieux livres et des vieux manuscrits. Je me rends souvent dans des bibliothèques, des musées, d'anciens palais, ce genre d'endroits. Mais je n'ai jamais fait un truc pareil.

— J'entends bien, mais ça ne te dirait pas d'aller là-bas, juste pour voir ?

Je m'abstins de décliner cette proposition sur-le-champ pour la seule raison que je ne souhaitais pas paraître impoli. À ce moment-là, une visite de ce temple me semblait parfaitement inenvisageable : je devais repartir à New York à la fin de la semaine, mon agenda pour les jours suivants était bien rempli et, surtout, je n'avais aucune attirance pour les marécages et la mangrove.

Je tentai de m'en tirer en marmonnant une excuse.

— Je ne sais pas si j'aurai le temps... J'ai un avion à prendre, je rentre chez moi...

Or Nilima n'était pas du genre à laisser tomber facilement.

— Ça ne serait pas long, insista-t-elle. Tu pourrais faire l'aller-retour dans la journée. Je serais ravie d'organiser cette sortie pour toi.

Je cherchais une manière polie de refuser quand Piya réapparut. Nilima s'empressa de l'enrôler.

— Piya, dis-lui, toi, qu'une visite au temple ne prendra pas beaucoup de temps. Il a peur de rater son avion pour les États-Unis.

Se tournant vers moi, Piya m'interrogea sur mon vol.

— Ne t'inquiète pas, tu seras rentré bien avant, me rassura-t-elle quand je lui eus donné toutes les informations.

— Tu en es sûre ?

— On ne peut plus sûre. J'aurais aimé pouvoir t'accompagner, s'excusa-t-elle. Malheureusement, je dois me rendre à une conférence à Bhubaneswar et je ne serai de retour que la semaine prochaine. Mais si tu décides d'y aller, je veillerai à ce qu'on s'occupe bien de toi.

Son sourire m'incita à revoir ma position.

— Je vais y réfléchir.

Après avoir rassemblé mes affaires, je pris congé de Nilima. Piya me précéda dans une pièce attenante où elle me présenta une femme aux sourcils épais et aux airs de matrone, qui portait une tenue d'infirmière, un sari bleu et blanc.

— Je te présente Moyna Mondal, l'infirmière préférée de Nilima, m'annonça Piya avant de prendre la femme par l'épaule et de la serrer dans ses bras. Moyna et moi faisons partie de la même famille ; on est comme deux sœurs à présent. Si tu décides d'y aller, elle s'occupera de tout. Inutile de t'en faire : ce sera rapide et facile.

Elle avait un ton si encourageant que je fus tenté d'accepter. Quelque chose me retint cependant.

— Je dois encore vérifier deux ou trois choses. Puis-je te donner ma réponse demain matin ?

— Bien sûr. Prends ton temps.

CINTA

En quittant l'appartement de Nilima, je n'avais pas les idées claires. Mon côté raisonnable, pragmatique et prudent me poussait à refuser catégoriquement cette proposition. J'ai toujours été un voyageur inquiet et l'idée de rater mon vol m'emplissait d'effroi. J'avais aussi du mal à croire que cette visite puisse présenter un quelconque intérêt professionnel : à supposer que ce sanctuaire ait contenu un jour des objets de valeur, ceux-ci avaient dû disparaître depuis belle lurette.

Mais il y avait Piya : quelque chose en elle me rappelait Durga, mon premier amour depuis longtemps disparu. Pas tant son apparence que sa manière d'être, son regard… Je sentais chez elle une détermination, un idéalisme qui m'évoquaient Durga.

Je savais que si Piya avait pu m'accompagner au temple, j'y serais allé volontiers. Ce qui m'effrayait et ajoutait à ma confusion. Quelques mois plus tôt, ma thérapeute de Brooklyn m'avait expliqué que, dans mon état d'extrême vulnérabilité, j'étais susceptible de me fourvoyer dans des relations qui n'avaient aucune chance de succès. Elle m'avait notamment mis en garde contre ces situations où je risquais de m'attacher à des femmes inaccessibles ou peu compatibles avec mon type de profil à ce moment-là de ma vie. “Ne vous placez pas, une fois encore, en situation d'échec”, m'avait-elle conseillé.

Ces mots ne cessèrent de résonner à mes oreilles alors que je regagnais mon appartement.

À l'heure du dîner, j'avais plus ou moins résolu de ne pas m'y rendre. Mais ce soir-là, j'étais invité chez une de mes sœurs. En montant chez elle, je la trouvai installée devant un poste de télévision en compagnie des autres générations de la maisonnée. Et que regardaient-ils tous d'un air absolument subjugué ? Une version – étrangement modernisée – de la légende de Manasa Devi et du Marchand. J'appris qu'il s'agissait d'un des programmes les plus suivis de la chaîne régionale. La légende du Marchand connaissait de toute évidence une de ses phases de renaissance, non seulement dans mon esprit mais aussi dans la culture populaire.

Cette découverte me troubla.

De retour dans mon appartement quelques heures plus tard, je faisais du rangement lorsque mon regard tomba sur mon magnétophone. Je l'attrapai dans l'intention d'effacer l'entretien que j'avais eu avec Nilima mais, ayant appuyé par erreur sur le mauvais bouton, je lançai l'enregistrement dans son intégralité. Je prêtai une oreille distraite jusqu'au moment où je réentendis les vers que Nilima avait récités :

Calcutta en ce temps-là n'avait ni habitants ni habitations
Le grand port du Bengale était une ville-du-monde

Quelque chose dans ce passage attira mon attention. Je mis l'appareil sur pause et me repassai l'extrait plusieurs fois.

Alors que ces vers m'avaient semblé absurdes dans un premier temps, je fus frappé en les réécoutant par la ressemblance de leur métrique et de leur rythme avec un genre de poésie populaire bengalie bien spécifique, connu pour avoir livré de précieuses informations historiques. Il me revint aussi à l'esprit que le batelier avait déclamé ce distique pour répondre à une question de Nilima portant sur la date de construction du sanctuaire. Essayait-il ainsi de suggérer une date ou une période ?

Il va sans dire que les poèmes de ce genre sont souvent intentionnellement cryptiques. Dans ce cas précis pourtant, le premier vers n'avait rien de mystérieux : il insinuait probablement que le sanctuaire du Marchand avait été construit à une époque où Calcutta n'existait pas, c'est-à-dire avant la fondation de la ville en 1690.

Mais qu'en était-il du second, plus énigmatique ?

Les mots "grand port du Bengale" faisaient clairement référence à la ville qui avait été, avant Calcutta, le principal centre urbain du Bengale. L'identité de cette ville ne faisait aucun doute : il s'agissait de Dhaka (devenue depuis la capitale du Bangladesh).

En revanche, l'expression "ville-du-monde" n'était pas claire dans ce contexte : jamais je n'avais entendu l'expression perse ou ourdoue, *nagar-e-jahan*, utilisée en lien avec Dhaka. Pourquoi figurait-elle alors dans ce distique ?

Ce second vers, tout comme le premier, était peut-être une allusion indirecte à une date.

Il se trouve que ma famille est originaire de cette partie du delta du Bengale devenue le Bangladesh. Mes parents et mes grands-parents sont passés du côté indien au moment de la partition du sous-continent, après avoir longtemps vécu à Dhaka. Tandis que je tentais de me remémorer les anecdotes sur Dhaka qui circulaient dans ma famille, j'eus soudainement une idée. J'ouvris mon ordinateur pour lancer une recherche.

En quelques secondes, une réponse s'afficha.

J'appris ainsi que Dhaka avait été la capitale du Bengale à l'époque où la région était une province de l'Empire moghol dont le quatrième monarque avait été l'empereur Jahangir (qui signifiait "conquérant du monde") ; sous son règne et dans les années qui avaient suivi, Dhaka avait été renommée Jahangirnagar, en son honneur.

Fallait-il comprendre l'expression *nagar-e-jahan* comme un jeu de mots, une référence secrète à la ville de Dhaka au XVIIe siècle ?

Si tel était le cas, on pouvait en déduire que le sanctuaire avait été construit entre 1605, année de l'accession au trône de l'empereur, et 1690, année où les Britanniques avaient fondé Calcutta.

Une fois que cette idée eut germé dans mon esprit, plusieurs autres détails me semblèrent s'éclairer comme, par exemple, l'indéniable influence perse perceptible dans ce distique. Au XVIIe siècle, le bangla avait absorbé de nombreux termes et expressions venus du perse et de l'arabe, mais également du portugais et du hollandais.

Un autre détail dans l'histoire de Nilima plaidait en faveur de la période 1605-1690 : le sanctuaire lui avait rappelé les temples de Bishnupur. Or c'était précisément à cette époque-là que ce style architectural, merveilleux mélange d'éléments islamiques et hindous, avait fleuri dans tout le Bengale.

Tout aussi intrigantes étaient les références récurrentes aux armes (ou *bundook*, mot entré dans le bangla via le perse et l'arabe). L'Empire moghol était notoirement connu comme "l'empire de la poudre à canon" dont le pouvoir – comme celui de ses contemporains, l'Empire turco-ottoman ou celui des Séfévides de Perse – reposait en grande partie sur le commerce des armes à feu. Se pouvait-il alors que le sanctuaire du Marchand d'Armes soit une commémoration populaire de cette réalité ?

Malgré l'intérêt de cette hypothèse, je décidai qu'elle ne valait pas un déplacement compliqué et risqué aux Sundarbans.

Ayant enfin pris une décision, je me concentrai de nouveau sur mon autre vie, celle que je menais à Brooklyn. Ce ne fut pas totalement par hasard que je m'inquiétai à cet instant précis de l'état de charge de mon téléphone portable américain : puisque j'utilisais toujours un autre appareil équipé d'une carte SIM locale lorsque je séjournais en Inde, cela faisait des semaines que j'avais abandonné mon téléphone de Brooklyn sur un coin de bureau.

Quand je le rallumai, je constatai qu'il était pratiquement déchargé. Je finis par retrouver le chargeur et, en parcourant les diverses applications, découvris que personne, absolument personne – du moins aucun être sensible par opposition à un robot –, ne m'avait appelé ni envoyé de message durant tout mon séjour à l'étranger.

Tandis que je m'interrogeais sur cet état de fait, momentanément affligé de la peine qu'une telle découverte ne manque pas de causer, l'écran du téléphone se mit à briller telle une braise incandescente revenant à la vie. L'instant suivant, l'appareil émit une sonnerie stridente qui fit détaler le chat sauvage miaulant sous ma fenêtre.

Ma surprise était telle que je laissai le téléphone sonner deux fois, incapable de bouger, ne quittant pas l'écran des yeux. Mon étonnement s'accrut quand je remarquai que l'appel venait d'Italie : c'était la *professoressa* Giacinta Schiavon, une vieille amie – ou ancien mentor plus exactement. Je me souvins alors que Cinta (ainsi que ses amis l'appelaient) avait eu des problèmes de santé l'année précédente. Sans nouvelles depuis, je m'étais demandé si son état s'était aggravé.

Mais la voix de Cinta, toujours tonitruante, n'avait rien perdu de sa vivacité ni de sa gaieté.

— *Caro ! Come stai ?*

— Je vais très bien, Cinta, répondis-je, quelque peu déconcerté. Et toi ? Ta santé ?

— Oh, tout va bien. *Tutto a posto.*

— Tant mieux. Mais où es-tu ?

— À Venise. À l'aéroport.

— Où vas-tu ?

— À Heidelberg, pour un colloque. En fait, je dois y prononcer la conférence inaugurale.

Cette explication était superflue : il allait sans dire que Cinta était la star de tous les colloques qui avaient la chance de l'accueillir. C'était une sommité dans son domaine, à savoir l'histoire de Venise. Elle avait été l'étudiante d'éminents historiens tels que Fernand Braudel et S. D. Goitein et maîtrisait toutes les principales langues du bassin méditerranéen. Elle surpassait la plupart des autres chercheurs tant par son érudition que par la reconnaissance dont elle jouissait. Il était donc touchant – et assez amusant – de constater que cette célébrité n'avait en rien émoussé son petit côté vaniteux, certes ténu et plutôt absurde, mais qui comptait parmi les traits les plus attachants de sa personnalité.

— Et toi ? *Dove sei ?* me demanda-t-elle.

— À Calcutta. Dans ma chambre. Tu t'en souviens ?

— *Certo, caro !* s'exclama-t-elle avant d'ajouter, d'une voix radoucie : Comment aurais-je pu oublier ? Dis-moi, tu as toujours cette – comment l'appelles-tu déjà ? Cette "Hollandaise" ?

— Épouse hollandaise, précisai-je.

Je me rappelai le sourire qu'elle avait esquissé quand je lui avais appris cette expression anglaise pour désigner les traversins que les Bengalis adorent placer sur leur lit.

— Non, j'ai dû m'en débarrasser, elle était toute mitée. Me voici seul à présent.

— Mais tu vas bien ?

La légère inquiétude que je perçus dans sa voix m'intrigua.

— Oui, je vais bien. Pourquoi me poses-tu cette question ?

— Je ne sais pas, *caro*… Je viens de faire un rêve.

— À l'aéroport ?

— *Beh !* Cela n'est pas si surprenant… Je suis installée dans un joli salon, dans un gros fauteuil. Mon vol est retardé à cause d'une inondation, quelque part… Et pendant que je patiente, de jeunes et charmants *camerieri* m'apportent des verres de *prosecco*. Tu me suis ?

— Oui.

Je n'avais aucun mal à visualiser l'entrée théâtrale de Cinta dans ce salon d'aéroport, tous les yeux se tournant vers cette grande femme aux épaules carrées, au regard vif et brun et à l'abondante chevelure blanche et frisée qui tombait jusque dans son décolleté, dans le style des vedettes de cinéma de sa jeunesse. Quand on connaissait Cinta, on ne pouvait douter de l'empressement de tous les *camerieri* du lieu, se massant autour d'elle et courant lui chercher un verre de *prosecco* alors qu'elle prenait place dans un fauteuil.

— J'étais donc installée, *caro*, poursuivit-elle, quand je me suis assoupie et qu'une image m'est apparue – je ne sais pas si c'était un rêve ou un souvenir. Tu sais, c'est le genre de chose qui arrive quand on vieillit : on ne distingue plus les rêves des souvenirs.

— Mais qu'as-tu vu exactement dans ce rêve ?

— Je t'ai vu, toi, debout devant une tente – une grande tente, genre chapiteau de cirque. Il y avait beaucoup de gens à l'intérieur, qui regardaient quelque chose – un *spettacolo*, mais j'ignore quoi exactement. Tu as une idée de ce que ça pourrait être ?

— Oui, ça m'évoque vaguement quelque chose, répondis-je en me grattant la tête. Peut-être un épisode datant de ta première visite à Calcutta. C'était quand déjà ?

— Il y a vingt ans ? Vingt-cinq peut-être ?

— Peu importe, ça fait une éternité ! On est allés au Musée indien sur Chowringhee et après tu as voulu aller te promener dans le Maidan. Tu te souviens ? C'est un vaste parc au centre de la ville. C'est là que tu as remarqué un gigantesque chapiteau sous lequel se jouait un *jatra* – une sorte d'opéra populaire. Tu as voulu aller voir, alors on s'est arrêtés à l'entrée et tu as jeté un œil.

— *Ah, sì !* Je me rappelle…

Qu'un épisode aussi bref et anodin ait pu lui revenir à l'esprit alors qu'elle patientait à l'aéroport de Venise me semblait très étrange.

— On y est restés quelques minutes à peine… Comment se fait-il que tu te rappelles cette scène en particulier, après toutes ces années ?

— *È vero*, concéda-t-elle, elle aussi tout à fait perplexe. J'ignore pourquoi cela m'a semblé si important. En tous les cas, j'espère que je ne t'ai pas réveillé.

— Non, pas du tout. En réalité, je suis très heureux de t'entendre.

— Moi aussi, répliqua-t-elle dans un souffle.

Je sentais qu'elle était secouée par ce qui venait de se passer et qu'elle avait hâte de raccrocher.

— Ciao, *caro*, ciao ! On se reparle très vite. *Tanti baci !*

Troublé par cet appel pour le moins inattendu, je m'allongeai sur mon lit et tentai de me remémorer cette journée où, plus de deux décennies plus tôt, Cinta et moi avions déambulé dans le Maidan. Malgré tous mes efforts, je ne me rappelai rien de saillant, rien du moins qui puisse expliquer la rémanence de cet épisode dans l'esprit de Cinta.

J'eus alors une idée. Comme j'adore prendre des notes et tenir un journal, j'avais probablement gardé une trace écrite de cette journée, que je n'aurais aucune difficulté à retrouver puisque je conservais ce journal dans mon appartement de Calcutta, dans une malle en acier rouillé où je stockais paperasse, journaux et notes diverses.

Je soulevai un nuage de poussière en tirant la malle de sous le lit. Quand je l'ouvris, les charnières grincèrent et de minuscules charançons décampèrent. Sous une épaisse couche de saletés, je retrouvai le contenu de la malle tel que je l'avais laissé des années plus tôt, classé et étiqueté.

Le petit journal de poche à la couverture rougeâtre était bien là ! Sur la page correspondant au jour de l'arrivée de Cinta étaient notées les informations concernant son vol (j'étais allé la chercher à l'aéroport). Sur la page du lendemain était consignée l'entrée suivante : “Tour du Vieux Calcutta avec Cinta – Puis Musée indien – Ai pensé qu'elle aimerait voir les lumières de Park

Street, mais pas intéressée – Voulait se promener dans le Maidan – Spectacle de *jatra*, grande affiche a attiré son attention – Silhouette de femme entourée de serpents – Manasa Devi."

Tout commença alors à me revenir.

J'avais rencontré Cinta aux États-Unis l'année précédente. J'avais une trentaine d'années et elle devait avoir dix ans de plus que moi. Je venais de décrocher un poste à la bibliothèque de l'université du Midwest où j'avais obtenu mon doctorat (après avoir bien sûr candidaté à plusieurs postes d'enseignant-chercheur mais sans résultat puisque les spécialistes du folklore bengali à l'époque moderne n'étaient visiblement pas des plus recherchés aux États-Unis).

Cinta était déjà une figure de premier plan à bien des égards. Tout à la fois charmante et intelligente, elle était considérée comme une historienne talentueuse dont les travaux sur l'Inquisition à Venise faisaient autorité. Cependant, sa réputation n'était pas liée à ce seul ouvrage : elle devait aussi sa célébrité, ou plutôt sa notoriété, à une tragédie personnelle qu'elle avait vécue sous le feu des projecteurs.

À l'âge de vingt-cinq ans, Cinta avait eu une aventure avec le rédacteur en chef d'un important journal italien, beaucoup plus âgé qu'elle. Il avait quitté sa femme pour elle et, ensemble, ils avaient eu une fille. Au dire de tous, ils formaient un couple très heureux et Cinta avait achevé la rédaction de son premier ouvrage tout en élevant sa fille, Lucia.

Le livre de Cinta avait été publié l'année où la fillette fêtait ses douze ans. Quelque temps après la sortie, elle avait été invitée à Salzbourg pour une conférence. Ayant décidé avec son époux que ce déplacement serait l'occasion de vacances familiales, elle était partie la première, par avion. Son mari, qui affectionnait les voitures puissantes, avait pris la route quelques jours plus tard en compagnie de leur fille. Alors qu'ils traversaient les Dolomites, les freins de la Maserati avaient lâché, projetant le conducteur et Lucia au fond d'un ravin.

Les seules circonstances de cet accident impliquant un journaliste célèbre auraient certainement suffi à susciter une vague d'émotion en Italie. Mais les zones d'ombre et la suspicion d'affaire criminelle avaient ensuite propulsé l'affaire à la une des journaux internationaux.

Quelques mois plus tôt, le mari de Cinta avait publié une série de papiers à charge contre la Mafia. Après sa mort, des rumeurs avaient commencé à circuler, faisant de lui la cible d'un assassinat prémédité. Le Parlement italien avait fini par se pencher sur l'affaire, un juge avait été nommé pour mener une enquête. Cinta s'était donc retrouvée malgré elle au centre d'un maelstrom médiatique et la pression des paparazzi l'avait contrainte à prendre une année sabbatique aux États-Unis.

Comme beaucoup de mes collègues bibliothécaires, j'avais suivi cette affaire à travers les tabloïdes et la presse à scandale. Peu de gens savaient exactement où Cinta avait trouvé refuge si bien que nous fûmes très surpris d'apprendre qu'elle séjournait au Midwest, non loin de chez nous, et qu'elle avait écrit au directeur de la bibliothèque pour être autorisée à consulter notre section des livres rares (qui incluait justement une importante collection de documents historiques légués par un chercheur italien ayant émigré juste avant la guerre).

Cinta obtint facilement cette autorisation et, le jour où elle se présenta pour la première fois, tout le personnel de la bibliothèque se trouva une bonne raison de traîner près des livres rares pour tenter de l'apercevoir, trônant devant un imposant lutrin. Il faut dire qu'elle attirait tous les regards, élégante dans sa tenue sombre, dégageant une indéfinissable mélancolie.

Dans cette bibliothèque, la section des livres rares et des collections spéciales avait un peu le même statut que la morgue dans un hôpital (le fait de devoir porter des gants dans l'une comme dans l'autre inspirait toutes sortes de traits d'esprit poussifs). Plongée dans un silence sépulcral, la salle n'était fréquentée que par de rares doctorants négligés. On ne pouvait imaginer tâche moins enthousiasmante pour le personnel qu'une affectation à la manutention des ouvrages de cette section. Et puisque j'étais le dernier arrivé, ce fut à moi que revint naturellement la fonction d'assistant catalogue de la section des livres rares et des collections spéciales.

C'est ainsi que durant les deux semaines que Cinta passa à la bibliothèque, je fus la petite main chargée d'aller chercher les ouvrages qu'elle souhaitait consulter – ce que je fis bien volontiers, ne serait-ce que pour le plaisir de l'entendre me lancer son *"Grazie mille"* de sa voix grave de fumeuse. C'était une personne d'un abord très facile qui, en deux jours à peine, m'avait renommé "Dino" (version italienne de Deen). Toutefois, hormis en de rares occasions, nous échangeâmes peu entre les murs de cette salle. En réalité, nous finîmes par nous rapprocher parce que, comme elle, je fumais.

En ce printemps particulièrement froid, tous les fumeurs devaient s'agglutiner dans une sorte de fausse grotte près de l'entrée principale de la bibliothèque. Un jour que je m'y retrouvai seul avec elle, j'entamai la conversation en lui demandant si elle avait du mal à se faire au rude climat du Midwest.

— Pas du tout ! s'exclama-t-elle dans un nuage de fumée. Vous savez, j'ai des racines au Midwest : ma mère est originaire de Lexington.

— Lexington dans le Kentucky ?

Elle acquiesça dans un sourire.

— C'est ça. Alice, ma mère, est de Lexington.

Cinta m'expliqua ensuite qu'Alice était née dans une famille de brasseurs dont le nom m'était familier puisque le bourbon qu'ils produisaient était l'un de mes préférés. Dans sa jeunesse, Alice avait rêvé de découvrir l'Europe et surtout l'Italie. La Seconde Guerre mondiale l'avait forcée à repousser ce rêve, mais elle s'y était rendue quand le conflit avait pris fin et s'était éprise de Venise.

À l'époque en Italie, il suffisait d'être américain pour bénéficier d'une certaine aura : tout le monde voulait parler anglais avec vous. Un jour qu'il descendait le Grand Canal à bord de son *vaporetto*, un *conducente*, très beau jeune homme, avait repéré cette Américaine. "Auriez-vous la gentillesse de m'aider ? lui avait-il demandé. À parler anglais… J'essaie d'apprendre…"

"Sì, certo !" avait-elle répondu.

Il avait donc sorti un livre de sa sacoche en cuir et lui avait demandé de lui expliquer une phrase qu'il avait soulignée. La grande lectrice qu'était Alice avait eu la joie de reconnaître la longue nouvelle vénitienne d'Henry James *Les Papiers d'Aspern*. Par la suite, elle avait commencé à guetter le *vaporetto* en question et son *conducente*. Quelques mois plus tard, ils étaient mariés.

— Ma mère a toujours été une grande romantique, poursuivit Cinta. Forcément, n'est-ce pas, quand on est capable d'appeler sa fille Giacinta ?

— Et votre père ?

— Oh, c'est un pur Vénitien, dit-elle en riant. Né à Venise, et qui y a grandi. Il aime vendre des choses, en acheter… Il se débrouille très bien d'ailleurs. Ils sont très heureux ensemble.

— Ils habitent à Venise ?

— Oui, toujours. Moi aussi je suis née là-bas et j'y ai grandi. Une vraie Vénitienne – une des dernières.

Elle sourit tout en expirant une bouffée de fumée.

— *Basta*, assez parlé de moi. Et vous ? Qu'est-ce qui vous a amené ici, dans cette partie du Midwest ?

— Une bourse d'études. Pour un doctorat.

— Ah, vous êtes donc chercheur ? Vous êtes venu ici pour vos études ?

J'ignore ce qui me passa par la tête à ce moment-là car j'évoquais rarement les circonstances m'ayant poussé à quitter Calcutta. Mais Cinta s'étant elle-même confiée très spontanément, je bafouillai sans même m'en rendre compte :

— Non, pas que pour ça.

— Ah ! Il y avait autre chose…

Je hochai la tête.

Elle me fixait de ses yeux noirs, et j'eus l'impression qu'elle sondait mon âme.

— Une femme ?

— Oui.

— Cherchiez-vous à la retrouver ou à la fuir ?

— Ni l'un ni l'autre. Elle est morte, très soudainement, et j'ai dû partir. Je pris une grande inspiration avant d'ajouter : C'est une longue histoire.

Elle plissa les yeux mais n'insista pas.

— Et où avez-vous grandi ?

— À Calcutta. En Inde.

— *Calcoota ?* reprit-elle avec son accent inimitable. C'est là que se trouve la Bibliothèque nationale indienne, *giusto* ?

J'appris alors qu'à la fin de son congé sabbatique, Cinta projetait de rentrer en Italie via l'Asie et de passer une semaine dans cette bibliothèque. Et cela parce qu'elle avait un projet de recherche portant sur le rôle de Venise dans le commerce des épices au Moyen Âge.

Jamais je n'avais entendu dire que Venise avait joué un rôle dans ce type de commerce. Cinta m'assura que c'était pourtant bien le cas.

— Les épices représentaient une grosse partie de l'économie vénitienne ; pendant des siècles, la ville a exercé le monopole européen dans ce domaine.

Elle renversa la tête en arrière et expira une autre bouffée de fumée.

— Comme les profits étaient énormes, cela a attisé de nombreuses jalousies. C'est la raison pour laquelle les Portugais et les Espagnols ont entrepris leurs expéditions – ils souhaitaient briser ce monopole vénitien.

Je ne sais pas si c'était dû à ce qu'elle disait ou à sa façon de le dire, mais j'étais captivé. Aller en Inde pour y étudier l'histoire de Venise me semblait être un projet d'une merveilleuse originalité. Étant donné le statut de Cinta, j'imaginais qu'elle voyagerait en grande pompe et que sa visite était déjà organisée dans les moindres détails. Quelle ne fut pas ma surprise de l'entendre me demander – à moi, simple assistant catalogue ! – si je connaissais un endroit où elle pouvait séjourner. C'est pourtant ce qu'elle fit.

— Je suppose que le Grand Hotel pourrait vous convenir, proposai-je après réflexion.

— Est-il vraiment aussi "grand" que son nom le dit ?

— Ma foi, c'est le plus grand de Calcutta, répondis-je (ce qui était vrai à l'époque).

— Alors, ce n'est pas pour moi, fit-elle en secouant la tête. Je préférerais un lieu tranquille, modeste mais propre – le genre d'endroit qui accueille des chercheurs sérieux.

Elle souffla un rond de fumée qu'elle chassa de la main.

— En fait, précisa-t-elle en baissant la voix et les yeux, je désire voyager incognito si vous voyez ce que je veux dire. Je veux être tranquille et travailler – et je veux aussi visiter la ville. Vous comprenez ? Je ne tiens pas à ce que des tas de gens – surtout pas des journalistes – sachent que je suis là-bas.

Pendant ces deux semaines, ce fut la seule vague allusion qu'elle fit à la tragédie qui l'avait endeuillée et à la tempête médiatique qui s'était ensuivie.

— Oui, bien sûr, je comprends tout à fait. J'ai exactement l'endroit qu'il vous faut – une maison d'hôte, propre et calme, à deux pas de chez moi. Je serai moi aussi à Calcutta l'hiver prochain et, si cela vous dit, je serais heureux de vous faire visiter la ville.

Elle m'adressa alors un de ses irrésistibles sourires.

— Mais oui, avec grand plaisir… *Grazie !*

Ce fut au second jour de la visite de Cinta à Calcutta que nous allâmes nous promener dans le Maidan. Puisqu'il s'agissait du plus grand espace vert de la ville, il n'était pas rare que des cirques ou des troupes de théâtre y plantent leur tente. Je me souviens que, ce jour-là, un de ces chapiteaux attirait visiblement beaucoup de monde : des gens affluaient de toutes parts pour assister au spectacle.

À l'entrée était déployée une immense affiche – que je trouvais pour ma part affreuse –, représentant une silhouette féminine enserrée de serpents. Cinta ne pouvait que la remarquer. Quand elle m'interrogea, je lui expliquai que le spectacle qui se jouait était basé sur une légende populaire autour de la déesse des serpents.

Je m'efforçai d'adopter un ton neutre, aussi peu enthousiaste que possible, dans l'espoir qu'elle ne poserait pas d'autres questions. Mes explications ne firent qu'accroître sa curiosité.

— *Posso ?* demanda-t-elle en désignant le chapiteau. Je peux aller jeter un coup d'œil ?

J'étais dépité. Je détestais les spectacles de *jatra*, qui étaient en général interminables et mettaient en scène des personnages aux costumes ridicules, hurlant d'une voix de falsetto. Le pire de tout, de mon point de vue, était que ces spectacles avaient tendance à réduire les textes classiques à de simples parodies.

Comme il eût été trop long de tout expliquer à Cinta, j'acceptai de me laisser entraîner vers le chapiteau sans résister toutefois au plaisir d'une petite remarque sarcastique :

— Je suppose que cela correspond à l'Inde que tu t'attendais à découvrir ?

— Comment ça ? s'étonna-t-elle.

— C'est exotique, non ? Surtout quand on imagine l'Inde comme un pays de charmeurs de serpents – ce qui est le cas de beaucoup d'étrangers.

Elle fronça les sourcils.

— Et tous ces gens à l'intérieur ? rétorqua-t-elle en montrant du doigt le chapiteau bondé. S'agit-il d'étrangers ? Penses-tu que le spectacle soit exotique pour eux aussi ?

— Ce sont des gens simples, qui ont du temps à perdre, dis-je en haussant les épaules.

— Eh bien, j'ai moi aussi un peu de temps à perdre, reprit-elle en souriant. J'espère que tu ne m'en voudras pas si je vais y faire un tour ?

— Pas du tout. Et j'espère que tu ne m'en voudras pas non plus si je te laisse ici et que je vais me promener. On se retrouve dans quinze minutes, ça te va ?

— C'est parfait.

Je l'abandonnai donc à l'entrée du chapiteau où je la retrouvai à mon retour peu de temps après.

— Ça t'a plu ?

Elle secoua énergiquement la tête.

— Oui, beaucoup. Bien sûr, je n'ai pas compris un seul mot mais j'ai adoré observer les spectateurs. Je n'ai jamais vu d'auditoire aussi captivé. On aurait dit qu'ils étaient *stregati* – ensorcelés.

— Je n'en doute pas. Ces gens-là sont prêts à croire n'importe quoi, non ?

Elle eut l'air surpris.

— Tu n'aimes vraiment pas cette histoire, on dirait… Tu la trouves trop vulgaire ? Trop commune ?

Elle avait visé juste, j'en fus agacé.

— Non, tu te trompes. J'ai grandi avec cette histoire. En fait, c'était mon sujet de thèse – j'ai même publié un article sur l'un des poèmes épiques dont ce spectacle est tiré.

Il m'apparut tout à coup que si l'éminente Giacinta Schiavon acceptait de lire mon article (voire, mieux encore, d'en faire une recension), ma carrière en bénéficierait grandement.

— Je peux te faire passer l'article si ça t'intéresse. Il n'est pas très long. Une dizaine de pages.

— Bien sûr ! Je le lirai avec plaisir.

J'ai un peu honte aujourd'hui quand je repense à l'empressement avec lequel je répondis à cette sollicitation (il faut dire, pour ma défense, qu'en renvoyant l'image d'un snob suffisant et ouvertement occidentalisé, j'avais perdu de mon crédit auprès de Cinta, je cherchais donc à me racheter). Je me rendis dès le lendemain matin à la maison de la Mission Ramakrishna où Cinta séjournait pour y déposer un exemplaire de l'article intitulé "Note sur la datation d'une épopée du folklore bengali".

Nous avions prévu de dîner dans un restaurant situé à une vingtaine de minutes de la maison d'hôte. Quand je passai la chercher, Cinta m'attendait déjà. Il ne lui fallut que quelques minutes, le temps d'atteindre les trottoirs paisibles de Southern Avenue, pour m'annoncer :

— J'ai lu ton article. Juste avant que tu n'arrives.

— Ah… Et qu'en as-tu pensé ?

— *Bravo !* C'est très intéressant. Je suis sûre que tu as raison à propos de ces pommes de terre !

À la pointe de moquerie que je perçus dans sa voix, je soupçonnai qu'elle avait autre chose à me dire. Je patientai.

— La manière dont tu écris sur ce poème est intéressante. On dirait un archéologue qui étudie un tesson de poterie. Tu as un vocabulaire très clinique, extrêmement précis.

— Merci. Je prends ça comme un précieux compliment.

Alors que nous passions près d'un lampadaire, elle me lança un regard étonné.

— C'est donc tout ce que ce poème représente pour toi ? Un fragment inanimé, qui n'a d'intérêt que parce qu'il peut être daté au carbone ?

— Certainement… Après tout, je ne suis pas critique littéraire.

— *Però*… Tous ces gens qui assistaient au spectacle hier – ce n'étaient pas des critiques non plus, et pourtant, ils écoutaient avec tellement d'attention ! Il suffisait de les regarder pour comprendre que cette histoire était bien vivante pour eux.

— Que veux-tu dire par là ?

— Tu aurais dû les voir… Totalement subjugués ! Et tellement nombreux ! Jamais en Europe le public ne viendrait aussi nombreux, surtout pour un spectacle de ce type. Une mise en scène d'*Orlando furioso*, par exemple, rassemblerait tout au plus quelques critiques et professeurs érudits. Jamais ce genre de spectateurs – des gens simples, jeunes et vieux, hommes et femmes… Il n'y a que le *calcio* – le football – pour attirer autant de monde. Et encore, ce n'est pas tout à fait comparable car on ne verrait jamais autant de femmes à un match de foot. Non, vraiment, pour tous ces gens que j'ai croisés hier, ce poème est bel et bien vivant ! Il fait écho à leur réalité, il est plus vrai que nature.

— Ça n'a rien d'étonnant. Comme tu le dis, ce sont des gens simples, sans éducation. C'est bien Marx qui a comparé les paysans à des sacs de pommes de terre ? Est-il si surprenant que leur vie soit remplie de dieux, de déesses et de démons ?

Elle me regarda à nouveau du coin de l'œil.

— Tu ne te soucies donc pas du tout des gens ordinaires ?

Ces accusations d'élitisme me firent réagir.

— Détrompe-toi ! Je me considère comme un homme de gauche. Quand j'étais étudiant, j'étais sympathisant maoïste. J'ai toujours pris la défense des paysans et des travailleurs.

— Oui, *certo* ! s'écria-t-elle en réprimant un gloussement. J'ai rencontré beaucoup de maoïstes ou de sympathisants en Italie. Ils se souciaient effectivement du ventre et du corps des pauvres mais, à mon avis, pas du tout de ce que les pauvres avaient dans la tête.

— Pas si ce qui les préoccupe est contraire à la raison. Je me revendique avec fierté comme une personne rationnelle, laïque et scientifique. Désolé si cela ne colle pas avec les stéréotypes indiens – mais je n'ai aucun sentiment religieux et je ne crois pas au surnaturel. Je refuse catégoriquement de soutenir tout ce baratin superstitieux.

Elle continua d'avancer en silence.

— Dans ce cas, reprit-elle en baissant la voix, pourquoi utilises-tu tous ces termes religieux ?

— Quels termes religieux ?

— Tous ces mots comme "superstitieux" et "surnaturel" ? dit-elle en traçant dans l'air des guillemets invisibles. Tu ne sais donc pas que tous ces termes ont commencé à circuler durant l'Inquisition catholique ? Ce fut à l'Inquisiteur d'éradiquer les "superstitions" pour les remplacer par la vraie religion. C'est aussi l'Inquisiteur qui décida de ce qui était "naturel" ou "surnaturel".

Dire que tu ne crois pas au "surnaturel" est donc une contradiction dans les termes, car cela signifie que tu ne crois pas non plus au "naturel". L'un ne peut exister sans l'autre.

— Un peu de sérieux, voyons, m'impatientai-je. Ça, c'est de la sémantique.

— Tout à fait. Mais le monde est fait de sémantique et tu empruntes la tienne au XVIIe siècle, alors même que tu te crois très moderne.

Piqué au vif, je répliquai vertement.

— Je suppose que, selon toi, indien ne peut rimer avec moderne ou rationnel ? On est tous censés croire aux déesses, aux sorcières et aux démons ?

— *Madonna !* s'emporta-t-elle en s'immobilisant brusquement et en levant les mains au ciel en signe d'incrédulité. Mais pourquoi donc ? Parce que tu penses qu'ailleurs, les gens ne croient pas en toutes ces choses ? Évidemment que si ! Je peux t'assurer qu'aujourd'hui encore, beaucoup de gens en France et en Italie considèrent que les sorcières et l'envoûtement font tout simplement partie de la vie.

— Impossible !

Je ne pus me contenir : ses propos ne cadraient pas du tout avec ma conception de l'Europe, que j'avais toujours vue comme la source de toute rationalité scientifique.

— Je ne te crois pas.

— C'est pourtant vrai ! insista-t-elle. As-tu déjà entendu parler du tarentisme par exemple ?

— Non. Qu'est-ce que c'est que ça ?

— Le mot vient de l'italien *tarantola* – une espèce d'araignée venimeuse que l'on trouve dans le Sud de l'Italie. Sa piqûre peut avoir de drôles d'effets. Dans certains coins d'Italie du Sud, les gens sont persuadés que des esprits pénètrent dans le corps de ceux qui ont été piqués par une tarentule. On doit alors exorciser les victimes, par la musique et surtout par la danse – c'est de là que vient la *tarantella*.

— Allons, Cinta, on sait bien que la *tarantella* n'est qu'une forme musicale. Très ancienne, si je me souviens bien, puisqu'elle remonterait au XVIIe siècle, je crois ? Mais c'est le genre de chose qui a dû disparaître il y a longtemps ?

— Eh bien, non ! Le tarentisme existe encore. Je connais quelqu'un qui a publié une étude passionnante sur la question, il y a peu. Ernesto De Martino. As-tu entendu parler de lui ?

— Non, ce nom ne me dit rien du tout.

— Ça ne m'étonne pas. De Martino est très peu connu en dehors de l'Italie alors qu'il a été, de mon point de vue, un des intellectuels les plus importants du XXe siècle. Il était historien, folkloriste et ethnologue – mais aussi communiste, disciple de Gramsci. Il est célèbre pour ses travaux sur le tarentisme, qu'il a conduits dans les années 1960 alors que l'on croyait que ces pratiques avaient disparu depuis belle lurette. C'est là tout l'intérêt de ses recherches : il a montré que dans certaines régions d'Italie – berceau du rationalisme à la Renaissance ! – le tarentisme vivait encore de beaux jours. Contrairement aux autres chercheurs qui se sont intéressés à la question, lui n'avait pas de préjugés. Il ne s'est pas dit d'emblée que toutes ces pauvres paysannes – car il s'agissait essentiellement de femmes – se trompaient. Il n'a pas exclu la possibilité d'une expérience inhabituelle, inexplicable selon nos critères d'analyse traditionnels.

— Tu veux dire, repris-je, sceptique, qu'il croyait à l'existence d'esprits et de démons ? Et que ceux-ci sont capables de communiquer avec les humains à travers des piqûres d'araignée ?

— Non, non ! Il a seulement affirmé qu'on ne peut considérer comme acquise l'étiquette de "surnaturel" ainsi que le font toujours les rationalistes qui partent du principe que des formes de causalité inexplicables ne peuvent exister. Car, comme le démontre De Martino, on dispose de nombreux exemples de situations parfaitement documentées qu'on ne peut expliquer par des causes dites "naturelles".

— Comme quoi par exemple ?

— Eh bien...

Elle prit quelques instants pour réfléchir.

— La prémonition, par exemple – ou ce qu'on appelle aujourd'hui la "précognition". Quand on sait à l'avance ce qui va se passer.

— Comme avec les devins ou les oracles ? suggérai-je sur un ton moqueur. Tu n'es pas en train de me dire que tu crois vraiment à ce genre de chose ?

— Et pourquoi pas ? Comment expliques-tu sinon ce qui s'est passé avec les Aztèques ?

— Je te demande pardon ? Je ne te suis plus.

— Les prédictions aztèques, ça te dit quelque chose ? Bien avant l'arrivée des Espagnols, les Aztèques savaient que des envahisseurs débarqueraient par la mer. Ils savaient aussi que ces derniers brandiraient des "torches de feu", ils connaissaient même la forme de leurs casques. C'est précisément parce qu'ils savaient tout cela qu'ils ont été pris au dépourvu quand l'invasion s'est produite. Les gens pensent que le fait de connaître le futur peut nous aider à nous y préparer alors que, bien souvent, ça nous rend impuissants.

J'éclatai presque de rire mais par chance nous avions atteint notre destination, un restaurant chinois sur Lansdowne Road. J'en poussai l'imposante porte rouge en forme de lune et lançai, sur un ton que j'espérais plus léger :

— S'il y a bien une chose que je peux prédire avec certitude, c'est que la nourriture qu'on va nous servir dans ce restaurant sera plus indienne que chinoise.

Je dois avouer que cette discussion m'avait quelque peu ébranlé, moins parce que Cinta tenait des propos étranges – après tout, beaucoup de gens tiennent des propos étranges – que parce qu'elle avait essayé de défendre sa position. Ce qui me semblait inconvenant, inapproprié, voire grossier, car c'est une chose de raconter un conte de fées à un enfant au moment du coucher, mais c'en est une autre de débiter ce même conte à un adulte le plus sérieusement du monde.

Comme j'aimais bien Cinta et que je tenais à son amitié, je préférai abandonner le sujet. Et comme, de son côté, elle était visiblement parvenue à la même conclusion, nous passâmes un agréable moment sans parvenir toutefois à trouver un terrain d'entente ni à oublier nos divergences. Sur le chemin du retour, la tension que cette discussion avait suscitée était encore palpable. Il y avait un peu de gêne entre nous quand nous nous séparâmes ce soir-là, ce qui ne m'empêcha pas de lui donner mon numéro de téléphone et de l'assurer qu'elle pouvait m'appeler à tout moment, en cas de besoin.

Je me doutais néanmoins qu'elle n'aurait pas forcément envie de me revoir de sitôt et ne fus pas surpris de ne pas recevoir de nouvelles les deux jours suivants. Sachant qu'elle devait rester à Calcutta jusqu'à la fin de la semaine, je décidai de laisser passer un ou deux jours avant d'essayer de la croiser, à la Bibliothèque nationale peut-être.

Mais ce fut elle qui m'appela. Un soir, alors que je finissais de dîner, mon téléphone – un vieux modèle avec cadran tournant – sonna et j'eus la surprise d'entendre sa voix.

— Ciao, *caro* !

Elle semblait tendue.

— Ça va, Cinta ? Est-ce que tout va bien ?

— Pas vraiment. Il y a du nouveau. Je dois rentrer tout de suite en Italie. Je prends l'avion demain.

— Rien de grave, j'espère ? demandai-je en retour, ne voulant pas paraître indiscret mais ne souhaitant pas non plus avoir l'air indifférent.

Elle marqua un temps d'hésitation puis reprit, comme à contrecœur :

— Peut-être que tu sais pour mon mari et ma fille... Ce qui s'est passé...

— Oui, bien sûr.

Je sentais qu'elle se faisait violence, qu'elle avait envie de parler mais pas au téléphone.

— Écoute, Cinta, tu préfères peut-être que je vienne te rejoindre ?

— Oui, s'il te plaît.

— Je serai là dans dix minutes.

Elle m'attendait à l'entrée de la maison.

— On peut sortir ? proposa-t-elle. Aller faire un tour ?

Le temps ce soir-là ne se prêtait guère à la promenade. Comme souvent au mois de janvier, une nappe de brouillard nauséabond flottait dans les rues de Calcutta.

— Ce n'est pas forcément une bonne idée de sortir aujourd'hui. Si on allait chez moi plutôt ? Ce n'est pas très loin.

— *Va bene.* Allons-y.

Les rues habituellement bondées étaient silencieuses et quasi désertes. Nous n'échangeâmes pas un mot jusque chez moi.

Bien que mon appartement ne soit pas très grand, il dispose d'un salon plutôt confortable. Cinta s'installa sur le canapé tandis que je nous versais un verre de brandy d'une bouteille détaxée achetée à l'aéroport.

Elle en but une gorgée avant de fixer le fond du verre. Puis, sans que je l'interroge, elle se mit à parler de l'appel qu'elle avait reçu plus tôt dans la journée, de l'ambassadeur d'Italie en poste à New Delhi. Il relayait une requête – qui avait tout l'air d'une convocation – de la part du juge chargé d'enquêter sur l'accident dans lequel son mari et sa fille avaient péri.

Disposant d'un nouvel élément – un rapport de police –, ce dernier souhaitait l'interroger.

— Tu as une idée de ce que cela signifie ?

— Oui, acquiesça-t-elle avant de marquer une pause et de reprendre. C'est lié à ce qui s'est passé ce jour-là, à Salzbourg, juste avant l'accident, alors que j'étais à l'hôtel à attendre mon mari et ma fille. Ils arrivaient de Milan en voiture. Tu sais, Giacomo adorait conduire...

Ce jour-là, dans son hôtel de Salzbourg, Cinta s'était réveillée dans la nuit, tenaillée par l'inquiétude. Ce n'était pas la première fois : depuis que son mari avait commencé à recevoir des menaces anonymes, elle vivait dans l'angoisse. Mais ce matin-là, elle avait eu un pressentiment particulièrement aigu – à deux reprises, elle avait même été saisie d'un haut-le-cœur.

Elle avait attendu le lever du jour pour appeler Giacomo à Milan et le supplier d'annuler son voyage.

— Mais pourquoi ? avait-il demandé sans comprendre.

Elle n'avait pas su quoi lui répondre.

— C'est juste un pressentiment, un *presagio*, à cause de toutes ces menaces que tu reçois ! avait-elle seulement expliqué.

Giacomo, agacé, avait balayé ses craintes. C'était un homme sûr de lui et obstiné, habitué aux menaces : il lui avait dit de ne pas s'inquiéter, il ne se laisserait pas intimider par des *malavitosi*, des voyous... Leur fille, Lucia, se réjouissait de partir en vacances, avait-il ajouté. Elle serait très déçue si ce séjour était annulé.

Il lui avait alors fait une surprise : son journal venait de lui donner un téléphone par satellite, ce qui permettrait à Cinta de le joindre à tout moment durant le trajet de Milan à Salzbourg. Il lui avait fait noter le numéro qu'il lui avait dicté.

Cette référence à une technologie de pointe avait fait douter Cinta de ses intuitions. Elle avait renoncé à le convaincre, sachant d'une part qu'il ne l'écouterait pas et ne souhaitant pas non plus passer pour une illuminée. Le ton ferme et convaincu de Giacomo l'avait également rassurée, dissipant une partie de ses angoisses. À la fin de la conversation, Cinta avait presque retrouvé une forme de sérénité. Elle avait dit à Giacomo et Lucia qu'ils lui manquaient, qu'elle avait hâte de les voir à Salzbourg.

Un peu plus tard dans la matinée cependant, alors qu'elle assistait à la conférence, ses appréhensions étaient revenues la tarauder, l'empêchant de se concentrer. Elle avait trouvé une cabine et composé le numéro que Giacomo lui avait donné. Celui-ci avait immédiatement répondu.

— *Ecco !* Tu vois que ce téléphone satellite fonctionne ! avait-il plaisanté. On est sur l'autoroute et je te parle !

— Où êtes-vous exactement ?

— Entre Bressanone et Innsbruck. On sera à Salzbourg dans deux heures environ.

Il lui avait passé Lucia.

— *Mamma !* s'était exclamée la fillette. C'est tellement beau par ici ! J'aimerais que tu sois avec nous !

— Moi aussi, *tesoro* !

Elles avaient bavardé quelques instants encore puis Cinta avait raccroché. Tout semblait parfaitement normal mais elle n'avait pas été rassurée pour autant. Au lieu de retourner à la conférence, elle était rentrée à l'hôtel. Une fois dans sa suite, elle s'était assise sur une chaise, fixant une fenêtre d'un air absent. C'était à ce moment-là qu'elle avait entendu la voix de Lucia : "*Mamma ! Mamma ! Ti voglio bene*... Je t'aime !"

Ces mots avaient retenti si clairement que Cinta s'était brusquement retournée, persuadée que Giacomo et Lucia avaient dû arriver plus tôt et s'étaient déjà installés dans la chambre. Ne voyant personne, elle s'était demandé si Lucia lui faisait une farce. Elle avait parcouru l'ensemble de la suite, allant jusqu'à regarder dans les placards et sous les lits. Quand elle avait dû se rendre à l'évidence – il n'y avait qu'elle dans cette suite –, elle avait décroché le combiné, composé le numéro pour les appels extérieurs puis celui de Giacomo.

Accueillie par un grésillement électrostatique, elle avait recommencé, luttant pour maîtriser le tremblement de sa main. Lorsque sa deuxième tentative avait échoué, elle avait appelé l'opératrice de l'hôtel, pensant qu'elle s'était peut-être trompée de code international ou quelque chose dans ce genre. Après avoir donné le numéro à l'opératrice, elle s'était assise, sans quitter des yeux le téléphone. Plusieurs minutes s'étaient écoulées durant lesquelles son agitation avait décuplé. Incapable d'attendre plus longtemps, elle avait appelé la réception pour exiger de l'employé qu'il parle à l'opératrice. Elle s'attendait à un retour rapide, dans la minute ; mais comme personne ne la rappelait, elle avait quitté sa suite pour se précipiter à la réception.

Cinta avait trouvé le réceptionniste et l'opératrice côte à côte dans un petit bureau. Elle avait déboulé en les sommant de lui expliquer ce qui se passait : ils avaient plusieurs fois essayé de joindre le téléphone par satellite, en vain.

Le réceptionniste lui avait alors demandé quand elle avait parlé à son mari pour la dernière fois et où il se trouvait à ce moment-là. "Entre Bressanone et Innsbruck", avait-elle indiqué. Après avoir pris note de ces informations, il l'avait priée de se calmer et de retourner dans sa chambre : il allait s'enquérir de la présence policière dans cette zone et contacter la patrouille en poste.

Cinta était remontée lentement. Le téléphone n'avait pas tardé à sonner. Elle l'avait saisi : au bout du fil se trouvait un genre de *poliziotto*, un gendarme italien. Elle lui avait fourni le numéro d'immatriculation de la voiture de Giacomo, lui expliquant qu'elle s'inquiétait car son mari ne décrochait pas. Le gendarme lui avait dit de ne pas s'en faire, que certaines portions de route n'avaient pas de couverture satellitaire. Il lancerait toutefois une alerte, par précaution.

Le téléphone de Cinta avait de nouveau sonné une heure plus tard. C'était le gendarme. Il la rappelait pour lui annoncer qu'un hélicoptère avait repéré la voiture de Giacomo, au fond d'un ravin ; il n'y avait aucun survivant.

— Tu comprends maintenant ? poursuivit Cinta. Je savais qu'il y avait quelque part une trace de mon appel, de l'heure à laquelle je l'avais passé. Je savais que si quelqu'un se penchait de près sur les rapports, ils verraient que j'avais appelé la police plus d'une heure avant que l'accident ne soit déclaré. Et qu'ils se demanderaient alors forcément comment j'avais pu savoir, avant la police, qu'il y avait un problème. Je crois que c'est ce qui s'est passé.

— Que comptes-tu leur dire ?

— C'est simple : je vais leur dire que j'ai cherché à joindre Giacomo sur son téléphone et que je me suis inquiétée puisqu'il ne répondait pas.

— Et tout le reste ? La voix de ta fille ?

Elle me jeta un regard narquois.

— Évidemment que je n'en parlerai pas… Tu sais très bien que je ne peux rien dire. Ils me prendraient pour une *pazza*…

Cinta m'avait tout expliqué, le dos bien droit, sans se départir de son calme inaltérable. À cet instant pourtant, ses épaules se mirent à trembler et elle enfouit son visage dans ses mains.

Ses sanglots sans larmes me fendirent le cœur. Je la rejoignis sur le canapé et passai un bras autour de ses épaules. Se laissant aller contre moi, elle se mit à pleurer – c'était la première fois que j'étais confronté à ce type de chagrin silencieux. L'expression d'une douleur si vive m'aurait fait de la peine chez n'importe qui, mais chez Cinta, d'habitude si contenue, elle était particulièrement émouvante. Je compris, sans qu'elle me le confie, qu'elle n'avait jamais parlé de ce qu'elle avait vécu dans cet hôtel de Salzbourg.

Je ne sais plus combien de temps nous restâmes ainsi sur le canapé mais je me souviens d'avoir décidé, à un moment donné, qu'elle n'était pas en état de retourner à la maison d'hôte : je lui laisserais donc mon lit pour la nuit et je dormirais dans le salon.

Elle accepta cette proposition d'un mouvement de tête et, lorsque la chambre fut prête, elle s'y installa tandis que je m'allongeais sur le canapé.

J'eus un sommeil agité. Quand je me réveillai à l'aube, Cinta était déjà debout, en train de fumer et d'observer les mouvements de la rue par une fenêtre située à l'autre bout du salon.

Voyant que j'étais réveillé, elle vint s'asseoir à mes côtés. Elle m'enlaça et déposa un baiser sur ma joue.

— *Grazie, grazie !*

— De rien, Cinta. Inutile de me remercier.

— Mais si ! Tu m'as écoutée avec tellement de bienveillance. Toi, le grand rationaliste ! Je te remercie infiniment.

— Il n'y a vraiment pas de quoi.

Elle sourit et ajouta, la main toujours posée sur mon épaule :

— Maintenant, tu sais presque tout de moi, alors que, moi, j'ignore à peu près tout de toi.

— Il n'y a pas grand-chose à raconter… Tu sais bien ce que l'on dit : que les Indiens n'ont aucune vie intérieure, qu'ils ne se soucient que de leur digestion.

— C'est vrai, ça ? demanda-t-elle comme si elle prenait la chose au sérieux. Non, je ne te crois pas, Dino. Je crois me souvenir que tu m'as raconté un jour quelque chose de très intéressant – au sujet de ton départ pour les États-Unis…

— Ah, ça ! Ça t'intéresse vraiment ?

— Oui, raconte-moi.

J'allai mettre la bouilloire sur le poêle.

— Je t'ai raconté, me semble-t-il, que j'ai été sympathisant maoïste quand j'étais étudiant. Ces groupuscules avaient beaucoup d'influence en ce temps-là. Ils attiraient les étudiants les plus brillants et les plus idéalistes.

— Je sais. C'était la même chose en Italie lorsque je faisais mes études.

— Toi aussi, tu as été… ?

— Non, fit-elle en secouant la tête. Ces idées m'ont toujours semblé trop simples. Mais tu n'étais peut-être pas du même avis que moi ?

— Je ne pense pas avoir fait ça pour les idées.

— Pour une femme alors ?

— Oui. Elle s'appelait Durga, comme la déesse guerrière, et c'est exactement ce qu'elle représentait pour moi. J'étais un jeune homme studieux, j'avais la tête dans les nuages. Je rêvais de voyager et de visiter les lieux que j'avais découverts dans les livres. Et puis, Durga a fait une entrée fracassante dans ma vie. C'était déjà une légende, connue pour sa témérité. Elle servait de messagère pour des insurgés armés planqués à la campagne, prenant ainsi beaucoup de risques. J'étais pétri d'admiration – à côté d'elle, je me sentais minable, égoïste, un vrai petit-bourgeois.

— Tu en es tombé amoureux ?

— Oui.

— Et elle ? C'était réciproque ?

— Je crois que oui... Je suppose que j'étais pour elle un mystère, tout comme elle en était un pour moi. En tous les cas, on est sortis ensemble, ce qui, pour elle, était risqué car je n'étais pas un camarade maoïste, juste un suiveur. Son parti, ses camarades – ils formaient une sorte de secte : quiconque n'était pas "membre" devenait objet de suspicion. Et cela a dû être particulièrement vrai dans mon cas car ils savaient que j'avais un oncle bien placé dans la police. Ils pensaient peut-être que j'essayais de soutirer des informations à Durga ou quelque chose dans ce style, je ne sais pas... Bref, un jour, elle est partie sans me dire où elle allait. Bien sûr, ça lui était déjà arrivé mais cette fois-là, elle n'est pas revenue. Quelques jours plus tard, j'ai appris qu'elle avait été abattue par la police, lors d'une "altercation".

— Qui te l'a dit ?

— Mon oncle policier. Qui m'a dit aussi qu'elle avait été trahie par ses propres camarades.

— Mais pourquoi ?

— Sans doute à cause de sa relation avec moi. Ou peut-être parce que ses camarades voulaient que mon oncle ait des ennuis. En tous les cas, quelqu'un avait laissé, sur elle, mon nom et mon adresse.

— *Incredibile !*

— Eh oui... Mon oncle m'a dit qu'il étoufferait l'affaire mais que je devais quitter la ville sur-le-champ. On m'a envoyé à New Delhi, chez de la famille. C'est là que j'ai commencé à candidater pour des universités américaines – et je suppose que j'ai eu de la chance...

Cinta se leva pour s'approcher de moi.

— Tu n'y étais pour rien. Tu ne dois pas t'en vouloir.

Cela faisait longtemps que je n'avais pas repensé à tous ces événements et je sentais l'émotion me gagner. Peu désireux de prendre le risque de m'effondrer, surtout pas à ce moment-là, je me concentrai sur ma montre.

— On doit y aller, Cinta. Je ne veux pas que tu rates ton vol pour New Delhi.

Dans le taxi qui nous menait à l'aéroport, Cinta me demanda si ma vie de bibliothécaire du Midwest me plaisait. Je lui répondis que ce travail ne me passionnait pas mais que je n'avais pas vraiment le choix.

— Alors, on doit faire quelque chose. On doit te trouver une activité qui te convienne mieux.

Six mois plus tard, de retour dans le Midwest, je reçus effectivement une lettre d'une société new-yorkaise spécialisée dans les livres rares et les antiquités : ils cherchaient à recruter quelqu'un pour le secteur asiatique et me contactaient puisque j'avais été chaudement recommandé par la *professoressa* Giacinta Schiavon, une très bonne amie de l'un de leurs directeurs.

La proposition avait beau être tentante, j'hésitais : la perspective de déménager à New York m'intimidait, me terrorisait même. Toutes mes connaissances m'assuraient que je me sentirais perdu dans cette ville.

J'hésitais encore lorsque Cinta m'appela un jour, à l'improviste, pour m'exhorter à ne pas céder à mes craintes. C'est toujours une erreur, me dit-elle, de choisir la facilité, juste par habitude.

Cet appel fut décisif : j'acceptai le poste, qui se révéla correspondre en tout point à ce dont j'avais besoin. Quinze ans plus tard, ayant fait mes preuves, je pus m'établir à mon compte, à Brooklyn.

C'est aussi dans ces années-là que Cinta se fit un nom dans le milieu universitaire. Son rythme de déplacements s'intensifia et, quand elle passait par New York, nous nous retrouvions pour manger ensemble. Nos chemins se croisaient parfois lors d'un colloque, d'une réunion ou d'une vente aux enchères. Si bien que, d'une façon ou d'une autre, alors que nous vivions sur deux continents différents, nous parvenions à nous voir plusieurs fois par an. Elle m'envoyait souvent des clients, parmi lesquels beaucoup d'Italiens, ce qui me permit d'acquérir les rudiments de cette langue dont j'avais besoin pour mon travail.

Je dois avouer que l'intérêt de Cinta pour ma personne m'échappait, et ma reconnaissance pour cette amitié qu'elle me témoignait n'en était qu'accrue. Comment oublier que, sans elle, je serais peut-être resté enterré à tout jamais dans cette bibliothèque sépulcrale du Midwest ? Elle avait joué un tel rôle dans ma vie qu'il m'était impossible de prendre à la légère un appel de sa part – si anodin pût-il paraître, tel celui que je reçus ce jour-là à Kolkata. C'était comme si elle cherchait à m'exhorter, une fois encore, à ne pas choisir la facilité, juste par habitude.

Jetant un coup d'œil à ma montre, je vis qu'il n'était pas trop tard pour appeler Piya. Je composai son numéro et elle répondit aussitôt.

— Bonsoir, Piya. Voilà : j'ai finalement décidé d'aller voir ce temple.

— Ah, très bien !

— On peut encore organiser ça pour demain ou j'appelle trop tard ?

— Non, demain, c'est bien. Moyna doit prendre un des minibus du trust, tôt dans la matinée. Elle te conduira jusqu'à Basanti, le principal port fluvial des Sundarbans. Tu y seras accueilli par un monsieur, Horen Naskar ; il t'emmènera jusqu'au sanctuaire en bateau et te ramènera à Basanti avant la tombée de la nuit. On te réservera un taxi pour rentrer à Kolkata. Avec un peu de chance, tu seras chez toi pour le dîner.

— Ça me semble bien.

— Peux-tu te rendre au rond-point de Gol Park pour 5 heures ? Le bus te prendra là-bas.

— Bien sûr. Pas de problème.

— Ah, autre chose… Ça va souffler sur le bateau à cette heure-là, et il va faire froid. Mieux vaut le savoir. Et prévois peut-être des affaires de rechange.

— Ah bon ?

— Disons, précisa-t-elle en riant, qu'il y a beaucoup de boue dans les Sundarbans. Et que c'est très humide.

— Je vois. Et toi ? Quand pars-tu à Bhubaneswar ?

— Demain matin. Tu ne seras plus là quand je rentrerai ?

— Non. Mais on se reverra peut-être l'année prochaine ? lançai-je avec enthousiasme.

— Bien sûr. Je te dis donc à bientôt.

— Oui, c'est ça, à bientôt.

TIPU

Le lendemain matin, je me rendis au rond-point de Gol Park un peu avant 5 heures, emmitouflé dans un sweater et un coupe-vent. J'avais à l'épaule un sac à dos en toile : tenant compte du conseil de Piya, j'avais emporté, non pas une, mais deux tenues de rechange ainsi qu'un appareil photo, un magnétophone et une liseuse.

Le ciel était encore sombre et le rond-point, comme souvent en hiver, était noyé dans une brume de pollution nauséabonde. À travers cette pénombre perçaient les lueurs fantomatiques des lampadaires. Un peu après 5 heures s'éleva une lointaine rumeur d'éclats de voix, qui s'intensifia progressivement jusqu'à l'apparition de phares blafards dans le brouillard. Un minibus jaune portant le logo du Badabon Trust s'arrêta finalement devant moi, déversant par sa portière et ses vitres le bruit d'une violente dispute.

La querelle se calma tandis que je prenais place dans le véhicule. Assise à l'avant du bus, Moyna m'avait gardé une place à côté d'elle.

Le silence dura le temps que je m'installe. Dès que le bus redémarra, le désaccord reprit de plus belle.

Je vis en me retournant que j'étais le seul homme à bord : tous les autres passagers étaient des femmes et des enfants. Des employées du trust, portant comme Moyna un sari de coton austère et amidonné, occupaient les premières rangées. À l'arrière était installé un groupe disparate de femmes aux tenues synthétiques, colorées et pailletées ; certaines étaient accompagnées d'enfants, quelques-unes donnaient le sein à un bébé sous un pan de sari.

Alors que la dispute faisait rage, Moyna me murmura à l'oreille que toutes ces femmes étaient des *"sex workers"* (elle utilisa l'expression anglaise), que la police avait interpellées dans différents quartiers chauds de Kolkata et des environs. Comme elles étaient originaires des Sundarbans, la police avait fait appel au trust pour aider à leur réinsertion à travers ses ateliers et ses programmes de création d'emplois.

Mais le trust ne pouvait offrir que de maigres salaires, ce qui expliquait le différend en cours. Les femmes assises à l'arrière du bus affirmaient qu'elles ne pourraient s'en sortir avec l'argent qu'on leur proposait tandis que les responsables du trust réfutaient rageusement leurs propos.

C'était malheureusement une cause perdue, m'expliqua Moyna, l'expérience montrant que beaucoup de ces femmes, pour ne pas dire presque toutes, sauvées de la rue, reprendraient vite leur ancienne vie.

— Comment pouvez-vous en être aussi sûre ? demandai-je.

— Cela fait des années qu'on est confrontés au problème, me confia-t-elle dans un soupir de lassitude. Depuis Aila.

C'est ainsi que j'entendis parler pour la première fois du cyclone Aila, qui avait frappé les Sundarbans en 2009.

Moyna me raconta combien cette catastrophe avait différé des précédentes. Dès la fin des années 1990, des systèmes d'alerte avaient été mis en place dans la région pour que les populations puissent se préparer à l'arrivée des tempêtes. On avait planifié des évacuations massives, déplaçant des millions de personnes en Inde et au Bangladesh pour les mettre en sécurité. De ce fait, il y avait eu étonnamment peu de victimes, par comparaison tout du moins avec le cyclone de 1970.

Pourtant, sur le long terme, Aila avait eu des conséquences bien plus dramatiques que les sinistres antérieurs. Des centaines de kilomètres de berges avaient été emportés et la mer était montée dans des zones qu'elle n'avait jamais atteintes auparavant ; l'eau salée avait recouvert de vastes étendues de terres fertiles, rendues incultivables pour deux bonnes décennies, voire pour toujours.

Les évacuations avaient également eu des effets que personne n'aurait pu prévoir. Une fois arrachés à leurs villages, beaucoup des déplacés avaient décidé de ne pas revenir, sachant que les conditions de vie difficiles qu'ils y avaient toujours connues seraient désormais plus précaires encore. Des communautés avaient été détruites, des familles dispersées. Les jeunes à la dérive s'étaient établis dans les villes, venant grossir les rangs de bidonvilles déjà surpeuplés ; beaucoup d'adultes avaient renoncé à subsister péniblement de leur travail pour se mettre à mendier.

Les Sundarbans étaient une région pauvre qui avait toujours attiré des trafiquants en tout genre, mais après le cyclone Aila, leur nombre avait explosé ; ils avaient débarqué en force, expédiant les femmes dans de lointains bordels et les hommes valides sur des chantiers, dans des villes distantes ou même à l'étranger. On était sans nouvelles de beaucoup de ceux qui étaient partis.

Parfois, poursuivit Moyna, on avait l'impression que la terre et l'eau se liaient contre les habitants des Sundarbans. Quand les gens décidaient de creuser un puits, jaillissait du sol une eau chargée d'arsenic ; quand ils essayaient de consolider certaines berges, les marées montaient davantage encore et les détruisaient. Même les pêcheurs ne s'en sortaient plus : eux qui étaient habitués à des prises abondantes devaient à présent s'estimer heureux s'ils remontaient une poignée de menu fretin.

Qu'allait-il advenir des jeunes ?

Il était si difficile de gagner sa vie aux Sundarbans que l'exode des jeunes s'accélérait d'année en année. Garçons et filles empruntaient de l'argent ou en volaient pour payer des agents chargés de leur trouver un travail ailleurs. Certains passaient la frontière du Bangladesh pour rejoindre des groupes d'ouvriers en partance pour le Golfe. Si cette option échouait, ils payaient des passeurs pour tenter de gagner clandestinement par bateau la Malaisie ou l'Indonésie.

L'éducation était la seule issue pour les jeunes désireux d'échapper à ce sort. Mais comment ces garçons et ces filles, élevés dans une zone de mangrove, habitués à étudier à la bougie et à partager de vieux manuels, pouvaient-ils rivaliser avec de jeunes citadins bénéficiant de cours particuliers et d'un accès illimité à internet ?

La voix de Moyna avait perdu de son assurance et elle se tapotait les yeux avec un pan de sari.

Elle se tut un instant, avant de laisser échapper un nouveau flot de paroles.

À la naissance de son fils, m'expliqua-t-elle, elle avait échafaudé pour lui toutes sortes de rêves – il serait le premier de la famille à décrocher un diplôme universitaire, ferait des études de médecine ou d'ingénieur. Mais rien n'avait vraiment fonctionné, le mauvais sort s'acharnant sur lui dès ses premières années. Cela avait commencé par la mort de son père, qui avait péri alors qu'il travaillait pour Piya.

Bien sûr, précisa Moyna, tout le monde avait été très gentil – Nilima, le trust, les voisins et, évidemment, Piya. Jamais ils n'avaient eu à lui demander quoi que ce soit : elle se sentait tellement coupable après l'accident qu'elle leur avait donné bien plus que ce qu'ils auraient pu espérer. Elle avait acheté une petite maison à Lusibari pour Moyna et son fils, leur avait ouvert deux comptes bancaires, un pour leurs dépenses quotidiennes, l'autre pour les frais scolaires du garçon. Elle avait passé des heures à lui enseigner l'anglais ; quand elle était aux États-Unis, elle lui faisait cours par téléphone ou par internet. Elle lui avait offert des ordinateurs portables, des tablettes, des téléphones dernier cri, des consoles de jeux, des chaînes hifi… Et quand il s'était plaint de ne pouvoir utiliser tous ces gadgets à sa guise en raison des coupures d'électricité, Piya avait financé l'installation de panneaux solaires sur leur maison.

— Le fait de posséder toutes ces choses, aux Sundarbans, là où personne n'a jamais vu ça… Vous imaginez l'effet que ça a eu sur lui ? ajouta Moyna.

Je compris que la liste de cadeaux qu'elle venait d'égrener renvoyait métaphoriquement à la situation complexe dans laquelle elle et son fils s'étaient retrouvés du fait de la générosité de Piya – enfermés dans une bulle de richesse sur un territoire qui, lui, ne cessait de s'appauvrir.

Tout partait bien sûr d'un bon sentiment, poursuivit-elle, mais au final, son fils avait eu les pires difficultés à trouver sa voie. Assez jeune, il avait émis le souhait d'aller vivre aux États-Unis. Quand il avait eu treize ans, au moment d'entrer au lycée, Piya l'avait emmené dans la petite ville universitaire de l'Oregon où elle résidait et travaillait. Comme cela était prévisible, l'expérience avait mal tourné : Piya habitait seule, dans un petit appartement ; elle se nourrissait de plats préparés et était souvent en déplacement. Elle n'avait pas de famille et ne connaissait pas grand-chose à l'éducation des enfants. Souvent livré à lui-même, le garçon s'était acoquiné avec les mauvaises personnes et avait même eu maille à partir avec la police. Au bout de deux ans, Piya l'avait ramené en Inde, craignant qu'il ne finisse dans un centre de détention pour délinquants.

Moyna avait eu la surprise de voir revenir son fils totalement transformé. Ses vêtements, son comportement, ses cheveux – tout était différent. Jusqu'à son nom. Il lui avait expliqué que les Américains avaient du mal avec son vrai prénom, Tutul, qu'il avait donc changé pour Tipu. Il avait insisté pour que tout le monde l'appelle désormais ainsi et refusait de répondre à tout autre nom.

Puisqu'il était inenvisageable de scolariser Tipu à Lusibari, Piya l'avait inscrit dans un internat onéreux de Kolkata. Ce qui n'avait pas fonctionné non plus. Les manières que Tipu avait rapportées des États-Unis ne passaient pas auprès des autres élèves et des professeurs. Les choses avaient encore empiré lorsque ses camarades avaient découvert que c'était un *dalit*, originaire des Sundarbans. Un autre gamin lui avait lancé un jour que seuls les domestiques et les prostituées venaient de là. Tipu s'était emporté et lui avait donné la volée qu'il méritait. Mais il s'agissait du fils d'une famille influente qui avait obtenu l'exclusion définitive de Tipu.

De retour aux Sundarbans, Tipu avait catégoriquement refusé de poursuivre ses études. Ni Moyna, ni Piya, ni personne d'autre n'avait pu le faire changer d'avis. Si quelqu'un insistait, il déclarait : “J'apprends bien plus sur internet qu'avec n'importe lequel de ces profs.”

Il était effectivement doué en informatique, et comme il parlait un bon anglais américain, il ne manquait pas de ressources. Même s'il était encore à cette époque-là un jeune adolescent, des gens venaient de partout pour solliciter son aide. Il avait rapidement gagné de l'argent et disparaissait parfois pendant quelques jours. Sa mère ne savait pas où il allait, ni même d'où provenait exactement l'argent qu'il gagnait. Lorsqu'elle posait des questions, il répondait qu'il travaillait pour un centre d'appels. Il aurait eu l'âge d'aller à l'université mais cela faisait bien longtemps qu'elle avait perdu le peu d'autorité qu'elle avait sur lui. Il n'en faisait qu'à sa guise, allait où bon lui semblait. Il lui était devenu étranger.

Moyna se tapota de nouveau les yeux et se tut, la tête tournée vers les rizières et les étangs qui défilaient à la fenêtre.

Je n'imaginais pas devoir croiser la route de Tipu. Mais une fois à Basanti, alors que nous longions un quai, Moyna s'exclama :

— Tiens, le voilà ! Tipu !

— Où ça ?

Elle désigna du doigt un garçon frêle de petite taille, qui s'avançait vers nous, voûté, mains enfoncées dans les poches d'un jean à taille basse.

— Je ne pensais pas le trouver ici, dit Moyna. Nilima-di a dû lui dire que vous veniez. C'est la seule personne qu'il écoute.

Après la description que Moyna m'avait faite de son fils, je m'attendais à découvrir un jeune homme marginalisé et taciturne. Il suffisait d'un coup d'œil pour comprendre que Tipu était une créature d'un tout autre genre : il avait le regard pénétrant et la vélocité d'un barracuda affamé. Il en avait aussi les reflets argentés du fait d'une boucle d'oreille et de mèches brillantes dans ses cheveux coiffés en crête sur le dessus et plaqués sur les côtés. Ses vêtements quant à eux – un tee-shirt des Nets et un jean ample qui glissait sans cesse, dévoilant un boxer rouge vif – n'auraient pas détonné à Brooklyn.

On apprit bientôt que c'était effectivement Nilima qui lui avait demandé de nous retrouver à Basanti.

— Elle m'a dit de vous accompagner et de prendre les coordonnées GPS de ce sanctuaire, annonça-t-il. Elle veut que j'enregistre la localisation.

Tipu s'était exprimé en bangla, marmonnant de manière peu engageante, mais quand il se tourna vers moi, il leva la voix et me tendit la main.

— Salut, lança-t-il en anglais. Ça roule ?

— Bonjour, répondis-je en lui serrant la main. Je suis…

— C'est bon, le Daron, je sais qui tu es, m'interrompit-il en affichant un grand sourire. Je sais tout de toi.

— Comment ça ? répliquai-je, interdit.

— J'ai fait quelques recherches à ton sujet sur internet.

Je ne sais trop ce qui m'irritait le plus entre son insolence ou le fait qu'il ait décidé de m'appeler "le Daron", comme si je sortais d'une bande dessinée. Incapable de penser à une réplique appropriée, je décidai que mieux valait ignorer ses saillies.

— Où est le bateau ? demandai-je.

— Là-bas, fit-il en montrant le rivage où s'agglutinaient toutes sortes d'embarcations.

— On prend lequel ?

— Celui-là.

J'avais imaginé qu'une puissante vedette aux lignes épurées me transporterait jusqu'au sanctuaire, bondissant allègrement sur les flots, propulsée par un sillage d'écume blanche. Or, le bateau qui m'attendait était un bac disgracieux, équipé pour attirer les touristes venus de Kolkata passer la journée et dont les flancs étaient couverts d'affreuses peintures de tigres et de crocodiles. Ni les couleurs criardes ni l'enseigne accrochée au bastingage (SUNNY SUNDARBANS TOURS, propriétaire HOREN NASKAR) ne pouvaient dissimuler le fait qu'il s'agissait juste d'une version démodée et minable de ce genre de bateau à vapeur connu au Bengale sous le nom de *bhotbhoti*.

Moyna faisait mine de s'attarder ; elle aurait bien aimé nous accompagner, me semblait-il, ne serait-ce que pour passer un peu de temps avec son fils. Mais Tipu n'était pas de cet avis : il renvoya sa mère d'un mouvement de bras péremptoire et me devança sur le quai en direction d'une passerelle.

— Allez, le Daron ! me lança-t-il. Ce n'est pas le moment de tailler la bavette. Le skipper s'impatiente – il veut profiter de la marée descendante. Ramène-toi sur le bateau.

La passerelle était un peu trop étroite pour que je m'y sente complètement à l'aise mais je parvins à la traverser sans encombre. Alors que je mettais un pied sur le pont, un rire tonitruant éclata dans mon dos.

— Pas mal, le Daron ! commenta Tipu en me rejoignant avec agilité. T'as réussi ! J'ai bien cru que tu allais te rétamer.

Après avoir hissé la passerelle, il se hâta d'aller larguer les amarres. Dans les entrailles du bateau, un moteur se mit à vrombir et un panache d'épaisse fumée noire se forma au-dessus de nos têtes. Quelques instants plus tard, nous voguions, progressant poussivement au rythme des teuf-teuf réguliers du moteur.

Tipu réapparut soudainement à mes côtés.

— Dis-moi, le Daron, tu vas passer la nuit ici ?

— Non. Je dois retourner en ville.

— Dommage. J'aurais pu t'organiser un truc sympa.

Il me fit un clin d'œil et plaqua les mains sur sa poitrine, feignant de caresser les seins d'une femme.

— Tu vois ce que je veux dire ? me demanda-t-il tout en balançant ses hanches et ses coudes. J'aurais pu te dégoter un peu d'action ; y en a pas mal par ici quand on sait où chercher.

Je le dévisageai, sans voix, incapable de réagir.

— Ou tu préfères peut-être ça ? poursuivit-il en sortant un joint. Je t'offre le premier puisque t'es plus tout jeune, hein ?

Je voyais bien qu'il cherchait à me provoquer. Toujours sans décrocher un mot, je lui tournai le dos et me dirigeai vers le poste de timonerie.

Horen Naskar devait avoir une soixantaine d'années : petit et râblé, il avait les épaules larges et une bedaine enserrée dans une chemise blanche et un *lungi* ceinturé. Une énorme visière cerclée de métal lui protégeait le haut du visage tandis que la partie inférieure avait l'aspect d'un vieux pneu usé, parcourue de rides profondes qui paraissaient gravées dans sa peau burinée.

Je m'assis sur le banc à côté de lui et sortis un carnet.

— Alors, parlons un peu de ce sanctuaire. Vous souvenez-vous de la fois où vous l'avez visité avec Nilima-di ?

— Bien sûr. C'était en 1970, peu de temps après la grande tempête. Ce fut une terrible catastrophe, vous savez… Pire qu'Aila en fait…

Je compris rapidement qu'Horen mesurait le temps à l'aune des tempêtes. Quand les Chinois font référence aux empereurs pour définir l'ère Qianlong ou l'ère Jiajing, ou que les Américains évoquent la présidence de Kennedy ou celle de Reagan, Horen parlait, lui, du cyclone de Bhola ou de la tempête Aila pour délimiter certaines périodes historiques.

Sa vie avait été particulièrement bouleversée par Aila. Propriétaire de plusieurs bateaux, il avait vécu jusque-là de la pêche. Mais la tempête de 2009 avait fait chavirer deux de ses chalutiers ainsi que deux autres embarcations. Il avait donc décidé d'abandonner totalement cette activité : cela faisait des années que les profits déclinaient et il était devenu évident que la situation ne ferait qu'empirer. Il avait choisi d'utiliser l'argent de l'assurance pour se reconvertir dans le tourisme, opérant cette reconversion à un moment opportun, à une époque où les Sundarbans commençaient à attirer des touristes.

Le grand cyclone de 1970, lui, était resté dans sa mémoire pour une tout autre raison : Horen avait failli perdre la vie. Il était en mer avec son oncle quand la tempête s'était déchaînée. Leur bateau s'était échoué, mais du mauvais côté de la frontière. Il s'était fracassé sur un rivage et ses occupants étaient parvenus à se réfugier dans un arbre. Au bout de deux jours, ils avaient repéré des pêcheurs originaires de leur village indien, à bord d'un bateau qui, par miracle, était resté intact. Ceux-ci avaient proposé à Horen et à ses compagnons de les ramener. En rentrant, ils avaient été témoins de scènes que jamais ils n'auraient pu imaginer : ils avaient dû repousser des hordes de gens échoués et s'étaient retrouvés contraints de fuir voleurs et bandits d'eau douce qui avait fondu sur eux comme des vautours pour profiter du chaos.

Ces événements s'étaient produits dans la semaine qui avait précédé la sortie en bateau avec Nilima jusqu'au sanctuaire du Marchand d'Armes. De ce fait, les souvenirs qu'Horen avait conservés de la légende différaient grandement de ceux de la vieille dame : il avait été bien plus marqué qu'elle par les calamités qui ponctuaient l'histoire. Il se souvenait parfaitement, par exemple, du désastre ayant forcé le Marchand d'Armes à fuir sa maison : un épisode de sécheresse tellement terrible que les cours d'eau, les fleuves et les étangs s'étaient tous asséchés et qu'une atroce odeur de poisson pourri et de bétail en décomposition avait saturé l'air. La moitié des habitants étaient morts de faim, des parents avaient vendu leurs enfants et les gens avaient été réduits à se nourrir de carcasses et de cadavres.

En écoutant Horen me raconter la légende, je fus frappé par une autre différence entre sa version et celle de Nilima :

si le récit de la vieille dame dépeignait le Marchand comme une victime, celui d'Horen, à l'inverse, attribuait les malheurs du Marchand à sa propre arrogance, à la certitude qu'il avait d'être suffisamment riche et intelligent pour ne pas avoir à se prosterner devant les forces que représentait la déesse des serpents.

Dans la version d'Horen, le Marchand s'était enfui par le fleuve, avec sa famille et tous ses biens, car il croyait pouvoir échapper aux pouvoirs de la déesse. Mais une vague géante (plus exactement, un *baan* ou mascaret, phénomène courant sur les fleuves du Bengale) avait déferlé sur ses bateaux lui faisant perdre toutes ses richesses. Sa famille avait été néanmoins épargnée et tous avaient trouvé refuge dans un petit village fluvial. Là, avec ce qu'il lui restait de sa fortune, le Marchand d'Armes avait installé les siens dans une vaste et solide demeure, croyant ainsi les mettre à l'abri. Il s'était ensuite rendu à la ville pour acquérir des marchandises qu'il comptait revendre ; mais à son retour, il avait appris qu'il y avait eu une crue en son absence et que la maison avait été envahie de serpents et de scorpions qui avaient tué sa femme et ses sept enfants.

Le Marchand d'Armes s'était pourtant obstiné à essayer de semer Manasa Devi : s'embarquant sur un gros navire, il avait pris le large pour une contrée lointaine. À mi-voyage, le navire avait été attaqué par des pirates qui avaient fait de lui leur esclave et l'avaient conduit dans leur fort. Là, le Marchand avait eu la chance d'être acheté par un capitaine bienveillant (Horen utilisa le mot *nakhuda*, terme tout à fait commun autrefois dans le milieu du négoce de l'océan Indien, qui avait le double sens d'"armateur" et de "capitaine").

Il s'interrompit alors pour réfléchir.

— Ce *nakhuda* avait un nom musulman, précisa-t-il. Ça commençait par "I-Il"… mais je n'arrive pas à retrouver la suite.

— "Ilyas" peut-être ?

— Oui, c'est ça ! s'exclama-t-il en frappant le gouvernail. Il s'appelait Nakhuda Ilyas ! C'est avec lui que le marchand est passé de lieu en lieu jusqu'à ce qu'ils atteignent l'île aux Armes.

— Vous souvenez-vous du nom de tous ces autres lieux ?

Il se gratta de nouveau la tête.

— Je crois me souvenir qu'il y avait le pays du Sucre, où tout était sucré ; mais aussi un pays fait de tissu ainsi qu'une île constituée de chaînes.

Il haussa les épaules d'un air penaud.

— *Maaf korben*, s'excusa-t-il. Je suis désolé... C'était une longue histoire et il y a beaucoup de choses que je n'ai pas comprises.

— Qu'est devenu le batelier musulman qui vous l'a racontée ? Il avait une famille, non ?

— Ils ont vécu dans le *dhaam* jusqu'à la mort du vieil homme. Il ne reste plus qu'un garçon, son petit-fils. Je crois que sa mère est décédée il n'y a pas longtemps.

— Vous le connaissez ?

— Un peu, fit-il en hochant la tête. Je le croise parfois en mer. Il s'appelle Rafi. Il n'est pas bien vieux, il doit avoir dix-sept ou dix-huit ans.

— Il vit de quoi ?

— De pêche, essentiellement. Disons qu'il essaie de survivre.

— Vous pensez que je pourrais rencontrer ce Rafi ? Je suis sûr qu'il doit connaître deux ou trois choses à propos du sanctuaire.

Horen pinça les lèvres.

— J'aurais pu facilement organiser une rencontre si vous étiez resté un peu plus longtemps. Mais vous n'êtes là que pour la journée ?

— C'est ça.

— Dommage.

Ma déception devait sauter aux yeux car Horen ajouta :

— Enfin, on ne sait jamais, vous allez peut-être tomber sur lui au sanctuaire. Il y passe souvent quand il va pêcher.

Le vapeur vira brusquement, quittant une portion large du fleuve pour s'engager dans un cours d'eau. Celui-ci était si étroit qu'on avait l'impression de pénétrer sous un tunnel d'arbres. Du fait de la marée descendante, le niveau d'eau avait baissé et la mangrove se déployait plus haut encore au-dessus de nos têtes, si bien que le chenal paraissait encadré de remparts impénétrables faits de boue et d'un entrelacs de branches. On ne distinguait quasiment aucun être vivant dans ce paysage mais tous ses éléments – forêt, eau, terre – semblaient grouiller de vie.

Horen concentrait à présent toute son attention sur ce ruisseau tortueux et traître, et le récit prolixe dans lequel il s'était engagé commença à se tarir. Ne voulant pas le distraire, je sortis du poste de timonerie et redescendis sur le pont principal.

Je contemplais la mangrove depuis une des coursives quand Tipu surgit à côté de moi. Le joint qu'il m'avait proposé un peu plus tôt était calé derrière son oreille et il tenait des jumelles dans sa main droite.

— Tu veux jeter un œil, le Daron ? proposa-t-il en me les tendant. Ce sera gratos pour toi puisque t'es pas vraiment un touriste.

Je l'ignorai, ce qui provoqua seulement son hilarité.

— Tu m'en veux encore, le Daron ? poursuivit-il en me mettant les jumelles dans les mains. Allez, je te faisais juste marcher.

Refuser aurait été un peu trop hargneux ; j'acceptai donc sa proposition aussi aimablement que possible. Ayant porté les jumelles à mes yeux, je tentais de les régler mais le vapeur vira une nouvelle fois : nous atteignîmes brusquement le bout du chenal et s'ouvrit devant nous, presque jusqu'à l'horizon, une vaste étendue d'eau.

— Là-bas, c'est le fleuve Raimangal, m'expliqua Tipu. Et la rive tout au fond, c'est le Bangladesh.

— Je la vois, mais c'est très flou.

— Tu y as déjà mis les pieds, le Daron ?

J'entendis le crissement d'un briquet et sentis une odeur âcre de marijuana.

— Je suis allé deux fois à Dhaka. En fait, ma famille est originaire du Bengale oriental. Ils sont arrivés en Inde au moment de la Partition.

— Ouais, je sais, je sais…, s'empressa-t-il de confirmer. Ta famille vient de la région de Madaripur, c'est ça ?

Je baissai les jumelles pour le dévisager.

— Comment le sais-tu ?

— J'ai vu un truc que t'as posté, dit-il en plissant les yeux à cause de la fumée de son joint. Sur le tchat de ta famille.

— Quoi ? m'indignai-je. C'est un groupe privé, auquel on ne peut avoir accès que si on est invité. Comment as-tu fait ?

— Oh, j'ai mes petites combines, répliqua-t-il en découvrant ses dents de barracuda.

Je le foudroyai du regard, toujours incapable de répliquer.

Il se mit à rire.

— C'est pas si grave, le Daron ! Je m'occupe de certains comptes sur les réseaux sociaux pour Nilima. Elle fait bien partie de ton tchat ?

— Oui.

— Ben voilà – c'est comme ça que j'ai appris que tes grands-parents venaient de Madaripur. Je connais bien ce coin-là.

Cette confidence me surprit aussi.

— Parce que tu es déjà allé au Bangladesh ? À Madaripur ?

Mon incrédulité – et sans nul doute, ma naïveté – fut accueillie par un autre éclat de rire.

— Évidemment ! J'y suis allé deux ou trois fois. Y a qu'à traverser ce fleuve – c'est pas bien compliqué quand on sait comment s'y prendre. Tu veux tenter ?

— Non ! Sûrement pas de façon illégale.

Il haussa les épaules, son joint au bord des lèvres.

— Ah, c'est ça, tu crois aux passeports, aux visas et à toutes ces conneries ?

— Si je "crois" aux passeports ? Ce n'est pas une question de croyance.

— Pourquoi es-tu si choqué, alors ?

— Eh bien…

Je me rendis compte qu'il avait raison : je croyais effectivement aux passeports, visas, permis et autres cartes vertes. À mes yeux, il ne s'agissait pas de simples bouts de papier ou de plastique ; ils avaient un petit côté sacré qui nimbait aussi les institutions qui les délivraient. Je pensai à toutes les heures passées dans des bureaux pour obtenir un passeport ou un visa et à la terreur absolue que m'inspirait encore un froncement de sourcils chez un officier de l'immigration. Force était de constater que la légèreté et le mépris avec lesquels Tipu traitait ces enjeux suscitaient en moi une forme d'envie mêlée de rancœur.

— Mais tu as bien un passeport ? lui demandai-je. Tu as vécu aux États-Unis si je ne me trompe pas ?

— Tout à fait. Ouais… j'avais un passeport à cette époque-là. Mais il a expiré et je l'ai pas renouvelé. À quoi ça sert de passer tout ce temps dans les administrations ? Y a des moyens bien plus simples de dégoter un passeport, et si tu as du fric, tu peux choisir celui que tu veux – bangladais, indien, malais, sri-lankais... Ce que tu veux. Chacun a son prix. Mais si c'est juste pour aller se balader un jour ou deux, pas besoin de tout ça – suffit de traverser le fleuve et on est au Bangladesh.

— Mais pourquoi as-tu besoin d'aller au Bangladesh ? Je croyais que tu travaillais pour un centre d'appels ou une société de ce genre ?

— Un centre d'appels ?

Il eut un mouvement de recul, comme s'il venait de recevoir une terrible insulte.

— Qu'est-ce qui t'a fait croire que je travaillais dans un centre d'appels ?

— C'est ce que m'a dit ta mère.

— Ah ouais... Qu'est-ce qu'elle en sait, elle ? pouffa-t-il d'un air dédaigneux. Les centres d'appels, c'est seulement pour les losers – jamais je travaillerais dans un lieu pareil.

Voyant qu'il était piqué au vif, je ne pus m'empêcher de le titiller davantage.

— Tu travailles pour qui, alors ? Un de ces caïds de la drogue qui te fournit en herbe gracieusement ?

Il balaya cette remarque d'un rire goguenard.

— La drogue ? Franchement, le Daron, c'est pas un créneau porteur – marges de plus en plus réduites, profits en chute libre, prise de risque max. Non, ça, c'est pas pour moi. Je préfère les créneaux en plein essor, comme le mien.

— C'est-à-dire ?

— Le secteur de la migration, le Daron, fit-il dans un grand sourire. C'est déjà un des plus gros au niveau mondial et ça n'arrête pas de croître. Le turnover l'année dernière, ça se comptait en milliards... Mais je parie que ça ne te dit rien ?

— En effet. Je ne sais pas du tout de quoi tu parles.

— Je t'explique : mes clients sont des gens qui ont besoin d'aide pour changer de vie.

Je commençais à saisir.

— Tu veux dire des migrants ?

— C'est ça. Des gens comme toi. Enfin comme toi, certainement, quand tu avais mon âge.

— Sauf que je suis parti à l'étranger de manière tout à fait légale. Alors que, toi, tu me parles visiblement de trafic humain.

Il se mit de nouveau à rire.

— Waouh, le Daron ! Tu en as de grands mots ! Je me contente de proposer un service essentiel. Dans ce coin, y a tout un tas de miséreux analphabètes qui vivotent tant bien que mal de pêche et d'agriculture ou en allant récolter des pousses de bambou et du miel dans la jungle. Enfin, c'est ce qu'ils faisaient. Aujourd'hui, y a plus beaucoup de poissons, le sol est gorgé de sel et on ne peut plus aller dans la jungle sans graisser la patte aux gardes forestiers. Sans compter que tous les deux ans, on essuie une tempête qui réduit tout en miettes. Du coup, comment est-ce que les gens sont censés réagir ? On ferait quoi à leur place ? Si tu es jeune, tu peux pas rester là, à crever de faim. Même les animaux s'en vont – t'as qu'à demander à Piya. Si tu as un peu de jugeote, tu décides de te barrer et pour ça tu as besoin de quelqu'un qui t'aide à le faire.

— Quelqu'un comme toi en somme ? demandai-je, sceptique. Un gamin qui vit dans une petite ville des Sundarbans ?

— Hé, le Daron, tu sais que les gamins sont doués pour certaines choses ? Pour internet, par exemple. Tu vois ce que c'est ?

— Quel rapport avec internet ?

— C'est le cœur du truc, le Daron. Le cœur !

La patience que trahissait son ton de voix avait quelque chose d'offensant – j'avais l'impression qu'il s'adressait à un demeuré.

— Internet, c'est le tapis volant des migrants. Leur tapis roulant. Peu importe qu'ils voyagent en avion, en bus ou en bateau. C'est internet qui fait fonctionner le *wetware*, la cervelle des gens si tu préfères. C'est aussi simple que ça, le Daron !

— Attends un peu… Tu viens de me dire que la plupart de ces pauvres gens sont analphabètes… Comment font-ils alors pour aller sur le Net ?

— Mais le Daron, on n'est plus au XXe siècle ! Plus besoin d'un gros ordi pour aller sur le Net – il suffit d'un téléphone, et tout le monde en a un aujourd'hui. On se fout que tu sois analphabète : tu appelles qui tu veux, juste en parlant à ton téléphone – l'assistant virtuel se charge du reste. Tu serais étonné de voir comment les gens s'adaptent, et en très peu de temps qui plus est. C'est comme ça que commence le voyage – pas en achetant un billet ou en se procurant un passeport. Ça commence par un téléphone et un logiciel de reconnaissance vocale.

— Tu veux dire qu'ils appellent quelqu'un ?

— Non. C'est plus complexe que ça. D'après toi, où est-ce qu'ils découvrent qu'une autre vie est possible ? Réfléchis, putain ! D'après toi, d'où leur vient l'idée même d'une autre vie ? De leur téléphone, évidemment ! C'est là qu'ils voient des images d'autres pays ; là qu'ils découvrent des pubs où tout a l'air fabuleux. Ils voient des trucs sur les réseaux, postés par des voisins qui sont déjà partis – et après ça, tu crois qu'ils font quoi ? Qu'ils retournent planter du riz ? T'as déjà essayé de planter du riz, le Daron ? Tu passes ta journée plié en deux, en plein cagnard, avec des serpents et des insectes qui grouillent de partout. Tu crois vraiment que les gens ont envie de retourner à ce genre de vie après avoir vu les photos de leurs potes, installés dans un café, à Berlin, en train de siroter un *latte* caramel ? Et le téléphone qui leur montre ces images peut aussi les mettre en contact avec des intermédiaires.

— Des intermédiaires ?

— On les appelle *dalals* en bangla. Ceux qui se chargent de tous les contacts, qui orientent les migrants vers un numéro, puis un autre, et ainsi de suite… À partir de ce moment-là, le téléphone, c'est leur vie, leur voyage. Tout l'argent qu'ils doivent sortir, à chaque étape du voyage, est viré par téléphone. C'est leur téléphone qui leur dit quel itinéraire est possible, lequel est bloqué. C'est leur téléphone qui les aide à trouver un abri ; c'est par leur téléphone qu'ils restent en contact avec leurs amis et leur famille, où qu'ils soient. Et une fois qu'ils sont arrivés, c'est leur téléphone encore qui leur permet de se créer une histoire.

— Se créer une histoire ? Comment ça ?

— Ah, ça, c'est la partie du boulot que je préfère, le Daron ! Inventer des histoires pour mes clients ! D'ailleurs, je suis connu pour ça – pour mes histoires.

— Je ne comprends pas.

— Bon, je t'explique…

Tipu ne se contentait plus de parler ; on aurait dit un rappeur, dansant au rythme de sa voix, balançant les bras de droite à gauche, fendant l'air de son joint.

— Imagine qu'un type demande l'asile en Suède – il va avoir besoin d'une histoire pour appuyer sa demande, et pas une de ces histoires déjà entendues mille fois… Ça doit être un truc qu'ils ont envie d'entendre là-bas. Imagine que ce type crevait de faim parce que ses terres étaient inondées ; ou que tout son village était malade à cause de l'arsenic dans leurs nappes phréatiques ; ou que son propriétaire le tabassait parce qu'il ne payait pas ses dettes. Les Suédois en ont rien à foutre de tout ça. La politique, la religion, le sexe – voilà ce qui les intéresse. Tu dois raconter une histoire de persécution si tu veux qu'ils t'écoutent. C'est là que j'aide mes clients : je leur fournis ce genre d'histoires.

J'avais du mal à juger s'il me disait la vérité ou s'il essayait juste de m'impressionner. En tous les cas, j'étais tout à la fois atterré et fasciné.

— Tu peux m'en dire un peu plus sur ces histoires ? Donne-moi un exemple.

— Par exemple, s'ils viennent du Bangladesh, je leur conseille de raconter qu'ils sont hindous ou bouddhistes et qu'ils ont été persécutés par les musulmans. Mais s'ils viennent d'Inde, je leur conseille de dire le contraire. Ça marche plutôt bien. Et puis, il y a l'orientation sexuelle, bien sûr. Et les questions de genre – là-bas, ils adorent les histoires qui tournent autour de ça. C'est ici qu'intervient le talent, le Daron – faut savoir estimer qui peut s'en sortir avec quoi. On doit bien connaître ses clients et voir quel genre d'histoire peut leur convenir. D'une certaine façon, on peut dire que je leur fournis un service personnalisé.

— Mais comment les clients entendent-ils parler de toi ? Tu fais de la pub ?

— Nan… C'est que du bouche à oreille, via les réseaux sociaux. Il arrive qu'en voyant ce qu'un autre client a posté, un type décide d'emprunter le même chemin. Ou alors, ça titille sa curiosité et celle de ses copains. Alors ils viennent, on discute, et s'ils veulent continuer, et qu'ils ont l'argent, je les mets en contact avec des *dalals*.

Il tendit la main et plia le corps, ébauchant ce qui ressemblait à un pas de danse. Désignant le rivage au loin, il ajouta :

— La plupart de ces *dalals* sont là-bas, au Bangladesh – et beaucoup se trouvent à Madaripur. C'est pour ça que j'ai besoin d'y aller de temps en temps.

— Tu veux dire qu'on ne trouve pas ce genre de services en Inde ?

— Bien sûr que si. Mais les systèmes sont plus au point au Bangladesh – ils font ça depuis plus longtemps, donc ils sont meilleurs. Ça doit remonter à l'époque où des familles comme la tienne ont commencé à partir – une fois que les gens ont la bougeotte, ça n'arrête jamais. Et ne viens pas me raconter que tes grands-parents avaient des passeports ou des visas quand ils ont traversé ce fleuve. Ils sont passés sans rien, hein ?

— C'est vrai. Mais la situation était différente. Je suis sûr que la frontière est surveillée aujourd'hui. Tu n'as pas peur de te faire prendre ? Les garde-côtes doivent pulluler par ici.

— Et alors ? fit-il en tirant sur son joint. Tu crois vraiment qu'on peut boucler une frontière qui traverse une forêt comme celle-ci, entre terre et mer ? Il suffit de bien connaître le coin pour éviter les patrouilles. Et si, par malchance, tu tombes entre les mains du mec – eh bien, lui aussi sait comment ça marche. C'est juste une question de fric – et dans ce business, on n'en manque pas.

Il se tourna brusquement vers moi, les yeux brillants.

— Hé, écoute-moi bien, le Daron, fit-il en jetant dans l'eau ce qui restait de son joint. Ne va pas raconter tout ça à ma mère ou à Piya, on est d'accord ?

— Je ne dirai rien si tu ne veux pas que je dise quoi que ce soit.

— C'est ça. Tu ne dis rien à personne, compris ?

— Compris. Je ne dirai rien.

— T'as intérêt.

En dépit de son sourire facétieux, sa voix avait quelque chose de menaçant.

— Ou il pourrait t'arriver des bricoles, ajouta-t-il.

— Quel genre de bricoles ?

Il sourit de nouveau, découvrant ses dents.

— Je pourrais par exemple entrer dans ton ordi – et qui sait où ça pourrait mener ?

LE SANCTUAIRE

Le niveau d'eau était à présent tellement bas que la berge qui sinuait sous nos yeux ressemblait à un imposant mur de boue, surmonté d'un enchevêtrement impénétrable de feuilles à l'aspect de cuir et de racines arachnéennes.

Mon regard de novice peinait à percevoir une quelconque forme parmi les bruns et les verts mats de ce paysage qui me semblait quasiment illisible. Pourtant, à la façon dont Horen balayait l'espace des yeux, passant furtivement d'un détail à un autre, je sentais bien que pour ceux qui savaient où regarder cette forêt grouillait de signes qui pouvaient en fait être déchiffrés et interprétés à la manière de quelque manuscrit antédiluvien.

Au bout d'un moment néanmoins, même Horen ne cacha plus sa perplexité.

— Si je me souviens bien, le *dhaam* devrait être par ici, dit-il en montrant du doigt la berge. Mais cette portion du fleuve a tellement changé depuis ma dernière visite…

Ce fut Tipu qui finit par repérer le site, grâce à ses jumelles.

— *Oijé !* cria-t-il en désignant une zone droit devant lui. Il est là !

Après avoir repoussé sa visière, Horen plissa les yeux pour distinguer une tache plus sombre qui se détachait sur la rive.

— Le gamin a raison, grommela-t-il. Il n'est pas du tout là où je croyais.

— Comment est-ce possible ? m'étonnai-je. Il n'a pas pu se déplacer que je sache.

— C'est le fleuve qui s'est déplacé, m'expliqua Horen. La dernière fois que je suis venu, le sanctuaire était à l'intérieur des terres. Aujourd'hui, il est au bord de l'eau.

Alors que le vapeur s'approchait du site, il m'apparut clairement que, pour atteindre ce temple, il nous faudrait parcourir quelque deux cents mètres dans une étendue de boue hérissée de pousses de mangrove semblables à des lances. En descendant sur le pont inférieur, je constatai que Tipu se préparait déjà à cette traversée : ayant enlevé son tee-shirt et ses baskets, il remontait son jean au-dessus du genou. Je notai aussi qu'il avait allumé un autre petit joint sur lequel il tirait tout en se préparant.

Quand il remarqua ma présence, il me fit un clin d'œil.

— Alors, le Daron, me lança-t-il en me tendant le joint, une taffe, ça te dit ? Tu vas en avoir besoin.

Je secouai énergiquement la tête avant de tourner les talons.

Mais Tipu n'en avait pas fini avec moi.

— Hé, le Daron, tu veux bien m'expliquer comment tu comptes te dépatouiller ? me demanda-t-il en jetant un œil moqueur à mon pantalon et à mon coupe-vent. Si tu descends dans la boue sapé comme ça, tu vas en ressortir comme ça...

Il mima alors la démarche d'un zombie.

— À ta place, je me débarrasserais de certains trucs.

Il avait évidemment raison. Je me retrouvai finalement en sous-vêtements, contraint de draper un des *lungis* d'Horen autour de mes hanches à la manière d'un pagne. Horen prit mon portefeuille, mon téléphone et mes autres effets personnels pour les mettre à l'abri dans un casier.

— Si vous tombez dans la boue, vous n'en aurez pas vraiment besoin, me dit-il. On reviendra chercher tout ça plus tard si nécessaire.

En s'engageant sur la passerelle, il me donna quelques conseils pour progresser dans la boue.

— Utilisez votre gros orteil comme une pince, que vous enfoncez... comme ça... Je vous montre.

Le *lungi* retroussé jusqu'à l'entrejambe, il descendit prestement la passerelle et pénétra dans la vase molle et luisante. Pendant quelques secondes, parfaitement immobile, il continua de s'enfoncer. Il attendit d'avoir du limon jusqu'à mi-cuisse avant d'extraire un pied et de faire un pas. On aurait dit une cigogne.

— Soyez patient ! me cria-t-il par-dessus l'épaule. Pas de mouvement brusque.

Ces conseils ne me furent d'aucun secours.

Je n'avais pas imaginé que des bestioles gluantes et ondulantes viendraient me frôler les jambes et les pieds tandis que je m'enfonçais dans cette masse visqueuse, presque liquide. Saisi de panique, je voulus avancer sans sortir complètement mon pied. Je me retrouvai immédiatement le nez dans la fange veloutée et fondante, le rire de Tipu me perçant les tympans.

Et ce ne fut pas ma seule chute : je trébuchais tous les deux pas, alors même que Tipu et Horen me tenaient par les bras. La boue pénétrait dans mon corps par la bouche, les oreilles, les yeux – j'avais la sensation de régresser à l'état de limon primaire.

Persuadé que mes lunettes constituaient mon dernier lien avec la civilisation, je m'efforçais de les conserver sur le bout du nez, dans une rage maniaque et terrifiée et ce, malgré la crasse qui les recouvrait, elles et mes yeux. Je n'y voyais tellement rien que même lorsque la couche de vase ne fut plus épaisse que de quelques centimètres, j'eus encore besoin du soutien et de l'aide d'Horen et de Tipu.

Je sentis à un moment donné que je gravissais une pente puis franchissais une porte pour atteindre une surface pavée.

Me tirant par le coude, Horen me fit comprendre que je devais m'arrêter.

— Ne bougez plus, restez là où vous êtes.

Je m'exécutai, grelottant dans le froid de janvier et percevant à proximité un vague cliquetis métallique. On me versa brusquement un seau d'eau sur la tête, comme une douche glacée ; l'eau était si froide que je fus instantanément engourdi, incapable de remuer ou de produire le moindre son. Quelques instants plus tard, je sentis qu'on m'enfonçait quelque chose dans l'oreille – c'était un doigt – pour en extraire un bouchon de vase.

— Tu vois, le Daron, ricana Tipu, tu aurais fait un meilleur trip si t'avais pris une taffe.

Quand Horen replaça sur mon nez mes lunettes fraîchement nettoyées et séchées, j'eus l'impression de sortir d'un cauchemar. Je vis enfin que je me trouvais près d'un puits sur la margelle duquel était posé un seau en aluminium à moitié rempli. Nous étions dans une cour pavée, en face de ce qui ressemblait à une habitation dont le toit était effondré. Une bâche bleue avait été installée sur un des côtés et ce lieu semblait habité. Les braises d'un feu fumaient encore, il y avait deux casseroles à proximité.

Tout laissait à penser, m'expliqua Horen, que Rafi était passé par là. Il avait tendu deux filets de pêche devant la maison et entassé des tiges de bambous. Il devait être dans les parages et ne tarderait pas à revenir.

— Où peut-il être d'après vous ? demandai-je.

Horen réfléchit.

— Il y a deux ou trois coins en aval du fleuve que fréquentent les pêcheurs à cette époque de l'année. Si vous voulez, je peux aller y faire un tour en *bhotbhoti* avec Tipu.

Je m'empressai d'accepter sa proposition.

— Tout à fait. Allez-y tous les deux.

— Et vous ?

— Je vais rester ici. Je vais prendre le temps de découvrir le lieu.

— Entendu, acquiesça-t-il. On n'en aura pas pour longtemps.

Quand ils furent partis, je pus enfin explorer le site à ma guise et j'eus soudain le sentiment que tout ce que j'avais enduré jusque-là – la boue, l'humiliation, la douche glacée – en valait la peine.

Je me tenais en fait au centre d'une cour rectangulaire ; le temple, qui se dressait dans mon dos, se trouvait à l'autre bout de cet espace clos – ce ne fut qu'en me retournant que j'en découvris la façade.

L'édifice n'avait rien d'imposant – il n'était pas plus grand que les huttes de chaume communes dans la campagne du Bengale –, et le temps ne l'avait pas épargné. Mais l'originalité – et le charme – de son architecture était telle que j'en eus le souffle coupé.

Son toit bombé évoquait un bateau retourné, ce qui avait probablement rappelé à Nilima les temples de Bishnupur. Ceci n'était guère surprenant puisque tout dans cette structure – la couleur terre de Sienne brûlée, la forme du toit, les panneaux composant la façade – trahissait effectivement le style architectural le plus renommé du Bengale, celui qui trouvait son origine au XVIIe siècle au royaume de Bishnupur.

C'est un style en parfaite adéquation avec le lieu où il est apparu puisqu'il reprend les formes et les volumes caractéristiques de la campagne bengalie. Il utilise aussi intelligemment les matériaux disponibles localement. Plutôt que d'aspirer à la grandeur de la pierre (pratiquement inexistante au Bengale), il privilégie la brique, fabriquée grâce aux abondantes réserves de terre et de limon en provenance du delta. La couleur chaude de ces briques dures et fines explique en partie, de mon point de vue, le rayonnement de ce style né à Bishnupur.

Toutefois, on ne peut sculpter des murs de briques comme on l'a fait avec ceux de pierre des grands temples du Sud et du Centre de l'Inde (ou ceux du Cambodge et de Java), si bien qu'à Bishnupur, ce sont les frises et les bas-reliefs en *terracotta*, insérés dans les murs sous forme de plaques ou de tablettes, qui racontent une histoire (cette fonction narrative joue un rôle essentiel dans toutes ces structures).

Le sanctuaire que j'avais sous les yeux n'était bien sûr qu'un exemple mineur de ce style architectural mais je découvris avec joie que de nombreuses frises en décoraient la façade. Si cet édifice était effectivement lié à la légende du Marchand d'Armes, alors je trouverais forcément, sur l'un ou l'autre de ses murs, une représentation d'armes (ou plus exactement de mousquets).

J'en oubliai totalement mes récents déboires ainsi que mes vêtements encore trempés. Je me dirigeai vers la façade tout en réajustant mon *lungi*, concentré sur le seul frisson de curiosité qui m'animait désormais.

Ma principale crainte était que la dégradation des murs les ait rendus indéchiffrables – crainte qui se révéla fondée puisque les contours des bas-reliefs avaient été grandement érodés par le temps. Mais je me rendis compte bientôt, pour mon plus grand bonheur, que les contours originaux (ou du moins, ce que je prenais pour ces contours) avaient été en partie préservés et ce, d'une manière tout à fait curieuse : quelqu'un en avait redessiné les lignes à l'aide de tessons de poterie ! Je soupçonnai immédiatement qu'avaient été utilisés à cet effet des fragments de tasses en terre cuite rouge, semblables à celles dans lesquelles on servait du *chai* dans toutes les échoppes de thé indiennes. En regardant de plus près, je repérai, éparpillés le long de la façade, plusieurs bouts de poterie.

Les dessins ressemblaient à de simples hiéroglyphes grossièrement tracés. Bien que déjà en partie effacés, certains traits étaient encore lisibles. Comme dans certains hiéroglyphes, plusieurs symboles et motifs récurrents apparaissaient sous différentes combinaisons. Parmi les plus remarquables figuraient deux personnages enturbannés, chacun associé à un symbole spécifique. Un de ces symboles était aisément déchiffrable : il s'agissait d'une paume de main surmontée d'une tête de cobra. Si ce dessin symbolisait la déesse des serpents, Manasa Devi, j'en déduisais que le personnage qui l'accompagnait était le Marchand d'Armes. Selon cette logique, il semblait par conséquent évident que le second personnage devait être le marin, à savoir le Capitaine Ilyas. Alors que ce point ne faisait pratiquement aucun doute dans mon esprit, le symbole relié au marin, lui, demeurait mystérieux :

Je ne l'avais jamais vu et n'en comprenais pas la signification.

Certaines des frises n'étaient pas difficiles à interpréter. Sur plusieurs panneaux par exemple, le Marchand et le Capitaine étaient assis dans un bateau : cela correspondait manifestement à des épisodes de leur périple. Sur un des murs étaient représentés plusieurs objets évoquant des coquillages : j'y vis des conques ramassées par les deux hommes dans un de leurs ports d'escale. Un autre panneau montrait un livre, sous la forme d'un manuscrit sur palme enluminé. L'avant-dernier panneau, sur lequel le Marchand semblait ligoté, était également facile à décrypter : il devait faire référence à l'épisode où le Marchand est transféré sur l'île aux Chaînes pour y être vendu comme esclave.

Mais beaucoup d'autres figures et symboles demeuraient incompréhensibles, comme ce panneau portant l'image d'un monticule surmonté de deux palmiers, ou encore ce pan de mur qui semblait couvert de drapeaux ou de fanions flottants. Le plus étrange de ces symboles restait le dessin récurrent de deux cercles concentriques.

Que pouvait-il bien signifier ? Sur l'un des panneaux, les cercles étaient traversés de lignes, ce qui accroissait encore l'opacité du dessin :

Le fait de ne pas voir les objets que je m'attendais à y trouver, à savoir fusils et mousquets, était tout aussi déroutant. Je ne repérai qu'une seule vague référence à des armes à feu : un des panneaux présentait une silhouette casquée munie d'un objet allongé qui pouvait passer pour un mousquet ou une lance. Ce dessin représentait probablement un pirate européen (un *harmad* ainsi qu'on les désignait en bangla). Il ne faisait aucun doute que ce personnage était armé, mais l'arme qu'il portait n'était peut-être pas un fusil.

Je scrutai l'ensemble des panneaux, essayant d'en mémoriser tous les détails. Jamais mon téléphone ne m'avait autant fait défaut : si je l'avais eu sur moi, j'aurais pu garder une trace de tous ces dessins. Et sans parler de téléphone, je n'avais aucun bout de papier ni même de crayon pour en reproduire quelques-uns…

Dès que le vapeur serait de retour, je demanderais à Horen d'aller récupérer mon téléphone et mon appareil photo.

J'étais tellement concentré sur les murs extérieurs que l'idée de franchir la porte voûtée du sanctuaire pour en découvrir l'intérieur ne me vint que dans un second temps.

L'obscurité qui y régnait paraissait d'autant plus grande qu'elle contrastait avec l'extrême luminosité extérieure du milieu de matinée. Après avoir franchi la porte, je compris à l'écho produit par mes pieds nus que je pénétrais dans une salle caverneuse surmontée d'un dôme, caractéristique de ce type d'architecture : les temples de Bishnupur s'ouvrent souvent sur un espace dénudé susceptible d'accueillir une communauté, du fait peut-être d'une influence islamique ou chrétienne. Il m'était en revanche impossible de définir précisément la hauteur ou la largeur de cet espace ; je sentais seulement sous mes pieds un tapis de mousse glissant et, tout autour de moi, la fraîcheur d'une humidité légèrement fétide.

Tandis que j'observais le lieu, je perçus dans mon dos comme un grondement sourd. Je me retournai, pensant qu'un chien m'avait suivi. Je me trompais. Le visage d'un garçon aux cheveux hirsutes se découpait dans l'encadrement de la porte voûtée : le regard braqué sur moi, il avait l'air totalement médusé.

Ce ne pouvait être que le fameux Rafi. Ravi de le rencontrer, je me précipitai vers lui.

— *Ei to !* Ah, te voilà ! Je t'attendais ! m'exclamai-je.

Effrayé de me voir approcher, il se mit reculer, ce qui ne me surprit pas outre mesure : après tout, j'étais un inconnu, peut-être même, à ses yeux, un intrus. Mais sa réaction avait quelque chose d'excessif qui m'amusait presque : il semblait saisi d'épouvante, comme confronté à une sorte de monstre.

— Je suis juste de passage, tentai-je d'expliquer pour le rassurer. J'arrive de Kolkata…

Ces mots n'eurent aucun effet sur son mouvement de recul. Il continua de s'éloigner de moi jusqu'à buter contre la margelle du puits. Là, il s'immobilisa enfin. Baissant les yeux, il respira profondément comme s'il venait d'échapper à un terrible danger.

Il devait avoir dix-sept ou dix-huit ans. Un léger duvet recouvrait sa lèvre supérieure et il avait de longs membres déliés, un visage fin, de grands yeux ourlés de longs cils et des lèvres charnues, foncées, légèrement tombantes. Ses pieds nus étaient recouverts d'une épaisse couche de boue. Il portait une chemise élimée et un *lungi* de coton fané remonté au-dessus des genoux. Sa touffe de cheveux en bataille, son regard vif et pénétrant lui donnaient un air tout à la fois sauvage et délicatement gracieux – il faisait penser à un petit fauve craintif prêt à prendre la fuite à tout moment.

— On dirait que tu ne t'attendais pas à me voir là. Tu es bien Rafi ?

Il confirma d'un signe de tête et se redressa.

— Et vous, qui êtes-vous ? répliqua-t-il dans un bangla dont je notai l'intonation rustique des Sundarbans. Qu'est-ce que vous faites ici, tout seul ?

— Je m'appelle Dinanath Datta, répondis-je en m'efforçant toujours de ne pas l'effrayer. Je suis simplement venu visiter le temple. C'est Horen Naskar qui m'a conduit…

— Ah bon ? Mais il est où ? Je n'ai pas vu son bateau.

— Il est parti à ta rencontre. Il croyait que tu étais dans le coin. Je lui ai demandé d'aller te chercher.

— *Keno ? Ki chai ?* s'écria-t-il en écarquillant ses yeux méfiants. Mais pourquoi ? Qu'est-ce que vous me voulez ?

— Je veux juste te poser quelques questions concernant le sanctuaire.

— Je ne crois pas pouvoir vous dire grand-chose, répliqua-t-il sèchement. Je me suis jamais beaucoup intéressé à ce *dhaam*.

— Mais qui a redessiné les contours des dessins, alors ?

— Ma mère. Elle est morte l'année dernière.

— Je suis désolé. Est-ce qu'elle parlait beaucoup du *dhaam* ?

— Un peu, dit-il en se balançant d'un pied sur l'autre.

Disait-il la vérité ou cherchait-il à noyer le poisson ?

— Je suis sûr que ta mère ou ton grand-père t'ont raconté des choses sur cet endroit, insistai-je en essayant de le mettre en confiance. Tu te souviens forcément de quelques histoires ?

— Un peu, confirma-t-il avec réticence.

— Dans ce cas, allons voir ensemble ces dessins. Dis-moi ce dont tu te souviens.

Peut-être Rafi avait-il la mémoire plus tenace que ce qu'il pensait ou peut-être n'est-il pas si simple d'oublier les histoires entendues dans sa petite enfance. Toujours est-il que lorsqu'on se mit à examiner ensemble les différents panneaux, il fut capable d'identifier beaucoup de dessins et d'en confirmer de nombreux détails.

Il s'avéra que mon hypothèse concernant le personnage du Marchand d'Armes et le symbole qui lui était attaché était tout à fait correcte. J'avais également eu raison de reconnaître dans l'autre figure enturbannée le mentor et compagnon du Marchand, à savoir le Capitaine Ilyas. Toutefois, pour ce qui était du symbole auquel ce dernier était associé, Rafi n'en savait pas plus que moi.

Il confirma néanmoins l'identité que j'avais attribuée au personnage casqué : il s'agissait bien d'un pirate, plus exactement du chef des *harmads* ayant capturé le Marchand en pleine mer alors que celui-ci tentait d'échapper aux foudres de Manasa Devi.

Mais j'avais aussi commis plusieurs erreurs d'interprétation, notamment dans ma lecture du panneau où apparaissaient les coquillages. Il ne s'agissait pas de conques mais de coquilles de cauri : en me fournissant cette explication, Rafi mit en lumière un élément essentiel de la légende.

L'histoire racontait en effet qu'après avoir été fait prisonnier par les pirates, le Marchand d'Armes avait été transporté dans un port et mis en vente comme esclave. Le Capitaine Ilyas était entré dans sa vie à ce moment-là : reconnaissant en la personne du Marchand un homme intelligent qui avait déjà beaucoup voyagé, le Capitaine l'avait acheté aux *harmads* et lui avait rendu la liberté. En échange, le Marchand avait conduit le Capitaine vers une île où les coquilles de cauri abondaient : c'était là que les deux hommes avaient fait fortune.

Je réfléchis un peu à ces cauris que Rafi venait de mentionner : j'avais lu quelque part que, pendant des siècles, ils avaient servi de monnaie dans tout l'océan Indien et même au-delà. Je me souvenais aussi que la plupart de ces coquillages provenaient exclusivement d'une île dont le nom m'échappait pour l'instant. Je n'eus guère le loisir d'y penser plus avant puisque Rafi était déjà passé à un second panneau.

Après avoir constitué leur trésor, poursuivit-il, le Marchand et le Capitaine avaient emporté leurs coquillages sur une autre île – il désigna alors le panneau représentant un monticule entouré de deux palmiers, m'expliquant qu'il s'agissait du "pays du Sucre de Palme" (Taal-misrir-desh). À peine les deux hommes y avaient-ils posé le pied qu'ils avaient été assaillis par des monstres cracheurs de poison et donc contraints de se replier vers un autre pays. Rafi me montra à cet instant le panneau couvert de drapeaux et de fanions. C'était un certain "pays aux Fichus" (Rumaali-desh) où le Marchand d'Armes et le Capitaine avaient été une nouvelle fois rattrapés par le mauvais sort. Manasa Devi avait déchaîné contre eux des vents brûlants : la terre était tellement sèche qu'un souffle torride avait mis le feu à leur maison et détruit les alentours. Les malheureux voyageurs avaient été incriminés par leurs voisins, qui s'étaient dressés contre eux et les avaient chassés. Ils avaient alors fui, sur décision du Capitaine, vers l'unique endroit où ils étaient assurés que Manasa Devi ne pourrait leur nuire, là où on ne trouvait pas de serpents : ce refuge n'était autre que l'île aux Armes (Bonduk-dwip). C'était cette île, précisa Rafi, que symbolisaient les deux cercles concentriques car Bonduk-dwip était une île, certes, mais plus exactement une île dans une île, d'où le cercle dans le cercle.

Qu'en était-il des cercles traversés de diagonales ?

Rafi prit un air songeur.

— Mon grand-père m'en a parlé un jour. Mais je ne me souviens plus de ce qu'il m'en a dit.

Son ton indiquait clairement que je lui avais posé suffisamment de questions. Se détournant du sanctuaire, il eut un geste d'agacement.

— Tout ça, c'est n'importe quoi, fit-il en secouant sa chevelure comme s'il s'agissait d'une crinière. Le pays du Sucre de Palme ou l'île aux Armes, ça n'existe pas. C'est juste une légende. Personne ne commande les serpents.

Il eut beau asséner ces affirmations avec véhémence, je crus percevoir dans sa voix une inflexion contradictoire : le scepticisme dont il faisait preuve vis-à-vis à la légende n'était-il pas lié à une vieille déception ? Peut-être de celles que connaissent les enfants en apprenant qu'il n'y a pas de père Noël au pôle Nord, ni de fabrique de jouets ?

— Tu as raison, dis-je en riant. Tout comme il est évident, n'est-ce pas, que ce *dhaam* n'a aucun rapport avec Manasa Devi ?

Ses yeux aux longs cils étincelèrent, comme traversés par une lueur d'embarras.

— Pourquoi dites-vous ça ?

— Parce que, si Manasa Devi avait un lien quelconque avec ce lieu, alors il y aurait très certainement un serpent dans les environs. Un cobra par exemple ?

Levant les yeux vers lui, je remarquai avec surprise que son visage s'était figé. Il me regardait fixement, une main sur la bouche.

— Que se passe-t-il ? demandai-je. *Ki hoyechhe ?*

Il retira lentement sa main.

— Mais il y en a un, murmura-t-il.

— Un quoi ?

— Il y a bien un cobra à l'intérieur du *dhaam*. Ça fait des années qu'il est là.

J'écarquillai les yeux à mon tour.

— C'est impossible. Je suis entré dans le *dhaam* et je n'ai rien vu.

— Il était juste derrière vous. Quand vous êtes sorti, je l'ai vu, dans votre dos. Il avait la tête dressée, juste au-dessus de votre épaule. C'était la première fois que je le voyais comme ça. D'habitude, quand je viens, il ne sort jamais et, moi, je le laisse tranquille – il éloigne les autres serpents et les animaux. Je n'entre jamais là-dedans – vous avez dû le déranger.

— Mais non, non…, répétai-je en secouant la tête. C'est impossible !

À ce moment-là, j'étais persuadé qu'il plaisantait ou qu'il racontait n'importe quoi. Il était totalement inimaginable que j'aie pu pénétrer dans le repaire d'un cobra. Ces choses-là ne peuvent arriver à des gens comme moi – des antiquaires vivant reclus et passant le plus clair de leur temps les yeux rivés sur un écran d'ordinateur ou un vieux livre.

Nous nous trouvions à l'un des angles du *dhaam*, à l'endroit où la façade jouxtait le mur d'enceinte. De là, il était impossible de discerner quoi que ce soit à l'intérieur de l'édifice ; on ne voyait que la porte voûtée et la pénombre au-delà.

J'avais tellement de mal à croire ce que je venais d'entendre que je me dirigeai vers le temple sans même réfléchir à ce que je faisais. Je me retrouvai ainsi devant l'entrée, désireux de vérifier, de mes propres yeux, que j'avais bien raison.

Ce fut alors qu'il apparut, surgissant de l'obscurité tel un coup de fouet, se dressant au-dessus de moi, l'intrus, comme s'il attendait ma venue pour se montrer.

Séparé de lui de quelques dizaines de centimètres à peine, je l'observai et compris qu'il ne s'agissait pas d'un cobra ordinaire mais d'un cobra royal – une hamadryade qui, tête dressée, faisait la même taille que moi.

Il darda plusieurs fois sa langue tandis que je plongeai mon regard dans ses yeux noirs et brillants, percevant dans le même temps un grondement (j'appris plus tard que les serpents de cette espèce ne sifflent pas mais émettent ce type de son).

J'étais tétanisé, cloué au sol. Et pourtant, je demeure convaincu à ce jour encore que, sans les événements ultérieurs, jamais il n'aurait fait de mal à qui que ce soit en dépit de sa proximité.

Je ne m'étais pas rendu compte que Tipu, arrivé à l'entrée du site quelques instants plus tôt, observait la scène. Persuadé que le serpent allait m'attaquer, il avait saisi un filet de pêche et s'était avancé dans la cour à pas de loup.

Je ne pris conscience de sa présence que lorsqu'il lança le filet en direction du cobra – au moment exact où l'animal passa à l'attaque, avec une rapidité et une force surprenantes. Alors que le filet s'abattait sur sa tête, il s'élança vers Tipu et parvint à le mordre, enfonçant un de ses crocs juste au-dessus du coude gauche du jeune homme.

Puis il disparut aussi soudainement qu'il était apparu. Le filet gisait au sol, vide. Tipu, agenouillé, était penché sur son coude et fixait sa blessure. Il s'avachit lentement tout en me regardant dans les yeux.

— Qu'est-ce que… qu'est-ce que je dois faire maintenant, le Daron ? murmura-t-il.

En état de choc, j'étais incapable de réagir. Je me contentais de le fixer, impuissant.

— Pourquoi tu nous as traînés ici, le Daron ?

Je levai les yeux vers Horen : il était pétrifié telle une statue et avait un air horrifié.

— Qu'est-ce qui se passe, le Daron ? demanda Tipu en se tenant le bras.

Ses pupilles avaient déjà commencé à rouler vers le haut, on ne voyait plus que le blanc de ses yeux.

J'entendis à ce moment-là un bruit de pas et vis en levant la tête que Rafi courait vers nous. À mon grand soulagement, il semblait savoir exactement que faire. Il retroussa son sari, s'agenouilla et porta à sa bouche le bras de Tipu, qui avait déjà beaucoup gonflé. Collant ses lèvres autour du point où le croc du serpent avait transpercé la peau, il se mit à aspirer la plaie – son teint s'obscurcissait à mesure qu'il redoublait d'efforts.

Une fois la bouche pleine, il releva la tête et se tourna pour cracher. Mais avant de pouvoir la vider totalement, il poussa un cri étranglé et porta ses mains à la poitrine.

— Tu en as avalé ? demanda Horen.

Il fit oui de la tête tout en grimaçant.

— Ne t'en fais pas, reprit Horen. Tant que ça reste dans ton ventre sans passer dans le sang, ce n'est pas dangereux.

Rafi continua rageusement d'aspirer et de cracher. Au bout d'une minute, il s'essuya la bouche de la main.

— Quand un cobra vous injecte un truc, expliqua-t-il en regardant Horen, on ne s'en débarrasse jamais. C'est ce que disait mon grand-père.

Se penchant de nouveau sur Tipu, il plaça les deux mains autour de son bras qu'il commença à serrer.

— J'ai besoin d'une corde.

Horen arracha un bout du filet que Tipu avait lancé et le tendit à Rafi. Celui-ci l'entortilla autour du bras de Tipu avant d'utiliser un morceau de bois pour serrer le garrot.

Pendant ce temps, Horen avait confectionné une sorte de hamac avec le filet de pêche.

— On va l'utiliser pour transporter Tipu jusqu'au vapeur, dit-il. Avec un peu de chance, on peut être à l'hôpital de Lusibari dans deux heures.

Quand Rafi eut terminé le garrot, il fit glisser Tipu dans le filet. Horen et lui soulevèrent chacune des extrémités et se mirent en route. Je les talonnais.

Nous approchions de la rive de boue quand Horen me lança hargneusement, sans se retourner :

— Faites attention. Ce n'est pas le moment de tomber dans la boue cette fois. On n'a pas de temps à perdre.

VISIONS

Alors qu'on l'installait sur un matelas à l'abri du soleil, dans la cabine principale du vapeur, Tipu garda les yeux fermés et n'émit pratiquement aucun son. Même quand le moteur démarra et que le vapeur s'ébranla dans un vrombissement assourdissant, il ne broncha pas, comme mort. On crut pendant quelques instants qu'il avait perdu connaissance. Mais il finit par ouvrir tout à coup les yeux et tourna la tête pour regarder son bras qui avait atrocement gonflé et changé de couleur. Il écarquilla les yeux en découvrant le garrot puis fixa la plaie qui formait à présent une sorte de cratère au sommet d'une excroissance de chair gonflée.

— *Eta ki ?* demanda-t-il d'une voix plaintive presque enfantine. C'est quoi ça ? On dirait que j'ai un truc à l'intérieur du corps, qui est en train de me dévorer. C'est quoi ?

— Ne regarde pas ton bras, lui conseilla Rafi. Essaie de ne pas y penser.

Se hissant lui aussi sur le matelas, Rafi croisa ses longues jambes minces et plaça délicatement mais fermement la tête de Tipu sur ses genoux. Il passa une main sur son front où perlait la sueur.

— N'aie pas peur, reprit-il. Le serpent qui t'a mordu n'est pas un animal ordinaire. Mon grand-père disait qu'il avait été envoyé pour nous protéger.

Tipu avait le regard vitreux. Il ne semblait pas avoir compris ce que Rafi lui avait dit.

— Qui es-tu ? demanda-t-il. J'ai l'impression de t'avoir déjà vu.

— C'est vrai, dit Rafi. *Amader kono porichay nei.* C'est la première fois qu'on se rencontre mais, moi aussi, j'ai l'impression de te connaître.

— Comment ça se fait ? Comment est-ce possible ?

— Peu importe. Essaie de rester calme. C'est le plus important.

— Rester calme ? Comment rester calme quand je sens comme une braise brûlante se consumer tout au fond de moi ?

J'allai chercher une bouteille d'eau que Rafi approcha doucement des lèvres de Tipu. Celui-ci but goulûment – sa pomme d'Adam glissait de haut en bas tandis qu'on versait délicatement un filet d'eau dans sa bouche. Il finit par repousser la bouteille.

— Je la sens encore, cette brûlure, à l'intérieur…

— Bois un peu plus, conseilla Rafi.

Tipu laissa retomber sa tête sur les genoux de Rafi, les yeux toujours grands ouverts. Il changea alors d'expression : ses pupilles glissèrent de nouveau lentement vers le haut, découvrant le blanc de ses yeux. Sa bouche s'entrouvrit, laissant s'écouler un filet de salive à chaque coin. Tout son corps fut soudainement saisi de convulsions, parcouru de petits mouvements spasmodiques comme le corps d'un animal en train de rêver. Sa tête, elle, ne bougeait pas, toujours renversée dans une étrange position, les yeux révulsés et éteints, la bouche relâchée et entrouverte.

Au bout d'un moment qui parut durer une éternité, les convulsions cessèrent et les pupilles reprirent leur place habituelle, au centre des yeux. Tipu ne sembla pas se réveiller pour autant. Il parut plutôt retourner à l'état dans lequel il était plongé avant de perdre connaissance – pas exactement une phase d'éveil puisqu'il n'avait visiblement pas conscience de l'endroit où il se trouvait.

— Où suis-je ? Où suis-je ? répéta-t-il alors que ses yeux reprenaient vie.

— Sur le bateau d'Horen Naskar, expliquai-je. On est là, avec toi.

Il leva brusquement une main comme pour me repousser.

— Non ! Non ! cria-t-il. Je suis dans l'eau et ils m'attaquent.

— *Ke ?* Qui ça ? demanda Rafi, qui caressait toujours doucement son front trempé de sueur. Qui est-ce qui t'attaque ?

— Je ne les vois pas, je vois juste leurs ombres. Ils s'approchent mais ils ne peuvent pas m'attraper.

— Comment ça ?

— C'est à cause d'eux.

— À cause de qui ?

— Des serpents.

— Quels serpents ?

— Vous ne les voyez pas ? Ils sont partout, poursuivit Tipu en levant la main droite et en pointant son index. Regardez ! Là, là et là… Partout. Vous les voyez maintenant ?

Il semblait véritablement surpris qu'on ne voie pas ce qu'il nous montrait.

Totalement déconcerté par ses propos, je perdis mon calme.

— *Na !* hurlai-je. Non ! Il n'y a rien ni personne, à part nous…

Cela me valut une réaction courroucée de Rafi.

— Qu'est-ce que vous en savez ? m'interrompit-il sèchement. Pourquoi n'y aurait-il rien d'autre que nous ? *Chup korun !* Taisez-vous ! Laissez-le parler s'il a des choses à dire. Et si ça ne vous plaît pas, sortez d'ici.

Je fus décontenancé par son ton à la fois protecteur et menaçant ; on aurait dit un fauve veillant sur son petit.

Pendant ce temps, le flot de mots jaillissant de la bouche de Tipu ne tarissait pas.

— Elles me recouvrent de partout… j'en ai autour des mains, sous les pieds… mais elles ne me font pas peur ; elles veulent m'aider… sinon elles m'auraient déjà capturé…

— Qui ça ? demanda Rafi. Qui t'aurait capturé ?

— Elles… Les ombres.

— C'est qui ?

— Je ne les vois pas… c'est juste comme des vides en mouvement… qui veulent nous absorber…

Tandis que sa voix s'amenuisait, sa tête retomba. Ses yeux toujours ouverts recommencèrent à se révulser. Les convulsions reprirent et je compris qu'il venait de retomber dans son état antérieur.

Rafi n'avait cessé de lui caresser la tête et le visage. Malgré toutes leurs différences – la boucle d'oreille et les mèches colorées de l'un, les cheveux en bataille et la méfiance de sauvageon de l'autre –, ils semblaient à présent unis par un étrange lien. On aurait dit qu'en passant du corps de Tipu dans la bouche de Rafi, le venin avait créé entre eux une affinité presque charnelle.

Je n'eus bientôt plus le courage de regarder Tipu convulser. Je sortis de la cabine pour rejoindre le poste de timonerie.

Horen leva la tête quand j'apparus à la porte.

— J'ai entendu la voix de Tipu, dit-il. On dirait qu'il délire – *baje bokchhé*, il raconte n'importe quoi.

Le côté terre à terre de l'expression bengalie me rassura grandement. Il a raison, évidemment, pensai-je. Il ne s'agit que d'un délire – ce qui se produit souvent après un choc.

— C'est ça, confirmai-je. Il raconte n'importe quoi.

— Ce n'est pas plus mal, ajouta Horen. S'il arrive à geindre, ça veut dire qu'au moins, il lutte pour rester en vie.

— On sera à l'hôpital dans combien de temps ?

Horen regarda le téléphone qu'il avait posé devant lui.

— Encore une bonne heure et demie.

Il me fit signe d'entrer.

— Vous pouvez prendre la barre quelques instants ? On vient d'entrer dans la zone où on capte du réseau et je veux appeler Moyna. Elle va prévenir l'hôpital.

Je posai précautionneusement les mains sur la barre tandis qu'Horen sortait du poste pour téléphoner. Puisqu'on se trouvait sur une portion du fleuve large et peu fréquentée, je n'avais pas grand-chose à faire. C'était plutôt revigorant d'être là-haut, en plein soleil, au milieu d'un cours d'eau qui s'étendait à perte de vue. Quand Horen me demanda s'il pouvait aller voir Tipu, j'acceptai sans hésiter.

— Allez-y. Je peux me débrouiller seul quelques minutes encore.

Horen s'absenta un peu plus longtemps que ce que je pensais, entre cinq et dix minutes. À son retour, il avait l'air secoué.

— Il y a eu un problème ? demandai-je en lui rendant la barre.

— Tipu délirait encore, répondit-il d'un air bourru. Il n'arrêtait pas de demander à Rafi comment il s'appelait, et Rafi lui répétait son nom, encore et encore. Mais chaque fois que Rafi prononçait son prénom, Tipu secouait la tête : "Non, non, c'est pas ça." Comme ça n'en finissait pas, j'ai dit à Rafi : "Ne lui réponds plus, il raconte n'importe quoi, il n'a plus toute sa tête." Mais Rafi s'est énervé et m'a dit que Tipu avait raison. "Rafi" n'est qu'un surnom, m'a-t-il expliqué. Son vrai nom, celui que son grand-père lui a donné, c'est Ilyas – comme le personnage de la légende. Et ce n'est que lorsque Tipu a entendu ce prénom qu'il a arrêté de dire non. Il s'est un peu calmé. "Oui, c'est ça, a-t-il dit, maintenant, je le reconnais."

Horen leva un sourcil.

— D'après Rafi, il n'y a que son grand-père qui utilisait ce prénom, précisa-t-il en faisant la moue. Bizarre, non ? Comment Tipu peut-il connaître ce prénom ? C'est la première fois qu'il rencontre Rafi.

— Il n'y a rien de bizarre là-dedans, répliquai-je avec brusquerie. Tipu a dû nous entendre parler de cette légende ce matin. Il a dû nous entendre mentionner le nom d'Ilyas, c'est pourquoi il l'avait en tête. Et il n'est guère surprenant que le grand-père de Rafi lui ait donné ce prénom puisqu'il était gardien du temple.

— Oui, bien sûr, vous devez avoir raison, répondit Horen d'un air plutôt soulagé.

Il jeta un œil sur son téléphone.

— On avance bien – on n'en a plus pour très longtemps. Vous devriez descendre pour veiller sur lui.

Je m'apprêtais à entrer dans la cabine mais en entendant la voix de Tipu, je m'immobilisai.

— Elles sont tout près maintenant, tout près… Les ombres, je sens leur froid. J'ai tellement froid – serre-moi dans tes bras, s'il te plaît !

Rafi posa ses paumes sur la poitrine de Tipu.

— Je suis là, je te tiens. Tu ne crains rien.

Ces mots parurent rassurer Tipu, qui poussa un long soupir.

— Elles reviennent. *Phire jachhé.* Elles ne peuvent pas passer…

— Passer où ?

Tipu ne répondit pas directement à la question. Il se contenta de soulever une main comme s'il caressait une chose qui se serait enroulée autour de lui pour le protéger. Il parut se calmer mais ne tarda pas à hurler de nouveau.

— Non ! Non ! Elles s'en prennent à autre chose. Mais je ne vois pas ce que c'est.

Alors qu'une longue plainte sortait lentement de sa bouche entrouverte et baveuse, son corps se raidit, se tendant tel un arc et glissant presque des mains de Rafi. Il gémit une nouvelle fois et prononça quelques mots que je ne compris pas.

— Que dit-il ? demandai-je à Rafi. Tu comprends ?

— C'est un nom, un nom de femme. "Rani."

Le corps de Tipu se relâcha brusquement. Sa tête roula en arrière et ses pupilles reprirent leur place. Malgré son air vidé, épuisé, il marmonnait encore entre ses dents.

Rafi déplia les jambes pour s'allonger contre Tipu et le prendre dans ses bras, comme pour le retenir loin de ceux qui voulaient l'enlever.

Les convulsions cessèrent d'un coup, laissant son corps tout mou.

— Il respire encore ? m'affolai-je.

— Oui. Il s'est juste évanoui. C'est peut-être mieux ainsi.

— Tu as compris ce qu'il disait avant de s'évanouir ?

Rafi hocha la tête.

— Il a dit qu'on devait appeler quelqu'un – une femme, une certaine Piya. Vous la connaissez ?

— Oui. Mais pourquoi voulait-il qu'on l'appelle ?

— Il a dit qu'on devait l'avertir.

— À quel sujet ?

— Au sujet de Rani.

— Mais qui est Rani ?

— J'en sais rien, s'emporta-t-il. Peu importe, vous devriez appeler cette Piya.

Il me vint tout à coup à l'esprit que Piya aimerait sûrement être informée de l'état de Tipu.

— Entendu. Je l'appelle tout de suite.

Depuis la proue du bateau, je composai son numéro et collai le téléphone à mon oreille. Deux sonneries retentirent, et puis plus rien. En jetant un œil sur l'écran, je remarquai que l'icône de réseau était inactive : on se trouvait visiblement de nouveau dans une zone non couverte.

Alors que je fixais désespérément l'appareil, espérant voir réapparaître les petites barres, Rafi surgit à côté de moi. Il désigna de la tête la cabine principale.

— Tipu n'en peut plus. Il s'est endormi.

— Tant mieux, dis-je, les yeux toujours rivés sur mon téléphone.

Après m'avoir observé, Rafi secoua la tête.

— Ça ne sert à rien, me lança-t-il avec son intonation un peu rustre. Il va falloir attendre.

Ces conseils que je n'avais pas sollicités m'agacèrent.

Attendre quoi ?

— Ce que vous cherchez, me répondit-il avec assurance.

Fronçant les sourcils, je le dévisageai de la tête aux pieds. Avec sa tignasse ébouriffée, sa chemise effilochée et ses pieds couverts de boue, on aurait dit une créature sauvage : il était hautement improbable qu'un garçon comme lui, vivant de la pêche dans un coin reculé, y connaisse quoi que ce soit en téléphones portables.

— Et que sais-tu au juste de ce que je cherche ? rétorquai-je sèchement.

Rafi me fixa de ses yeux aux longs cils qui ne trahissaient pas grand-chose. Plongeant la main dans la ceinture de son *lungi* fané, il sortit un petit paquet enveloppé de plastique. Quand il eut défait l'emballage, j'eus la stupéfaction de découvrir un téléphone portable qui ressemblait beaucoup au mien. Il l'alluma et, au bout de quelques secondes, tendit le bras pour me montrer l'appareil.

— Vous voyez, dit-il en tapotant la partie supérieure de l'écran, pas de réseau. On n'aura aucune barre jusqu'à l'autre embranchement, là-bas…

Il leva une main pour désigner une zone au loin.

— Et même là, vous n'aurez que deux barres. Pour trois barres ou plus, il faudra attendre d'être là-bas…, ajouta-t-il en montrant du doigt un endroit plus éloigné encore.

Il tendit le cou pour inspecter mon téléphone.

— Mais comme vous avez un vieux modèle, il faudra peut-être patienter un peu plus longtemps.

Un petit sourire satisfait s'afficha alors sur son visage, ce qui était de bonne guerre : il avait manifestement saisi que les rôles étaient inversés et que ma propre ignorance était à présent mise à nu.

Je n'étais pas fier d'avoir pu penser que parce que Rafi était un pêcheur des Sundarbans, il n'y connaissait rien en téléphonie mobile. J'avais bien sûr vaguement conscience que certaines des croyances avec lesquelles les Indiens de mon âge avaient grandi

– comme l'idée que les gens des campagnes étaient "retardés", notamment en matière d'innovations technologiques – n'étaient plus fondées, si tant est qu'elles l'aient été un jour. J'avais pu constater que les jeunes Indiens, riches ou pauvres, éduqués ou pas, avaient une maîtrise des portables et des ordinateurs bien plus grande que la mienne. Et j'avais également conscience, malgré la bulle dans laquelle je vivais, qu'en Inde, comme dans beaucoup d'autres pays pauvres, un grand nombre d'habitants avaient des compétences informatiques qui ne reflétaient en rien leurs conditions de vie ou leur niveau d'éducation. Malgré tout cela, j'avais réussi à me couvrir de ridicule en sous-entendant qu'un garçon comme Rafi ne devait rien savoir du fonctionnement d'un appareil à présent aussi banal qu'un téléphone portable.

Rafi m'observait, un demi-sourire aux lèvres. Ses yeux brillants et ses commissures tombantes rendaient son visage particulièrement expressif : incontestablement, il parvenait à lire dans mes pensées.

— Les touristes sont souvent surpris de voir qu'on a, nous aussi, des téléphones portables. Même si je ne comprends pas bien leur surprise puisque c'est nous qui avons besoin de portables, plus encore que les gens de la ville. Pour nous, c'est parfois une question de vie ou de mort.

— Comment ça ?

— À cause des alertes météo. On peut se faire surprendre par une tempête si on ne suit pas les alertes. Le GPS est aussi un outil précieux, du moins là où il y a du réseau. Mais là-bas, ajouta-t-il en désignant la partie du fleuve que l'on venait de parcourir, on doit encore se souvenir du chemin, comme le faisait mon grand-père. Il n'a jamais eu besoin de GPS, lui – il avait tout dans la tête.

— Il t'a appris beaucoup de choses ?

— Quelques-unes. Mais il y avait des tas de trucs qu'il ne voulait pas me transmettre.

— Comme quoi ?

Il haussa les épaules.

— Des trucs sur les animaux, les poissons, la rivière – il disait que je n'avais pas besoin d'apprendre ce qu'il savait parce que les rivières, la forêt et les animaux n'étaient plus ce qu'ils avaient été. Il disait que les choses changeaient tellement, et tellement vite, que jamais je ne pourrais m'en sortir si je restais ici – qu'un jour ou l'autre, je serais obligé de partir.

— Pour aller où ?

Il haussa de nouveau les épaules.

— Je n'en sais rien… Là où vont les gens… À Bombay, Delhi – je ne sais pas.

— Tu penses à partir ?

— C'était impossible tant que ma mère était en vie. Mais maintenant…

Sans finir sa phrase, il tourna les talons et repartit vers la cabine principale.

Jetant un nouveau coup d'œil à mon téléphone, je vis que les barres de réseau étaient réapparues. Quand je composai le numéro de Piya, je tombai sur un message m'informant, en hindi, que ma correspondante avait pris un autre appel. Je rappelai quelques minutes plus tard et tombai sur le même message. Le scénario se répéta plusieurs fois ; l'attente me parut interminable et j'étais sur le point de renoncer quand l'appel finit par aboutir.

Piya décrocha après quelques sonneries. Sa voix trahissait l'énervement et l'impatience.

— C'est toi, Deen ?

— Oui.

— Désolée, mais je n'ai pas le temps de discuter. Je te rappelle plus tard.

— C'est urgent. Je t'appelle au sujet de Tipu.

— Ah ? Que se passe-t-il ?

— Il a pris le bateau avec moi aujourd'hui – apparemment, Nilima lui avait demandé de m'accompagner au sanctuaire.

— OK… Et alors ?

— Il y a eu un problème.

— Quel type de problème ?

— Tipu a été mordu. Par un serpent. Il délire mais on est en route pour l'hôpital.

Elle inspira profondément.

— Est-ce que quelqu'un a vu le serpent ? C'était quoi comme espèce ?

— Oui, on l'a vu. C'était un très gros cobra. Je suis presque certain qu'il s'agissait d'un cobra royal.

— Oh, merde ! pantela-t-elle. Une morsure de cobra royal peut tuer un éléphant !

— Mais, mais…, bégayai-je. Il y a sûrement un moyen de… L'hôpital va pouvoir…

— Mais non ! Ils n'auront pas l'antidote adéquat. C'est un sérum rare, et très cher… Elle s'interrompit brusquement avant d'ajouter : Attends !

Je n'entendais plus ce qu'elle disait mais je percevais des bruits dans le fond. Il me sembla qu'elle s'était précipitée dans une pièce très fréquentée et qu'elle murmurait des choses à l'oreille de quelqu'un de manière pressante. Quelques instants plus tard, elle était de retour avec une bonne nouvelle : elle venait de parler à un ami erpétologiste qui participait à la même conférence qu'elle. Comme il s'apprêtait à partir en mission dans la jungle, il avait avec lui des réserves d'antidotes, dont celui contre le venin d'un cobra royal. Il avait accepté d'en donner un peu à Piya.

— Mais comment vas-tu nous le faire passer ? On en a besoin le plus vite possible, c'est bien ça ?

— Je vais l'apporter moi-même. Je prends l'avion pour Calcutta dans deux heures. Je dois pouvoir être à l'hôpital de Lusibari avant minuit.

— Et ta conférence ? Tu viens d'arriver à Bhubaneswar, non ?

— Oui, mais il y a eu une urgence et j'ai dû modifier mon programme. En fait, j'étais au téléphone avec l'agent de voyages avant que tu appelles. Il a réussi à me trouver un avion qui part bientôt.

Je sentais croître son impatience. J'allais raccrocher quand Rafi surgit à mes côtés.

— Vous lui avez parlé de Rani ? me susurra-t-il à l'oreille.

Je me retournai pour reprendre la conversation téléphonique.

— Piya, écoute-moi, je dois te parler d'autre chose.

— D'accord, mais fais vite.

— Je t'ai dit que Tipu délirait ?

— Oui, je sais. Dépêche-toi.

— Alors qu'il délirait, il a dit qu'on devait t'appeler pour t'avertir.

— M’avertir de quoi ?

— Au sujet d’une certaine Rani.

Je perçus un petit hoquet de surprise. Quand elle reprit la parole, sa voix tremblait.

C’était il y a combien de temps ?

— Je dirais quarante-cinq minutes.

— Impossible ! s’écria-t-elle. Tu es sûr de toi ?

— Enfin, à peu près… Il s’est écoulé environ trois quarts d’heure. Pourquoi ?

— Parce que c’est le moment où j’ai reçu l’alerte.

— Quelle alerte ?

— Au sujet de Rani.

— Mais qui est Rani ?

— Rani est…, commença-t-elle avant de se raviser. Ce serait trop long de t’expliquer – je le ferai quand on se verra.

— Entendu.

— Mais, dis-moi, je ne vais pas te revoir, en fait ?

— Comment ça ?

— Tu retournes aux États-Unis, non ? Tu ne dois pas prendre l’avion ?

— Ah, ça !

J’avais totalement oublié mon propre vol.

— On verra plus tard. Je ne peux pas abandonner Tipu dans cet état – surtout que tout ceci est arrivé parce qu’il a voulu me protéger.

RANI

Dès notre arrivée à l'hôpital de Lusibari, Tipu, plus ou moins comateux, fut immédiatement transporté en réanimation sur un brancard.

Une grosse demi-heure s'écoula avant que nous puissions parler à un médecin. Celui-ci confirma ce que m'avait dit Piya : l'hôpital ne disposait pas de l'antidote adéquat, qui était coûteux et difficile à trouver. La situation n'était pourtant pas totalement désespérée : par chance, Tipu n'avait reçu qu'une petite dose de venin puisqu'un seul des crocs du serpent s'était planté dans sa peau (Piya m'expliqua par la suite que ce type de morsure était tout à fait inhabituel pour un cobra royal, un *Ophiophagus hannah*, qui s'en prenait rarement aux hommes mais qui, quand il le faisait, était généralement coriace).

Tout dépendait à présent de l'antidote, nous avertit le médecin, et du moment auquel on pourrait l'administrer. On n'avait plus qu'à attendre.

Alors que les heures peinaient à s'égrener, l'attente devint insupportable. Quand une infirmière vint nous annoncer que le souffle de Tipu était de plus en plus irrégulier, j'eus le sentiment qu'on nous préparait au pire.

Mais Piya arriva finalement plus tôt que prévu, presque une heure avant minuit. Elle était visiblement très tendue : elle avait le regard hagard et l'angoisse qui marquait son visage lui donnait un air squelettique. Elle ne montrait pourtant aucun signe d'agitation ni d'énervement et, lorsqu'elle tendit la fiole qu'elle transportait, elle garda son sang-froid. Elle ne perdit pas non plus son calme quand Moyna lui tomba dans les bras et éclata en sanglots.

Une heure plus tard environ, un médecin vint nous annoncer, pour notre plus grand soulagement, que le sérum avait commencé à faire effet et que l'état de Tipu s'améliorait. Nous n'avions pas besoin de rester à l'hôpital, mieux valait aller nous reposer quelques heures.

Puisqu'il était trop tard pour regagner Kolkata et qu'il n'y avait pas d'hôtel à Lusibari, Piya fit le nécessaire pour que je passe la nuit dans l'appartement réservé aux invités du Badabon Trust. Il s'agissait du second étage de la résidence de Nilima à Lusibari. C'était un appartement agréable, propre et confortable, disposant de tout le nécessaire, y compris d'une connexion internet à haut débit. Je ne fus pas surpris d'apprendre que Piya y résidait quand elle séjournait aux Sundarbans, que c'était elle qui avait réaménagé le lieu, elle qui y avait fait installer le wi-fi.

Il y avait deux grands réfrigérateurs dans la cuisine, qui fonctionnaient, comme presque tout le reste dans cette maison, à l'énergie solaire. L'un d'eux était consacré aux provisions de Piya, laquelle, ainsi que je le découvris bientôt, suivait un régime tout à fait singulier à base de barres énergétiques et de sandwiches au beurre de cacahuète et à la confiture. Comme ni l'un ni l'autre n'avions rien avalé depuis fort longtemps, je m'empressai d'accepter le sandwich qu'elle me proposait.

C'est donc en dégustant ce repas étonnamment savoureux que je pris connaissance de l'histoire qui se cachait derrière le prénom mentionné par Tipu dans son délire. Piya m'expliqua que Rani était le nom d'un dauphin d'eau douce appartenant à l'espèce dont elle avait fait son sujet de recherche : le dauphin de l'Irrawaddy, connu sous l'appellation scientifique d'*Orcaella brevirostris*. Rani faisait partie d'un banc d'*Orcaella* que Piya étudiait de près. Ayant méticuleusement consigné des données sur chaque individu du groupe, elle les connaissait tous, surtout les femelles qu'elle suivait durant les périodes de reproduction. Elle avait également dressé au fil du temps une carte de leurs déplacements, analysant leurs migrations journalières, saisonnières et annuelles.

Piya avait beau utiliser un langage neutre – sans doute parce qu'elle détestait anthropomorphiser les animaux qu'elle étudiait –, il était évident qu'elle avait établi avec Rani une relation forte et durable pouvant évoquer ce que les hommes considèrent comme une vieille amitié. Leur lien datait même de la génération précédente puisque Piya avait aussi très bien connu la mère de Rani : c'était le premier dauphin du banc que Piya avait identifié en tant qu'individu car c'était la seule à avoir un petit. Mais ce bébé dauphin n'avait pas survécu, percuté par un bateau à moteur alors qu'il n'avait que quelques semaines. Piya avait été tellement choquée et attristée par cette disparition qu'elle avait été ravie de découvrir, à son retour l'année suivante, que la mère avait donné naissance à un autre petit.

Ce jour-là, Piya était en compagnie de Tipu, qui était encore un gamin et insistait souvent pour l'accompagner dans la forêt. C'était lui qui avait transformé le nom officiel du bébé dauphin, RNI, en Rani. Une année après, Rani avait été portée disparue ; Piya avait lancé des recherches frénétiques, retraçant tous les itinéraires préférés de son groupe et, sans surprise, Rani avait été retrouvée, dans une des zones où le banc se nourrissait, prise dans un filet de nylon.

Piya s'était empressée de la libérer, à la suite de quoi, le bébé lui avait lancé un regard qui se distinguait de celui des autres dauphins, suggérant autre chose que de la reconnaissance (le terme de "gratitude" venait d'autant plus à l'esprit que Piya prenait grand soin de ne pas l'employer).

Cet incident datait et Rani était à présent la plus vieille du banc, une vraie matriarche ayant élevé une dizaine de petits. C'était elle, plus que n'importe lequel de ses congénères, qui avait aidé Piya à retracer les migrations de la famille.

Durant les premières années de l'étude, leurs déplacements avaient suivi des itinéraires réguliers et prévisibles. Puis leurs trajectoires avaient commencé à varier, devenant de plus en plus erratiques. Piya attribuait ce phénomène aux changements intervenus dans la composition des eaux des Sundarbans : comme le niveau de la mer montait et que les flux d'eau douce diminuaient, de l'eau salée pénétrait davantage encore dans les fleuves, rendant la salinité de certaines zones insupportable pour les dauphins. Ceux-ci évitaient désormais quelques-unes des voies qu'ils fréquentaient jadis ; ils s'étaient aussi progressivement aventurés plus en amont, dans des zones peuplées où l'on pratiquait la pêche intensive. Inévitablement, certains s'étaient retrouvés piégés dans des filets, d'autres percutés par des bateaux à moteur ou des vapeurs. Ces dernières années, le banc avait été décimé : il ne comptait plus que Rani et deux autres individus.

De plus en plus convaincue que le banc avait peu de chances de survivre en tant que groupe, Piya s'était résolue à faire ce qu'elle évitait habituellement : elle avait équipé Rani d'une puce munie d'un traceur GPS qui fournirait des informations en temps réel sur ses déplacements et son état général. Le dispositif était programmé pour envoyer des alertes sur le téléphone de Piya, dans certaines situations.

— C'est ce qui s'est produit hier, m'expliqua-t-elle. J'ai reçu une alerte alors que j'étais à la conférence.

— Quel genre d'alerte ?

Elle fit la moue.

— Disons la pire de toutes : celle qui est envoyée si le dauphin n'est plus dans l'eau.

Des images de baleines échouées aperçues à la télévision me vinrent immédiatement à l'esprit.

— Tu veux dire que Rani est peut-être coincée quelque part ou échouée ?

— Je ne sais pas. Mais c'était ce genre d'alerte.

— Et cette alerte a été envoyée au moment où Tipu s'est mis à parler de Rani, c'est ça ?

Piya haussa les épaules.

— Tout dépend de ton évaluation de l'heure.

— Admettons que je me trompe d'une demi-heure ou même davantage… C'est quand même très étrange, non ? N'oublions pas que Tipu délirait… Comment aurait-il pu savoir où se trouvait Rani ?

— Pas de précipitation. On ignore encore s'il est arrivé quoi que ce soit à Rani. Ça reste à démontrer. Ces appareils fonctionnent mal parfois. Je ne vais tirer aucune conclusion avant d'avoir vérifié sur le terrain.

— Comment vas-tu t'y prendre ?

Elle se leva pour débarrasser nos assiettes.

— J'ai les coordonnées GPS du lieu où a fini le traceur. C'est sur une île qui s'appelle Garjontola. Je compte m'y rendre dès que possible, peut-être dès demain si Tipu va mieux.

Alors qu'elle s'apprêtait à attraper mon assiette, elle suspendit son geste pour me regarder.

— Ça te dirait de venir ? proposa-t-elle.

— Tu as de la place ? demandai-je en essayant de ne pas afficher mon enthousiasme.

— Je pense. J'espère pouvoir louer une des vedettes d'Horen, qui peuvent transporter jusqu'à dix passagers. Comme je n'emmène que deux assistants, il devrait y avoir beaucoup de place. Tu es le bienvenu si ça te dit.

— Merci. En effet, j'aimerais bien venir avec vous.

— Entendu. Espérons que ça puisse se faire.

Plus tard dans la soirée, je regrettai d'avoir accepté si spontanément l'invitation de Piya. À mon réveil le lendemain, j'espérais à moitié que la sortie serait annulée. Mais tandis que nous prenions notre petit-déjeuner, Moyna vint nous annoncer que l'état de Tipu s'était nettement amélioré et qu'il sortirait probablement de l'hôpital le lendemain.

Nous disposions donc de la journée, et Piya mit son plan à exécution. Un peu après 10 heures, nous embarquâmes pour Garjontola en compagnie de deux pêcheurs du coin qu'elle avait formés pour qu'ils l'assistent dans ses recherches.

Je fus soulagé de découvrir un bateau plus moderne que celui de la veille ; même s'il ne s'agissait pas exactement d'une vedette, il était bien plus rapide que le vapeur poussif.

— Est-ce que tu vois toutes les nuances de couleur dans l'eau ? demanda Piya en me regardant, paupières plissées, une casquette de baseball vissée sur ses cheveux courts.

Fermant moi-même les yeux à moitié pour me protéger des embruns, je me concentrai sur la rivière. Guidé par le doigt de Piya, je découvris peu à peu que le brun boueux uniforme que j'avais initialement perçu recélait en fait une multiplicité de teintes. La surface de l'eau n'avait rien d'uniforme non plus :

une fois que mon regard se fut accoutumé, je fus capable d'y distinguer des zones lisses, des tourbillons, des motifs de tresses et de stries ainsi que toutes sortes de rides.

Ainsi se manifestaient les innombrables courants qui parcouraient la rivière, indiqua Piya. Chacun différait légèrement des autres, chargé de sa propre combinaison de micronutriments. Chacun formait en effet une petite niche écologique, portée par le flux tel un ballon transporté par le vent. Il en résultait une étonnante prolifération de vie, sous une infinité de formes.

— Chacune de ces rivières est une forêt en mouvement, poursuivit-elle. Peuplée d'une incroyable variété de formes de vie.

— C'est une belle image. Une forêt en mouvement, depuis des millions d'années.

— Mais comme une rivière coule, elle transporte avec elle des traces de tout ce qui se passe en amont. Et c'est précisément ce qui m'inquiète.

— Comment ça ?

Elle se frotta la joue d'un air songeur comme si elle s'interrogeait sur mes capacités à suivre ses explications.

— As-tu déjà entendu parler des zones océaniques mortes ? Non ? Eh bien, ce sont d'énormes étendues d'eau qui ne contiennent que très peu d'oxygène – trop peu pour que les poissons puissent y survivre. Ces zones ont grossi à une vitesse phénoménale, surtout à cause des résidus dérivés d'engrais chimiques. Quand ceux-ci sont rejetés à la mer, ils entraînent une réaction en chaîne qui mène à la disparition de l'oxygène de l'eau. Dans ces conditions ne peuvent survivre que quelques organismes aux caractéristiques tout à fait spécifiques – tout le reste meurt, c'est pourquoi on parle de "zones mortes" pour désigner ces masses d'eau qui représentent désormais plus de vingt-cinq mille kilomètres carrés de surface océanique. Certaines de ces zones sont plus vastes qu'un pays de taille moyenne.

— Vraiment ?

— Je t'assure. Et aujourd'hui, elles ne se limitent plus aux océans. Elles ont commencé à apparaître aussi dans les fleuves, notamment aux endroits de confluence avec la mer, comme dans le delta du Mississippi ou celui de la rivière des Perles. Ce qui fait sens, bien sûr, puisque c'est par les fleuves que les effluents agricoles atteignent les océans.

— Je vois ce que tu veux dire… Tu suggères que la même chose est peut-être en train de se produire ici ?

— Quelque chose de ce genre, sauf qu'ici, il ne s'agit pas seulement d'effluents agricoles. J'ai l'impression qu'on a affaire à autre chose…

— Quoi donc ?

Elle désigna l'amont du fleuve.

— J'ai le sentiment que le coupable dans notre cas est une raffinerie, qui a ouvert il y a deux ans environ – elle est tout près à vol d'oiseau. On s'est battus pendant des années – je parle du trust et d'un ensemble de groupes écologistes –, mais on avait en face de nous des gens très puissants, un conglomérat gigantesque de mèche avec des politiciens des deux côtés de la frontière. Ils ont organisé toute une campagne contre nous – nous ont traités "d'agents étrangers", ont essayé de couper nos financements, ont fait arrêter des manifestants, s'en sont pris à nos manifestations avec l'aide de la police mais aussi avec des gros bras qu'ils ont embauchés… Tous les coups bas possibles et imaginables. Sans parler des attaques en ligne ! Si tu savais tout ce que je reçois via les réseaux sociaux : menaces de mort, e-mails d'insultes, avalanche de trolls…

— Tout cela ne t'effraie pas ?

— Honnêtement, si. Mais le trust est tellement connu dans les Sundarbans qu'ici, je me sens plutôt en sécurité. De toute façon, il faut bien agir – on ne peut pas les laisser empoisonner les Sundarbans à leur guise.

— Que font-ils exactement ?

— C'est difficile à dire précisément parce qu'ils veillent à bien camoufler tout ce qu'ils traficotent. Il faut dire que sous notre pression, les tribunaux ont imposé à la raffinerie des normes de régulation très strictes. Du coup, ils ont dû mettre en place des systèmes pour s'assurer que leurs émissions d'effluents respectaient les doses dites "acceptables". Mais je commence à me demander s'ils n'en rejettent pas en douce quand ils savent qu'ils ne risquent rien. On voit aujourd'hui des choses qu'on ne voyait jamais avant – comme des hécatombes de poissons.

— Des hécatombes ?

— C'est quand on trouve des milliers de poissons morts flottant à la surface ou échoués. Elles se produisent partout dans le monde, à cause de tous les produits chimiques déversés en quantité croissante dans les rivières. Mais ici, je suis presque sûre que c'est à cause de la raffinerie.

— C'est ce qui perturberait tes dauphins ?

— Je crois bien. Je pense que c'est la raison pour laquelle Rani et son groupe ont déserté leurs anciennes zones de chasse. Et je suis sûre que cela a été, pour eux, une grosse source de stress... Tu imagines ? Qui ne serait pas stressé de devoir abandonner tous les lieux familiers, forcé de recommencer à zéro ?

Piya soupira, le regard perdu au loin.

— Ce doit être particulièrement dur pour Rani, qui sait que les petits sont totalement dépendants d'elle... Elle est là, parfaitement adaptée à son environnement, parfaitement à l'aise – et puis, les choses commencent à changer, et toutes ces années d'apprentissage ne servent plus à rien. Les lieux qu'on connaît par cœur ne suffisent plus à notre subsistance et il faut trouver de nouveaux terrains de chasse. Rani a dû sentir que tout ce qu'elle connaissait, tout ce qui lui était familier – l'eau, les courants, la terre elle-même – se liait contre elle.

J'avais déjà entendu ces mots-là.

— C'est drôle que tu dises ça... Moyna m'a dit quasiment la même chose en parlant des gens qui quittent les Sundarbans.

— Tu risques d'entendre ça souvent par ici... Le monde a changé. On ne sait plus où on habite, aussi bien les hommes que les animaux.

Une demi-heure plus tard, Piya me tapota l'épaule tout en montrant un point au loin.

— On arrive – c'est Garjontola.

Au premier abord, l'île me parut ressembler à n'importe quelle autre portion de la mangrove – une vague tache d'un vert uniforme posée sur un banc de boue. Je compris néanmoins rapidement qu'il s'y était passé quelque chose : une immense colonne d'oiseaux tournoyait au-dessus de l'île, en spirales descendantes.

Piya chaussa des jumelles pour la scruter.

— Tu vois quelque chose ? demandai-je au bout de quelques instants.

Se tournant vers moi, elle me tendit les jumelles.

— Tiens, regarde.

Même si je ne percevais pas grand-chose – il était malaisé de régler des jumelles à bord d'un bateau qui avançait à toute vitesse –, je parvins à distinguer quelques formes oblongues de couleur grise se détachant sur un fond boueux.

— Ce sont tes dauphins ?

— Je ne le saurai que quand on se sera rapprochés.

Le bateau s'arrêta à une centaine de mètres du rivage. Une odeur putride ne tarda pas à nous assaillir, si forte que je dus me couvrir le nez de la main.

Piya m'adressa un sourire moqueur.

— Il vaut mieux que tu restes ici – ça va être une vraie puanteur là-bas.

Je m'exécutai, restant sur le bateau tandis que Piya et ses deux assistants prenaient place dans un canot pneumatique.

Ils revinrent une heure plus tard, nimbés d'une atroce odeur de putréfaction. Caché par la casquette et les lunettes de soleil, le visage de Piya était indéchiffrable ; sans même lever les yeux vers moi, elle se mit à ranger son matériel ainsi que les échantillons qu'elle avait prélevés. Quand le bateau amorça un demi-tour, elle s'installa à la proue, recroquevillée sur son appareil photo à regarder les images qu'elle avait prises. Elle n'avait clairement pas envie de parler.

On avait déjà parcouru plus de la moitié du trajet quand elle vint me rejoindre à l'arrière.

— C'étaient bien eux, m'annonça-t-elle d'un air sombre. Rani et son banc. On dirait qu'ils se sont échoués volontairement, tous en même temps. Je n'ai jamais vu une chose pareille.

— Tu crois qu'ils essayaient de fuir quelque chose ?

— Ça m'en a tout l'air. Je ne crois pas que les cadavres aient pu être rejetés sur le rivage. S'ils étaient morts dans l'eau, ils ne seraient pas tous alignés, la tête tournée dans la même direction.

— Est-ce qu'ils ont pu être attaqués par un prédateur ?

— Je n'ai vu aucun signe de blessure. Mais évidemment, comme les cadavres ont été déchiquetés par les oiseaux et les crabes, c'est difficile à dire… Je ne crois pas cependant à l'hypothèse d'un prédateur : un requin ou un crocodile n'aurait jamais pu les attaquer par surprise. Les *Orcaella* ont l'habitude des requins et des crocos ; ils sont capables de les détecter grâce à leur sonar. Et de toute façon, un croco ne les aurait pas attaqués tous les trois en même temps.

— Tu crois que ça pourrait être lié à ces zones mortes dont tu m'as parlé ?

Elle secoua la tête.

— Non, je ne pense pas qu'ils puissent être effrayés par une zone morte au point de s'échouer volontairement.

— Tu penches pour quoi alors ?

Elle fronça les sourcils et réfléchit.

— Ça arrive souvent, tu sais, que des baleines ou des dauphins s'échouent d'eux-mêmes – en fait, c'est même de plus en plus fréquent. Certains disent que les sons produits par l'homme – par les sous-marins, les sonars ou les trucs de ce genre – pourraient expliquer ces échouages. Tu dois savoir que les mammifères marins utilisent l'écholocation pour s'orienter, de sorte que si quelque chose vient perturber ce système, ils sont perdus et finissent échoués. Mais ce scénario est improbable ici : il n'y a aucun bâtiment de cette puissance-là dans le coin.

— Quoi d'autre alors ?

Elle eut un petit geste désemparé.

— Je ne sais pas – et j'ignore si on le saura un jour… Ce qui est sûr, c'est qu'ils ont eu atrocement peur. De quoi ? Je n'en sais rien. Il y a tant d'aspects dans le comportement de ces mammifères qu'on ne saisit pas, surtout en matière d'échouage…

Passant les bras autour de ses jambes, elle se tut, le menton posé sur les genoux. Quand elle reprit la parole, sa voix était plus douce.

— Certaines vieilles histoires d'échouage sont tellement bizarres qu'on dirait presque de la sorcellerie.

— C'est-à-dire ?

— Je pense à toutes ces histoires autour de shamans dans les îles du Pacifique sud, soi-disant capables d'appeler des dauphins. Quelques "abracadabra" sur la plage, et hop ! Les dauphins débarquaient. Il s'agissait probablement d'une pure coïncidence mais ils s'en attribuaient évidemment le mérite.

— Il s'agissait peut-être de visions ? Comme pour Tipu, hier.

Je regrettai sur-le-champ d'avoir prononcé ces mots.

— Tu crois vraiment que Tipu a eu une vision ? me demanda-t-elle en me lançant un regard froid et dédaigneux.

— Eh bien, rétorquai-je pour me justifier, il voulait t'avertir, non ? À peu près à l'heure où tu as reçu l'alerte ?

— Sauf que tu n'es pas sûr de l'heure, répliqua-t-elle, agacée. Et que, vraisemblablement, Tipu se souvenait juste de quelque chose. Rien de plus.

— Quand même…, insistai-je. Même s'il s'agit juste d'une coïncidence, tu ne trouves pas ça intéressant ?

— Non, pas vraiment, trancha-t-elle avec condescendance, avant d'ajouter quelques instants plus tard : Je suppose que c'est ce qui nous différencie. Je suis juste une chercheuse en biologie, qui essaie de comprendre ses données. Et toi, tu es… Mince alors, je ne sais même pas ce que tu fais.

— Je suis marchand de livres rares.

— C'est ça, ricana-t-elle. Autant dire qu'on ne vient pas de la même planète.

Après cet échange, l'attitude de Piya à mon égard fut bien moins amicale. J'eus le sentiment que ma référence à des visions lui avait déplu et qu'elle souhaitait se débarrasser de moi.

Juste avant notre arrivée à Lusibari, je jetai un œil à ma montre et constatai que je pouvais encore avoir mon vol si je me dépêchais de retourner à Calcutta. Étant donné l'humeur de Piya, je n'avais aucune raison de m'attarder. Quand je lui demandai si elle pouvait organiser mon retour en ville, elle fit oui de la tête.

Elle sortit son téléphone pour passer deux appels.

— C'est fait, m'annonça-t-elle. Tu peux y aller quand tu veux.

Dès que le bateau eut accosté, nous repassâmes par l'appartement où je rassemblai mes affaires. Piya m'accompagna ensuite jusqu'à l'embarcadère de Lusibari où m'attendait un bateau pour Basanti.

— Tu sais, je suis désolé de ne pas avoir pu dire au revoir à Tipu.

— C'est bon, répondit-elle sur un ton détaché, visiblement soulagée de me voir partir. Il comprendra.

— Mais j'aimerais savoir ce qu'il va raconter.

— À propos de quoi ?

— À propos de Rani et sur la manière dont il a su qu'elle était en danger.

— Ah ! reprit-elle mornement. Rien de palpitant, à mon avis. Tipu a probablement tout oublié. Les gens ne se souviennent jamais de ce qu'ils ont raconté dans leur délire.

Nous étions parvenus à l'embarcadère et je lui serrai la main.

— Ça t'arrive de passer par New York ? demandai-je.

— Pourquoi ? répliqua-t-elle, surprise par la question.

— C'est là que je vis. Et je me disais que peut-être, si tu passais par là…

Elle avait commencé à secouer la tête avant même que j'aie terminé ma phrase.

— Je suis désolée, dit-elle sur un ton clairement destiné à décourager tous les espoirs que j'aurais pu nourrir. Je vis entre l'Oregon et ici – ce sont les deux seuls endroits où je passe du temps, et je crois que ce n'est pas près de changer. Pour ce qui est de New York, je ne me souviens plus de quand date ma dernière visite là-bas… Dix ans peut-être ? Et franchement, ça ne me branche pas tant que ça.

J'acquiesçai en essayant de ne pas avoir l'air trop vexé par ce refus.

— Tu m'enverras peut-être un e-mail pour me donner des nouvelles de Tipu ?

— Bien sûr. Tu peux m'envoyer ton adresse par texto ?

— Entendu. Bonne continuation.

— Bonne continuation.

Sur le chemin du retour, j'eus l'impression de sortir lentement d'une longue hallucination. Incapable de me souvenir de ce qui m'avait poussé à m'embarquer dans cette absurde expédition, je me maudis de l'avoir fait. Ma psychanalyste avait eu une nouvelle fois raison : j'avais laissé mes espoirs de romance prendre le pas sur la raison.

Jamais n'ai-je été aussi heureux de retrouver un aéroport, me semble-t-il, que tard ce soir-là en arrivant à Dum Dum : une porte de sortie s'ouvrait devant moi comme par magie. Même les procédures d'enregistrement et de contrôle d'identité ou de sécurité me parurent moins pénibles que d'habitude : elles me firent l'effet de rituels signifiant une santé mentale recouvrée.

J'étais dans la salle d'attente des départs quand mon téléphone bipa pour signaler la réception d'un e-mail envoyé par Piya. "Tipu te salue. Il va bien – il discute avec Rafi, assis dans son lit. Il dit qu'il ne se souvient de rien après la morsure – c'est ce que je pensais. M'a demandé de te dire au revoir. Au fait, c'est vrai qu'il t'appelle le Daron ?" Cette dernière question était suivie d'une ligne d'émojis incompréhensibles.

La réponse automatique d'absence que j'avais programmée était, par chance, encore active : je décidai que ce message n'appelait pas de réponse. À cet instant, je n'avais aucune envie de consacrer la moindre seconde de mon temps à cet étrange épisode. Je ne souhaitais qu'une chose : ne plus y penser du tout.

Je poussai un grand soupir de soulagement en franchissant la porte de l'avion, comme si je pénétrais dans un ventre maternel artificiel, métallique, mécanique et imprenable, où tout était destiné à me protéger de ce monde de boue et de ses créatures gluantes et rampantes.

L'aube pointait quand l'avion décolla. Sa trajectoire le mena à survoler brièvement les Sundarbans. Assis près d'un hublot, j'avais une vue parfaite sur ce paysage de limon et de marées, parsemé d'une végétation dense et strié de cours d'eau. Cette image me fit frémir : le fait que j'aie pu m'aventurer de plein gré dans cette jungle de boue et de mangrove me semblait à présent inconcevable.

À quoi m'attendais-je ? Avais-je perdu la tête ?

BROOKLYN

Je savais d'expérience que tout passage de Calcutta à Brooklyn signifiait un changement d'état d'esprit, chacun de ces états s'accompagnant de l'oblitération de certains souvenirs. J'avais fait l'expérience de cette alternance tellement de fois par le passé qu'il m'était tout à fait possible de penser, sans excès d'optimisme, que mes souvenirs de cette visite du sanctuaire seraient prompts à s'effacer une fois que j'aurais réintégré mon appartement de Brooklyn.

Cette attente fut pourtant rapidement déçue. À mon retour et ce, pendant des semaines, j'eus du mal à me concentrer sur mon travail. Cette journée-là ne cessait de me tarauder, par intermittence, dès que je m'installais à mon bureau ; pire encore, je me réveillais souvent en pleine nuit, après un rêve qui me laissait trempé de sueur, avec une sensation de brûlure au ventre ("aigreurs d'estomac", avait décrété mon médecin).

J'avais l'impression que mon corps était habité par un être vivant, une créature ancienne en dormance dans la boue depuis la nuit des temps. Ne me venaient à l'esprit que des analogies avec un germe, un virus ou une bactérie, mais je savais bien que c'était autre chose : il s'agissait de la mémoire elle-même, mais pas de la mienne – d'une mémoire bien plus ancienne que moi, une facette du temps d'abord submergée puis brutalement ravivée au moment où j'avais pénétré dans ce sanctuaire. C'était une chose effrayante et venimeuse, d'une puissance incroyable, une chose qui refusait de se laisser oublier.

Je passais des heures à mon bureau, incapable de faire quoi que ce soit. Je devais impérativement finaliser mon premier catalogue de l'année mais les heures s'égrenaient et je ne pouvais écrire le moindre mot. Je comblais le silence par de la musique – parfois des ragas indiens classiques, parfois des *qawwalis* interprétés par des musiciens soufis. Leur rythme me plongeait dans un état de torpeur et les heures s'écoulaient sans même que je les voie passer. Mon enceinte portable Bluetooth m'accompagnait partout alors que je me traînais de pièce en pièce.

Après deux mois gâchés de la sorte, je pris rendez-vous chez mon médecin qui me prescrivit des anxiolytiques. Même ceux-ci n'eurent aucun effet, si ce n'est d'accentuer encore l'impression que j'avais de n'être plus moi-même, de ne plus rien contrôler ; ils ne faisaient, me semblait-il, que renforcer l'emprise de cette mystérieuse chose qui s'était emparée de moi.

Un jour que j'étais assis devant mon écran à le fixer d'un air hagard, s'afficha dans une fenêtre le message suivant : "Est-ce que le mot *BHUTA* signifie « fantôme » ? Ou autre chose ?"

Déconcerté par cet étrange message, j'allai me rafraîchir le visage dans la salle de bains. Quand je revins, la fenêtre était toujours ouverte mais à présent, elle clignotait. Je remarquai alors une autre ligne en petits caractères : "Bonduki@bonduki.com" veut démarrer une discussion avec vous."

Je m'assis pour répondre : "C'est toi, Tipu ?"

Un message apparut quelques secondes plus tard. "Évidemment que C moi. Bon, tu peux répondre à ma question ?"

"Pourquoi t'adresses-tu à moi ? Tu ne peux pas regarder sur internet ?"

"Déjà fait. Alors maintenant, je me tourne vers toi. Que signifie exactement *BHUTA* ?"

Après un temps de réflexion, j'allai chercher un dictionnaire.

"Tu sais, je ne suis pas spécialiste. Tout ce que je peux te dire est que le mot bangla *bhoot* ou *bhuta* vient de la racine sanskrite commune mais très complexe *bhu*, qui signifie « être » ou « se manifester ». Dans ce sens, *bhuta* désigne simplement « un être » ou « une présence existante »."

Il y eut une longue pause.

"On est donc des *bhutas*, toi et moi ?"

"Je suppose que oui."

"Et les animaux ? Les serpents ? Les dauphins ?"

“Dans la mesure où ils existent, où ce sont des êtres vivants, alors oui, les animaux sont des *bhutas*.”

“Pourquoi utilise-t-on alors le mot *bhoot* pr parler de « fantôme » ?”

“Parce que *bhuta* désigne aussi le passé, dans le sens d’« état révolu ». Comme quand on dit *bhuta-kala* pour « autrefois ».”

“Mais si le même mot veut dire « qui existe » et « qui a existé », est-ce que cela peut signifier que le passé n’est pas vrmt passé ? Que le passé peut être présent ds le présent ?”

“D’une certaine façon.”

“Mais c impossible, on est d’accord ? Comment le passé peut-il être présent ds le présent ?”

“Dans le sens où l’on dirait que « le passé hante le présent ». Je suppose que c’est comme ça que *bhuta* a pris le sens de « fantôme ».”

Cette fois, la réponse fut immédiate.

“Tu veux dire que les fantômes existent ?”

“PAS DU TOUT !”

Je poussai à cet instant un cri de douleur : j’avais tapé sur les touches de mon clavier tellement fort que je m’étais fendu un ongle. Cela ne m’empêcha pas de poursuivre.

“Ce n’est pas DU TOUT ce que je dis. Je te dis juste ce que ce mot signifie.”

Plusieurs minutes s’écoulèrent avant que la réponse de Tipu n’apparaisse.

“OK, G compris.”

Ces mots furent suivis d’un émoji de pouce levé et la fenêtre disparut.

Après avoir refermé d’un coup sec mon ordinateur portable, je me mis à le fixer, parcouru de frissons, m’attendant à moitié à le voir se rouvrir tout seul. C’était comme si le plus stérile des objets, appartenant à la sphère sécurisée et artificielle de mon monde, s’était brutalement transformé en ouverture par laquelle le limon primaire était de nouveau susceptible de m’entraîner vers ses profondeurs.

Le temps en vint presque à ne plus rien signifier pour moi. Il défilait sans que j’y prête attention jusqu’à ce jour où une autre fenêtre s’ouvrit d’un coup sur mon écran.

“C quoi un SHAMAN ?”

J’eus un petit mouvement de recul et fronçai les sourcils.

“Tipu, pourquoi me poses-tu toutes ces questions ? écrivis-je en retour. Pourquoi ne cherches-tu pas sur internet ?”

“C ce que G fait. G trouvé un site qui dit que les shamans st capables de communiquer avec les animaux. Ms aussi avec les arbres, les montagnes, la glace et tt le reste.”

“Tu as donc ta réponse.”

“Tu crois que C vrai ? Ces types peuvent communiquer avec les animaux ? Et les arbres ? Et les montagnes ?”

Je repoussai ma chaise et m’efforçai de réfléchir sérieusement à la question.

Cette pause dut être un peu longue car une nouvelle bulle se matérialisa dans la fenêtre.

“Hé, le Daron ! T tjs là ?”

Je fus brusquement tiré de mes pensées.

“Je réfléchissais à ta question. Je suppose que tout dépend de ce que tu veux dire par « communiquer ». Par exemple, si un chien aboie dans ma direction, je sais qu’il essaie de me communiquer « quelque chose ». Qu’il est en colère, qu’il ne veut pas que je m’approche. Quoi qu’il en soit, c’est une forme de communication, n’est-ce pas ?”

“Je suppose… Mais tu vois ce que je veux dire. Est-ce qu’ils sont capables de communiquer des trucs + complexes ?”

Je pris le temps de réfléchir à nouveau.

“Eh bien, si quelqu’un comme moi, qui ne suis pas un grand spécialiste des animaux, parvient à comprendre qu’un chien essaie de communiquer quelque chose en aboyant, alors j’imagine que ceux qui s’occupent d’animaux – les fermiers, ceux qui promènent les chiens, les dresseurs de chevaux – sont capables de comprendre des choses bien plus complexes.”

Au bout de quelques secondes sans réponse, je me surpris à m’impatienter, assis au bord de ma chaise.

“Horen dit que mon père comprenait les animaux. Mais pas que.”

“Quoi d’autre ?”

“Il dit que, contrairement aux autres, il pouvait voir et sentir certains trucs.”

“Comme quoi ?”

“Tu sais bien.”

Son rythme de frappe s’était considérablement ralenti.

“Comme ce dt on a déjà parlé l’autre fois. Comment t’as appelé ça déjà ? Des « êtres » ?”

“Pas sûr qu’on puisse vraiment faire confiance à Horen sur ce sujet. Qu’en dit ta mère ?”

Tipu éluda la question. Quand il se remit à écrire, il tapa les mots suivants : “Le grand-père de Rafi était un *bauley*. Tu sais ce que C ?”

Je vérifiai rapidement dans un dictionnaire.

“Un *bauley* est quelqu’un qui guide les gens dans la jungle, c’est ça ? Dans les Sundarbans ?”

“Ouais. Ils font ça pcq ils ont cette relation spéciale avec les animaux. Rafi dit que CT le cas de son grand-père. On peut dire que CT un shaman ?”

Je me sentais à présent totalement dépassé.

“Tu sais à qui tu devrais poser ces questions ? À Piya. Elle travaille avec des animaux.”

Il y eut une pause.

“Tu crois que Piya communique avec eux ?”

“Elle m’a laissé entendre qu’elle avait perçu un jour de la gratitude chez un dauphin. C’est une forme de communication, non ? Même si elle-même ne l’avouera jamais.”

“Pourquoi pas ?”

“Parce que les scientifiques n’ont pas le droit de dire des choses pareilles.”

Une série de smileys défila sous mes yeux, suivie d’un : “Te recontacte bientôt.”

Le lendemain, je songeai soudainement que j’avais à présent une bonne raison pour envoyer un e-mail à Piya.

“Bonjour Piya, commençai-je. Comment vas-tu ? Es-tu aux États-Unis ? J’aimerais avoir des nouvelles de Tipu. On peut s’appeler ? Amitiés, Deen.”

Elle me répondit quelques heures plus tard.

“Salut, Deen. Je suis dans l’Oregon. Appelle-moi quand tu veux. Voici mon numéro.”

J’attendis un peu avant d’appeler pour ne pas trahir mon impatience.

— Bonjour, Piya.
— Bonjour, Deen.
Alors que je m'étais préparé à une réponse expéditive, elle semblait vouloir prendre son temps. Nous bavardâmes donc un peu avant d'aborder le sujet de Tipu.
— Comment se porte-t-il ? demandai-je.
— Pour être honnête, pas très bien. C'est bizarre – on aurait dit qu'il s'était parfaitement remis et puis il a eu une rechute. Il a commencé à avoir des trous de mémoire et des migraines. On a essayé de l'envoyer chez un docteur mais rien n'y a fait. La seule chose qui semblait lui faire du bien était de traîner avec Rafi.
— Ah ? Ils ont sympathisé ?
— J'ai l'impression.
— C'est intéressant. Ils sont tellement différents l'un de l'autre. Je suppose que cet horrible incident les a rapprochés. Quoi qu'il en soit, je suis bien content qu'ils soient devenus amis.
Il y eut un silence.
Lorsque Piya reprit la parole, elle baissa la voix et adopta un ton plus confidentiel.
— Tu sais, Deen, je crois qu'ils sont un peu plus que de simples amis.
— Ah bon ?
— Oui. Ce n'est pas la première fois que je m'interroge sur la sexualité de Tipu. Il ne m'a rien dit mais je crois que lui et Rafi ont une relation spéciale. Ce qui est sûr, c'est qu'ils passent beaucoup de temps ensemble.
— Tipu m'a parlé de Rafi dans un de ses messages.
— Quoi ? se récria-t-elle. Il est en contact avec toi ?
— Oui. Il m'envoie des tas de questions bizarres du genre : "Qu'est-ce qu'un fantôme ?" ou bien "Qu'est-ce qu'un shaman ?"
Elle éclata de rire.
— C'est bien de lui ! Toujours à essayer de te faire marcher.
— Tu penses que c'est ça ?
— Ça m'en a tout l'air. En tous les cas, pas de quoi s'inquiéter si tu veux mon avis.
— Ça me rassure. Et toi ? Tu retournes bientôt dans les Sundarbans ?

— Pas avant quelques mois, soupira-t-elle. Et pour tout t'avouer, je redoute ce retour. Les nouvelles ne sont pas bonnes. On trouve toujours plus de poissons morts à la dérive. Mes assistants sont même tombés sur un gros banc de crabes – une énorme colonie, qu'ils ont trouvée échouée sur une rive boueuse. C'est une sacrée mauvaise nouvelle car les crabes sont une espèce majeure dans les Sundarbans.

— Tu crois que c'est lié à la raffinerie ?

— C'est ce que je soupçonne mais il n'y a pas de preuve pour l'instant. Et parallèlement, tout le reste – le harcèlement, les messages haineux – continue de plus belle.

— Tu dois être soulagée d'être dans l'Oregon, alors ?

— C'est vrai. Même si ce n'est pas vraiment beaucoup mieux ici… En fait, je ne suis même pas chez moi. Je suis à la montagne, chez une copine d'université, Lisa. Elle traverse une mauvaise passe… C'est une longue histoire.

— Raconte.

— Si tu y tiens… Lisa est entomologiste et elle enseigne dans une université communautaire ici, à la montagne. Il y a quelques années, elle a lancé un projet de recherche sur le scolyte – c'est un insecte qui dévore les arbres de l'intérieur, si bien qu'en période de sécheresse, le bois mort devient comme du petit bois, tout prêt à s'embraser. Comme les zones de montagnes se réchauffent, les scolytes se répandent et Lisa a découvert qu'ils ont envahi les forêts tout autour de sa ville. Elle est allée trouver la municipalité pour les avertir qu'il fallait agir. Personne ne l'a écoutée. Ni le maire, ni les autres… Encore moins les plus exposés. Ils la considèrent comme une étrangère culottée, qui ne connaît rien à la montagne et veut juste se faire un nom. Sauf que cette année, il y a eu un long épisode de chaleur et, il y a deux semaines, un énorme incendie a éclaté, exactement comme Lisa l'avait prédit. Les autorités ont dû déclarer l'état d'urgence et envoyer des hélicoptères et tout ce qui s'ensuit… Deux personnes ont trouvé la mort, des dizaines de maisons ont été détruites.

Elle s'interrompit pour pousser un long soupir.

— On aurait pu croire qu'après ça, les gens auraient remercié Lisa pour sa mise en garde, qu'ils l'auraient considérée comme une héroïne ou un truc de ce genre. Eh bien, pas du tout ! En fait, c'est elle qu'ils ont accusée ! Une rumeur a commencé à courir selon laquelle Lisa avait provoqué l'incendie car elle cherchait à obtenir davantage de fonds pour ses recherches. La rumeur a enflé sur les réseaux sociaux. Un flic l'a même interrogée. Puis elle a commencé à recevoir des menaces, et même des menaces de mort. Quelqu'un a tiré une balle en direction de son porche, on a mis le feu à un de ses arbres… Heureusement, il n'y a pas eu trop de dégâts mais maintenant, Lisa est terrifiée. C'est pour ça que je suis venue passer quelques jours avec elle, histoire de lui remonter le moral.

Elle s'interrompit une nouvelle fois.

— Tu imagines ? On se croirait revenus au Moyen Âge – quand on s'en prenait aux femmes soupçonnées de sorcellerie.

Pendant plusieurs mois, Tipu disparut de mon écran. J'en vins à penser qu'il s'était enfin lassé de ses farces et, au lieu de m'en réjouir, en éprouvai une légère déception.

Un matin cependant, l'interface du réseau téléphonique en ligne que j'utilisais à cette époque-là s'activa sur mon écran, accompagnée d'une sonnerie stridente.

"Vous avez un appel de Bonduki@bonduki.com."

J'appuyai immédiatement sur "Répondre" et le visage de Tipu apparut, tout sourire, semblable à celui d'un lutin. La boucle d'oreille et les mèches blondes avaient disparu.

— Salut, mec ! dit-il. Branche ta vidéo.

— Pourquoi ?

— Je veux voir où tu es.

— Dans mon bureau.

— Ouais… Fais voir.

J'activai la caméra à contrecœur.

— Il n'y a pas grand-chose à voir, dis-je.

Mais Tipu poursuivit.

— Waouh ! T'en as des bouquins !

— Ben oui, c'est mon métier. Je vends des vieux livres.

— Tu veux dire qu'il y a encore des gens pour lire ce genre de truc ? ricana-t-il.

— De moins en moins.

Tipu poussa alors un cri aigu.

— Aïe !

Je compris vite qu'il exprimait ainsi son inquiétude.

— Mais qu'est-ce qui t'arrive, mec ?

— De quoi parles-tu ?

Mon vieux, t'as pas l'air en forme…

— Je vais bien, répondis-je pour couper court.

— Tu as des cernes. Et cette barbe… T'es pas vraiment à ton avantage, mec, je te le dis.

— J'ai oublié de me raser, c'est tout, répondis-je en passant une main sur mon menton.

— C'est ça… Ça fait genre un mois, non ? Qu'est-ce qui se passe, mec ? On dirait que t'as un truc à l'intérieur du corps…

— Évidemment que j'ai un truc à l'intérieur du corps ! Comme tout le monde. Tu ne sais pas que les bactéries forment une grosse partie de notre masse corporelle ?

Il s'esclaffa.

— Ouais, c'est ça ! T'es attaqué par des bactéries. Y a un mot pour ça, non ? Ça s'appelle comment déjà ? T'es po – po – quelque chose ?

— “Possédé”, tu veux dire ?

— C'est ça.

— Ne dis pas n'importe quoi, rétorquai-je sèchement. On dit de quelqu'un qu'il est possédé quand il se trouve sous l'emprise d'un démon.

— D'un dé – quoi ?

— D'un démon.

— Qu'est ce que c'est que ça ?

— Rien du tout. C'est juste une métaphore pour désigner l'avidité. Un truc imaginaire.

— Parce que tu crois vraiment que l'avidité est imaginaire ? gloussa-t-il. Hé, le Daron, j'ai une grande nouvelle pour toi : l'avidité, c'est bien réel, et c'est énorme ! Tu es avide, je suis avide, on l'est tous. Toi, tu veux vendre plus de livres. Moi, je veux plus de téléphones, plus d'écouteurs, plus de tas de trucs… Désolé, mon vieux, c'est pas des parasites qui nous habitent, c'est l'avidité ! Si c'est ça un démon, alors c'est pas imaginaire du tout, bordel ! On est tous des démons.

Je décidai d'aller dans son sens.

— Tu as peut-être raison, Tipu, mais tu sais quoi ? C'est vraiment une mauvaise nouvelle parce que, selon la mythologie hindoue, quand les démons prennent le dessus, cela signifie la fin du monde. Il se produit une chose qu'on appelle *pralaya* – tout se dissout, même le temps. Mais ça pourrait prendre d'autres formes encore. Les zoroastriens disent que des rivières de métal en fusion recouvriront la terre. Les chrétiens, eux, affirment que la mort, la maladie, la famine et la guerre provoqueront l'Apocalypse. Les Incas pensaient que ça débuterait par des tremblements de terre. Les musulmans croient que les océans vont éclater et les morts se retourner dans leur tombe…

— Hé, le Daron !

En jetant un œil sur l'écran, je fus stupéfait de découvrir une réelle expression de peur sur son visage.

— Arrête ! Tu me fous la trouille, là…

— C'est toi qui as commencé. Tu m'appelles d'où d'ailleurs ?

— Je suis à…

Je remarquai alors qu'un drap blanc était tendu derrière lui. Impossible de dire s'il était à l'intérieur ou à l'extérieur.

Il retrouva le sourire.

— Je suis à Bangalore.

— À Bangalore ? Mais qu'est-ce que tu y fais ?

— Je bosse dans un centre d'appels.

— C'est vrai ? Je croyais que tu détestais ces centres.

— Ouais, mais parfois, faut prendre ce qu'on trouve. Et ces centres raffolent de mon accent américain.

— Je peux comprendre.

— Bref, j'appelais pas pour ça.

— Pourquoi appelais-tu alors ?

— Je voulais te demander un truc.

— Je t'écoute.

— Tu as une copine à Venise, non ?

— Comment le sais-tu ? m'écriai-je, pris de court avant d'être traversé par un éclair de lucidité. Tipu, tu as piraté mon ordinateur ? Ou mon téléphone ?

Il éclata de rire.

— Peut-être que j'ai juste piraté ton esprit, le Daron ? Si j'avais piraté ton ordi, j'aurais pas besoin de te demander, précisa-t-il en affichant un grand sourire. Alors, dis-moi, c'est bien ça ? Tu as une copine à Venise ?

— Oui, c'est exact.

— T'as eu de ses nouvelles récemment ?

Non, mais je vais la voir le mois prochain à Los Angeles.

— C'est bien. Ne laisse pas la peur te faire changer d'avis.

J'étais interdit.

— Pourquoi est-ce que j'aurais peur ? J'ai très envie de la retrouver.

— Ouais, mais bon, il peut se passer des choses… Rappelle-toi la fois où je me suis fait mordre.

— Tipu, c'était dans les Sundarbans. Moi, je vais à Los Angeles et, là-bas, il n'y a pas de serpents.

— C'est ça… T'en es sûr ?

— Évidemment. Ne sois pas ridicule. Je ne vais pas me faire mordre à Los Angeles.

— C'est dommage, en fait. Une morsure de serpent, c'est peut-être exactement ce dont tu aurais besoin.

— Mais qu'est-ce que tu racontes ?

— Bon, peu importe… En tous les cas, quand tu verras ta copine, écoute-la bien.

— Quoi ? Où veux-tu en venir ?

— C'est quelqu'un de bien. Et tu dois l'écouter, le Daron.

— Et comment sais-tu que c'est quelqu'un de bien ?

— Elle t'a rendu service, non ? Et un de ces quatre, tu devras faire de même.

De quoi parles-tu ? Je ne comprends pas. Et d'abord, comment as-tu entendu parler de cette amie ?

Il éclata de rire.

— Peut-être que quelqu'un m'a murmuré un truc à l'oreille… Ou peut-être que j'ai un ami secret qui connaît très, très bien ton amie et qui veut être sûr que tu ne vas pas te dégonfler, que tu vas bien aller à Los Angeles.

— Évidemment que je ne vais pas me dégonfler. C'est pour la voir que je vais à Los Angeles.

— Ouais, mais il pourrait se passer un truc qui va te filer les jetons.

— Comme quoi ?

— Tu pourrais tomber sur un serpent, ricana-t-il.

— Tipu, répondis-je patiemment, je prends l'avion, en classe affaires si tu veux tout savoir.

— Super ! Ravi pour toi, le Daron ! Mais on ne sait jamais… Il peut se passer des choses. En tous les cas, ne panique pas et n'annule pas ce voyage à Los Angeles.

— Je n'ai pas du tout l'intention d'annuler quoi que ce soit.

— Bon, c'est ce que tu dois faire. Et tu sais quoi ? C'est aussi pour ton bien que tu dois faire tout ça.

— Vraiment ?

— T'as pas envie de te débarrasser de cette bactérie ou de ce truc que tu as dans la tête ? ajouta-t-il en m'adressant un clin d'œil.

— Tipu, je ne comprends rien à ce que tu racontes.

Il leva une main et agita les doigts.

— Faut que j'y aille. À plus.

Il disparut de mon écran.

INCENDIES

La perspective de revoir Cinta fut ce qui me fit tenir durant cette période crépusculaire. C'était elle qui avait organisé ma venue à Los Angeles : un musée y accueillait une conférence pour célébrer l'acquisition d'une très précieuse édition du *Marchand de Venise* datant du XVIIe siècle et Cinta devait y prononcer le discours de clôture. Un certain nombre de marchands de livres rares ayant été invités, elle avait obtenu des organisateurs que je sois inclus dans la liste.

Comme ce musée était par ailleurs une institution notoirement bien dotée, l'accueil promettait d'être somptueux et on devait voyager en classe affaires – autre raison d'attendre ce périple avec impatience. Tel était alors mon état d'esprit si bien que je ne pensais pas à grand-chose d'autre pendant des semaines.

Bien avant la date du départ, je fis en sorte de réserver une place côté hublot et, le jour du voyage, en montant dans l'avion, j'eus conscience d'éprouver, pour la première fois depuis des mois, un empressement tout à fait délectable. Cette place équipée d'une panoplie de boutons et d'un système de divertissement des plus sophistiqués m'offrait tout ce dont je pouvais rêver ; je m'installai donc en poussant un soupir d'aise, avec la ferme intention de profiter des sept prochaines heures. Mais alors que je m'apprêtais à tester le casque antibruit, je perçus une conversation agitée de l'autre côté de l'allée centrale. Une élégante femme blonde et un homme hâlé en costume parlaient fort ; il était question de "feu" et d'"évacuation".

Je pensai tout d'abord qu'ils parlaient d'un film (tous deux avaient l'air droit sortis d'Hollywood). Mais quand d'autres passagers se joignirent à la discussion, je compris que tous s'inquiétaient au sujet de quelque incident qui se déroulait à Los Angeles.

Je n'avais pas suivi les nouvelles cette semaine-là. Saisissant mon téléphone, je découvris alors que des incendies gigantesques faisaient rage autour de la ville depuis plusieurs jours. Des milliers d'hectares étaient partis en fumée et des dizaines de milliers de personnes avaient été déplacées par précaution.

Abasourdi, je me levai sans même réfléchir à ce que je faisais. Mon intention était de demander à une des hôtesses si notre vol risquait d'être retardé mais à peine avais-je bougé que deux membres d'équipage en uniforme me fondirent dessus pour me signifier, sans ménagement, que je devais rester assis puisqu'il était indiqué qu'il fallait attacher sa ceinture et que l'avion s'apprêtait à rouler.

— Je suis désolé. Je me demandais juste s'il y avait un risque de...

Avant même de pouvoir prononcer le mot “retard”, je fus interrompu.

— Monsieur ! Je vous demande de parler moins fort et de boucler votre ceinture.

— Mais je viens de voir...

Je tendis mon téléphone pour montrer à l'hôtesse l'article sur les incendies. Ce faisant, je frôlai par inadvertance une icône sur mon écran, ce qui déclencha sur-le-champ, dans le compartiment à bagages, une mélodie inquiétante et pénétrante qui résonna dans la cabine et attira tous les regards sur moi.

Tout à fait conscient des complications qu'impliquait désormais un voyage en avion, je savais pertinemment qu'il était imprudent pour quelqu'un comme moi de se faire remarquer. Habituellement si discret, j'étais devenu le point de mire de tous les regards.

En proie à une grande confusion, je ne reconnus pas tout de suite, dans la mélodie qui sortait du compartiment à bagages, l'un de mes morceaux préférés – un passage du *Allah Hoo* de Nusrat Fateh Ali Khan. J'avais beau adorer cet enregistrement, rien n'aurait pu en cet instant heurter davantage mes oreilles que cette musique-là, surtout quand je vis l'effet qu'elle produisait sur les autres passagers.

Je mis une éternité à comprendre que j'avais activé par accident une application de partage musical reliée à mon enceinte Bluetooth (que j'avais décidé de glisser au dernier moment dans mon bagage à main). Au lieu de désactiver l'application en tapotant sur mon écran, je bondis sur mes pieds, saisi de panique, pour tenter d'ouvrir le compartiment à bagages ; l'hôtesse, à son tour, bondit sur moi pour s'interposer. S'ensuivit un petit accrochage à l'issue duquel je me laissai retomber sur mon siège tandis que l'hôtesse, débout dans l'allée, mains sur les hanches, me foudroyait du regard.

— Monsieur, si vous ne vous calmez pas immédiatement, vous allez être expulsé de cet avion.

— Je suis désolé… désolé… Je m'excuse…

Pendant ce temps-là, mon enceinte Bluetooth diffusait encore à fond le *Allah Hoo*. Quand j'eus enfin l'idée d'éteindre l'application, cela prit encore un certain temps car j'avais du mal à contrôler le tremblement de mes mains.

En relevant la tête, encore traumatisé, je remarquai les rangées de visages braqués sur moi, dont l'expression allait de l'ahurissement à la terreur.

Je me recroquevillai sur mon siège.

— Je suis désolé… désolé…, marmonnai-je servilement.

Je parvins à passer les heures suivantes sans provoquer de nouvel incident et ce n'est que lorsque l'avion amorça sa descente que les incendies me revinrent à l'esprit. Le message du capitaine annonçant un atterrissage imminent me les rappela : notre itinéraire avait été modifié, disait-il, car les incendies avaient changé de direction ; les passagers assis sur le côté gauche de l'appareil pourraient peut-être apercevoir de la fumée alors que notre altitude déclinait.

J'avais la chance (c'est du moins ce que je me dis à ce moment-là) d'être assis à gauche. Je me penchai donc pour scruter l'horizon, le nez collé au hublot.

Des traînées sombres ne tardèrent pas à apparaître au loin, qui se transformèrent rapidement en gros nuages de fumée, bientôt suivis de vagues de flammes bondissantes surlignant l'horizon de nuances jaunes et orangées.

Le paysage que nous survolions était encore plus frappant : c'était une étendue de collines boisées calcinées et fumantes, déjà ravagées par les flammes. Comme l'avion volait assez bas, j'aperçus une grande quantité de troncs noircis se dressant dans une vaste zone de cendres. Je remarquai aussi que beaucoup d'oiseaux tournoyaient au-dessus de cette forêt réduite en cendres, ce qui m'étonna car, étant donné les ravages, il était difficile d'imaginer un quelconque être encore vivant dans ce paysage consumé.

J'appris par la suite qu'un territoire est loin d'être totalement dévasté après un incendie. Il offre au contraire à certaines espèces d'oiseaux (faucons, aigles et autres rapaces) de nouvelles opportunités de chasse : avec la disparition de la couverture arborée, il leur est plus facile de repérer les rongeurs et les reptiles qui ont survécu aux flammes en trouvant refuge sous terre. Ces oiseaux de proie bénéficient alors de conditions tellement favorables qu'on sait même que certaines espèces de rapaces sont capables de déclencher ou d'entretenir des incendies par le biais de brindilles enflammées qu'elles transportent dans leur bec, d'un lieu à un autre.

Ignorant bien sûr tout cela au moment de mon voyage, j'observais cette ronde d'oiseaux dans un mélange de fascination et de stupéfaction. Même de loin, j'en voyais clairement certains plonger à pic dans les cendres pour en extraire une proie.

À un moment donné, j'en distinguai deux qui fonçaient simultanément dans la même direction, suivant deux trajectoires convergentes : ils avaient visiblement repéré la même cible et leur collision semblait inévitable. Ce n'étaient que deux taches minuscules que je perdis de vue alors qu'ils fondaient en direction du sol noirci. Mais une ou deux minutes plus tard, je les repérai de nouveau, l'un poursuivant l'autre. Ils s'élevaient dans les airs dans une série de tournoiements, louvoyant tout en prenant de l'altitude en direction de l'avion.

Alors qu'ils se rapprochaient, je vis que l'un d'eux tenait quelque chose dans ses serres, le butin que son rival tentait de lui arracher. Les deux oiseaux étaient tellement absorbés dans cette bataille qu'ils continuaient de prendre de la hauteur, à grande vitesse. Et puisque l'avion de son côté descendait rapidement, ils se retrouvèrent bientôt au-dessus de l'appareil. Mais celui qui menait la danse finit par se lasser, sembla-t-il. Se retournant d'un coup, il lâcha sa proie – un animal sinueux, qui ondulait et se tortillait.

Alors que j'observais la chute de cette créature à travers les airs, je laissai brusquement échapper un son – que l'on me décrivit par la suite comme un "cri".

N'ayant alors nullement conscience de mon comportement, je ne compris pas d'emblée que les exclamations de stupeur et d'effroi des autres passages m'étaient destinées.

Mais un steward et une hôtesse se précipitèrent ensemble vers mon siège, suivis d'un colosse en costume sombre (je saisis tout de suite qu'il s'agissait d'un agent de sécurité en civil).

— Monsieur, ça suffit !

L'agent m'attrapa par l'épaule, défit ma ceinture de sécurité et m'obligea à me lever.

— Suivez-moi, monsieur !

Deux minutes plus tard, je me retrouvai assis à ses côtés, les poignets ligotés par une bande de plastique. Ne comprenant pas ce qui m'arrivait, je fermai les yeux et me contentai d'écouter. Tout autour de moi s'élevaient des chuchotements soulignant mon attitude suspecte et les problèmes que je posais depuis le début du voyage.

Plusieurs escouades de policiers et d'agents en costume bleu m'attendaient quand je fus enfin autorisé à sortir de l'avion.

On me conduisit dans une pièce éclairée par des néons aveuglants ; on me détacha les mains et on m'ordonna de donner mon téléphone portable, mon ordinateur ainsi que mes mots de passe. Bien trop choqué pour protester, je m'exécutai. Je me retrouvai seul, assis devant un bureau métallique.

Je n'avais rien d'autre à faire que de fixer ma montre, et plus je la fixais, plus je me disais que ce voyage était une très mauvaise idée depuis le début, qu'il était en quelque sorte maudit et qu'il me fallait rentrer à New York par le prochain vol.

Quand la porte finit par s'ouvrir, plus d'une heure plus tard, j'avais résolu que si je n'étais pas arrêté à l'issue de cet interrogatoire, je foncerais acheter un billet pour rentrer à New York, quel qu'en soit le prix.

À ma grande surprise cependant, il n'y eut pas d'interrogatoire. Deux agents en costume bleu me rendirent mon téléphone et mon ordinateur ; l'un d'eux me tint la porte et m'annonça que je pouvais disposer.

— C'est fini ? demandai-je, presque déçu.

— Oui, monsieur. C'est terminé. Vous pouvez partir.

Alors que je rassemblais mes affaires, un des agents me demanda :

— Qu'est-ce qui vous a pris de faire ça ?

— De faire quoi ?

— L'équipage a dit que vous hurliez : "Un serpent ! Un serpent !" Vous savez bien qu'on ne peut pas faire ça dans un avion.

Je passai la langue sur mes lèvres, essayant de trouver une réponse.

— Je suis désolé, monsieur. J'ignore ce qui m'a pris.

J'étais presque sorti de la pièce lorsqu'un deuxième agent m'interpella :

— On vous appelle souvent de Turquie ?

J'étais interloqué.

— Monsieur, finis-je par avancer prudemment, je reçois très peu d'appels. Et je ne crois pas avoir jamais reçu d'appel de Turquie.

— Vraiment ? fit l'agent en haussant un sourcil. C'est bizarre.

— Pourquoi ?

— Parce que votre téléphone n'a pas arrêté de sonner pendant la dernière heure. Et que l'appel venait de Turquie.

Je le regardai d'un air abasourdi.

— Ah bon ? Je n'ai aucune idée de..., bredouillai-je.

En me dirigeant vers le hall des arrivées, je fis une pause pour vérifier mon téléphone. J'avais effectivement dix appels manqués, tous provenant d'un numéro précédé du 90. J'appuyai timidement sur l'icône "Rappel" avant de porter le téléphone à mon oreille : les quelques sonneries demeurèrent sans réponse.

Une fois que j'eus rangé mon téléphone, je me rendis compte que j'étais sorti de l'aéroport et que je me trouvais près d'une borne de taxis. Revenir sur mes pas pour organiser un vol de retour me paraissait à présent insurmontable tant j'étais épuisé. Je finis par monter dans un taxi et donnai au chauffeur l'adresse de mon hôtel.

Il était presque minuit quand je parvins à destination. Ma chambre, située au quinzième étage, était encore plus luxueuse que ce que j'avais imaginé.

Totalement vidé, j'avais hâte de me coucher. Mais alors que je me glissais entre les draps doux et blancs, une étrange lueur orangée à la lisière des rideaux attira mon attention. Je sortis du lit et m'approchai de la fenêtre pour tirer les rideaux. Un paysage de feu et de fumée semblait se déployer sous mes yeux. Je mis du temps à comprendre que les incendies faisaient rage à des kilomètres ; dans l'obscurité de la nuit, ils semblaient emplir l'horizon, de bout en bout.

J'étais fasciné. Quand je finis par m'endormir, les incendies revinrent hanter mes rêves. Un serpent incandescent se précipitait sur moi à travers les flammes.

LOS ANGELES

Le lendemain matin, il régnait une grande confusion au rez-de-chaussée à la suite de la décision de l'hôtel de réorganiser ses salles de repas de sorte que les clients n'aient pas à contempler des vagues de feu tout en prenant leur petit-déjeuner.

J'espérais pouvoir y retrouver Cinta mais celle-ci demeurait invisible. Après que je l'eus longuement cherchée, on m'informa que son vol avait été retardé en raison des incendies. Elle était arrivée dans la nuit et nous rejoindrait plus tard dans la journée.

Ravalant ma déception, je me dirigeai vers la queue pour monter dans un des autobus qui devaient nous conduire à la conférence.

Le musée accueillant la conférence était connu pour son architecture et ses jardins. Les autobus et les voitures de visiteurs n'étaient pas autorisés à aller au-delà du parking situé devant les grilles ; on traversait ensuite la propriété à bord d'une flotte de véhicules électriques étincelants, mis à disposition par le musée.

Ce n'était pas ma première visite et j'avais le souvenir d'un système parfaitement rodé : à peine un visiteur posait-il un pied sur le parking qu'il était prestement emmené par l'une de ces navettes en livrée.

Ce ne fut pas exactement ce qui se passa quand on arriva pour l'ouverture de la conférence : aucune navette en vue et, plus étrange encore, le parking, habituellement plein dès l'ouverture des grilles, était quasiment vide.

Il n'y avait qu'un seul vigile à l'entrée et tout ce que cette dame put nous dire était que beaucoup de personnel manquait à l'appel ce matin-là : plusieurs de ses collègues n'avaient pu venir travailler car de nombreuses routes avaient été barrées en raison des incendies toujours actifs.

Cette annonce provoqua une rumeur de consternation parmi l'assistance : et la conférence ? Allait-on l'annuler ?

L'employée appela son supérieur et, deux minutes après, une voix s'adressait à nous à travers un haut-parleur. C'était le directeur du musée. Tout se déroulerait comme prévu, nous annonça-t-il. Il ne fallait pas s'inquiéter. Les autorités de la ville lui avaient assuré que les incendies ne menaçaient pas directement le musée. Nous devions seulement faire preuve d'un peu de patience face au manque de personnel – tout rentrerait vite dans l'ordre.

Effectivement, quelques minutes plus tard, un convoi de navettes faisait son entrée dans le parking.

Les principaux bâtiments du musée se situaient au sommet d'un promontoire. De là s'étendait un vaste panorama s'étirant des collines à l'est jusqu'à la mer à l'ouest.

Ce matin-là pourtant, personne ne contempla les collines ni l'océan ; tous les regards étaient tournés dans la même direction, le nord-est, où un nuage sombre s'était dressé à l'horizon, prenant la forme d'une immense vague surmontée d'écume blanche. De là où nous étions, on aurait dit un tsunami géant progressant depuis de lointaines banlieues.

Nous étions tellement captivés par ce spectacle que des gardiens furent diligentés pour nous faire passer dans l'auditorium où devait se dérouler la conférence inaugurale.

En entrant dans l'auditorium, je repérai plusieurs connaissances – bibliophiles, bibliothécaires, experts en édition et, bien entendu, marchands de livres rares comme moi. Un public aux cheveux essentiellement grisonnants, assorti de son lot de vestes bleu marine, nœuds papillons et rangées de perles. Pourtant, celui qui ouvrait le colloque n'était clairement pas de notre acabit : c'était un jeune historien en vue, qui s'était fait une réputation dans la diffusion de Grandes Idées. Il avait choisi d'aborder ce jour-là, ainsi qu'on le découvrit en prenant place dans la salle, le sujet suivant : "Climat et apocalypse au XVIIe siècle."

Ce titre pompeux fut accueilli avec un certain scepticisme par l'auditoire, que l'allure de hipster de l'intervenant ne contribua pas à dissiper : le jeune homme hirsute portait un pantalon moulant et un gilet qu'on aurait dit fait de paille. Le ton grandiloquent qu'il adopta pour commencer n'aida pas non plus.

Le XVIIe siècle, débuta l'historien, avait connu un tel bouleversement climatique qu'on le désignait parfois comme le "petit âge de glace". Durant cette période, les températures avaient sévèrement chuté sur l'ensemble du globe, peut-être en raison de fluctuations de l'activité solaire ou d'une série d'explosions volcaniques – peut-être aussi en lien avec la reforestation de vastes territoires ayant suivi le génocide amérindien après la conquête de l'Amérique par les Européens.

En tout état de cause, famines, sécheresses et épidémies avaient éclaté dans de nombreuses régions du monde au XVIIe siècle. Au même moment s'étaient succédé dans le ciel plusieurs comètes tandis que la terre était secouée par une incroyable activité sismique : des tremblements de terre avaient dévasté plusieurs villes et des volcans avaient projeté dans l'atmosphère des quantités inouïes de poussière et de débris. Des millions de gens avaient péri : dans certaines zones, la population avait été réduite d'un tiers. Ces décennies-là avaient connu plus de guerres que toutes les périodes antérieures, des conflits éclatant dans de nombreux territoires européens : l'Angleterre avait vécu le plus grand soulèvement interne de son histoire (une guerre civile) et la guerre de Trente Ans avait ravagé l'Europe centrale ; en Turquie, une sécheresse épouvantable avait provoqué un terrible incendie à Istanbul, qui avait ébranlé l'ensemble de l'Empire ottoman ; ailleurs encore, comme en Chine, de vieilles dynasties avaient été renversées dans des torrents de sang ; en Inde, famine et révoltes avaient assailli l'Empire moghol. Une énorme vague de suicides avait parcouru la planète : une multitude de loyalistes Ming s'étaient tués en Chine ; en Russie, après que la secte orthodoxe des vieux-croyants eut déclaré que le tsar était l'Antéchrist, des dizaines de milliers de ses membres avaient mis fin à leurs jours. Partout, on parlait d'apocalypse : on voyait dans les comètes filant à travers les cieux un présage de la destruction de l'univers ; on soupçonnait même les créatures terrestres d'être annonciatrices de catastrophe. En de nombreux lieux, des nuées de criquets avaient assombri le ciel et de vastes colonies de rongeurs avaient dépouillé le sol.

On avait assisté en Italie à une soudaine flambée de visions provoquées par des morsures de tarentules, tandis qu'en Angleterre, des rêves de bêtes, inspirés du Livre de Daniel, avaient poussé la secte dite des Cinquièmes Monarchistes à se rebeller contre le gouvernement ; elle avait été sauvagement exterminée en retour.

Mais le grand paradoxe de cette époque, poursuivit le conférencier, était que tous ces bouleversements s'étaient accompagnés d'une extraordinaire effervescence intellectuelle et créative : cela avait marqué le début du Siècle des lumières, le siècle de Hobbes, Leibniz, Newton, Spinoza et Descartes ; de nombreux chefs-d'œuvre de la littérature, des arts et de l'architecture étaient venus enrichir le patrimoine mondial, parmi lesquels…

Il cita alors un certain nombre de chefs-d'œuvre du XVIIe siècle, et un en particulier réactiva ma mémoire : le Taj Mahal. Ce nom me ramena en Inde et il me revint à l'esprit que les temples de Bishnupur avaient été construits à peu près à la même époque que le Taj. Ce qui me fit penser au sanctuaire du Marchand d'Armes, mais aussi, d'un coup, à tous ces épisodes de sécheresse, famine, tempête et épidémie jouant un rôle essentiel dans la légende.

Celle-ci pouvait-elle découler des tribulations de ce petit âge de glace ?

Perdu dans mes pensées, je finis par me rendre compte en prêtant de nouveau attention que la présentation était terminée. Un antiquaire grincheux assaillait à présent l'intervenant de questions agressives.

— Vous nous avez exposé, cher monsieur, une simple liste de coïncidences… Toute personne disposant de deux heures devant elle serait capable de dresser le même catalogue de crues, de séismes et de conflits pour d'autres siècles… Vous juxtaposez des choses qui n'ont aucun lien les unes avec les autres. De toute façon, quel est le rapport entre le théâtre jacobéen et le climat ? Partout et à toutes les époques, les gens ont imaginé que l'Apocalypse adviendrait. Et ceci car chaque génération se plaît à penser qu'elle est spéciale et qu'après elle, ce sera la fin… Ces fanatiques du XVIIe siècle ressemblent à des millions d'autres personnes les ayant précédés ou suivis !

Cette objection fit mouche parmi l'auditoire d'où s'éleva un chœur de murmures d'approbation.

Mais les réactions de la salle n'eurent que peu d'effet sur le conférencier, qui ne voulait rien concéder.

— Et si les millénaristes avaient raison ? reprit-il. Ne pourrait-on considérer que c'est au XVIIe siècle que nous nous sommes engagés sur la voie qui nous a menés où nous en sommes aujourd'hui ? Après tout, c'est à cette époque-là que les Londoniens ont commencé à utiliser du charbon à grande échelle, pour se chauffer, et c'est ainsi qu'a débuté notre dépendance aux énergies fossiles. Vos dramaturges jacobéens auraient-ils écrit de la même manière s'ils n'avaient pas eu de charbon pour se réchauffer ? Savaient-ils qu'une bête enragée, endormie depuis des lustres dans les entrailles de la Terre, était en train de se réveiller ? Hobbes, Leibniz ou tout autre philosophe des Lumières ont-ils saisi la chose ?

Il s'interrompit pour balayer la salle d'un regard empreint de gravité.

— Il semblerait que les titans intellectuels des Lumières n'aient eu aucune idée de ce qui se tramait. Pourtant étrangement, sur l'ensemble de la planète, des gens ordinaires ont visiblement perçu que quelque chose de capital se préparait. Ils ont compris, je crois, qu'un processus pouvant mener à la catastrophe avait été enclenché : ce qu'ils n'ont pas prévu était que cette histoire se jouerait sur des centaines d'années. C'est à nous que revient la tâche, des siècles plus tard, d'observer le dernier tour de roue. Et ce que l'on voit déjà – il s'arrêta à cet instant pour pointer un doigt en direction des incendies – devrait suffire à nous rappeler que les perturbations climatiques du petit âge de glace n'étaient rien en comparaison avec ce qui nous attend aujourd'hui. Ce que nos ancêtres ont traversé n'est qu'une pâle prémonition de ce que le futur nous réserve !

Cette réponse exaspéra le marchand de livres qui se tourna vers le public et lança, en levant les yeux au ciel :

— J'ai l'impression d'être de retour en 1999, à discuter avec un jeunot qui pense que ce sera la fin du monde au douzième coup de minuit…

Un tonnerre de rires éclata dans l'auditorium. Mais alors que cette risée s'estompait, un autre bruit, beaucoup plus strident, nous fit tous sursauter : c'était le mugissement d'une alarme.

Je m'étais déjà levé lorsque celle-ci s'interrompit et qu'une voix retentit à travers les haut-parleurs :

— Je suis désolé...

C'était le directeur du musée, debout sur l'estrade, micro en main.

— On vient de nous informer que le bâtiment doit être évacué par précaution. C'est à cause du vent – les incendies progressent plus vite que prévu. Mais il n'y a aucune raison de s'inquiéter – nous tenons seulement à ce que tout le monde soit en sécurité. Nos agents vont vous diriger vers les issues de secours...

On sortit dans le calme, à la queue leu leu, éblouis par le soleil de Californie.

Le tsunami de fumée que l'on apercevait au loin n'avait pas bougé – c'était du moins mon impression même si certains prétendaient qu'il s'était rapproché. Il était difficile d'en être sûr.

La voix du directeur s'éleva de nouveau quelques minutes plus tard.

Il nous informa que les organisateurs s'étaient démenés et avaient fini par trouver un autre lieu susceptible d'accueillir la conférence : il s'agissait tout bonnement de l'hôtel où nous étions tous logés. Un vaste hall ainsi qu'une série de salles de réunion avaient été libérés pour nous. Quelques menus ajustements étaient à prévoir, mais tout pourrait se dérouler ainsi que prévu.

Il termina par cette phrase, chaudement applaudie :

— On doit montrer à Mère Nature qu'on n'est pas du genre à abandonner !

Cette annonce ne manqua pas de nous remonter le moral : pour beaucoup d'entre nous, cette nouvelle configuration valait bien mieux que l'organisation initiale ; si la conférence se déroulait à l'hôtel, il nous serait aisé de filer dans nos chambres – voire à la piscine ou au bar.

En fin de compte, ce changement ne perturba pas grand monde. Et je fus le premier à m'en réjouir car je venais de repérer une crinière blanche et touffue : accoudée à une balustrade, Cinta observait les incendies au loin.

Je fis le trajet en bus jusqu'à l'hôtel à côté d'elle.

— Qu'as-tu pensé de cette conférence inaugurale ? lui demandai-je. Partages-tu ce que l'intervenant a avancé sur le XVIIe siècle et aujourd'hui ?

— Tout à fait, Dino. *Assolutamente*. C'est ce que je me dis tout le temps, tous les jours, quand je lis les journaux. C'est comme si le petit âge de glace sortait de sa tombe pour venir nous retrouver.

— C'est ce que je me dis moi aussi – à cause de toi.

— Comment ça ? demanda-t-elle dans un froncement de sourcils.

— Tu te souviens de la fois où tu m'as appelé, sans raison particulière, il y a deux ans environ ? J'étais à Calcutta et toi, à Venise, à l'aéroport… Tu allais prendre un avion. Tu m'as dit que tu avais fait un rêve.

— Oui, je me souviens. Et alors ?

— Ce jour-là, j'étais allé rendre visite à une vieille dame de ma famille – une femme remarquable, qui a passé presque toute sa vie à travailler dans les Sundarbans.

Il me vint à l'esprit que Cinta ne connaissait peut-être pas cette région.

— Tu as entendu parler des Sundarbans ? La forêt de mangrove du Bengale ?

— *Sì, caro !* s'exclama-t-elle dans un sourire et en me tapotant la main. En Italie, tout le monde connaît les Sundarbans. Grâce à un célèbre livre pour enfants, qui a pour cadre cette région. C'était le livre préféré de Lucia, ma fille ; elle rêvait de cette forêt.

— Des Sundarbans ?

— Tout à fait. Mais continue.

— Voilà ce qui s'est passé : ma tante m'a parlé d'un petit temple situé dans la jungle et m'a demandé d'aller y faire un tour ; elle pensait que quelqu'un devait garder une trace de cet édifice avant qu'il ne soit englouti par la boue. Ça avait l'air intéressant mais je n'avais pas très envie d'y aller car je devais rentrer à New York deux ou trois jours après et j'avais des tas de choses à faire… À vrai dire, j'avais plus ou moins décidé de ne pas m'y rendre quand tu m'as appelé, et alors, pour je ne sais quelle raison, j'ai changé d'avis et j'y suis finalement allé.

— Et qu'est-ce que tu y as trouvé ?

— Le temple était bien là, ainsi qu'elle l'avait indiqué – d'un style tout à fait spécifique – je suis presque sûr qu'il date du XVIIe siècle. Par ailleurs, il est associé à la déesse des serpents, Manasa Devi, qui apparaît dans beaucoup de légendes, dont certaines en lien avec un personnage de marchand. Tu te souviens peut-être de l'article que je t'ai fait lire il y a longtemps et que j'ai consacré à une de ces légendes ?

— *Sì, mi ricordo*. Continue.

— Il y a une chose bizarre autour de ce petit temple : la légende à laquelle il est associé n'a jamais été écrite ni publiée – elle était censée être transmise oralement. Apparemment, il était comme interdit de la porter sur papier.

— C'est très fréquent, m'expliqua Cinta. Il existe beaucoup d'histoires et de légendes secrètes.

— Mais si l'histoire doit rester secrète, pourquoi construire un temple qui lui soit associé ? N'y a-t-il pas là une contradiction ?

— Pas forcément. Ceux qui ont construit ce sanctuaire, quelle qu'ait été leur identité, avaient certainement des raisons de ne pas vouloir que cette histoire soit écrite…

— Comme quoi par exemple ?

Cinta eut un petit sourire cryptique.

— Peut-être pensaient-ils que cette histoire n'était pas achevée – qu'elle pouvait se prolonger dans le futur ?

— Je ne comprends pas, Cinta. Je ne vois pas comment une légende pourrait se prolonger dans le futur. Car enfin, ce n'est qu'une histoire…

Elle m'interrompit d'une petite tape sur les doigts.

— Ne dis jamais ça, Dino, m'exhorta-t-elle en détachant chaque syllabe et d'un air tout à fait sérieux. Au XVIIe siècle, contrairement à nous aujourd'hui, personne n'aurait jamais dit : “Ce n'est qu'une histoire.” À l'époque, les gens reconnaissaient que les histoires étaient susceptibles de puiser dans des dimensions qui dépassaient la sphère ordinaire, qui dépassaient même la sphère humaine… Ils savaient que seules les histoires permettaient de pénétrer les mystères les plus intimes de l'existence, où l'on ne peut rien prouver de ce qui est véritablement important – comme l'amour, la loyauté ou même cette capacité que l'on a de se retourner quand on sent sur soi le regard d'un étranger ou d'un animal. Ce n'est qu'à travers les histoires que les êtres invisibles, inintelligibles ou silencieux nous parlent ; ce sont elles qui permettent au passé de nous retrouver.

— Cinta, tu n'exagères pas un peu ?

— Non, *caro*, pas du tout. Il ne faut pas sous-estimer le pouvoir des histoires. Elles ont quelque chose d'élémentaire et d'inexplicable. Tu as déjà entendu dire que ce qui fait notre humanité, ce qui nous distingue de l'animal, c'est notre capacité à raconter des histoires ?

— Oui, confirmai-je en hochant la tête.

— Et si la vérité était plus étrange encore ? S'il s'agissait en fait de l'exact opposé ? Si cette capacité à raconter des histoires n'était pas spécifiquement humaine mais un des derniers vestiges de notre état animal ? La trace d'une époque d'avant le langage où nous communiquions comme les autres êtres vivants ? Comment comprendre autrement que les animaux ne soient doués de langage que dans les histoires ? Sans parler des démons, des divinités, de Dieu lui-même… C'est uniquement à travers les histoires que l'univers nous parle, et si nous n'apprenons pas à l'écouter, alors, à coup sûr, nous serons punis.

Je me redressai sur mon siège, embarrassé, repensant à tous les mois que je venais de passer à Brooklyn, hanté par le sentiment qu'une chose depuis longtemps endormie dans la boue des Sundarbans s'était glissée en moi. Une image se matérialisa soudain sous mes yeux : celle d'un serpent dégringolant dans les airs. Instinctivement, je levai les mains pour me protéger le visage.

— Qu'y a-t-il, *caro* ? s'inquiéta Cinta. Qu'est-ce qui se passe ?

— Ce n'est rien, Cinta. Rien du tout.

Je ne pouvais me résoudre à lui raconter ce qui s'était produit la veille dans l'avion. Que dire de toute façon ? Que je rêvais de serpents ? Que j'en faisais des cauchemars ? Qu'on m'avait arrêté en raison de mon comportement douteux ? Qu'en aurait-elle pensé si ce n'est que je perdais la tête ?

— C'est juste que je ne me sens pas très bien depuis quelque temps.

— Je vois ça, dit-elle en me scrutant pendant quelques secondes avant de se réinstaller confortablement sur son siège. Je crois que tu travailles trop, *caro*. Et si nous faisions une petite pause ? La fille de mon cousin, Gisella, qui vit à Rome, est ici en ce moment. Je t'ai déjà parlé d'elle ? Gisa, comme on l'appelle, est une jeune femme très intéressante. Elle réalise des documentaires pour la télévision et elle a déjà remporté quelques prix prestigieux. Elle vit à Rome, dans le Trastevere, avec sa compagne, et elles ont adopté deux petits réfugiés, deux orphelins – une fillette de six ans, originaire de Syrie et un petit Érythréen de sept ans. Ils sont tous en Californie en ce moment car Imma, la compagne de Gisa, travaille sur un gros projet informatique et sa société lui a demandé de venir passer une année à Los Angeles. Elles louent une maison près de Venice Beach.

Cinta éclata de rire.

— Venice Beach ! N'est-ce pas merveilleux ? Tu sais que je n'y suis jamais allée ! Une Vénitienne qui n'a jamais vu Venice Beach ! Mais aujourd'hui – elle s'interrompit pour me tapoter la main de son index et renforcer ainsi ses propos – Gisa m'a invitée pour un *aperitivo*. Et tu vas m'accompagner, bien sûr ! On va oublier le dîner officiel de la conférence – c'est toujours d'un ennui ! Venice Beach sera plus *divertente*, tu es d'accord avec moi ?

Elle me tapota de nouveau la main.

— Gisa va te plaire, *caro*. Je l'aime beaucoup. Elle et ma Lucia étaient du même âge et elles étaient très proches. J'ai toujours beaucoup de plaisir à la retrouver.

Quand les ateliers de la journée prirent fin, j'appelai un Uber pour nous conduire à l'adresse que Gisa avait envoyée à Cinta. Le chauffeur nous déposa devant une charmante maison, dans un quartier traversé de canaux qui jouxtait Venice Beach. Gisa nous accueillit seule car sa compagne était encore au travail.

Elle devait avoir trente-cinq ans. Svelte et gracile, elle portait un pantalon noir et un pull ample, noir lui aussi. Sa narine gauche était percée d'un anneau en argent et ses cheveux courts, blond platine, avaient quelques reflets roses assortis à ses lunettes. Elle parlait très vite, ne prenant pas toujours la peine de terminer ses phrases, passant sans s'en rendre compte de l'italien à l'anglais et agitant sans cesse ses doigts fins.

Nous perçûmes d'emblée que, ce jour-là, Gisa était à cran. Ce qui pouvait se comprendre : à peine avait-elle ouvert la porte que ses deux enfants bondirent à l'extérieur, suivis d'un jeune labrador surexcité qui faillit renverser Cinta. Les deux gamins débordaient d'énergie et d'enthousiasme et Gisa dut leur courir après pendant plusieurs minutes avant de parvenir à les faire rentrer. La chienne, Leola, était la plus réticente de tous. Gisa dut littéralement la pousser à l'intérieur en criant :

— Leola ! *Calmati !*

Quand tout fut rentré dans l'ordre, Gisa, à bout de souffle, s'excusa platement : ils ne se comportaient pas ainsi d'habitude, mais elle avait gardé les enfants à la maison ce jour-là car la qualité de l'air l'inquiétait. D'une part, il y avait beaucoup de fumée, et par ailleurs, elle ne souhaitait pas se séparer d'eux alors que des incendies sévissaient à quelques kilomètres à peine. L'année précédente, nous raconta-t-elle, lors de vacances en Sicile, elle avait connu une situation similaire. Ils étaient installés sur une plage ensoleillée lorsque la police avait débarqué pour leur annoncer qu'un incendie s'était déclaré à proximité et progressait rapidement dans leur direction. Dans la confusion qui avait suivi, elle s'était retrouvée séparée de sa fille pendant plusieurs minutes d'angoisse. C'était une expérience qu'elle ne tenait pas à revivre.

Elle nous expliqua cela à toute vitesse alors que nous étions tous encore à l'extérieur.

— J'ai l'impression qu'il y a moins de fumée à présent, déclara-t-elle en inspectant le ciel d'un air inquiet. *Non è vero ?* On va bientôt pouvoir aller à pied jusqu'à la plage. Mais d'abord, entrez prendre un *aperitivo*.

— Pourquoi ne pas commencer par la plage ? proposa Cinta. Le soleil ne va pas tarder à se coucher et il fera peut-être trop sombre après.

Gisa acquiesça et nous nous mîmes rapidement en route, précédés des enfants qui couraient avec le chien. Le soleil se couchait quand nous atteignîmes la plage. Celle-ci était déserte et plutôt triste avec ses quelques joggeurs et *runners* disséminés le long de la vaste étendue de sable qui paraissait interminable. D'après Gisa, la fumée avait dissuadé les gens de sortir. L'air était pourtant plus frais à cet endroit qu'ailleurs, une brise tonifiante soufflant agréablement depuis le large. Et le tsunami de fumée n'était pas visible de la plage : cette vague sombre aperçue la veille était cachée par un rideau de brume.

Leola, en bon chien de chasse, adorait se jeter dans les vagues. Les enfants s'élançaient en courant et jetaient un bâton qu'elle devait aller récupérer dans l'eau. À n'en pas douter, ce jeu lui plaisait beaucoup. Elle fixait le bâton comme si sa vie en dépendait ; elle ne le quittait pas des yeux même lorsqu'elle plongeait dans les vagues pour aller le chercher. Elle parvint à le rapporter à chacun des dix lancers.

Mais soudain, alors qu'elle revenait vers la plage, tenant le bâton dans la gueule, elle s'immobilisa, les pattes encore dans l'eau. Elle lâcha alors le bâton et se mit à aboyer fortement avant d'essayer de saisir quelque chose qui avait attiré son attention.

Les enfants mirent les mains en porte-voix pour l'appeler. Leola ne faisait pas attention à eux, toujours occupée à plonger son museau dans l'eau. Quand elle finit par relever la tête, nous vîmes qu'elle tenait quelque chose entre ses crocs, une chose vivante qui se tortillait.

Gisa courait déjà vers elle lorsque la chienne sortit de l'eau. À peine arrivée sur le sable, elle s'effondra, lâchant ce qu'elle avait dans la gueule.

Le fils de Gisa fut le premier à la rejoindre.

— *Serpente ! Serpente !* se mit-il à hurler.

Gisa, qui le talonnait, attrapa le garçonnet par la chemise pour le faire reculer.

Quand Cinta et moi arrivâmes quelques secondes après, Gisa caressait la tête de la chienne posée sur ses cuisses. Les enfants étaient accroupis à ses côtés, secoués de sanglots. Un serpent d'une cinquantaine de centimètres gisait non loin d'eux ; de couleur foncée, il avait des reflets métalliques et le ventre jaune vif. Il était mort, la tête broyée.

Deux garde-côtes en tenue rouge surgirent et comprirent en un coup d'œil ce qui venait de se passer.

— Le chien a été mordu, c'est ça ? Par ce serpent ?

— Oui, répondit Cinta. Il a dû la mordre quand elle l'a attrapé par la tête.

— Pas de chance, reprit le garde-côte. C'est un serpent de mer à ventre jaune. Son venin est mortel.

— Un serpent de mer ? m'étonnai-je. On en trouve par ici ?

— Ce n'était pas le cas avant. Mais ces derniers mois, on a effectivement trouvé quelques ventres jaunes échoués sur cette plage. J'aimerais bien savoir d'où sortent ces satanées bestioles.

Les garde-côtes transportèrent la chienne jusqu'à la promenade tandis que Gisa appelait sa compagne et que Cinta tentait de réconforter les enfants. Nous passâmes d'affreuses minutes à patienter alors que la chienne gigotait sur les planches de bois en gémissant. Le campus où travaillait Imma était heureusement tout proche. Elle nous rejoignit au pas de course quelques instants plus tard et, prenant immédiatement les choses en main, appela un Uber pour aller chez un vétérinaire.

Cinta et moi leur dîmes au revoir de la main depuis le trottoir où nous nous attardâmes, essayant de retrouver nos esprits. J'étais sur le point d'appeler un Uber quand j'aperçus un taxi que je hélai.

— Viens, Cinta. Retournons à l'hôtel.

Les incendies avaient provoqué une telle pagaille qu'on se retrouva bientôt dans un embouteillage : le chauffeur nous avertit qu'il nous faudrait peut-être deux heures pour atteindre l'hôtel.

Une heure plus tard, alors qu'on était toujours coincés sur une voie rapide, le téléphone de Cinta sonna. C'était Gisa, avec qui elle eut une longue conversation, à voix basse.

Cinta était en pleurs lorsqu'elle raccrocha.

— *Non posso crederci*, dit-elle en s'essuyant les yeux. La chienne est morte. D'une morsure de serpent. Ici, à Los Angeles !

— Et les enfants ?

— Ils vont bien. J'imagine qu'ils ont déjà vu pire.

— Et Gisa ?

— Elle est toute chamboulée.

— Ce qui se comprend, dis-je en secouant la tête. Ça a dû être un choc pour elle de voir sa chienne mourir de cette façon-là.

— Il n'y a pas que ça.

— Ah bon ?

— Il s'est passé quelque chose d'étrange alors que la chienne agonisait…

— Quoi donc ?

Cinta se mordit la lèvre.

— Je t'ai déjà raconté, je crois, que Gisa était très proche de ma fille, Lucia ?

— Oui, tu me l'as raconté.

— Gisa me dit qu'elle a senti que Lucia était à ses côtés aujourd'hui – il y a quelques instants…

Alors que Cinta continuait de se tapoter les yeux, nous restâmes silencieux, observant le paysage infernal qui s'étendait devant nous, les imposantes colonnes de fumée qui progressaient au-dessus de banlieues ordonnées à l'architecture impeccable.

— Tu sais, murmura-t-elle, il m'arrive parfois de ressentir la même chose.

— C'est-à-dire ?

— Que Lucia est présente. Je la sens à côté de moi. C'est très réconfortant.

— Et tu entends sa voix parfois ? Comme à Salzbourg ?

— Oui. Ça m'est arrivé, une autre fois seulement.

— Quand ça ? Et où ?

— Quelques années après la disparition de Giacomo et de Lucia. L'enquête traînait en longueur, sans perspective de résolution. Tout le monde savait qu'il n'en sortirait rien – de la poudre aux yeux ou, comme on dit en italien, *specchietti per le allodole*, "un miroir aux alouettes". Soit les hommes politiques et les policiers craignaient pour leur vie, soit ils étaient de mèche avec la Mafia. Au fil du temps, j'ai fini par perdre la foi jusqu'à ne plus croire en quoi que ce soit – Giacomo et Lucia me manquaient tellement que la douleur est devenue insupportable et que je n'avais plus envie de vivre. J'ai quasiment arrêté de m'alimenter et un jour, alors que j'étais déjà très affaiblie, j'ai été surprise par une averse et j'ai attrapé une pneumonie. J'ai pris ça comme une délivrance ; j'ai accueilli la maladie à bras ouverts, dans l'espoir d'être rapidement emportée. Mais alors que je me trouvais à l'hôpital – je vois encore la chambre, ses néons, la table couverte de bouquets –, j'ai entendu la voix de Lucia, très distinctement. Je ne la voyais pas mais je sentais qu'elle était tout près de la fenêtre, à côté du rideau. Elle m'a dit : "*Mamma, mamma*, qu'est-ce que tu fais ? Ton temps n'est pas venu, tu dois te battre pour rester en vie. Tu ne dois pas renoncer : il va se produire quelque chose, qui va t'aider à retrouver la foi dans ce monde. Tu dois me croire. En attendant, tu dois vivre et patienter – fais-le pour moi si tu ne le fais pas pour toi. Parce que si tu meurs aujourd'hui, ni toi ni moi ne trouverons jamais la paix."

Cinta se tut et esquissa un sourire.

— C'était un rêve peut-être, ou une hallucination. Quoi qu'il en soit, je suis toujours là, je patiente.

Un peu plus tard dans la soirée, je me dis qu'une seule personne était susceptible de m'éclairer sur ce qui venait de se produire à Venice Beach. Piya.

Je me dirigeai donc instinctivement vers mon ordinateur portable et composai un message lui décrivant la situation et lui demandant si elle avait déjà eu vent de ce genre d'incident.

Comme le message paraissait un peu sec à la relecture, j'ajoutai deux ou trois lignes où je prenais des nouvelles de Tipu.

J'ignorais où elle se trouvait et ne m'attendais pas à une réponse rapide, pensant que plusieurs fuseaux horaires nous séparaient certainement. Elle était en fait dans l'Oregon quand mon e-mail lui parvint et elle y répondit dans le quart d'heure qui suivit.

C'était une étrange coïncidence, m'apprit-elle, car elle était tombée pas plus tard que la veille sur un article consacré aux serpents de mer à ventre jaune (elle joignait le lien vers le papier qui relatait un incident survenu à Ventura Beach en Californie). Ces serpents vivaient habituellement dans les eaux chaudes des zones australes mais on les croisait de plus en plus souvent dans le Sud de la Californie : leur changement de répartition était lié au réchauffement des océans ; ils migraient vers le nord. Ce qui était une mauvaise nouvelle pour le Sud de la Californie car ces serpents à ventre jaune étaient effectivement très venimeux. Fort heureusement, les décès étaient rarissimes. La chienne de mon amie n'avait vraiment pas eu de chance.

"Et merci de prendre des nouvelles de Tipu. Il est toujours à Bangalore et a l'air de bien s'en sortir. Il donne régulièrement de ses nouvelles à Moyna – elle dit qu'il appelle souvent et qu'il lui envoie des photos."

Elle poursuivait : "Je ne sais pas si tu as su ce qui est arrivé au temple que tu es allé visiter. Il y a deux mois de cela, une grosse tempête l'a totalement emporté. J'aurais voulu aller le visiter moi aussi mais je suppose que cela ne devait pas arriver. Il n'en reste plus rien à présent."

Le message s'achevait sur une succession d'émojis accompagné des mots suivants : "Prends soin de toi ! Et espérons que tu ne croises plus de serpents !"

L'ÎLE AUX ARMES

La communication de Cinta clôturait la conférence et il n'y avait plus un siège de libre dans la salle quand elle débuta.

Ses livres et son statut de *professoressa emerita* de l'*università di Padova* n'expliquaient pas à eux seuls son rayonnement : au fil des ans, Cinta était devenue une oratrice hors pair. Sa voix grave et rugueuse, ses accents lyriques et sa manière, tout à la fois théâtrale et fougueuse, complétaient à merveille son érudition ; elle savait exactement par ailleurs comment en user à son avantage. Debout sur une estrade, ses traits délicats auréolés d'un halo lumineux de cheveux blancs, Cinta laissait souvent une impression inoubliable. Ce fut le cas en cette journée où elle nous parla du contexte historique de la Venise de Shakespeare.

Elle nous apprit que si un Shylock avait réellement existé, il aurait vécu dans l'enclave juive, dont la création remontait à 1541, année où la république de Venise avait promulgué une loi autorisant les juifs à s'établir dans la ville à la condition de porter des vêtements spécifiques, de ne pas fréquenter de chrétiens et de vivre sur une île qui leur serait dédiée, à l'intérieur de la ville.

Une grande carte de Venise fut alors projetée sur un écran que l'on avait déroulé et Cinta la commenta à l'aide d'un pointeur laser.

— Je vous montre. Voici ici le *sestiere* – c'est-à-dire le quartier – de Cannaregio, au nord-est de Venise. Et là – elle déplaça légèrement le petit point rouge –, c'est l'île en question. Or, puisque Venise est elle-même une île, ou plus exactement un archipel, l'ancien ghetto est en fait une île dans une île, ainsi que vous pouvez le voir.

Je sursautai en entendant l'expression "une île dans une île". Où l'avais-je déjà entendue ?

Il me fallut quelques minutes pour me souvenir du curieux symbole aperçu sur les murs du sanctuaire et représentant deux cercles concentriques.

"Dwiper bhetorey dwip", avait dit Rafi. "Une île dans une île..."

Je me penchai légèrement pour me concentrer sur les explications de Cinta. L'île allouée aux juifs, disait-elle, avait abrité une fonderie où l'on fabriquait des armes mais aussi des balles. Le mot pour "fonderie" dans l'ancien dialecte vénitien était *getto*, qui devint donc le nom du quartier juif de la ville – quartier qui serait bientôt un centre important de la culture juive, également à l'origine de certains termes parmi lesquels le mot *ghetto*.

S'accoudant au pupitre, Cinta s'inclina légèrement avant de poursuivre.

— Souvenez-vous que les marchands qui vivaient dans le ghetto de Venise commerçaient avec le Levant, l'Égypte et l'Afrique du Nord ; beaucoup d'entre eux parlaient parfaitement arabe. *Secondo me*, c'est par leur intermédiaire que ma ville en est venue à occuper une drôle de place dans le *vocabolario* de l'arabe classique. Dans cette langue, Venise est en lien avec trois choses qui n'ont apparemment aucun rapport entre elles : les noisettes, les balles et les fusils ! Je dis bien "apparemment" car, bien entendu, la forme d'une noisette rappelle celle d'une balle qui, à son tour, est indispensable au fonctionnement d'un fusil ! En tous les cas, en arabe, on désigne ces trois choses par un mot dérivant du nom byzantin de Venise, à savoir "Banadiq" – ancêtre du terme allemand et suédois "Venedig". En arabe, "Banadiq" est devenu "al-Bunduqeyya", qui demeure l'appellation courante de Venise dans cette langue. Mais *bunduqeyya* est aussi le mot utilisé pour désigner les fusils, les noisettes et les balles – lesquelles, me plais-je à penser, étaient précisément fabriquées dans la fonderie du vieux ghetto !

Elle fit ici une pause puis, telle une magicienne s'apprêtant à sortir un lapin de son chapeau, esquissa un geste théâtral.

— À travers l'arabe, le nom de Venise a beaucoup voyagé, jusqu'en Perse et dans certaines régions d'Inde où, aujourd'hui encore, on désigne les fusils par le mot *bundook* – qui n'est autre, évidemment, que le terme pour dire "Venise" ou "vénitien".

Il arrive parfois que se produise dans le circuit du cerveau une secousse semblable à une décharge électrique. C'est ce que je ressentis quand Cinta prononça ces mots. Était-il possible que j'aie mal interprété le nom "Bonduki Sadagar" ? Se pouvait-il qu'il ne signifie pas "Marchand d'Armes" ainsi que je l'avais toujours cru mais plutôt "le Marchand qui était allé à Venise" ?

Je dus émettre à ce moment-là un petit cri de stupéfaction car de nombreuses têtes se tournèrent dans ma direction. Rouge de honte, je me levai et sortis précipitamment de la salle.

Ma brusque sortie n'échappa pas à Cinta qui, lors du cocktail de clôture, me prit à part.

— Dino ! Je t'ai vu t'éclipser en plein milieu de ma présentation, me dit-elle en posant une main sur ma manche. Que s'est-il passé, *caro* ? Tu ne te sens pas bien ?

— Non, ça n'a rien à voir, marmonnai-je, gêné. C'est seulement que tu as abordé un point qui m'a totalement déconcerté.

— Ah bon ? *Dimmi !*

Je balayai du regard la pièce bondée et bruyante.

— On peut sortir ? On a du mal à s'entendre ici.

— *Certo.* Allons dans le jardin.

Munis d'un verre de vin, nous sortîmes dans le jardin de l'hôtel où nous trouvâmes un banc à l'écart de la cohue.

— Alors, raconte-moi, reprit Cinta. De quoi s'agit-il ?

Je bus une gorgée et pris une grande inspiration.

— Tu te souviens de ce sanctuaire dont je t'ai parlé ? Dans les Sundarbans ?

— *Sì.* Je t'écoute.

— Une légende lui est associée. Mais, comme je te l'ai déjà dit, cette légende n'a jamais été écrite et il n'en reste que quelques fragments. Ce que j'en savais m'a conduit à présumer qu'il s'agissait juste d'une sorte de conte merveilleux mettant en scène des personnages et des lieux fantastiques. Un récit sans lien aucun avec la réalité. Mais après avoir entendu certaines choses à cette conférence – d'abord dans la présentation du premier intervenant, et aujourd'hui, dans la tienne –, je me demande s'il ne faut pas interpréter autrement cette légende.

— Comment ça ?

Eh bien, pour commencer, le personnage principal de la légende est un certain Bonduki Sadagar – que j'ai initialement traduit par "Marchand d'Armes". J'imagine que c'est toujours ainsi que je me le représenterai... Mais en écoutant ta communication, je me suis rendu compte que l'expression pouvait avoir un sens tout à fait différent. Elle signifie peut-être "le Marchand qui a visité Venise".

Cinta me fixa pendant quelques secondes, les yeux écarquillés.

— Que sais-tu d'autre au sujet de cette légende ?

— Pas grand-chose, malheureusement.

— Raconte-moi tout ce que tu sais. Absolument tout.

Elle m'écouta attentivement tandis que je narrais les grandes lignes de l'histoire. Avant même la fin de mon récit, elle se mit à hocher la tête.

— Je crois bien que tu as raison. Le nom de ton Marchand est certainement une référence à Venise, pas aux armes.

Elle fronça les sourcils et se tapota le menton de l'index.

— Mais pour autant, poursuivit-elle, je ne suis pas sûre de saisir ce que tu as en tête... Es-tu en train de suggérer que cette légende serait un récit apocryphe d'un véritable voyage à Venise ?

— J'y ai pensé mais trop d'éléments contredisent cette interprétation. Par exemple, tous ces noms de lieux imaginaires... Que faire du "pays du Sucre de Palme" ou encore du "pays aux Fichus", qu'on dirait tout droit sortis d'un livre des merveilles, tu ne trouves pas ?

Cinta ferma les yeux.

— *Forse, forse*... Mais dis-moi, quels sont les vrais noms de ces lieux en bangla ? T'en souviens-tu ?

— Oui, bien sûr. J'ai traduit par "pays du Sucre de Palme" l'expression Taal-misrir-desh. *Desh* veut dire "pays" en bengali, et *taal* désigne une sorte de palmier d'où l'on tire un sirop utilisé dans la fabrication de diverses sucreries, y compris le sucre candi. J'ai traduit par "sucre de palme" parce que le terme bengali pour sucre candi est *misri*.

— *O caro mio !* s'exclama Cinta dans un gros éclat de rire. Il s'agit bien d'une merveille, mais pas exactement de celles que tu imaginais.

— C'est-à-dire ?

— Tu ne sais donc pas que "Misr" est le mot arabe pour Égypte ? *Misri* ou *masri* signifie donc "égyptien" – d'ailleurs, peut-être appelle-t-on le sucre candi *misri* parce que ce procédé de fabrication a été importé au Bengale depuis l'Égypte.

Je l'écoutais, bouché bée.

— *Non è possibile ?* reprit-elle. Ton pays du Sucre n'est peut-être qu'une référence à l'Égypte ?

— Eh bien… peut-être…, bégayai-je. Je suppose que c'est une option – car pour atteindre la Méditerranée, le Marchand d'Armes et Nakhuda Ilyas ont dû traverser l'Égypte…

La résolution de cette première énigme avait aiguisé l'appétit de Cinta qui, dans son impatience, me coupa la parole.

— Et quel autre pays ont-ils traversé ? Quel était son nom déjà ?

— Le pays aux Fichus ? Dans la légende, il s'appelle Rumaali-desh. En bengali, *rumaal* désigne un mouchoir…

Cinta poussa à ce moment-là un cri de triomphe.

— Ah ! C'est on ne peut plus clair ! Mais bien sûr ! Il s'agit aussi d'un lieu.

— Lequel ?

— Tu n'as jamais entendu parler de la Roumélie ? Ou du fort de Rumeli-Hisari ?

— Non, fis-je en secouant la tête. Où se trouve-t-il ?

— En Turquie.

— En Turquie ? Vraiment ?

— Oui, *caro*, en Turquie. Pourquoi prends-tu cet air si… *sbigottito* ? Tu trembles…

Je pris une grande inspiration.

— Non, ce n'est rien. Continue. Où se trouve ce fort ?

— Dans la banlieue d'Istanbul, là où les Turcs ont bâti leur première forteresse européenne. Rumeli vient de "Rum", c'est-à-dire "Rome" – c'était sous ce nom qu'était connue en arabe et en persan la ville de Constantinople ou la "Rome byzantine". Le Rumaali de ton histoire n'est probablement qu'une version déformée de "Rum"… Ce serait assez logique que le Marchand d'Armes et le Capitaine Ilyas soient passés d'Égypte en Turquie, non ? Mais, attends un peu…

Elle réfléchit pendant quelques instants.

— *È vero* – tu m'as bien dit qu'ils ont dû fuir ce pays à cause d'un incendie ?

Je confirmai d'un signe de la tête.

— Eh bien, voilà ! Maintenant, on a même une date !

— Comment ça ?

— Il y a eu un grand incendie à Istanbul en 1660 – tu te souviens de ce que nous a raconté le premier conférencier l'autre jour ? Une terrible sécheresse a fait de la ville une véritable poudrière si bien qu'en juillet 1660, un énorme incendie a éclaté, qui a tué quarante mille personnes et détruit des centaines de milliers de maisons. Les deux tiers de la population ont péri dans les flammes et les quartiers juifs ont été particulièrement touchés. Ce fut une terrible *catastrofe* car, par la suite, des fanatiques ont accusé les juifs d'être responsables. Beaucoup ont été expulsés et bon nombre d'entre eux se sont installés à Venise.

Cinta but un peu de vin.

— *Che peccato*… Quel dommage que nous ne sachions rien de plus sur ce Capitaine Ilyas. Ce serait intéressant d'avoir quelques informations sur son identité, son lieu d'origine…

— Attends ! l'interrompis-je en me souvenant tout à coup d'un détail. Il y a bien un indice. Sur les murs du sanctuaire, le personnage du Capitaine était souvent associé à un petit symbole – un signe que je n'ai pas su identifier.

— *Davvero ?* Dessine-le-moi.

Je sortis un stylo et une serviette en papier d'une poche de ma veste et fermai les yeux pour tenter de visualiser le dessin.

— Ça ressemblait à quelque chose comme ça…

Je lui tendis la serviette que j'éclairai à l'aide de mon téléphone portable.

S'armant de ses lunettes, elle la scruta pendant un moment.

— Eh bien, je crois que… *no, sono sicura* ! – en fait, je suis tout à fait sûre que c'est un aleph, la première lettre de l'alphabet hébreu ! Tout s'éclaire à présent : le Capitaine était juif ! "Ilyas" était un prénom très répandu chez les juifs orientaux à l'époque – et en hébreu, le prénom commence par un aleph !

Cinta applaudit des deux mains telle une gamine débordant de joie.

— *Sì !* À présent, tout commence à prendre sens ! Tu m'as bien dit que le Marchand d'Armes avait été vendu au Capitaine Ilyas par des pirates portugais ?

— Oui, c'est ce que raconte l'histoire.

— Ha ! fit-elle d'un air songeur tout en caressant du doigt le bord de son verre. Imaginons qu'un pirate portugais ait capturé quelques esclaves dans la baie du Bengale… Où serait-il allé les vendre ? Je ne vois qu'une réponse : à Goa, qui était non seulement la capitale de l'Empire portugais en Asie mais aussi le nœud du commerce des esclaves dans l'océan Indien.

Elle éclata de rire une nouvelle fois.

— Tu vois, Dino, peut-être ne s'agit-il pas du tout d'un conte merveilleux. Les grandes lignes de cette histoire ont une base historique tout à fait plausible. Le protagoniste est un marchand dont la région d'origine, quelque part en Inde orientale, est frappée par une sécheresse et des inondations liées aux perturbations climatiques du petit âge de glace ; il perd tout, y compris sa famille, et décide alors de prendre la mer pour tenter de se refaire une fortune. Son bateau est attaqué, il est capturé par des pirates portugais qui l'emmènent à Goa pour le vendre en tant qu'esclave. Il est acheté par un certain Ilyas, négociant au long cours qui, reconnaissant les qualités du Marchand, lui rend sa liberté. Ilyas est un juif portugais dont la famille est venue à Goa pour fuir l'Inquisition au Portugal. Mais comme l'Inquisition sévit aussi à Goa, il décide d'en partir et le Marchand décide de l'accompagner. Ils embarquent sur le bateau d'Ilyas et font une première escale aux Maldives où ils achètent une cargaison de cauris. *Poi*, ils se rendent en Égypte mais découvrent, à leur arrivée, que le pays est lui aussi secoué par la "crise générale" du XVIIe siècle. Deux factions rivales se partagent le pouvoir, l'économie est sous tension, la période n'est pas propice au négoce. Ilyas et son protégé se mettent donc en route pour Istanbul, capitale de l'Empire ottoman, qui sert depuis longtemps de refuge aux juifs comme Ilyas. Mais là aussi, les tensions grondent. Une épouvantable sécheresse fait rage ; d'étranges figures messianiques ont émergé. Partout dans les rues d'Istanbul rôde la suspicion et, quand un énorme incendie finit par se déclarer, on accuse la communauté juive. Comprenant que lui et son protégé sont en danger, Ilyas décide qu'il doit repartir, cette fois pour Venise.

Cinta fit alors un grand mouvement de bras telle une magicienne attrapant quelque chose dans les airs.

— *Ecco !* La voilà ta légende !

Je n'étais pas tout à fait convaincu.

— Je ne saisis pas pourquoi Nakhuda Ilyas aurait emmené le Marchand en Italie. Un Bengali à la peau foncée ne serait pas vraiment passé inaperçu à Venise !

Les yeux de Cinta s'allumèrent d'un éclat que je perçus dans la pénombre.

— *Ah tesoro, non ti ricordi ?* Tu te souviens d'Othello ? Ton Marchand n'aurait certainement pas été le premier ni le dernier homme à la peau foncée à Venise. Cette ville était alors l'une des plus cosmopolites du monde. Des visiteurs arrivés d'autres régions d'Europe s'étonnaient toujours du nombre d'étrangers présents à Venise – y compris des gens venus du Levant, d'Afrique du Nord, du Mali... C'est la raison pour laquelle Shakespeare a choisi Venise comme cadre pour deux de ses pièces – c'était le seul cadre plausible pour des personnages comme Shylock et Othello.

Alors que je lui concédais ce point, une autre objection me vint à l'esprit.

— Mais qu'en est-il des cauris ? À quoi auraient-ils servi à Venise ?

— À gagner de l'argent, bien sûr ! Pendant des siècles, les cauris ont fait l'objet d'un commerce important dans la ville. Ils servaient de monnaie dans l'Empire malien et, à cette époque-là, Venise était le principal port de transbordement pour cette partie de l'Afrique. Au XVIIe siècle, la demande en cauris a commencé à croître car on les utilisait pour la traite transatlantique. C'était une époque où les cauris circulaient sur les marchés de

Venise en très grande quantité – nos héros n'auraient pas pu trouver meilleur endroit où écouler leurs coquillages.

Ses explications me laissèrent songeur.

— Je ne comprends toujours pas, Cinta. Pourquoi un capitaine comme Nakhuda Ilyas, toujours en déplacement, aurait-il eu envie de s'établir dans un ghetto ?

— *Caro*, me répondit-elle d'une voix posée, tu n'as peut-être pas bien compris ce que signifie ce mot – le *getto* de Venise n'avait rien à voir avec les ghettos d'Europe de l'Est. Même si une forme de ségrégation s'exerçait contre les juifs à Venise, ils y étaient bien plus en sécurité et bien plus libres que n'importe où ailleurs dans la chrétienté. Ce lieu n'est peut-être pas comme tu l'imagines – tu le connais ?

— Non, je ne me souviens pas d'avoir visité le ghetto.

— Alors, tu dois revenir à Venise – à Banadiq. Cela s'impose, je crois. Tu es déjà venu me rendre visite une fois, c'est bien ça ?

— Oui, il y a longtemps. J'ai séjourné dans ton appartement.

— Eh bien, tu dois revenir. Quel que soit le sens de tout ceci, tu dois aller jusqu'au bout. Ne te dis pas qu'un malheur t'est tombé dessus. Considère plutôt cela comme une épreuve au bout de laquelle t'attendra peut-être une récompense, ou peut-être même juste quelque chose qui apaisera ton esprit. Et tu n'es pas seul dans cette épreuve. Je serai avec toi, jusqu'au bout.

Je comprenais, à l'intensité de sa voix, qu'elle essayait de me rassurer. Ses mots eurent pourtant l'effet inverse : je me sentais épuisé et totalement perdu.

— Mais Cinta, que puis-je faire pour démêler tout ça ? Je n'en ai pas la moindre idée.

— Tant que tu ne viendras pas à Venise, tu n'y verras pas clair, dit-elle en me serrant la main. Promets-moi que tu viendras. Je t'hébergerai, bien sûr – mon appartement se situe tout près du *getto*. Et cette fois, nous nous assurerons que tu ailles le visiter.

Il m'était impossible de dire non.

— C'est promis. Je viendrai à Bundook dès que j'aurai organisé les choses pour mon travail.

Ce n'était pas une vaine promesse : au moment où je prononçais ces mots, j'étais tout à fait sérieux. Mais une fois de retour à

New York, réinstallé dans mon appartement, l'idée de me rendre à Venise m'apparut de moins en moins réaliste. À quoi bon ? Que pouvais-je espérer y trouver ? J'avais des factures à payer, du travail qui m'attendait. N'ayant rien vendu de conséquent depuis un certain temps, je n'avais eu aucune entrée d'argent. J'avais déjà dû piocher dans mes économies et ne pouvais me permettre de prendre davantage sur ce compte d'épargne. Venise était certainement une ville très onéreuse ; y séjourner n'était pas dans les moyens de quelqu'un qui gagnait sa vie en revendant des biens dont personne ne semblait plus vouloir.

Les jours passant, je m'inquiétais de plus en plus pour mes finances. Cela devint bientôt mon unique sujet de préoccupation : je vérifiais de manière obsessionnelle les comptes où j'avais déposé mes économies ; je passais des heures au téléphone à rééquilibrer mon portefeuille et à opérer d'infimes ajustements. À chaque modification, un message apparaissait sur mon écran, qui me suggérait un nouvel investissement ou une nouvelle stratégie pour épargner davantage encore.

Ces messages en entraînaient d'autres, dont certains m'exhortaient à considérer combien de temps dureraient mes économies si je vivais encore vingt, trente ou quarante ans. De terrifiantes statistiques actuarielles défilaient sur mon écran, sous-entendant de manière très discrète que je fonçais vers la pauvreté, voire le dénuement le plus complet.

Quelques années plus tôt, la nostalgie m'avait poussé à retourner dans la ville du Midwest où j'avais étudié et travaillé. À présent, des souvenirs de ce voyage revenaient me hanter. Cela faisait longtemps que j'avais quitté cette ville et je n'étais pas préparé à découvrir tous les changements qu'elle avait subis : du fait de la fermeture des usines, la région faisait désormais partie de la Rust Belt, la "ceinture de la rouille". Une crise bancaire récente avait encore aggravé les dégâts. J'étais passé en voiture près de la maison où j'avais vécu (moyennant un loyer bien au-dessus de mes capacités financières, mais le quartier me rappelait les comics *Archie* de mon enfance à Calcutta) ; j'avais retrouvé ma rue sinueuse et arborée dont les courbes pittoresques étaient à présent festonnées de pancartes "À vendre". On m'avait expliqué qu'une vague d'expulsions, ordonnée par une banque à la rapacité meurtrière, avait fait perdre leur maison à beaucoup de mes anciens voisins ; certains avaient été réduits à dormir sous des bouts de carton à l'angle de Jefferson et de Main où ils subsistaient péniblement en faisant la manche auprès d'étudiants chinois ou arabes éméchés qui sortaient du bar-restaurant le High Plains.

Les yeux rivés sur mes économies qui fondaient comme neige au soleil, je me pris à considérer que tel était le destin qui m'attendait.

En quête de réponses, je plongeai dans les statistiques et les probabilités dont les robots informatiques me bombardaient sans relâche : quelle était mon espérance de vie ? Combien d'années dureraient mes économies si je devais être placé dans une maison de retraite ?

Et si je vivais jusqu'à quatre-vingt-quinze ans ? Mon assurance suffirait-elle ?

Une fois la question tapée, j'écarquillai les yeux devant les chiffres qui s'affichaient sur mon écran : la probabilité d'une telle hypothèse me poussa à sortir ma carte de crédit. Mais à peine venais-je de souscrire cette assurance complémentaire qu'une autre fenêtre s'ouvrit, envisageant mes chances de vivre jusqu'à cent trois ans – je découvris alors avec stupeur que la probabilité était la même que celle de voir un passant frappé à la tête par un morceau de glace se décrochant de mon rebord de fenêtre. Comme j'étais déjà assuré contre ce genre de risque, je n'avais aucune excuse pour ne pas ressortir ma carte bancaire.

Je ne fus pas rassuré pour autant : j'avais l'impression de dégringoler dans un trou d'incertitude mathématique. J'étais comme tétanisé, plongé dans un état de panique qui durait et ne semblait pas vouloir cesser.

Dans mes rares moments de lucidité, je me disais que la seule façon de m'extraire de cette angoisse – ou de cette dépression, selon le nom qu'on voulait lui donner – était de parler à Cinta. Mais les mois passaient, sans appel ni message de sa part, et je me sentais tellement gêné et coupable de n'avoir pas tenu ma promesse concernant ma visite à Venise que je ne pouvais me résoudre à l'appeler.

Quand mon téléphone sonnait, il m'arrivait d'y jeter un œil en espérant voir le code de l'Italie. Mais il s'agissait toujours d'une relance pour un paiement, du boniment préenregistré de quelque politicien ou d'un appel automatique en chinois.

Mon portable finit pourtant un jour par afficher le code italien : +39. Je m'empressai de décrocher, persuadé d'entendre à l'autre bout la voix de Cinta.

Je me trompais : à ma grande surprise, il s'agissait de Gisa, sa nièce.

Après un échange de civilités, Gisa m'informa qu'elle préparait un documentaire, commandé par un groupe de chaînes de télévision. Celui-ci devait porter sur la récente vague migratoire en direction de l'Italie via les zones de montagne et les frontières les plus éloignées de la Méditerranée et de l'Adriatique.

— Tu as dû voir tous ces milliers de *rifugiati* qui arrivent par la mer, en bateau, depuis la Libye et l'Égypte ? Certains ont pu être sauvés mais beaucoup sont morts.

En vérité, j'avais peu prêté attention aux actualités ces derniers mois et n'avais que très vaguement entendu parler du phénomène.

— J'ai bien peur de ne pas être très au fait…

— Ici, en Italie, ou plutôt en Europe, tout le monde ne parle que des *rifugiati* et des *immigrati*. Notre nouveau gouvernement d'extrême droite est arrivé au pouvoir parce qu'il a promis d'être ferme avec les migrants. Comme c'est devenu l'un des principaux enjeux politiques dans toute l'Europe, il y a une forte demande d'informations. Pourquoi tous ces gens décident-ils de migrer dans des circonstances aussi dangereuses ? Qu'est-ce qu'ils fuient ? Quels sont leurs espoirs ? Un documentaire est nécessaire pour répondre à toutes ces questions.

— Je vois bien que c'est un projet important. Mais je ne suis pas sûr d'être d'une grande utilité.

— Bien sûr que si ! répliqua Gisa. En fait, j'ai besoin d'un traducteur et Cinta a suggéré ton nom. C'est elle qui m'a donné ton numéro ; elle a pensé que tu pourrais le faire.

— Moi ? Je ne crois pas maîtriser les bonnes langues. Ces réfugiés ne viennent-ils pas surtout du Moyen-Orient et d'Afrique ?

— Pour la plupart d'entre eux, si. Mais beaucoup viennent aussi du Pakistan et du Bangladesh. *In realtà*, le mois dernier, les Bangladais ont constitué le deuxième plus gros contingent de migrants en Italie.

— Vraiment ? Je ne savais pas du tout.

— Tu parles bangla, *vero* ?

— Tout à fait.

— C'est ce que m'a dit Cinta. C'est pour ça que je t'appelle. J'ai déjà fait pas mal d'entretiens dans tout le pays mais maintenant, je vais à Venise et je me disais que tu pourrais m'y rejoindre.

J'avais du mal à suivre.

— Je ne comprends pas. Es-tu en train de me dire que tu as besoin d'un traducteur bengali à Venise, si improbable que cela puisse paraître ?

— Oui, parce qu'à Venise, il y a beaucoup, beaucoup de Bengalis. *Tantissimi !*

Je n'en revenais pas.

— Ah bon ? Il y a beaucoup de Bengalis à Venise ?

— C'est vrai. Ça fait longtemps que les Bengalis s'installent en Vénétie. Avant, ils venaient travailler dans les chantiers navals de Mestre et de Marghera. Mais aujourd'hui, beaucoup d'autres sont arrivés et ils font à peu près tout dans la ville – des pizzas pour les touristes, le ménage dans les hôtels… Ils jouent même de l'accordéon aux coins des rues.

— Incroyable ! Je l'ignorais totalement.

— Alors, tu acceptes ma proposition ? Évidemment, on se charge de ton billet d'avion et tu seras payé pour tes services. On prévoit aussi un forfait journalier pour l'hôtel, les repas et tout le reste. Mais Cinta a dit que tu pouvais rester chez elle, donc tu n'auras pas à dépenser cet argent. En tout, ça devrait faire quelque chose comme…

Elle annonça une somme qui me parut parfaitement royale.

— Tu pourrais même venir plus tôt pour pouvoir profiter un peu de Venise ? suggéra-t-elle. Cela te permettrait de visiter et de te remettre du décalage horaire.

J'en étais ému aux larmes.

— Comment pourrais-je refuser ? J'espère que Cinta sera là elle aussi ?

— *Purtroppo, no !* Malheureusement, elle doit enseigner dans les semaines qui viennent. Mais Padoue n'est pas très loin et je suis sûre qu'elle nous rejoindra à un moment donné.

— Merveilleux ! Merci d'avoir appelé, Gisa. C'est le plus bel appel que j'aie reçu depuis des années.

— *A presto !* lança-t-elle en riant.

Le billet arriva le lendemain matin par e-mail et j'embarquai dans un avion quelques jours plus tard. J'avais réservé un siège côté hublot même s'il s'agissait d'un vol de nuit.

Le soleil était levé quand l'appareil amorça sa descente et, tournant la tête, je me retrouvai à contempler un paysage qui me rappela la portion de campagne bengalie aperçue lors de mon dernier vol depuis Calcutta, un peu plus de deux ans auparavant : un paysage estuarien fait de lagunes, de marais et de rivières sinueuses.

De cette hauteur, on aurait pu confondre la lagune vénitienne et les Sundarbans.

VENISE

LE GHETTO

Le lien étrange qui existe entre Venise et Bénarès a déjà souvent été remarqué : ces villes sont comme deux portes temporelles qui semblent vous projeter vers des modes de vie depuis longtemps disparus. On y prend conscience de la mortalité comme nulle part ailleurs. Un délabrement enchanteur saute aux yeux où que l'on regarde, une forme de beauté qui ne se révèle qu'après un long et lent dépérissement.

C'est dans le *getto* de Venise que ce lien entre les deux villes est particulièrement frappant. Les murs d'enceinte, les petites entrées qui y mènent, les maisons étroites et de guingois – tout cela me rappelait un quartier de Bénarès que j'affectionne particulièrement, aux alentours du temple de Bindu Madhav près de Panchganga Ghat. C'est aussi un endroit où l'on peut s'isoler et trouver la paix au milieu de foules bruyantes, un endroit où l'on se sent entouré d'une communauté qui suit des coutumes ancestrales, à l'abri des yeux du monde.

Il existe néanmoins une différence majeure : le ghetto de Venise est vraiment une île dans une île, entourée d'eau de toutes parts. Un pont de bois voûté conduit à ce qui ressemble à une entrée de tunnel qui, à son tour, mène à une vaste *piazza* ceinte de maisons hautes et d'un mur. Cette place n'est pas très fréquentée : de petits groupes de touristes la traversent de temps à autre, telles des feuilles emportées par un coup de vent, mais sinon, ce lieu abrite surtout de nombreux résidents permanents. Du linge flotte sur des fils tendus entre deux fenêtres et beaucoup d'enfants de tous âges sillonnent la place en zigzaguant, perchés sur une bicyclette ou un skateboard.

Assis sur un banc dans un coin de la place, je m'efforçai de me la représenter quelque trois siècles et demi plus tôt, essayant de l'imaginer telle qu'un voyageur venu du Bengale aurait pu la percevoir à l'époque. Je tentai d'imaginer le Marchand d'Armes fouler ces pavés, cerné d'habitants portant une coiffe jaune ou rouge, couleurs prescrites aux résidents du ghetto par la loi vénitienne pour pouvoir distinguer les non-chrétiens. Réchauffé par les rayons du soleil, je me mis à rêvasser et il me sembla tout à coup que le Marchand se matérialisait sous mes yeux – grand, large d'épaules, coiffé d'un turban jaune et allant faire une course d'un pas nonchalant. Il me jeta un coup d'œil en passant : il avait le regard clair et tranquille. Je comprenais pourquoi il se sentait en sécurité en ce lieu, loin de Manasa Devi, loin des créatures et des forces que celle-ci contrôlait. Cet endroit, plus que tout autre, semblait à l'abri de toute intrusion non humaine : mis à part quelques arbres et plantes d'ornement, tout ce qu'on avait sous les yeux était l'œuvre de l'homme. Pas étonnant qu'en ce lieu, le Marchand d'Armes se soit cru hors de portée de celle qui le persécutait. Manasa Devi avait pourtant réussi à l'atteindre jusque-là.

Comment ?

Quel type de créature sauvage était donc capable de pénétrer en un tel lieu ?

Alors que je me posais toutes ces questions, il se passa une chose étrange : il me sembla qu'après être passé par un trou ou avoir traversé une sorte de membrane, je ne voyais plus l'épreuve du Marchand de son point de vue mais plutôt de celui de son bourreau, la déesse elle-même. Cette persécution m'apparut alors non plus comme une histoire de vindicte quasi incompréhensible mais plutôt comme quelque chose de plus profond, de plus tendre aussi – une quête guidée par la peur et le désespoir.

Je me souvins des différentes versions bengalies de la légende. Le mot "déesse" utilisé dans ces épopées m'avait paru totalement inapproprié pour décrire Manasa Devi. "Déesse" évoque l'image d'une divinité toute-puissante dont le moindre commandement est exécuté par ses sujets. Or, la Manasa Devi de la légende n'avait rien d'une "déesse" en ce sens-là, les serpents n'étant pas tant ses sujets que ses électeurs en quelque sorte : pour les convaincre de faire ce qu'elle voulait, elle devait implorer, cajoler, argumenter. C'était effectivement une négociatrice, une traductrice – ou plus exactement, une *portavoce* comme disent les Italiens, c'est-à-dire une "porte-parole" entre deux espèces qui ne partageaient aucune langue ni aucun autre moyen de communication. Sans sa médiation, nulle relation n'était possible entre les animaux et les hommes, hormis la haine et les agressions.

Mais tout intermédiaire doit exiger la confiance des deux parties auprès desquelles il fait fonction de médiateur. Comment une traductrice peut-elle faire son travail si l'une des parties choisit de l'ignorer ? Et pourquoi ses électeurs lui obéiraient-ils s'ils savaient que ceux auxquels elle s'adresse en leur nom – le Marchand et ses congénères – ont refusé de reconnaître sa voix ? D'où son empressement à poursuivre le Marchand : car si lui et d'autres comme lui devaient désavouer l'autorité de Manasa Devi, alors toutes les limites invisibles en viendraient à disparaître et les hommes, guidés par le profit tout comme le Marchand, n'auraient plus aucune retenue vis-à-vis des autres êtres vivants. C'était la raison pour laquelle le Marchand devait être retrouvé et ses tentatives de fuite déjouées à tout prix.

Ma rêverie fut interrompue par un ballon qui vint rouler jusque sous le banc, à mes pieds. Alors que je le ramassai pour le renvoyer à la fillette qui courait derrière lui, il me sembla qu'un sort prenait fin. Je ne comprenais plus du tout pourquoi je me trouvais assis là, à concevoir divers scénarios imaginaires uniquement fondés sur quelques fragments de fable brouillés ou le hasard de quelques incidents ou coïncidences. Il n'y avait rien de plus absurde que de me laisser aller à ce type de divagation enfantine ; j'étais dans une des villes les plus séduisantes du monde et je perdais mon temps à rêvasser au lieu d'aller m'installer sur une *piazza*, boire un spritz ou lire *Les Papiers d'Aspern* d'Henry James.

J'eus l'impression de me débarrasser d'un fardeau : je me levai pour m'étirer, comme si je me réveillais d'une longue nuit de sommeil. Puisque c'était un moment dont je voulais garder le souvenir, je sortis mon téléphone pour prendre quelques photos. Quand mon téléphone me suggéra d'envoyer ces clichés sur un site de partage, datés et localisés, je validai la proposition sans hésiter.

Une merveilleuse odeur d'ail et d'huile d'olive parvenant à mes narines m'ouvrit alors l'appétit. C'était bientôt l'heure du déjeuner et je décidai de me mettre en quête de quelque chose à manger.

Le ghetto de Venise se divise en deux parties : celle que l'on appelle le Nouveau Ghetto (Ghetto Nuovo) à distinguer du Vieux Ghetto (Ghetto Vecchio). Comme tout le reste dans cette ville, les deux parties entretiennent une relation compliquée : ainsi que l'on peut s'en douter, le Nouveau Ghetto est en réalité le quartier le plus ancien des deux.

Une ruelle étroite bordée de maisons hautes de part et d'autre conduit du Nouveau Ghetto à l'ancien. Ce jour-là, une des maisons était en travaux : un échafaudage avait été installé contre la façade et le bruit des marteaux résonnait dans toute la ruelle.

L'échafaudage occupant la moitié de la rue, un seul passant pouvait le longer en se serrant contre le mur d'en face. Je l'avais quasiment dépassé quand un cri d'avertissement fusa au-dessus de ma tête : "*Shabdhaan !* Attention !"

Je me figeai instinctivement en entendant ce mot. Quelques secondes plus tard, un morceau de mur s'écrasa devant moi. Si je ne m'étais pas arrêté, ce bloc de plâtre me serait certainement tombé sur la tête. Je fus pris de tremblements, comprenant que je serais probablement mort si j'avais fait un pas de plus.

Alors que je fixais les gravats, sans voix, tétanisé d'horreur, je me rendis compte que l'avertissement qui m'avait sauvé la vie avait été lancé en bangla.

Comment une chose pareille était-elle possible en ce lieu, dans le ghetto de Venise ?

Levant la tête en direction de l'échafaudage, je découvris le visage foncé d'un jeune ouvrier équipé d'un casque de sécurité et perché sur une poutre, deux étages au-dessus de moi.

— C'est toi qui as fait tomber ça ? hurlai-je en bangla.

Il acquiesça. La panique se lisait dans ses yeux et il avait l'air totalement consterné.

— Tu imagines ce qui se serait passé si je n'avais pas compris ce que tu as crié ?

— *Maaf korben* – excusez-moi, monsieur, balbutia-t-il.

C'était un très jeune homme, un adolescent encore, dont les cheveux noirs et broussailleux dépassaient d'un casque rouge.

— Tu aurais pu me tuer !

— J'ai pas fait exprès, monsieur. Je viens d'être embauché…

Entre-temps, plusieurs ouvriers étaient descendus de l'échafaudage. Attroupés autour de moi, ils se mirent à parler tous en même temps, dans un bangla aux fortes intonations bangladaises, murmurant des excuses, essayant de m'amadouer et admonestant le gamin qui avait laissé tomber ce pan de maçonnerie.

— Monsieur, vous n'allez pas le dénoncer à la *questura*, hein ? me supplia l'un d'eux.

Ils se turent pour écouter ma réponse. Je percevais dans leurs regards une angoisse trahissant une existence extrêmement précaire. Je compris qu'un seul mot défavorable de ma part aux autorités suffirait à briser leur vie.

— Non, je ne vais pas porter plainte, mais…

Un immense soulagement se lut sur tous les visages et l'un des hommes me prit par le bras.

— Mais, monsieur, vous tremblez encore… Vous devriez vous asseoir et boire un café ou un thé.

Ils poussèrent alors le coupable vers le centre du cercle. Il se tenait devant moi, grand et maigre, les épaules rentrées, tout flageolant.

— Vas-y, lança un des ouvriers en lui donnant un coup de coude dans les côtes. Emmène ce monsieur chez Lubna-khala. Elle va lui donner du café et arranger tout ça.

Lorsque le garçon leva enfin la tête, nous pûmes nous dévisager pour la première fois. Il ouvrit grands les yeux, eut un petit mouvement de recul et détourna le regard. Ce fut à ce moment-là que je remarquai sa bouche tombante et ses longs cils.

Je m'apprêtais à l'appeler par son prénom quand il m'implora du regard de me taire.

Une fois assuré que les autres ne pouvaient nous entendre, je finis par prononcer son prénom.

— Rafi ?

Vêtu comme n'importe quel jeune citadin – tee-shirt, jean, coupe-vent et baskets –, il conservait encore son petit air sauvageon.

— C'est vraiment toi ?

Il m'adressa un sourire penaud.

— Oui, c'est moi. Mais heureusement que vous n'avez rien dit devant les autres.

— Pourquoi donc ?

— Parce que j'aurais dû raconter que je vous avais rencontré en Inde. Et alors, j'aurais eu beaucoup d'autres trucs à expliquer.

— Comme quoi ?

— En fait, reprit-il après un silence gêné, les autres ne savent pas que j'ai grandi en Inde. Tout le monde ici croit que je suis bangladais. Ça vaut mieux comme ça.

Nous traversions un pont de bois voûté quand mes genoux se mirent soudainement à trembler, comme si je réagissais après coup à ce qui s'était passé. Je me souvins du bruit qu'avait fait ce bloc de plâtre en s'écrasant à mes pieds. On aurait dit qu'un avertissement ou un message m'avait été transmis – mais par qui ?

Je repensai tout à coup à l'échange que j'avais eu avec Tipu au sujet de cette mystérieuse racine sanskrite *bhu* signifiant à la fois "être", "devenir" et bien d'autres choses encore. Il m'apparut alors qu'un seul mot dérivé de cette racine pouvait rendre compte de notre présence à Rafi et à moi dans le ghetto : nous étions tous les deux des *bhutas*, c'est-à-dire tout à la fois des éléments de conjonction et de disjonction dans un continuum de temps, d'espace et d'être.

Le souffle court, je fis une pause et m'appuyai lourdement contre la rambarde de bois.

— Vous vous sentez bien ? s'enquit Rafi.

— Accorde-moi une minute. J'ai besoin de reprendre mon souffle. Je suis un peu dépassé… L'accident… te retrouver ici… tout est tellement étrange !

Il haussa un sourcil.

— Pourquoi dites-vous ça ? En quoi est-ce si étrange de me voir là ?

— Tu ne trouves pas ça bizarre ?

— D'être ici ? Non, ça fait déjà quelques mois que j'y suis. Pourquoi serait-ce bizarre ?

J'étais sidéré par son air indifférent et finis par me demander si je n'étais pas en train de faire trop de cas de cette rencontre.

Mon regard se porta sur le canal en contrebas puis sur le mur d'enceinte du ghetto, semblable à celui d'une forteresse, et me revint alors en mémoire une expression que Rafi lui-même avait utilisée pour décrire un des dessins que l'on retrouvait souvent dans le sanctuaire du Marchand d'Armes, celui des deux cercles concentriques.

— Rafi, te souviens-tu que le jour où on s'est rencontrés, tu m'as parlé d'une "île dans une île" ? Et si je te disais que c'est précisément ici que se situe cette île et que le Bonduki Sadagar en personne y a séjourné ?

Rafi se contenta d'un vague haussement d'épaules.

— C'est juste une histoire. De toute façon, qu'est-ce que j'en ai à faire ? Je suis ici pour bosser et je ne veux pas perdre mon travail.

Il s'impatientait mais je n'étais pas tout à fait prêt à repartir.

— Et Tipu ? Quoi de neuf de son côté ?

Son regard s'éclaira brièvement puis il se renfrogna.

— Pourquoi vous me demandez des nouvelles de Tipu ? demanda-t-il sèchement. Qu'est-ce qui vous fait croire que je sais où il est ?

Je compris à son air qu'il était inutile d'insister.

— Et toi, Rafi ? Pourquoi es-tu ici ? Comment es-tu arrivé à Venise ?

Il haussa de nouveau les épaules et commença à s'éloigner d'un bon pas.

— On n'a pas le temps, là. C'est une longue histoire.

Après avoir franchi le pont, nous nous engageâmes dans un dédale de ruelles. J'ignorais totalement où je me trouvais mais Rafi, lui, semblait connaître le chemin. J'avais du mal à le suivre alors qu'il passait d'une venelle à l'autre.

— Où allons-nous ? haletai-je.

— Ils m'ont demandé de vous conduire chez Lubna-khala. On va à son bureau.

— Qui est-ce ?

Rafi me jeta un coup d'œil par-dessus son épaule.

— C'est une dame bangladaise qui vit ici depuis vingt ans. Elle parle italien et tout ça…

— Pourquoi l'appelez-vous *khala* ? C'est la tante de quelqu'un ?

— Non, on l'appelle juste comme ça – parce qu'elle nous aide pour certaines choses. Elle nous dit quels sont nos droits par rapport à la loi, ce genre de trucs… Donc, quand on a un problème, on va la voir

Il s'arrêta devant ce qui ressemblait à une minuscule agence de voyages : une affiche en bangla était scotchée à la vitrine, qui annonçait des vols bon marché pour Dhaka. Rafi ouvrit la porte et me fit entrer dans une petite pièce encombrée équipée d'un bureau, d'un ordinateur et de deux chaises.

La femme assise au bureau se leva en nous voyant : elle portait une tunique de couleur sombre et une jupe longue ; une écharpe fleurie lui recouvrait la tête. Elle devait avoir quarante ans tout au plus. Elle avait le teint noisette, un visage rond à fossettes et de grands yeux marron.

Son regard se durcit après qu'elle eut observé, successivement, le visage de Rafi puis le mien.

— *Ki hoyechhé ?* demanda-t-elle en bangla. Que se passe-t-il ?

Je crois que Rafi comprit seulement à ce moment-là que lui aussi, tout comme moi, venait d'échapper par miracle à une catastrophe ; si le morceau de plâtre m'était tombé dessus, il se serait retrouvé dans une situation fort délicate. Sa voix se fissura et il s'étrangla à plusieurs reprises en racontant l'incident.

Lubna l'écouta jusqu'au bout avant de le tancer vertement.

— Retourne travailler maintenant – et plus de bêtises ! Tu ne t'en tireras pas si facilement la prochaine fois. *Buzla ?* Compris ?

Il acquiesça et sortit, tête basse.

Je m'apprêtais à sortir moi aussi quand Lubna m'invita à m'asseoir quelques instants. Je pris la chaise qu'elle pointait du doigt et elle se rassit à son bureau, juste en face de moi.

— Je suis désolée pour ce qui s'est passé, reprit-elle dans son bangla mélodieux.

Pour je ne sais quelle raison, sa voix avait quelque chose de chaleureux et de familier dont je n'avais jamais fait l'expérience jusque-là avec un inconnu : le mauvais pressentiment qui m'avait saisi un peu plus tôt sembla se dissiper sous la magie de cette voix. Lorsque Lubna commença à me présenter ses excuses pour ce qui s'était passé, je m'empressai à mon tour de la rassurer.

— Vous n'y êtes pour rien, rien du tout.

— Je sais, mais je me sens responsable de ces garçons. Ils n'ont personne d'autre vers qui se tourner. Certains viennent d'arriver.

— Du Bangladesh ?

— C'est ça.

— Et vous venez de là vous aussi ?

Elle fit oui de la tête.

— Et vous ? s'enquit-elle.

— Je suis né en Inde, expliquai-je. Mais ma famille est originaire du Bangladesh. Ils font partie de ces hindous qui ont quitté le Bangladesh au moment de la Partition.

— D'où sont-ils originaires ?

— Ma famille maternelle est de Dhaka, celle de mon père du district de Madaripur.

— Madaripur ! s'écria-t-elle d'un air ravi. C'est de là que je viens !

Je compris alors pourquoi sa voix me touchait autant.

— Vous savez, quand vous parlez, je crois entendre ma grand-mère. Durant toute sa vie, elle a parlé le dialecte de Madaripur… Quand j'étais petit, j'essayais de l'imiter…

Tout en discutant, j'entendais les intonations de ce dialecte refaire surface par petites touches dans mon phrasé. J'étais tellement étonné – et déconcerté – par le fait que ma mémoire ait préservé ces sons durant toutes ces années que je dus jeter un coup d'œil derrière moi en direction de la ruelle pour vérifier où je me trouvais. J'avais du mal à croire que c'était à Venise, un demi-siècle plus tard, que je parlais cette langue – dialecte d'un lieu que je n'avais jamais vu, dialecte que je n'avais parlé qu'avec mes grands-parents.

— Êtes-vous déjà allé à Madaripur ?

— Non. Mais quand j'étais petit, ma grand-mère évoquait tout le temps cet endroit. Elle a grandi dans une maison près de l'Arial Khan.

Le visage de Lubna s'illumina.

— C'est vrai ?

— Oui. Elle en parlait souvent.

Elle se baissa pour ouvrir un tiroir.

— Laissez-moi vous montrer quelque chose.

Après avoir farfouillé quelques instants, elle brandit une grande enveloppe manille d'où elle sortit une vieille photo.

— *Dekhun !* Regardez ! Voici la maison de mon père, c'est là que j'ai grandi. Notre village était en bordure de l'Arial Khan.

Les couleurs de la photo s'étaient estompées et avaient viré au violet uniforme. On distinguait une grande famille, rassemblée devant une maison de briques de plain-pied au toit de tôle ondulée.

— Au village, on a été les premiers à avoir une maison *pukka* – une maison en dur, reprit Lubna. On venait d'emménager quand cette photo a été prise. Mon père possédait un magasin en plus de ses terres, et il nous a tous envoyés à l'école. J'étais l'aînée…

Elle tapota du doigt le visage souriant d'une adolescente.

— Quand cette photo a été prise, je venais de me fiancer.

Elle tapota de nouveau la photo.

— Regardez, voici mon mari, Munir – à cette époque-là, il vivait à Dhaka. Sa famille était du même village que nous, c'étaient nos voisins… Des paysans, des gens très simples, mais comme Munir était un élève brillant, il a obtenu une bourse pour aller étudier à Dhaka.

Son doigt glissa vers un autre visage.

— Lui, c'est le père de Munir, et ces garçons, ce sont ses frères. Ils vivaient là, ajouta-t-elle en montrant une hutte de chaume dans le fond.

Elle avait parlé jusque-là sur le ton joyeux et nostalgique qu'ont souvent les gens quand ils se remémorent leur passé.

Mais son visage s'obscurcit soudain et je perçus un peu d'amertume dans sa voix.

— *Shob gasé !* fit-elle. Il ne reste plus rien aujourd'hui – la maison, les habitants… L'eau a tout emporté.

— Que s'est-il passé ?

— Quelques mois après que cette photo a été prise, il y a eu un cyclone, un effroyable *tufaan*. Les vents étaient si violents qu'ils ont arraché le toit de notre maison. Et puis l'eau a commencé à monter, monter jusqu'à arriver à mi-murs. On a dû se réfugier sur un arbre. Mes frères sont parvenus je ne sais comment à tous nous installer sur les branches. On s'est alors rendu compte que cet arbre était plein de serpents ; eux aussi avaient grimpé dans l'arbre pour échapper à l'eau. Mes frères en ont chassé quelques-uns à coups de bâton, mais l'un d'eux s'est fait mordre. Il est tombé dans les eaux de la crue et on ne l'a jamais revu. Une de mes nièces a été mordue elle aussi – elle est morte dans la nuit.

Lubna grimaça.

— Vous imaginez ce qu'on a vécu ? Coincés dans cet arbre, avec le vent qui soufflait de toutes parts, la crue en dessous, ne sachant pas si on allait mourir à cause de la tempête ou d'un serpent…

Je tenais toujours la photographie et, en la regardant, j'eus cette impression presque insupportable de voir la scène se rejouer sous mes yeux : je voyais les visages de toute la famille, l'eau en dessous, les serpents dans les branches.

— C'est le père de Munir qui nous a sauvés. Il est arrivé en bateau et nous a sortis de là. Mais après ça, il était évident qu'on ne pouvait plus vivre dans ce village. On a vendu nos terres et on a déménagé à Khulna. Munir et moi nous sommes mariés quelques mois plus tard et il a décidé qu'au lieu de perdre trois ans à essayer de décrocher un diplôme à Dhaka, il tenterait sa chance à l'étranger. C'était plus simple à cette époque-là… Il est d'abord allé en Russie, puis il est arrivé en Italie en passant par la Bulgarie et la Yougoslavie. Après avoir régularisé sa situation, il m'a fait venir – c'était il y a presque vingt ans.

— Que fait votre mari aujourd'hui ?

Elle pivota sur sa chaise et remit la photographie dans l'enveloppe.

— Il est mort l'année dernière, m'annonça-t-elle en baissant la voix.

— Ah, je suis désolé… Puis-je vous demander dans quelles circonstances ?

— Il se trouvait en Sicile… Ce fut très soudain. On n'est toujours pas très sûrs de ce qui s'est passé.

Alors que je murmurais quelques paroles réconfortantes, elle m'interrompit d'un geste de la main.

— Ça va, reprit-elle en pinçant les lèvres. Le frère cadet de Munir vit ici à présent, je me sens donc moins seule. Il travaille dans la même équipe de maçons que Rafi. Vous l'avez certainement croisé. Elle me regarda de nouveau droit dans les yeux et ajouta, dans un sourire crispé : Ces garçons sont très jeunes et ils ont enduré beaucoup d'épreuves, chez eux et ici. Ce qui vous est arrivé aujourd'hui n'était pas très agréable, j'en conviens, mais j'espère que vous ne leur en voudrez pas.

— Bien sûr que non, répondis-je en souriant. Heureusement, il n'est rien arrivé de grave, bien au contraire. Ça m'a permis de vous rencontrer, c'est ce qui pouvait m'arriver de mieux.

— Ah bon ? Pourquoi donc ? fit-elle en haussant un sourcil.

— Je dois vous expliquer que c'est pour aider une amie que je suis venu à Venise – une amie italienne qui réalise un documentaire sur les migrants. Peut-être pourriez-vous nous aider à trouver des gens qui accepteraient d'être interviewés ?

J'eus l'impression que son visage s'obscurcissait.

— Je vais y réfléchir, dit-elle d'une voix hésitante. Ce n'est pas si simple à organiser, vous savez. Pour commencer, ce n'est pas évident pour ces garçons de trouver le temps de le faire – la plupart d'entre eux travaillent toute la journée, ils cumulent plusieurs jobs. Ils dorment très peu. En plus de ça, certains n'ont pas encore eu leur *incontro* – c'est le rendez-vous avec la commission qui statue sur leur sort. Et je dois avouer avec tristesse que ceux qui acceptent de parler aux journalistes ont parfois des problèmes, c'est déjà arrivé. Tout ce qu'ils racontent aux médias peut être utilisé contre eux. Vous comprenez ? Sans parler d'autres problèmes encore. Parfois des agitateurs d'extrême droite voient des choses à la télévision et s'enflamment – vous savez comment c'est aujourd'hui. On a tous dû apprendre à faire plus attention. Avant, j'aidais toujours les médias. Aujourd'hui, je prends beaucoup plus de précautions. Je n'aide les journalistes que si je les connais vraiment bien…

Sa voix s'amenuisa et elle resta silencieuse pendant quelques secondes, perdue dans ses pensées, joignant le bout de ses doigts et fixant son bureau.

— D'un autre côté, reprit-elle comme si elle débattait avec elle-même, nous n'avons rien à cacher et cela serait peut-être bien que les gens connaissent davantage nos vies. Ils apprendraient peut-être à nous voir comme des êtres humains ordinaires, avec les mêmes besoins et les mêmes désirs que tout le monde. Elle esquissa alors un sourire avant d'annoncer : *Thik achhé.* Entendu, je vais contacter quelques personnes pour voir si elles acceptent d'être interviewées. Entre-temps, vous pouvez peut-être vous renseigner aussi de votre côté ? En commençant éventuellement par Rafi ? Après tout, il vous doit bien ça puisque vous allez rester discret sur ce qui s'est passé aujourd'hui.

Elle griffonna un numéro sur un bout de papier qu'elle me tendit.

— Rafi termine à 4 heures. Vous pouvez l'appeler plus tard. Mais surtout, faites attention.

— Bien sûr ! Ne vous inquiétez pas. Mon intention n'est pas du tout d'ajouter à leurs soucis.

— Très bien. Si je peux faire autre chose pour vous, n'hésitez pas.

— Entendu, dis-je avant de balbutier tout en me relevant : Vous ne pouvez pas savoir le plaisir que ce fut de m'entretenir avec vous – je n'avais pas entendu le dialecte de Madaripur depuis mon enfance !

Elle sourit.

— Alors, vous allez adorer Venise – la ville est pleine de gens originaires de Madaripur.

— Vraiment ?

— Venez par ici que je vous montre quelque chose, dit-elle en me prenant par le coude.

Elle m'entraîna jusqu'au bout de la ruelle à l'angle de Rio Terà San Leonardo, une artère passante, bondée de touristes et de marchands.

— Regardez là – là – et là encore, dit-elle en montrant du doigt un serveur dans un café, puis un marchand de marrons et, pour finir, un autre garçon qui poussait un chariot à glaces.

— En fait, précisa-t-elle avec un brin de fierté dans la voix, ce sont tous des Bangladais, et la plupart d'entre eux sont de Madaripur.

En tendant l'oreille, je commençai à percevoir tout autour de moi des bribes de mots et de sons familiers. Je descendis la rue, entamant des conversations en bangla avec des personnes choisies presque au hasard : l'idée que cela soit possible à Venise était si nouvelle pour moi que j'en étais ébahi. Car même si le bangla est parlé par un grand nombre de gens – ceux-ci sont deux fois plus nombreux que les germanophones ou les italianophones, par exemple –, je n'avais pas l'habitude de considérer ma langue maternelle comme une "langue globale". Croiser la route de locuteurs bengalis loin du Bengale avait toujours été une agréable surprise car ces rencontres étaient précisément rarissimes. En général, on considérait comme allant de soi l'idée que le bangla était la langue de l'intime, parlée uniquement avec ceux que l'on connaissait déjà – et je m'aperçus en découvrant l'expression qui s'affichait sur le visage des Bengalis que j'accostais qu'ils partageaient mon opinion. Tous avaient d'abord l'air stupéfaits, ne comprenant pas comment quelqu'un qui ressemblait à un touriste pouvait s'adresser à eux en bangla. Puis leur visage s'éclairait petit à petit et on ne tardait pas à se poser cette immémoriale question : "*Desh koi* ? – Vous venez d'où ?"

De tous les cadeaux que le bangla m'avait réservés, celuici était à coup sûr le plus inattendu : il m'aidait à trouver des repères dans cette ville des plus déroutantes – Banadig, Bundook, Venise.

RAFI

L'appartement de Cinta se situait à une dizaine de minutes à pied du ghetto, dans le *sestiere* de Cannaregio. Cinta adorait ce quartier : c'était là qu'elle avait grandi, comme de nombreux membres de sa famille avant elle. Elle affirmait que les ancêtres de son père s'y étaient établis au XVe siècle, dès leur arrivée dans la ville en tant qu'esclaves ramenés des confins orientaux de l'Empire vénitien. Elle disait avec fierté qu'il n'y avait qu'à Cannaregio que Venise apparaissait comme une vraie ville où vivaient des gens ordinaires : c'était le seul quartier où subsistait un nombre conséquent de résidents par opposition aux touristes et gens de passage.

L'appartement avait été acheté par sa mère grâce à l'argent rapporté du Kentucky quelques années avant la naissance de Cinta. Il se trouvait au troisième étage d'un *palazzo* en tout point modeste, hormis sa situation géographique puisqu'il avait le privilège de donner sur le Grand Canal. Le hall d'entrée disposait même d'un pont privatif si bien que les résidents pouvaient monter sur leur gondole sans quitter le bâtiment.

La dernière fois que j'y avais séjourné, douze ans plus tôt, la porte d'entrée richement décorée surplombant le Grand Canal servait encore d'entrée principale. Ce n'était plus le cas, le sol de marbre du vestibule étant à présent sous l'eau la plupart du temps. Lorsque la marée commençait à monter, le *portinaio* de l'édifice, Marco, installait une passerelle de bois pour permettre aux résidents de traverser l'entrée sans mouiller leurs chaussures mais, à marée haute, quand l'eau arrivait parfois aux genoux, même la *passerella* était submergée. Récemment, la fréquence des crues avait poussé les résidents à délaisser la plupart du temps l'entrée principale : ils entraient et sortaient désormais par un jardin clos à l'arrière du bâtiment où existait encore une petite porte jadis utilisée par les seuls marchands.

L'appartement ne donnait pas sur le Grand Canal mais sur l'arrière-cour du *palazzo* où poussaient en toute liberté glycine et roses grimpantes. On apercevait au-delà un entrelacs de ruelles ainsi qu'un enchevêtrement de toits de tuiles rouges. Par beau temps, on distinguait les pics et les crêtes enneigés des Dolomites. Même si on ne voyait pas le Grand Canal depuis l'appartement, on entendait les *vaporetti* de la fenêtre de la cuisine lorsqu'ils s'arrêtaient ou repartaient de San Marcuola, l'arrêt le plus proche.

Le lieu n'avait pas changé depuis ma dernière visite. Il m'avait fait une forte impression la première fois, que ce nouveau séjour confirma. De tous les lieux que j'avais connus, c'était le seul qui m'avait semblé vivant et ce, de manière littérale, tangible. Ceci s'expliquait en partie à cause du terrain sur lequel le *palazzo* était bâti : non pas de la terre ni de la pierre, mais la boue meuble de la lagune vénitienne, matière qui avait tendance à glisser avec le temps, modifiant ainsi subtilement l'alignement des bâtiments. Cela signifiait que les sols en *terrazzo* de l'appartement de Cinta étaient ondulés tandis que certains encadrements de portes avaient tellement travaillé qu'il était impossible de fermer lesdites portes. L'appartement était vivant au point de posséder sa propre langue : grincements, plaintes et murmures s'élevaient de partout, à toute heure de la journée, comme pour exprimer un changement d'humeur.

L'enveloppe extérieure de ce lieu était animée, en parfaite adéquation avec la vie que Cinta lui avait insufflée – un esprit qui lui était parfaitement propre : des méridiennes recouvertes de kilims turcs et de tapis tissés étaient disposées de manière à pouvoir profiter des courants d'air et des perspectives qu'offraient les grandes fenêtres ; des fauteuils confortables et accueillants occupaient les niches et les recoins de l'appartement, flanqués de tables à incrustations sophistiquées où poser une tasse de thé ou un verre de vin. Et où que l'on se tourne, on tombait sur des livres, serrés dans d'imposantes bibliothèques, empilés sur des tables et des bureaux à cylindre, entassés dans des coins ou rangés contre des murs.

Ayant repéré un exemplaire des *Papiers d'Aspern* de James sur l'une des étagères, je m'y étais rapidement plongé. Mon intention était de le terminer en rentrant du ghetto mais quand je rouvris le livre, j'eus du mal à poursuivre ma lecture. Ce n'était pas uniquement une question d'époque : cette longue nouvelle décrivait une Venise dans laquelle une quelconque référence à Madaripur était inconcevable, de même qu'une rencontre avec une personne originaire des Sundarbans. Je fus frappé de constater que la Venise découverte ce jour-là rappelait une époque antérieure à celle des *Papiers d'Aspern*, évoquant davantage en esprit la ville qu'aurait découverte le Marchand d'Armes au XVIIe siècle – une autre époque où des forces inhabituelles barattaient la Terre. Sauf qu'à présent, et même si on avait du mal à le concevoir, c'était encore plus saisissant ; c'était comme si la rotation même de la Terre avait accéléré, entraînant le déplacement de tous les êtres vivants à des vitesses incroyables de sorte que même si l'aspect extérieur d'un lieu semblait inchangé, son centre était entraîné vers un autre lieu et un autre temps.

Alors que je refermais *Les Papiers d'Aspern*, mon regard fut attiré par un autre ouvrage posé sur la table, qui ressemblait à un livre pour enfants ayant manifestement pour cadre l'Inde : la couverture montrait un tigre sur les traces d'hommes enturbannés. Il s'intitulait *I misteri della giungla nera – Les Mystères de la jungle noire* – et, en jetant un œil sur le rabat, j'eus la surprise de découvrir que l'histoire se déroulait dans les Sundarbans.

J'en déduisis qu'il s'agissait du livre dont Cinta m'avait parlé et que cet exemplaire avait dû appartenir à sa fille. J'en eus la confirmation en l'ouvrant : le prénom "Lucia" était écrit à l'encre sur la première page.

Après l'avoir refermé, j'observai l'ensemble des étagères qui m'entouraient et ne tardai pas à repérer où était sa place : il y avait un trou sur l'une d'elles où étaient rangés plusieurs ouvrages dont les couvertures se ressemblaient. Je me levai et m'apprêtai à le replacer quand mon téléphone se mit à sonner.

C'était Cinta.

— Ciao, *caro* ! Es-tu bien installé ?

— Oui, Cinta, je te remercie ! Je suis très bien ici.

— Parfait. Tu faisais quoi ?

— Eh bien, figure-toi que je regardais ce livre intitulé *Les Mystères de la jungle noire*…

— Ah oui ! Le livre de Salgari ! Lucia l'adorait – elle disait qu'elle voyait les Sundarbans dans ses rêves.

— En parlant des Sundarbans, j'ai fait une rencontre très étrange aujourd'hui… avec quelqu'un qui vient de là-bas.

— *Sul serio ?* Que s'est-il passé ?

Je lui racontai l'incident du ghetto et ma rencontre avec Rafi. À mon grand étonnement, elle ne manifesta aucune inquiétude et réagit par un éclat de rire.

— Ça n'avait rien de drôle, Cinta ! protestai-je. J'aurais pu être gravement blessé.

— Mais en fait, il ne t'est rien arrivé ? Il semblerait que ton Marchand d'Armes veille sur toi.

— Que veux-tu dire par là ?

— Peu importe, *caro*. Prends soin de toi. On se voit bientôt.

Je venais de raccrocher quand une notification m'indiqua que j'avais un message. C'était Gisa. "Il s'est passé un truc – t'appellerai plus tard. J'espère que tout est OK à Venise. Dis-moi si tu me trouves des interviews. Ciao !"

Alors que je remettais le téléphone dans ma poche, je sentis un bout de papier. Je vis en le sortant qu'il s'agissait du numéro de Rafi. Je décidai de l'appeler.

Rafi répondit en italien, au bout de deux sonneries.

— *Pronto ?*

Je m'adressai à lui en bangla.

— *Ami bolchhi* – Dinanath Datta à l'appareil.

Sa voix se durcit.

— Comment avez-vous eu mon numéro ?

— C'est Lubna qui me l'a donné.

Il émit une sorte de grognement agacé.

— *Ki chai ?* Qu'est-ce que vous me voulez ? Pourquoi m'appelez-vous ?

— Je voulais te demander quelque chose.

Il sembla réfléchir pendant quelques instants. Quand il reprit la parole, sa voix était moins ferme, presque inquiète.

— Qu'est-ce que vous voulez me demander ?

Ce changement de ton me déconcerta.

— Je te le dirai quand on se verra. Quand auras-tu un peu de temps ?

Il ne répondit pas immédiatement.

— Je peux maintenant, finit-il par proposer. Je suis censé travailler mais je n'ai pas de client. On peut discuter si vous venez me rejoindre.

— Où es-tu ?

— Près de San Marcuola, je vends des glaces. Vous connaissez l'église en face de l'arrêt du *vaporetto* ? Je suis de l'autre côté – vous me verrez si vous venez par ici.

— Je suis tout près de San Marcuola. Je suis là dans quelques minutes.

Une fois dans la cour, je constatai avec étonnement que le ciel s'était assombri et que le temps avait changé : le froid s'était abattu sur la ville tandis qu'une épaisse nappe de brouillard humide s'était répandue depuis le Grand Canal.

En ouvrant la porte de derrière qui donnait sur la petite rue adjacente, je découvris que je ne distinguais pas le trottoir d'en face, qui était pourtant à moins de deux mètres. Sachant que l'église de San Marcuola se trouvait quelque part sur ma droite, je me risquai dans cette direction sans m'éloigner du bord de la ruelle.

Quand j'atteignis les murs de l'église, je fis une pause pour regarder autour de moi : aucun signe de Rafi, qui était pourtant forcément dans les parages. Je finis par entendre sa voix.

— *Eijé* – je suis là.

Il se tenait en fait derrière moi, appuyé contre un mur, une charrette à bras installée devant lui. Son coupe-vent synthétique était fermé jusqu'au cou et il avait noué une écharpe sous son menton, qui lui recouvrait la tête et les oreilles à la manière d'un cache-col bengali. Les bords de l'écharpe dépassaient sur les côtés, faisant comme un bonnet qui lui cachait en partie le visage.

En m'approchant, je compris pourquoi il avait placé le chariot à cet endroit – c'était une sorte de carrefour où convergeaient plusieurs rues, y compris une *calle* étroite et sinueuse menant à Rio Terà San Leonardo. S'il avait fait beau, ce lieu aurait probablement regorgé de touristes. Mais à cause du brouillard, seuls quelques passants traînaient tristement, tels des nuages dans la brume.

— Qui va acheter une glace ce soir, par un temps pareil ? maugréa Rafi d'un air sombre.

— Personne, répondis-je. Pourquoi tu n'arrêtes pas pour aujourd'hui ?

Il me lança un regard hautain.

— Le patron s'en servirait d'excuse pour ne pas me payer. Puis il ajouta, comme après réflexion : De toute façon, il ne me paiera pas, mais je ne veux pas lui fournir de prétexte.

Fronçant les sourcils, il me regarda droit dans les yeux.

— Bon alors, vous voulez parler de quoi ? demanda-t-il presque timidement, comme pour tâter le terrain.

— Rien de bien compliqué. Je veux juste savoir comment tu es arrivé à Venise.

— En quoi ça vous intéresse ?

Malgré son ton revêche à la limite de l'impolitesse, j'eus l'impression qu'il était en fait plutôt soulagé – il devait s'attendre à une autre question, plus délicate.

Je commençai à lui parler du documentaire de Gisa mais il m'interrompit dès la deuxième phrase.

— Non, je ne veux pas faire ça. Demandez à quelqu'un d'autre.

— D'accord, il n'y a aucune obligation. Mais puis-je savoir pourquoi tu refuses ?

Il eut un geste dédaigneux.

— J'en ai assez de tous ces gens qui débarquent pour demander : "Alors, c'était qui ton *dalal* ? Il s'appelait comment ? Et qui sont ceux qui t'ont aidé à passer les frontières ?" Ou alors, ils veulent savoir qui va dans quelle mosquée, et ce qu'on y raconte… C'est difficile de savoir si ce sont des indics qui cherchent à nous faire dénoncer des djihadistes ou si c'est l'autre camp qui veut qu'on ait des embrouilles avec la police. De toute façon, ils pourraient tout à fait être complices…

Rafi se tut brusquement et, poussant un cri d'effroi, balaya quelque chose sur son épaule avant de plonger sur moi et de me saisir le bras pour le secouer énergiquement.

— *Makorsha !* hurla-t-il. C'était une araignée. Elle a sauté de moi sur vous. Regardez, elle est là !

Il pointa le doigt vers le sol et j'aperçus alors une grosse araignée à longues pattes qui détalait vers un coin sombre.

Rafi me regarda de nouveau, ouvrant de grands yeux.

— Qu'y a-t-il ? Pourquoi me regardes-tu ainsi ?

Il secoua la tête comme s'il essayait de sortir d'une transe.

— Non, ce n'est rien… C'est juste qu'il y a quelques sales araignées par ici. Vous devriez faire attention.

J'étais troublé, non pas tant par ses mots que par son ton.

— Qu'est-ce que tu essaies de me dire ?

— Peu importe.

— Dis-moi quand même.

— Je viens de me souvenir de quelque chose, reprit-il avec réticence. Ça vient de cette histoire – vous savez, l'histoire du Marchand d'Armes…

— De quoi t'es-tu souvenu ? Dis-moi.

Il me dévisagea sombrement avant de me lancer, d'un air défiant :

— Et pourquoi le ferais-je ? Je réponds à toutes vos questions depuis le jour où on s'est rencontrés, au *dhaam* – mais vous, qu'est-ce que vous avez fait pour moi ? Rien ! Il serait temps que j'obtienne quelque chose en retour, non ? Vous avez l'air d'un riche touriste… Je suis sûr que vous êtes plein aux as.

— C'est de l'argent que tu veux ? demandai-je en sortant mon portefeuille. Combien ?

Il me prit le portefeuille des mains pour en inspecter le contenu. J'avais retiré trois cents euros la veille, dont je n'avais dépensé qu'une infime partie.

Rafi sortit quatre billets de cinquante qu'il brandit sous mon nez.

— Et si je prenais ça ?

— Tout ça ?

— Vous ne pensez pas que c'est au moins ce que vous me devez ?

— Si tu veux. Prends-les. Mais à condition que tu me racontes l'histoire, alors.

— OK, fit-il en empochant les billets et en me rendant mon portefeuille. Vous vous souvenez qu'au *dhaam*, je vous ai montré un panneau sur lequel étaient dessinées des lignes qui s'entrecoupaient ?

Il sortit son téléphone pour se connecter à une application tactile et dessiner quatre lignes qui se coupaient en un point, telle la croix d'un Union Jack. Il plaça un petit point en plein centre.

— Vous vous souvenez d'avoir vu un truc qui ressemblait à ça ?

— Oui, je me souviens tout à fait de ce panneau. Mais quel est le rapport avec les araignées ?

— Une araignée a combien de pattes ?

— Huit ?

Il me mit l'écran sous les yeux et montra du doigt le dessin qu'il venait de tracer.

— Et vous voyez combien de lignes à partir du point central ?

Je fixai les lignes.

— Huit ?

— Exactement…

— Mais qu'est-ce que les araignées ont à voir avec le Marchand d'Armes ?

— Certaines araignées sont venimeuses, non ? Tout comme les serpents.

— Ah, je vois ce que tu veux dire : elles pourraient être, elles aussi, des créatures de Manasa Devi ?

Il haussa les épaules et se détourna.

— Allons, Rafi, qu'essaies-tu de me démontrer ?

Il me regarda en coin par-dessous ses sourcils baissés.

— Je me suis juste souvenu d'un petit bout de cette histoire, que mon grand-père me racontait.

— Ah bon ? Continue.

— Eh bien, voilà : quand le Marchand parvient à l'île aux Armes, il pense être enfin en sécurité, qu'aucun serpent ne pourra l'atteindre en cet endroit. Mais un jour, dans un livre, il voit le visage de Manasa Devi et il sait que c'est un avertissement. Le lendemain, saisi de peur, il dit à son ami Nakhuda Ilyas qu'il veut passer la nuit dans le lieu le plus sûr de l'île aux Armes, là où aucune créature ne pourra le trouver. Le lieu le plus sûr de l'île est une pièce où sont conservées les armes à feu, une pièce aux murs de fer. Nakhuda Ilyas l'y conduit et l'y enferme, avec toutes les armes, pensant qu'il sera ainsi en sécurité. Mais au matin, quand il revient, il trouve le Marchand dans un terrible état – il a été piqué par une araignée venimeuse ! C'est à ce moment-là que le Marchand comprend qu'il ne peut rester plus longtemps sur l'île aux Armes.

Je n'en croyais pas mes oreilles.

— Mais tu ne m'as jamais raconté cette partie de l'histoire. En tout cas, pas quand on était au sanctuaire.

Il secoua la tête.

— Je ne vous l'ai pas racontée parce que je l'avais oubliée. Elle vient de me revenir, quand j'ai vu cette araignée.

— Tu te souviens de quoi d'autre ?

— C'est tout. De rien d'autre.

— Tu en es sûr ?

Mais Rafi ne m'écoutait plus. Il avait détourné les yeux et observait la petite *calle* sinueuse derrière moi. Il sursauta et eut un petit mouvement de tête comme s'il était de nouveau attentif. Puis il baissa la voix jusqu'à murmurer :

— Vous devez partir tout de suite.

— Pourquoi ?

— Pour rien. Allez-y.

— Entendu.

En tournant les talons, je jetai un œil derrière moi. Comme le brouillard s'était en partie dissipé, je repérai un homme qui descendait la *calle* dans notre direction. Une casquette de baseball verte lui cachait le visage. Je décidai brusquement de faire demi-tour et de marcher vers lui.

Quelques touristes étaient apparus entre-temps si bien que lorsque j'arrivai à son niveau, il y avait deux personnes entre nous. Je sentis néanmoins qu'il me dévisageait et nos regards se croisèrent brièvement. Grand et basané, de type européen, il avait une mâchoire carrée recouverte d'un début de barbe.

Parvenu au bout de la rue, je me retournai une nouvelle fois.

L'homme était penché sur le chariot à glaces, son visage menaçant collé à celui de Rafi. Juste avant de bifurquer, je l'aperçus en train de frapper la poitrine du jeune homme de son index.

Mon téléphone se mit à sonner alors que je franchissais la porte de l'appartement.

C'était Gisa, qui appelait de Rome.

— Écoute, Dino, je suis désolée. Vraiment, vraiment désolée…, commença-t-elle, les mots se bousculant dans sa bouche dans un débit haletant comme à l'accoutumée. *Mi dispiace molto, molto, molto*… mais je ne vais pas pouvoir te rejoindre à Venise dans les prochains jours. J'ai dû retarder mon arrivée… il s'est passé quelque chose et je dois rester un peu plus longtemps à Rome.

Elle m'expliqua alors qu'un gros sujet faisait la une de l'actualité : un bateau de réfugiés avait été repéré à l'est de la Méditerranée. Tout portait à croire qu'il se dirigeait vers la Sicile. Ce bateau avait déclenché une crise majeure : le ministre de l'Intérieur du gouvernement récemment constitué à Rome, pilier de l'extrême droite ayant fait campagne sur une ligne anti-immigration, avait déclaré qu'il n'autoriserait sous aucun prétexte le débarquement de réfugiés en Italie, promettant que cette politique serait parfaitement dissuasive. C'était le premier bateau de réfugiés en route pour l'Italie repéré depuis longtemps et le ministre était bien décidé à l'arrêter – il avait même menacé d'envoyer la marine si nécessaire.

— D'où viennent tous ces réfugiés ? demandai-je.

— Il s'agit probablement d'un *gruppo misto* comprenant des Érythréens, des Égyptiens, des Éthiopiens, des Soudanais et peut-être aussi quelques Bangladais. C'est le cas des bateaux qui arrivent d'Égypte.

— Il vient de là ?

— *Sì*. Dans le contexte actuel, il ne peut venir que de là.

Les douze derniers mois, m'expliqua Gisa, l'Union européenne était parvenue à fermer la plupart des routes migratoires – via la Grèce, la Turquie, le Maroc et même la Libye. Mais les passeurs, jamais à court d'inventivité, parvenaient toujours à trouver de nouveaux points de départ. L'Égypte était en ce moment leur base privilégiée – la péninsule du Sinaï plus exactement.

— Le Sinaï ! ajouta Gisa avec ironie et amertume. Là où Moïse a reçu les dix commandements ! J'y suis allée en vacances une fois, il y a très longtemps. Je me souviens d'avoir visité le monastère de Sainte-Catherine où l'on a vu un *roveto* présenté comme le buisson ardent de la Bible. Le Sinaï était alors un endroit tellement beau et paisible… À présent, c'est devenu le lieu le plus dangereux de la planète, pour *gli immigrati* du moins…

— Pourquoi est-ce si dangereux ?

— Je peux seulement te rapporter ce que m'ont dit les *rifugiati* que j'ai interviewés. Ils racontent tous que le Sinaï est une zone de non-droit, pire encore que la Libye. Personne ne contrôle ce territoire et les tribus qui le peuplent sont en guerre contre le gouvernement du Caire. Leur source de revenus, c'est la contrebande. Je suppose qu'avant, ils trafiquaient de la drogue et des armes. Mais aujourd'hui, le trafic humain est bien plus rentable, bien plus simple aussi car ils sont en relation avec des tribus du Sahara qui envoient des *rifugiati* d'Érythrée, d'Éthiopie, de Somalie et du Sud-Soudan – toutes ces zones que les gens cherchent à fuir. Quand ils arrivent au Sinaï, les *rifugiati* sont parqués dans de grands dépôts qu'on appelle "maisons de connexion". Après ça, pour arriver en Europe, ils doivent encore payer, pour la traversée. *Capisci ?*

— Tout à fait.

— Les *rifugiati* m'ont dit que ces maisons de connexion au Sinaï disposent de salles d'opération, parfaitement modernes, avec tout l'équipement de dernière génération, y compris des frigos solaires. Ceux qui ne peuvent pas payer ce qu'ils doivent sont endormis puis conduits vers ces blocs opératoires où on leur prélève un organe, généralement un rein. Ces organes sont ensuite vendus – souvent à des Européens.

— C'est affreux ! m'étranglai-je.

— Je sais, soupira Gisa. C'est tellement horrible qu'on a du mal à y croire – digne des pires horreurs de la traite des esclaves.

— Exactement.

— Il y a quelque chose de démoniaque dans tout ça, tu es d'accord ?

— Mais oui !

— Sauf qu'ici aussi, en Italie, certains ferment les yeux. Partout en Europe, la question de l'immigration est un problème politique majeur et ce bateau, le Bateau Bleu comme on l'appelle, pourrait encore attiser le débat. Ce serait donc *molto*

molto importante pour mon documentaire. C'est pour ça que je dois rester à Rome, pour voir ce qui va se passer. Tu comprends, n'est-ce pas ?

— Bien sûr.

Grazie, grazie, Dino. A presto !

ÉCHOUAGES

J'eus du mal à trouver le sommeil cette nuit-là ; mon esprit était saturé d'images dérangeantes : des bouts de murs qui s'écrasaient à mes pieds, des gens qui essayaient d'échapper à une montée des eaux en grimpant à des arbres infestés de serpents, des réfugiés dans le Sinaï traqués par des démons.

Aux premières lueurs du jour, renonçant à m'endormir, je pris mon téléphone et me connectai à mon adresse mail pour voir si j'avais reçu des messages. Il n'y en avait qu'un, envoyé, à mon grand étonnement, par Piya : elle était en Inde et voulait que je la rappelle de toute urgence.

Je vérifiai l'heure : il était 4 heures du matin en Italie, 7 h 30 en Inde. Je composai le numéro de son portable indien via un service de téléphonie par internet. Elle décrocha presque immédiatement, surprise par cet appel.

— Deen ? Merci de me rappeler. Je ne pensais pas que tu le ferais aussi vite.

— Ah bon ? Pourquoi donc ?

— Tu es à Venise, non ? Il doit être très tôt là-bas.

Comment savait-elle où je me trouvais ?

J'étais tellement troublé que j'en laissai tomber mon portable qui disparut sous les draps. Alors que je tentais de le récupérer, j'entendis Piya qui m'appelait, sa voix assourdie par les couvertures.

— Deen ? Deen ? Tu es toujours là ? Tu m'entends ?

Je finis par extraire le téléphone et le porter à mon oreille.

— Oui, oui, je suis là.

— Ah… J'ai cru pendant quelques instants que je t'avais perdu.

— Non, je suis toujours là. Mais dis-moi : comment as-tu su que j'étais à Venise ?

— J'ai vu ça sur une de tes mises à jour de statut, sur les réseaux. Tu as posté des photos hier, c'est bien ça ?

— Oui. Mais je n'y suis pas vraiment pour grand-chose… C'était plutôt le fait de mon téléphone, ce qui explique que je ne m'en souvienne pas.

— Tout va bien, Deen ? me demanda-t-elle après un blanc. Tu as l'air un peu confus… On peut se rappeler plus tard si tu préfères.

— Non, non, m'empressai-je de rétorquer. Tout va bien. Dis-moi pourquoi tu voulais que je te rappelle.

— Juste un petit souci et je me suis dit que tu pourrais peut-être m'aider.

— Bien sûr ! Dis-moi ce que je peux faire.

— Merci ! Mais d'abord, je dois te donner quelques éléments de contexte. Tu as un peu de temps ?

— Aucun problème. Vas-y. J'ai tout le temps qu'il faut.

Deux semaines plus tôt, alors qu'elle se trouvait à Eugene, dans l'Oregon, Piya avait reçu un e-mail d'un correspondant inconnu. Le message, dont le style rappelait une dépêche de presse, décrivait un échouage massif de dizaines de dauphins de l'Irrawaddy sur l'île de Garjontola dans les Sundarbans.

Ce message l'avait déconcertée. Elle n'avait pas entendu parler d'un quelconque échouage récent dans cette zone ; or, si tel avait été le cas, elle en aurait été avertie par ses assistants. Les échouages de dauphins de l'Irrawaddy étaient rarissimes et jamais n'avait été rapporté un phénomène d'une telle ampleur. Dans la partie indienne des Sundarbans, la population totale de ces dauphins ne devait pas excéder les quatre-vingts ou quatre-vingt-dix individus : si des dizaines d'entre eux avaient péri, cela signifiait que l'espèce ne survivrait pas dans cet environnement-là.

Piya avait pris le temps de faire des recherches sur internet mais cela n'avait rien donné. Aucun des fils de discussion ou groupes de tchat professionnels auxquels elle était abonnée ne mentionnait d'échouage.

Cela aurait dû suffire à la rassurer mais il n'en avait rien été. La précision de certains détails dans ce message l'inquiétait, comme la référence à un moment spécifique ("peu de temps après le lever du jour"), sans oublier le lieu : Garjontola était une petite île peu connue ; ce n'était donc pas le genre d'élément susceptible d'apparaître par hasard.

Mais en relisant le message, Piya s'était rendu compte qu'elle avait fait une erreur sur la date : l'échouage massif ne devait se produire qu'une semaine plus tard. Elle avait alors compris qu'il ne s'agissait pas de l'annonce d'un événement passé.

C'était une prédiction.

Peut-être le message avait-il été envoyé par un détraqué ou par un troll ? Depuis que Piya était entrée en résistance contre la raffinerie située en amont des Sundarbans, ses comptes sur les réseaux sociaux étaient inondés de messages d'insultes : "Pourquoi t'essaies d'empêcher les gens de trouver du travail, salope ? T'es payée par qui pour arrêter le progrès ? Retourne là d'où tu viens, espèce de sale pute étrangère."

Pourtant, celui-ci ne ressemblait pas tout à fait à un message de troll : pour commencer, il était apparu dans une boîte qu'elle utilisait pour sa correspondance privée et non sur son adresse universitaire publique, ni sur un de ses comptes de réseaux sociaux. Piya ne pouvait écarter la possibilité qu'il soit l'œuvre d'un lanceur d'alerte travaillant à la raffinerie, quelqu'un qui savait qu'un largage d'effluents était imminent. Dans ce cas, elle serait peut-être enfin capable de démontrer ce qu'elle pressentait, à savoir que les décès massifs d'animaux dans les Sundarbans étaient liés à la vidange d'effluents toxiques. Ce qui pourrait contribuer à provoquer la fermeture de la raffinerie.

Il se trouvait que Piya devait bientôt participer à une conférence à Berlin. En vérifiant son agenda, elle avait découvert qu'en combinant plusieurs vols et en partant plus tôt que prévu, elle pourrait se rendre aux Sundarbans pour la date annoncée des échouages. Elle s'était connectée à un site de voyage et avait pu réserver les vols qui lui permettraient d'arriver à Lusibari la veille du jour dont parlait le message.

Lors d'une escale à Francfort, Piya avait eu une idée. Elle s'était souvenue d'une journaliste qui demandait depuis un certain temps à être emmenée dans les Sundarbans, sur le terrain. Piya lui avait envoyé un message, choisissant bien ses mots pour l'inviter à l'accompagner ; elle avait présenté la chose comme une mission de routine, se gardant de mentionner un éventuel échouage. La journaliste avait sauté sur l'occasion et avait répondu qu'elle viendrait avec un photographe.

À son arrivée à Lusibari, Piya avait constaté que ses instructions avaient été respectées. La journaliste et le photographe, qui l'avaient précédée, avaient chargé leur matériel sur un des vapeurs d'Horen. Le bateau s'était mis en route dès que Piya avait embarqué et ils étaient arrivés à Garjontola à la tombée du jour. Jetant l'ancre près du rivage, ils s'étaient mis à prélever des échantillons d'eau, qui seraient envoyés à Hyderabad pour y être testés selon la dernière technique de suivi des toxines par adsorption en phase solide.

Le soleil devait se lever le lendemain à 6 heures.

Piya s'était assurée d'être debout à cette heure-là, sans réveiller les autres. Équipée de jumelles et d'un localisateur GPS, elle s'était postée sur le pont.

Une demi-heure s'était écoulée, puis une autre, sans aucun dauphin à l'horizon. À leur réveil, ses assistants l'avaient peu à peu rejointe. Tout le monde avait été surpris de la trouver debout, aux aguets. Que se passait-il ? Attendait-elle quelque chose ?

Elle avait esquivé les questions en souriant et en haussant les épaules. Elle s'était réveillée tôt à cause du décalage horaire, leur avait-elle expliqué, et plutôt que de rester allongée sur sa couchette, elle avait décidé d'effectuer d'autres prélèvements.

Plus la matinée avançait et plus Piya était partagée. D'un côté, elle était incroyablement soulagée que rien de terrible ne se soit produit. En même temps, elle se retrouvait là, à attendre, jumelles à la main, ayant parcouru la moitié de la planète grâce à des billets d'avion payés sur ses propres deniers.

Ils avaient pris le petit-déjeuner et débarrassé. Toujours aucun signe de dauphins. Piya avait fort heureusement préparé un exposé pour les journalistes sur les effets à long terme de la raffinerie ; elle avait mis une bonne heure à présenter l'ensemble de ses cartes, graphiques et diapositives. Ses assistants s'étaient relayés pour décrire les phénomènes de décès collectifs observés récemment : les bancs de poissons morts, le déclin des populations de crabes et tout le reste.

Piya avait terminé sa présentation à 8 heures. Pensant qu'elle pouvait encore gagner un peu de temps – cela en valait peut-être la peine –, elle avait demandé à Horen de parler aux journalistes : c'était l'aîné sur ce bateau, et un bon conteur de surcroît. Elle se disait donc qu'il serait tout à fait capable de leur fournir le genre de matière dont ils avaient besoin (le département des sciences de la communication de son université incitait les enseignants à privilégier les histoires "vécues").

Horen leur parlait encore quand un premier dauphin avait été repéré au loin. Piya avait immédiatement attrapé une fiche de suivi et noté l'heure : 8 h 35 – soit, avait-elle retenu dans un coin de sa tête, deux bonnes heures et demie après l'horaire annoncé par le lanceur d'alerte.

Rapidement, d'autres dauphins étaient apparus, par dizaines, qui ne progressaient pas en serpentant comme à leur habitude mais qui fonçaient presque en ligne droite vers Garjontola.

Jusque-là, la voix de Piya n'avait pas tremblé mais à ce point de l'histoire, elle craqua et se mit à pleurer.

— Je ne sais pas comment t'expliquer, Deen : je n'ai jamais rien vu d'aussi horrible. Ils étaient tellement nombreux à se précipiter sur le rivage ! J'ai entendu dire que d'autres cétacés le font, mais jamais des *Orcaella*.

Peu après le début des échouages, Piya et ses compagnons avaient pris un canot pour se rendre sur la plage. Aidée de ses assistants, elle avait réussi à remettre à l'eau un peu plus de la moitié des animaux mais une vingtaine d'entre eux n'avaient pu être sauvés.

La journaliste et le photographe n'étaient pas restés inactifs : ils avaient pris des notes et beaucoup de photos. Sachant qu'ils tenaient un scoop, ils avaient insisté pour rentrer à Calcutta le plus tôt possible. Leur journal avait publié leur reportage dès le lendemain, lui accordant les honneurs de la première page.

L'article, et surtout les images, avait déjà eu un fort impact.

— Je viens d'être contactée par une avocate spécialisée en droit de l'environnement, dit Piya. Elle s'occupe d'organiser une coalition pour déposer une plainte à la Cour suprême de Delhi. Elle pense qu'avec cette histoire, on a de bonnes chances d'obtenir une décision de la Cour ordonnant la fermeture de la raffinerie. Elle a l'intention de montrer de courtes vidéos de dauphins échoués. Comme certains juges sont végétariens, ils sont vraiment contrariés quand ils découvrent ce genre de chose... Cela suffira peut-être à un arbitrage en défaveur d'une grosse entreprise.

Elle réprima un sanglot.

— Elle – l'avocate – n'a pas arrêté de me répéter qu'on avait eu beaucoup de chance de se trouver sur place, juste à ce moment-là...

— Tu lui as parlé du message anonyme ?

— Surtout pas ! Je n'en ai parlé à personne, seulement à toi. Je ne veux pas qu'on sache qu'il y a un lanceur d'alerte à la raffinerie.

— Es-tu sûre que cet e-mail t'a été envoyé par un lanceur d'alerte ?

— Évidemment.

— Mais comment a-t-il pu se procurer ton adresse personnelle ? Tu as une idée ?

Après un silence, Piya finit par dire :

— C'est précisément où je voulais en venir – c'est la raison pour laquelle j'avais besoin de te parler.

Tout s'était enchaîné tellement vite que Piya avait oublié d'informer Moyna de sa venue à Lusibari. Ayant fini par l'apprendre, Moyna avait débarqué dans l'appartement du trust.

— Pourquoi ne m'as-tu pas dit que tu venais à Lusibari ? lui avait-elle reproché avant d'éclater en sanglots, ce qui ne lui ressemblait pas du tout. Tu ne sais donc pas que je me sens terriblement seule ici, sans Tipu ?

Brusquement saisie de remords, Piya avait tout mis de côté pour venir s'asseoir près de Moyna. Elles avaient évoqué sa santé, l'hôpital et Tipu. Quand Piya lui avait demandé si celui-ci lui envoyait toujours régulièrement des nouvelles depuis Bangalore, Moyna avait secoué la tête. Non, cela faisait un moment qu'il n'avait pas appelé. Elle avait eu de ses nouvelles pour la dernière fois deux semaines plus tôt : il avait envoyé une photo de lui en compagnie de ses collègues, à Bangalore.

Elle avait sorti son téléphone portable pour les montrer à Piya.

— Regarde, voici ce qu'il m'a envoyé.

C'était une photo de groupe, prise devant un immeuble de bureaux – trois rangées de jeunes hommes et de jeunes femmes regardaient l'appareil d'un air grave.

— Où est Tipu ? avait demandé Piya.

Moyna l'avait pointé du doigt : il était au dernier rang, en costume-cravate comme les autres hommes.

— Il a vraiment l'air d'un adulte, n'est-ce pas ? avait fait remarquer Moyna avec fierté.

Piya était d'accord – mais quelque chose dans cette photo clochait. Elle l'avait renvoyée sur son propre téléphone pour la télécharger sur son ordinateur. Quand l'image était apparue sur son écran, elle avait compris qu'elle avait été truquée. Une minuscule image du visage de Tipu avait été insérée par Photoshop.

Moyna en avait été abasourdie, elle qui n'avait jamais entendu parler de photomontage.

— Ce n'est pas très compliqué, Moyna. Pour quelqu'un avec les compétences de Tipu, c'est même très simple.

Elles avaient ensuite parcouru le téléphone de Moyna et son historique sur les réseaux sociaux à la recherche d'une éventuelle information sur la situation de Tipu.

Piya avait constaté que Tipu avait pris soin de communiquer avec sa mère via ces réseaux. De temps à autre, il lui avait téléphoné et envoyé des textos depuis des numéros précédés de codes internationaux.

Piya en avait montré quelques-uns à Moyna : +880, +92, +98 et +90.

— Tu n'as jamais remarqué que ces appels et ces messages provenaient de numéros étrangers ? lui avait-elle demandé.

— Si, je l'ai vu. J'ai même demandé des explications à Tipu. Il m'a dit qu'il utilisait une sorte de service téléphonique qui passait par des routeurs à l'étranger. Il a dit que ça coûtait moins cher.

— Et tu l'as cru ?

— Est-ce que j'avais le choix ? avait répliqué Moyna sur un ton désespéré qui ne lui était pas familier. Tipu s'y connaît tellement dans ce domaine, et moi, si peu…

— As-tu essayé de rappeler un de ces numéros ?

— Non. Tipu n'aime pas que je l'appelle à Bangalore. Il dit qu'il travaille en horaires décalés et qu'au bureau, les appels privés sont strictement interdits. Quand je veux lui parler, je lui envoie un e-mail et, en général, il me rappelle une ou deux heures après. Sauf ces deux dernières semaines… Je n'ai pas arrêté de lui envoyer des messages mais je n'ai toujours aucune nouvelle.

Piya était tout à la fois perplexe et inquiète. Elle avait demandé à Moyna de lui montrer les autres photographies envoyées par Tipu. C'étaient toutes des photos de groupe prises dans des bureaux, des parcs ou ce qui ressemblait à une auberge de jeunesse. Après avoir observé quelques clichés, Piya avait acquis la certitude qu'ils étaient tous truqués. Tipu avait dû les trouver sur le Net, sur les comptes de quelqu'un d'autre.

Tipu avait manifestement élaboré toute une stratégie pour tromper sa mère. Au lieu de trouver un emploi à Bangalore, il s'était rendu, semblait-il, au Bangladesh. Vu les codes téléphoniques de ses appels, il était apparemment passé du Bangladesh au Pakistan, puis en Iran et en Turquie. Mais dans quel but ? Et comment s'était-il procuré l'argent pour voyager ? Il était difficile de croire que sa seule source de revenus, liée à ses activités sur internet, ait pu suffire à financer un tel périple.

Le dernier message de Tipu à Moyna n'était accompagné d'aucun code de pays. Mais Piya avait remarqué qu'il avait été envoyé le même jour, et quasiment à la même heure, que le message annonçant les échouages. Elle avait alors commencé à suspecter qu'il y avait peut-être un rapport entre Tipu et cet e-mail anonyme.

Piya avait insisté pour qu'elles aillent jusque chez Moyna inspecter la chambre de Tipu. En parcourant la pièce du regard, Piya avait repéré une armoire munie d'un verrou.

— Tu as regardé là-dedans ?

— Non, avait répondu Moyna, mais je sais ce qu'elle contient. Tipu range tout son matériel électronique dans cet *almirah*, y compris tout ce que tu lui as donné au fil des ans.

— Vérifions que tout est encore là. Tu as la clé ?

— Non.

Piya s'était saisie d'un marteau pour casser le cadenas. Quand les portes avaient fini par s'ouvrir, les deux femmes avaient découvert que l'*almirah* avait été vidée : il ne restait plus rien sur les étagères hormis quelques bricoles. Les cadeaux de Piya – les vieux ordinateurs, les écrans, les claviers, les consoles de jeux et autres – avaient disparu. Piya en avait déduit que Tipu avait tout vendu afin de rassembler l'argent nécessaire au voyage.

Sur l'étagère du bas se trouvait un vieux sac en plastique débordant de papiers qui paraissait avoir été rempli à la hâte puis oublié. Piya avait parcouru quelques pages : il s'agissait d'impressions diverses extraites de sites internet.

— Tipu possède-t-il un passeport ? avait-elle demandé en mettant ce sac de côté.

— Non, avait dit Moyna. Pas que je sache. Il n'a jamais pris la peine de renouveler celui que tu lui avais fait faire avant son départ pour les États-Unis.

Il était clair à présent que Tipu s'était lancé dans un voyage clandestin, muni de faux papiers, et que, pour une raison ou une autre, il avait fini en Turquie. Ce voyage avait bien sûr pris des mois, durant lesquels il avait veillé à rester en contact avec sa mère. Jamais il n'avait totalement coupé ce lien avant ces deux dernières semaines. Piya ne pouvait s'empêcher d'imaginer le pire au sujet de ce long silence : Tipu devait avoir des ennuis.

Par l'intermédiaire d'une amie, Piya avait contacté une ONG qui s'occupait de réfugiés et de migrants. Son interlocutrice lui avait indiqué que l'histoire de Tipu était banale : au cours des deux dernières années, le nombre d'adolescents ou de jeunes gens ayant quitté leur foyer sans avertir leur famille avait drastiquement augmenté. Elle lui avait également confirmé que l'itinéraire terrestre menant du Pakistan à la Turquie via l'Iran était l'une des principales voies migratoires. Mais quant à retrouver Tipu, avait ajouté cette dame, aucune ONG ne serait d'une quelconque utilité : toutes les associations étaient débordées et manquaient de personnel. Le seul espoir de Piya reposait sur une éventuelle rencontre avec des personnes susceptibles d'accéder à certains réseaux de migrants ; peut-être pourrait-elle apprendre quelque chose par ces canaux informels.

Piya paniquait quand elle imaginait Tipu, bloqué en Turquie : elle avait l'impression d'assister à un autre échouage. Elle avait passé bien d'autres appels dans les heures qui avaient suivi, sans succès. Alors qu'elle commençait vraiment à désespérer, elle avait eu l'idée de se replonger dans le sac en plastique retrouvé dans l'armoire de Tipu.

C'était en passant en revue le tas de papiers qu'elle avait fait une étonnante découverte.

— Ce sac était plein de documents imprimés comme je m'en doutais, expliqua-t-elle, mais il y avait un lien entre eux. Tu ne vas pas me croire, Deen, mais figure-toi que la plupart de ces documents concernaient… Devine quoi ? Venise ! Je crois que Tipu a fait des recherches et imprimé toutes sortes de choses – sur l'histoire, la géographie et même la faune de la ville (tu imagines ? Quel type de faune peut-on bien trouver à Venise ?). Je n'aurais jamais pensé que Tipu puisse s'intéresser à ce genre de chose. Il y avait même des cartes détaillées de plusieurs quartiers, qu'il avait dessinées au crayon. Comme s'il avait développé une obsession pour cet endroit. Et ça n'a pas été une passade. En vérifiant les dates – tu sais, les documents imprimés depuis internet sont en général datés en haut de page –, je me suis rendu compte que cela l'occupait depuis deux ans.

— Deux ans ? Ce qui veut dire qu'il a dû commencer à collecter ces informations peu de temps après avoir été mordu par ce serpent ?

— Je suppose… Tout en faisant aussi des recherches sur les routes terrestres menant d'Iran en Turquie, puis en Europe. Il avait même rempli quelques documents pour une demande de passeport, non seulement pour lui mais aussi pour Rafi. Ce qui signifie forcément qu'ils avaient décidé de partir ensemble. J'ai donc appelé Horen pour lui demander s'il savait où se trouvait Rafi. Il m'a annoncé qu'il avait quitté Lusibari il y a un an pour partir à l'étranger – il avait vendu tout ce qu'il possédait, y compris son bateau, avant de disparaître. Jusqu'à il y a peu, a précisé Horen, personne n'avait de ses nouvelles mais récemment, il y a un mois, Rafi a envoyé à un de ses amis une photo de lui, quelque part en Europe. J'ai alors demandé à Horen s'il savait où la photo avait été prise exactement. Il n'en savait rien mais il voulait bien demander au garçon en question de lui faire suivre la photo. Je l'ai vivement encouragé à le faire et, une heure plus tard, je recevais la photo sur mon propre téléphone – on y voyait Rafi, sur un pont, avec un canal en arrière-plan.

Piya s'interrompit pour reprendre son souffle.

— Deen, je suis à peu près certaine que cette photo a été prise à Venise. C'est la raison pour laquelle je t'ai contacté et t'ai demandé de m'appeler : j'espérais que tu pourrais essayer de retrouver Rafi pendant ton séjour là-bas. Enfin… tout en sachant, bien sûr, que les chances de le retrouver sont infimes…

Je fus tellement frappé par le mot "chances" que Piya venait d'employer que je n'écoutais plus ce qu'elle disait. Fermant les yeux, j'enlaçai ce mot en silence, m'agrippant à lui comme s'il constituait mon dernier lien avec la réalité.

Bien sûr, tout n'était qu'une question de chance, de hasard – toutes ces rencontres improbables, ces intersections invraisemblables entre passé et présent, l'accident presque fatal qui m'avait fait tomber sur Rafi dans le ghetto : tout n'était que pure coïncidence, comment pouvait-il en être autrement ? Perdre de vue cette interprétation-là, c'était risquer de perdre tout contact avec le réel. Le hasard était la fondation même du réel, de la normalité. Il n'y avait absolument aucune raison d'imaginer, comme je l'avais fait, qu'une telle rencontre, dans un tel endroit, n'était pas du domaine du probable. Car l'au-delà du probable n'existait pas : tout entrait dans le domaine du probable. N'était-ce pas précisément la raison pour laquelle j'avais pris une assurance pour le cas où je vivrais jusqu'à cent trois ans ? Car ceci pouvait effectivement se produire, même si les chances étaient infinitésimales.

Alors même que j'étais plongé dans ces réflexions, une pointe de doute s'immisça en moi. Comment en être sûr ? Existait-il quelque part une sorte d'abaque nous permettant de déterminer si une expérience relevait ou non du hasard ? Bien sûr que non, car des choses inexplicables se produisaient sans qu'on puisse réfuter l'idée que le hasard expliquait leur lien potentiel. En ceci, le hasard était comme Dieu : rien de ce qui arrivait, aucun événement, aucune éventualité, ne pouvait confirmer ou infirmer son immanence. Mais en même temps, tout comme Dieu, le hasard rassurait, apportant une forme de sécurité, de propreté, de pureté. Ne parlait-on pas ainsi très souvent de “pur” hasard ? Car le hasard coulait sur le monde tel un torrent frais de montagne, lavant tout ce qu’il touchait. Cesser de croire au hasard, c’était pénétrer dans le territoire du sort et du destin, des diables et des démons, des charmes et des miracles ou, pour le dire de manière plus prosaïque, pénétrer dans l’univers conspirationniste des paranoïaques où des forces cachées décident de tout.

Je ne pouvais m’aventurer dans cette direction-là. Je devais garder la foi – la foi était ce qui avait fait défaut dans ma vie ces derniers temps. Je devais à tout prix m’accrocher à ma croyance dans le hasard. C’était comme si ma fidélité était mise à l’épreuve, à travers une série de tests et de défis, à l’image du Bouddha confronté à la démone Mara, de saint Antoine dans le désert ou de Yudhishthira lors de son ascension finale.

Alors que toutes ces idées s’enchaînaient dans ma tête, je finis par me rendre compte que Piya parlait encore.

— Allô ? Allô ? Tu es encore là, Deen ?

Ce n’était sûrement pas la première fois qu’elle posait la question.

— Oui, Piya, je suis là.

J’inspirai profondément pour essayer de retrouver mes esprits.

— Tu vas peut-être être surprise, repris-je, mais j’ai croisé Rafi, pas plus tard qu’hier.

— Tu es sérieux ? Tu l’as vu ? C’est vrai ?

— Oui, je sais… c’était pourtant hautement improbable.

— Hmm… Je suppose que Venise n’est pas une si grande ville en termes de surface, et la population doit se compter en quelques centaines de milliers d’habitants seulement, donc ce n’est pas si improbable que ça.

— Tu as sûrement raison. En tous les cas, j’ai parlé avec lui et je lui ai même demandé des nouvelles de Tipu. Il m’a répondu qu’il ne savait pas du tout où il se trouvait et il a eu l’air ennuyé que je lui pose la question. Je me suis dit qu’ils avaient certainement rompu et je n’ai pas insisté.

— Tu pourrais le recontacter, s’il te plaît ?

Sa voix débordait de gratitude.

— Ça me soulagerait tellement ! Je sais bien qu’il n’y a peut-être pas grand-chose à en attendre mais…

Il me semblait au contraire qu'on pouvait en attendre beaucoup : Rafi avait très certainement une petite idée sur la situation de Tipu. Ce devait être d'ailleurs la question qu'il s'attendait à entendre la veille et qu'il redoutait tout à la fois.

— Bien sûr que je vais le recontacter. Je vais faire tout ce que je peux. Je t'en prie, ne t'inquiète pas trop. Tipu est un garçon très intelligent, il sait ce qu'il fait.

— Mais c'est encore un gamin, donc forcément, je m'inquiète… Je crois que je me sens responsable pour tout ce qui a mal tourné. Après tout, son père est décédé alors qu'il travaillait pour moi.

— Tu n'y es vraiment pour rien. Cesse de te culpabiliser.

— En ce qui concerne Tipu, soupira-t-elle, je n'ai jamais su faire ce qu'il fallait. Quoi qu'il en soit, tiens-moi au courant de ce qui se passe avec Rafi. Je serai à Berlin demain et ravie de venir à Venise – c'est tout près en avion.

— Entendu. Mais voyons d'abord ce que Rafi a à dire. J'ai son numéro, je peux l'appeler tout de suite. Je te recontacte dès que possible. Un peu plus tard dans la journée, j'espère.

— Entendu. On s'appelle.

AMIS

La terreur que j'étais parvenu à contenir durant ma conversation avec Piya revint en force quand je raccrochai. Assis dans mon lit, tétanisé, je fixai le mur en face de moi. Que m'arrivait-il ? Que nous arrivait-il ? Il semblait y avoir une logique dans toutes mes rencontres avec Tipu et Rafi, mais cette logique échappait à notre contrôle : c'était comme si quelque chose ou quelqu'un nous possédait, pour des raisons que nous ne pouvions comprendre.

Je me souvins alors de la résolution que j'avais prise tout en parlant à Piya : garder confiance en moi. Je me répétai que tous ces événements résultaient peut-être de la fortune, toujours immanente dans ce monde – du pur hasard en d'autres termes. Ne disait-on pas que des singes tapant sur une machine à écrire en viendraient un jour à recomposer une pièce de Shakespeare ? Une telle éventualité était certainement encore moins probable que tout ce qui m'arrivait. C'était de toute façon ce que je devais croire si je ne voulais pas devenir fou.

Je me forçai à dire à voix haute : "Tout n'est qu'une question de hasard et de coïncidence, rien de plus", et ces mots agirent comme une prière, brisant le charme dont j'étais captif. À mesure que je retrouvais mes esprits, il m'apparut comme une évidence que Rafi était un élément-clé. Je devais d'abord lui parler.

Je regardai ma montre. Il était 7 heures du matin, je pouvais encore le joindre avant qu'il ne commence sa journée sur le chantier. Je l'appelai mais son téléphone était déjà éteint. Dans l'espoir qu'il consulte ses messages, je lui envoyai un texto lui demandant de me rappeler dès qu'il aurait un moment.

Dans les heures qui suivirent, je tentai de le rappeler et lui envoyai plusieurs autres messages. En vain. Au moment du déjeuner, rien non plus. Ni message, ni appel. N'y tenant plus, je décidai d'aller trouver Lubna ; elle savait peut-être à quelle heure finissait Rafi.

La porte du bureau était entrouverte et Lubna était assise, les yeux rivés sur son ordinateur. Elle leva brièvement la tête pour me saluer puis se tourna de nouveau vers son écran.

— *Dekhechhen ?* me demanda-t-elle en montrant l'écran du doigt. Vous avez écouté les informations ?

Elle fit pivoter l'écran pour que je puisse le voir de là où j'étais assis. Un reportage était diffusé au sujet d'un petit bateau bleu qui pétaradait poussivement sur une mer azur. Le pont supérieur était bondé de passagers dépenaillés à la peau sombre. Beaucoup levaient les yeux vers la caméra et agitaient tristement la main.

Une flottille de vedettes de garde-côtes suivait le bateau à bonne distance, chacune battant un pavillon distinct.

Ces images furent remplacées par un autre plan montrant cette fois une escadrille de bâtiments de guerre d'un gris étincelant. Sur le pont avant du plus gros d'entre eux, se détachait un peloton de marins, tous au garde-à-vous devant un drapeau italien.

— Vous êtes au courant, non ? poursuivit Lubna. La marine a reçu l'ordre d'empêcher ce bateau de réfugiés de s'approcher des côtes italiennes. Et tous les autres pays du bassin méditerranéen ont envoyé des vaisseaux de la garde côtière pour s'assurer qu'il n'accosterait pas non plus chez eux.

— Le ministre a donc mis sa menace à exécution ?

— C'est ça.

Elle fit un petit mouvement de tête en direction de l'écran sur lequel était à présent retransmise en direct une conférence de presse.

Un homme plutôt jeune à l'air énergique, qui portait des lunettes à grosses montures et dont les cheveux étaient gominés vers l'arrière, tapait du poing sur un bureau et hurlait dans un micro : *"Queste persone non metteranno mai piede in Italia !"*

— *Bujhte parchhen ?* s'enquit Lubna. Vous comprenez ce qu'il raconte ?

— Pas complètement.

— Il a dit : “Ces gens-là ne mettront jamais les pieds en Italie.” *“Salvo che succeda un miracolo.”* “À moins d’un miracle.”

Elle frémit.

— Je ne supporte pas d’écouter ce type, ajouta-t-elle avant d’interrompre l’émission et de hausser un sourcil dans ma direction. Alors, des nouvelles de Rafi ? Que s’est-il passé hier soir ?

— Il lui est arrivé quelque chose ? J’essaie de le contacter mais on dirait que son téléphone est éteint.

— Il a été agressé hier, m’apprit-elle d’un air sombre. Je crois qu’il a perdu son téléphone. Il est hospitalisé.

Je restai sans voix.

— Je sais, ça a été un choc pour moi aussi, reprit-elle. J’ai reçu un appel tard dans la soirée. Celui qui m’a appelée pense que Rafi a été victime d’un gang, du genre de ceux dont on entend parler à Rome ou à Naples où des voyous d’extrême droite préparent des attaques contre des migrants. Ce serait une perspective terrifiante car ce genre de chose ne s’est encore jamais produit ici. Ça aurait été une première…

— Ce n’était donc pas ça ?

— Apparemment pas. Ce matin, un des colocataires de Rafi est passé me voir. Il m’a donné une tout autre version de l’histoire.

— Ah…, dis-je, hésitant à lui poser davantage de questions. Vous pouvez m’en dire plus ?

Lubna regarda sa montre.

— Je veux bien mais malheureusement, dans l’immédiat, je n’ai pas le temps. J’ai une réunion. Vous devriez voir directement avec le colocataire de Rafi – il s’appelle Bilal, et je lui ai déjà parlé de votre documentaire. Il a dit qu’il voulait bien s’entretenir avec vous. Venez, je vais vous le présenter. Il travaille tout près d’ici.

Il y avait un petit marché à proximité du bureau de Lubna. Une rangée d’étals, abritée par des bâches, occupait le centre de la rue. Les étals regorgeaient de couleurs – légumes, fruits, plantes aromatiques et autres –, et figuraient en bonne place des *fondi di carciofi*, cœurs d’artichauts, qui se présentaient sous la forme de petits disques blancs trempant dans des bassines d’eau.

Ceux-ci, ainsi que beaucoup d’autres légumes, étaient disposés avec soin afin de créer une impression d’authenticité, à la fois pittoresque et désuète. Toutefois, les vendeurs installés derrière les étals étaient presque tous bangladais.

Nous trouvâmes Bilal assis sur un des côtés. Il était plus vieux que Rafi – il devait avoir une vingtaine d'années. Grand, large d'épaules, il avait des traits singuliers : le regard vif, le nez busqué, le teint cuivré. Vêtu d'un jean bleu pâle et d'un tee-shirt rayé de la Juventus, il était installé sur une chaise en plastique qui semblait trop petite pour lui. D'un côté de la chaise se trouvait un seau rempli de petits artichauts, de l'autre une poubelle pour les feuilles et les tiges. Il avait une bassine d'eau entre les pieds et tenait un couteau qu'il maniait avec dextérité pour éplucher chaque artichaut jusqu'à atteindre, au cœur, le petit disque couleur ivoire.

Après de brèves présentations, Lubna partit précipitamment pour son rendez-vous. Bilal me fit signe d'attraper une chaise ; ses mains remuaient sans cesse tandis qu'il parlait, alimentant la réserve de *fondi di carciofi* dans la bassine posée au sol.

La veille au soir, m'expliqua-t-il, Rafi avait été contacté par téléphone pour aller remplacer au pied levé un plongeur dans un restaurant, ce qu'il avait accepté. Il avait fini très tard. S'il était rentré à la chambre qu'il partageait à Mestre à cette heure de la nuit, il n'aurait presque pas dormi puisqu'il devait être de retour dans le centre de Venise, sur le chantier, le lendemain matin. Il avait donc décidé de passer la nuit dans un entrepôt abandonné en bordure de Cannaregio – c'était Bilal qui avait découvert ce lieu l'année précédente ; il y avait conduit Rafi et quelques autres amis.

Cette zone de Cannaregio était souvent déserte, surtout la nuit. Rafi descendait une *calle* sombre quand deux hommes, surgis de l'ombre, l'avaient attaqué.

Un passant l'avait trouvé un peu plus tard, sur la *fondamenta*, inanimé. Il avait appelé l'*ospedale civile* qui avait envoyé un bateau-ambulance pour le conduire à l'hôpital. Il s'y trouvait encore et aucun de ses amis n'avait pu lui parler.

— C'était juste un vol alors ? demandai-je.

— Oui, acquiesça Bilal. Ils lui ont pris tout son argent. Et il en avait pas mal sur lui.

Il leva brièvement la tête, jetant un œil d'un côté puis de l'autre.

— En fait, reprit-il en baissant la voix, Rafi a contracté un gros emprunt dont il n'avait pas pu rembourser deux traites. Je n'ai pas l'impression qu'ils voulaient lui faire trop de mal. Je suppose qu'il ne s'est pas laissé faire et que la situation s'est envenimée.

— Mais pourquoi Rafi a-t-il emprunté cet argent ? Et auprès de qui ?

Bilal baissa encore la voix.

— Le prêt vient d'un *scafista* – un trafiquant. Rafi l'a fait pour un de ses amis. Ils ont quitté le Bangladesh ensemble mais ils ont été séparés à la frontière turque – ça arrive souvent dans ce coin-là car on doit courir comme des fous, sur des pentes très raides. Côté turc, les soldats tirent s'ils voient quelqu'un essayer de traverser. Rafi a eu de la chance, il a réussi à passer, mais son ami a été blessé et a dû retourner en Iran. Il a fini par franchir la frontière un peu plus tard mais il est resté coincé en Turquie pendant longtemps. Bref, ce garçon a appelé Rafi il y a quelques semaines en disant qu'il avait parlé à un *dalal* du coin, qui lui avait proposé une option de sortie, en passant par un autre pays. Il aurait la possibilité de prendre un bateau si Rafi pouvait faire un virement en Italie. C'est là que Rafi a commencé à se renseigner. Quelqu'un l'a mis en contact avec ce trafiquant italien qui voulait bien être remboursé par traites. Rafi a pu payer la première, mais pas la deuxième, ni la troisième. Donc…

— Rafi a-t-il déjà mentionné le nom de cet ami ?

— Non, répondit Bilal en me regardant brièvement et en haussant les épaules. On a été plusieurs à lui dire de ne pas s'approcher des *scafisti*. Ce sont des types dangereux. Mais que pouvait-il faire ? Il était désespéré. Moi, je le comprends. Quand on s'embarque dans un tel périple avec un ami mais qu'un des deux réussit et l'autre pas, on se sent très mal. C'est difficile de vivre dans ces conditions. On est prêt à tout pour aider.

Il était tellement ému que j'en fus bouleversé.

— *Tomaro hoyechhilo naki ?* demandai-je. Ça t'est arrivé aussi ?

Il acquiesça sans lever les yeux, toujours concentré sur son couteau.

— Oui, j'ai moi aussi quitté le Bangladesh avec un ami. Il s'appelait Kabir et on venait du même village, dans le district de Faridpur. On se connaissait depuis qu'on était petits. On avait joué ensemble, on était allés à l'école ensemble, on s'était toujours tenu les coudes.

Il y a quelques années, il y a eu un gros conflit dans ma famille, à propos de terres. Un de mes oncles fait de la politique et ses fils sont les gros bras locaux du parti au pouvoir. Pendant longtemps, ils ont utilisé leur poids politique pour tenter de faire main basse sur ce qui revenait de droit à mon père. Chaque fois qu'il y avait une crue – ce qui arrivait de plus en plus souvent –, ils essayaient de grappiller du terrain. Et si on protestait, ils nous menaçaient.

Un jour, on s'est battus. Mon oncle et mes cousins nous ont attaqués, mon père et moi, alors Kabir a pris notre défense et il a assommé mon oncle. Après, ça a viré à l'émeute. J'ai réussi à m'échapper avec Kabir, mais à partir de ce moment-là, on s'est retrouvés en cavale. Mon oncle et ses fils nous traquaient sans arrêt, où qu'on soit. Ils avaient des hommes de main partout, du fait de leurs relations politiques. Ils ont même obtenu que la police nous accuse dans une affaire inventée de toutes pièces.

Après une année passée à se cacher, on a compris qu'on finirait assassinés si on restait au Bangladesh. Une personne de ma famille nous a mis en lien avec un *dalal* qui disait pouvoir nous faire passer aux Émirats pour 350 000 takas. C'était une grosse somme qu'on a pourtant réussi à réunir et le *dalal* nous a donné un bout de papier à chacun. Il a appelé ça un "visa d'aéroport". Il nous a envoyés à Chittagong où on a pris un avion pour Charjah. Mais une fois là-bas, on a compris qu'on ne sortirait jamais de l'aéroport.

Bilal ricana comme s'il se moquait de lui-même.

— On n'y connaissait rien… On était deux gamins de dix-huit ans, de simples villageois… On n'avait jamais pris l'avion.

Bref, on est restés coincés dans cet aéroport, pendant des jours et des jours, perdant petit à petit tout espoir. On n'avait que cinquante dollars en poche et on a dû en dépenser dix pour acheter une carte téléphonique prépayée de trente minutes. On a appelé notre *dalal* qui nous a dit qu'on avait seulement deux options : soit retourner au Bangladesh, soit passer en Libye via le Soudan. Il a ajouté qu'il y avait une guerre en Libye mais qu'elle n'était pas trop terrible – beaucoup de Bangladais avaient choisi d'y aller.

Avait-on le choix ? Faire marche arrière était à présent impossible, on a donc opté pour la seconde solution en se disant : "Après tout, qu'est-ce qu'on risque ? C'est pas comme si la situation était meilleure pour nous à la maison."

Le lendemain, on a pris un avion pour Khartoum. Il y avait beaucoup d'autres Bangladais à l'aéroport, qui attendaient tous pour partir en Libye. Le jour suivant, on a pris un autre vol pour Tripoli. L'aéroport était ravagé, avec des trous dans le toit, des fenêtres brisées... Des hommes armés allaient et venaient à leur guise. Certains nous ont encerclés et nous ont conduits à l'extérieur vers une fourgonnette à vitres teintées. C'est seulement à ce moment-là qu'on a compris qu'on nous kidnappait.

Pendant un an et demi, on a été battus, torturés, vendus d'un gang à un autre. Ils nous faisaient travailler du matin au soir, nous payaient à peine et nous donnaient seulement du pain. On était traités comme des esclaves. On a enduré des choses qu'aucun être humain ne devrait subir.

Pourtant, Kabir et moi avons réussi à traverser tout ça sans être séparés. On a même économisé un peu d'argent. Au fil des mois, on a aussi perdu notre naïveté. On a appris qu'il y avait à Tripoli des *dalals* bangladais qui pouvaient organiser des traversées en bateau pour l'Europe. Un jour, après avoir bien préparé notre coup, on a réussi à échapper au gang qui nous retenait prisonniers. On est allés à Tripoli et on a payé un *dalal* qui nous a envoyés dans la ville de Zuwara où on nous a mis dans une "maison de connexion". C'était juste un entrepôt en moellons avec un toit de tôles ; il y avait déjà près de deux cents personnes là-dedans – Nigérians, Soudanais, Érythréens, Irakiens, Afghans et quelques autres Bangladais.

Deux longs mois ont passé et puis, une nuit, on nous a réveillés à 2 heures, en nous disant que c'était l'heure de notre "connexion" et qu'on devait rejoindre le front de mer au plus vite. On nous a tous conduits jusqu'à la plage où on nous a dépouillés ; on ne nous a laissé que nos vêtements.

Il devait être 4 heures quand le bateau est arrivé – un tout petit bateau de pêche en mauvais état. On avait de l'eau jusqu'à la poitrine quand on s'est avancés pour l'atteindre. Après nous avoir hissés à bord, les *scafisti* nous ont dit où nous asseoir :

ceux qui avaient payé un peu plus étaient sur le pont, les autres dans la cale. Comme on n'avait pas pu payer davantage, on s'est retrouvés, Kabir et moi, près du moteur qui crachait des nuages de fumée noire.

Quand le bateau est parti, très vite, de l'eau s'est infiltrée par la coque. On a essayé désespérément d'écoper mais ça n'a fait qu'empirer. Le lendemain midi, la partie arrière du bateau était pratiquement submergée et on n'avançait presque plus. On se disait qu'on allait mourir, mais là, comme par miracle, un hélicoptère nous a survolés – on l'entendait même depuis la cale. Sur le pont, les gens se sont mis à s'agiter, à sauter dans tous les sens, à pousser des cris, à hurler… C'est là que le bateau a commencé à couler.

Une bousculade frénétique a éclaté, chacun essayant de sortir tant bien que mal de cette cale. Avec Kabir, on s'est extirpés juste avant que le bateau ne sombre. On avait l'habitude de nager dans des rivières ou des étangs quand on était petits, donc on n'avait pas peur de l'eau. On s'est débarrassés de nos jeans et de nos tee-shirts et on a nagé, en essayant de rester côte à côte. On était sûrs qu'un bateau de sauvetage allait bientôt arriver et qu'on s'en sortirait. Mais le temps passait, et toujours pas de bateau ni d'hélicoptère… Même si la mer était calme ce jour-là, il y avait une houle régulière. C'était fatigant de résister aux vagues et au bout d'un moment, on a eu du mal à rester l'un près de l'autre. On a fini par lentement dériver et se perdre de vue.

Lorsque le bateau de sauvetage est enfin arrivé, j'étais épuisé, je peinais à garder la tête hors de l'eau. J'ai réussi à attraper une des bouées qu'on nous lançait ; je m'y suis agrippé pendant que le canot allait sauver d'autres personnes. J'ai regardé partout pour retrouver Kabir mais je ne l'ai pas vu. Je n'étais pas inquiet. Je me disais qu'on l'avait déjà probablement sorti de là. Quand le canot est venu me chercher, on m'a hissé à bord et j'ai cherché Kabir. Il n'y était pas.

J'ai été l'un des derniers à monter sur le bateau. Je regardais tous les gens sur le pont, Kabir y était forcément. Ils nous ont donné des couvertures argentées. J'en ai pris une pour me couvrir et j'ai parcouru le bateau dans tous les sens, comme un fou, dans l'espoir de le retrouver. Chaque fois que j'apercevais un

Bangladais, mon cœur faisait un bond – mais ce n'était pas lui. J'ai fini par m'écrouler d'épuisement et, à mon réveil, j'ai repris les recherches. J'ai fait ça jusqu'à notre arrivée au port, et même après, quand on nous a emmenés au camp. Impossible d'accepter l'idée que Kabir n'ait pas pu s'en sortir. Aujourd'hui encore je me dis qu'il va réapparaître un de ces jours.

Les mouvements mécaniques qui animaient jusque-là ses mains cessèrent ; redressant le couteau, il leva son poignet et se frotta les yeux avant de saisir une poignée de fonds d'artichauts qu'il me tendit.

— Vous voyez ça ? Pour chaque euro que je gagne à les préparer, je garde quarante centimes pour moi. J'en envoie trente à ma famille et les trente autres sont pour Kabir. Il était fils unique, ses parents n'ont personne sur qui compter. C'est donc à moi de le faire, non ? C'est uniquement parce que Kabir était mon ami qu'il n'est plus là aujourd'hui. Et le plus étrange, vous savez, est que jamais, dans tout ce qu'on a traversé, il ne m'en a voulu.

Bilal s'essuya de nouveau les yeux de la main qui tenait le couteau.

— Si, comme Rafi, j'avais reçu un appel d'un ami, vous pensez bien que j'aurais fait tout mon possible pour trouver l'argent. Je ferais exactement comme lui, même si je savais que je ne pourrais pas rembourser et que ça me vaudrait une raclée.

Il me regarda dans les yeux et désigna la manche gauche de son tee-shirt.

— Si je devais me couper un bras, je le ferais avec plaisir.

Je venais de quitter Bilal quand j'eus l'impression – comme une sorte d'instinct animal indescriptible nous pousse parfois à sentir sur soi le regard des autres – d'être observé. Je regardai sur ma gauche. Il était là, le type pâle à la mâchoire carrée que j'avais vu la veille enfoncer son index dans la poitrine de Rafi. Il était appuyé nonchalamment contre un mur, occupé à se curer les dents ; sous la visière de sa casquette de baseball verte, ses yeux paraissaient briller d'un éclat presque démoniaque.

Nos regards se croisèrent brièvement mais j'étais absolument certain qu'il s'agissait du *scafista* auquel Rafi avait eu affaire.

J'étais alors pratiquement parvenu à l'angle de la rue de Cinta. Je décidai pourtant de ne pas tourner et de poursuivre mon chemin en direction du pont du Rialto. Il semblait tout à coup essentiel de ne pas révéler où je séjournais.

Je déambulai pendant une heure, me laissant happer par des vagues de touristes. Sur le chemin du retour, je pris un *vaporetto* et bien que je me sois calmé entre-temps, je sentais toujours ce titillement au niveau de la nuque. Je ne pouvais m'empêcher de me retourner et de scruter les visages qui m'entouraient.

Le soleil se couchait quand le *vaporetto* atteignit San Marcuola. Me fondant dans un flot de touristes, je franchis prestement la porte arrière de l'immeuble de Cinta. Je fus soulagé en refermant la porte même si, en regardant dans le miroir qui se trouvait dans l'entrée, je m'attendais encore à moitié à voir cette paire d'yeux par-dessus mon épaule.

Dans l'appartement, une légère odeur de glycine me parvint, par bouffées. Elle paraissait venir de la pièce tout au bout d'un long couloir, celle où j'avais installé mon ordinateur.

C'était une petite pièce – probablement une ancienne chambre de bonne –, qui comportait une table, une chaise et une fenêtre donnant sur la cour fleurie à l'arrière du *palazzo* ; son encadrement était festonné de glycine qui tapissait tout le mur arrière.

Une fois dans la pièce, je remarquai que la fenêtre était ouverte. L'avais-je laissée ainsi ? Je ne me souvenais pas mais je ne m'attardai pas sur cette question car se déployait devant moi une perspective extraordinaire : les sommets enneigés des Dolomites, teintés de rose dans le soleil couchant.

Je m'apprêtais à saisir mon téléphone pour capturer cette image quand mon regard tomba sur mon ordinateur portable. Je découvris avec horreur une araignée posée dessus. D'un diamètre de cinq centimètres environ, de couleur marron, elle avait de longues pattes articulées qui surplombaient son corps.

Je revis tout à coup le dessin des lignes entrecroisées et me rappelai les mots de Rafi : “Certaines araignées sont venimeuses, non ? Comme les serpents.”

Je fis deux pas en arrière jusqu'à me retrouver collé au mur. L'araignée, elle, n'avait pas bougé : on aurait dit qu'elle me fixait. Comme j'avais encore mon téléphone à la main, je levai le bras par réflexe et parvins à la photographier. Surprise par le flash, la bestiole sauta par la fenêtre et disparut.

Je me hâtai de traverser la pièce pour aller fermer la fenêtre. Mon cœur battait la chamade et je dus m'appuyer contre le cadre le temps de reprendre mes esprits. Reconnaissant une crise de panique, je me forçai à respirer profondément pendant quelques instants.

La technique fut efficace et ma peur se dissipa lentement. Alors que mon rythme cardiaque ralentissait, je commençai à m'interroger sur mon comportement. Qu'est-ce qui me prenait, à m'affoler ainsi à la moindre occasion ? Il y avait des araignées partout, elles faisaient partie de la texture du monde, tout comme les mouches ou les fourmis. Si je m'autorisais à interpréter ce détail, j'aurais tôt fait de perdre la raison.

Je m'assis au bureau, ouvris mon ordinateur et écrivis un message à Piya pour lui expliquer que Rafi était hospitalisé mais que j'avais parlé à un de ses amis. Ce qu'il m'avait raconté confirmait l'essentiel de ce que nous avions déjà compris : Tipu et Rafi avaient bien quitté le Bangladesh ensemble avant de gagner la frontière turque via l'Inde, le Pakistan et l'Iran. Là, ils avaient été séparés. Je lui raconterais la suite par téléphone quand elle serait arrivée à Berlin. Elle devait m'appeler aussi vite que possible.

J'allais envoyer le message quand mon téléphone s'anima pour me demander si je souhaitais partager la photo que je venais de prendre, celle de l'araignée. Je la transférai sur mon ordinateur et la joignis au message avec un post-scriptum : "Ma dernière rencontre avec le règne animal."

À la relecture, cela me paraissant un peu trop pompeux, j'ajoutai une ribambelle d'émojis choisis au hasard.

RÊVES

À 10 heures le lendemain matin, je retournai au bureau de Lubna. Je craignais de le trouver fermé mais la porte était entrouverte et je vis, en entrant, un jeune homme installé dans le fauteuil de Lubna – un Bangladais chétif aux cheveux noir de jais, qui arborait une grosse paire de lunettes.

Il se leva et me scruta de la tête aux pieds, l'air perplexe.

— Vous cherchez Mme Lubna Alam ? me demanda-t-il en anglais.

Il devait avoir vingt-cinq ans, portait une chemise soigneusement repassée et un costume. On distinguait deux stylos sous le revers de sa veste, qui dépassaient d'une poche de chemise.

— *Hā, uni achhen ?* répondis-je en bangla. Elle est là ?

Son regard s'illumina d'un coup comme s'il venait de résoudre une énigme.

— Mais je sais qui vous êtes ! Vous êtes le Bengali de Calcutta. Celui que Rafi a failli assommer.

— C'est exact. Je m'appelle Dinanath Datta.

— Et moi, je suis Fozlul Hoque Chowdhury, dit-il en me serrant vigoureusement la main. Mais tout le monde m'appelle Palash. Asseyez-vous, je vous en prie.

Je remarquai que son accent bangla différait de celui des autres Bangladais auxquels j'avais parlé. Lui s'exprimait comme un étudiant dégourdi qui aurait grandi en ville.

— C'est moi qui garde le bureau aujourd'hui. Lubna-khala a dû aller à une réunion avec des militants. Ils essaient de trouver de l'argent pour louer un bateau.

— Un bateau ? Pourquoi ont-ils besoin de louer un bateau ?

— Ah ? Vous n'êtes pas au courant ?

Palash m'expliqua qu'à travers toute l'Italie, des défenseurs des droits de l'homme avaient décidé de soutenir la cause du bateau de réfugiés dont on parlait tant en ce moment. Ils avaient résolu d'affréter leurs propres bateaux pour s'opposer aux militants d'extrême droite qui avaient juré de refouler les réfugiés.

— Si une flottille civile débarque pour soutenir les réfugiés, reprit Palash, ça va peut-être réveiller les consciences. Toute la planète a les yeux braqués sur le Bateau Bleu en ce moment : c'est devenu un symbole de tout ce qui ne tourne pas rond dans le monde – inégalités, changement climatique, capitalisme, corruption, trafic d'armes, industrie pétrolière... On espère vraiment que ce sera un moment historique. Peut-être que maintenant, alors qu'il est encore temps de faire changer les choses, les gens vont ouvrir les yeux et voir enfin ce qui se passe.

— Tu dois suivre tout cela avec enthousiasme ?

— Tout à fait. J'ai hâte d'y être. Le périple de ce bateau pourrait être un véritable tournant, dit-il avant d'ajouter, dans un sourire : Vous devriez peut-être nous accompagner.

— Moi ?

J'étais tellement surpris qu'il me fallut un peu de temps avant de réagir.

— Mais je ne suis pas un militant.

— Lubna-khala a dit que vous prépariez un documentaire. Ce serait l'occasion de tourner quelques images, non ?

Sa suggestion me parut judicieuse.

— C'est une bonne idée. Je vais en parler à mon amie, celle qui fait le documentaire.

— Parfait. Ça nous aiderait beaucoup si vous pouviez participer à la location. Je vais avertir Lubna-khala quand elle sera rentrée.

— Tu as une idée de l'heure de son retour ?

— Elle en a encore pour un moment, je crois. La déception devait se lire sur mon visage car il s'empressa d'ajouter : Mais je peux peut-être vous aider ? Dites-moi pourquoi vous avez besoin de la voir.

— En fait, je voulais lui parler de Rafi. J'aurais voulu savoir s'il était possible de lui rendre visite aujourd'hui.

Palash secoua la tête.

— Je ne crois pas que ce soit une bonne idée d'aller à l'hôpital aujourd'hui. Une rumeur circule selon laquelle la *polizia* va de nouveau l'interroger.

— À quel sujet ?

— À propos de l'agression. Je suppose qu'ils ont compris que c'est plus compliqué que ça en a l'air.

— Comment ça ?

— D'abord parce que Rafi avait beaucoup d'argent sur lui – je veux dire, pour un gars comme lui. Il avait plus de 400 euros, qu'il avait rassemblés en quémandant et en empruntant ici et là parce qu'il devait rembourser un *scafista* qui le menaçait… À ce qu'il paraît, Rafi lui aurait promis hier soir de lui donner l'argent aujourd'hui.

Me revint l'image de cet homme à la casquette de baseball verte enfonçant son index dans la poitrine de Rafi.

— Qui est ce *scafista* ? Tu le connais ?

Palash acquiesça.

— Il est grand, il a l'air d'une grosse brute et il porte souvent une casquette.

— Je crois que je l'ai vu en train de parler à Rafi le soir de l'agression.

— C'est tout à fait possible. Il traîne souvent à Cannaregio. C'est une sorte de recruteur pour les patrons, mais il est probablement en lien avec la Mafia. Ces gens essaient toujours de coincer les migrants et de les envoyer au sud pour les faire travailler dans des fermes où on les traite comme des esclaves.

— Mais tu as bien dit que c'était un *scafista* ?

— C'est la même chose. Tout est lié… La Mafia a des contacts étroits avec des organisations criminelles au Nigeria, en Libye et en Égypte. Ils font souvent entrer des gens clandestinement dans ce pays pour ensuite les faire travailler dans des fermes ou sur des chantiers. Ces *scafisti* sont toujours à l'affût de garçons comme Rafi – une fois qu'ils sont tombés entre leurs griffes, c'est difficile pour eux de s'en sortir…

— Mais Rafi avait l'intention de rembourser ce *scafista*, si j'ai bien compris ?

— Oui. Et le *scafista* a dû passer l'info aux voyous, qui l'ont ensuite agressé et lui ont volé son argent.

— C'était un coup monté, alors ?

— Absolument. Ces *scafisti* ne cherchent pas vraiment à se faire rembourser. C'est dans leur intérêt que les gens aient une dette. Comme ça, ils peuvent leur imposer tout ce qu'ils veulent. C'est comme le travail forcé au pays… Rien n'arrête ces types, pas même…

Il s'interrompit pour me regarder droit dans les yeux.

— Vous connaissez l'histoire du mari de Lubna-khala ?

— Pas vraiment. Elle m'a juste dit qu'il était décédé l'année dernière, en Sicile.

Palash hocha la tête.

— Ça a été très dur. Munir-bhai était un homme extraordinaire, un militant qui défendait sans relâche les migrants et leur cause. Il siégeait en fait à un conseil municipal – le premier Bangladais à occuper une telle position. Son décès a été une tragédie pour tout le monde – surtout qu'il était très jeune, à peine quarante-deux ans.

— Que s'est-il passé ?

— Il s'est mis la Mafia à dos. Pour eux, les migrants et les réfugiés – sans parler de tout le "système d'accueil" italien –, c'est un business très lucratif, une vraie vache à lait. Munir-bhai était l'empêcheur de tourner en rond : ça le révoltait que ces types récupèrent de l'argent sur les fonds destinés aux réfugiés. Un jour, il a entendu dire qu'un groupe de Bangladais était retenu dans une ferme en Sicile, alors il a décidé d'aller voir. On a essayé de l'en empêcher mais il n'a pas voulu écouter. Il s'est entêté et, quelques jours plus tard, on a appris qu'il était mort, dans un accident de voiture.

Je m'appuyai contre le dossier de ma chaise, abasourdi.

— C'est terrible ! *Bibhotsho !* Et terrible pour Rafi aussi, qui se retrouve lié à ces gens-là.

— Je sais. On l'a averti, mais je suppose qu'il n'avait pas le choix. Il voulait aider son ami, à tout prix.

J'allais lui poser une autre question quand mon téléphone se mit à sonner. En jetant un œil sur l'écran, je vis que c'était Piya.

— Je dois prendre cet appel, m'excusai-je. J'espère qu'on pourra continuer cette conversation un peu plus tard.

— Bien sûr. Quand vous voulez.

Je sortis pour répondre.

— Allô, Piya ?

— Bonjour, Deen. Je t'appelle de mon hôtel à Berlin. Je viens de voir ton message. Alors j'avais raison ? Rafi et Tipu sont allés jusqu'en Turquie ?

— Oui, on dirait. Il semblerait qu'ils aient été séparés à la frontière. Rafi a continué jusqu'en Europe mais Tipu est resté coincé en Turquie.

— Ceci dit, je ne pense pas qu'il y soit encore, reprit Piya. Je crois qu'il a réussi à passer en Égypte.

— Qu'est-ce qui te fait penser ça ?

— Je t'explique : tu te souviens du message ? Tu sais, celui qui annonçait les échouages ? Je l'ai envoyé à un ami, expert en criminalistique numérique. Il a réussi à le tracer.

— Et alors ?

— Apparemment, il a été envoyé d'un café internet situé en Égypte, à Alexandrie. C'est donc de là que Tipu a dû l'écrire.

— En Égypte ?

L'idée de raconter à Piya ce que j'avais appris au sujet du trafic d'organes dans ce pays me traversa brièvement l'esprit mais il me parut finalement inutile d'ajouter à son angoisse.

— Tu ne trouves pas bizarre qu'il ait pensé à des échouages de dauphins alors qu'il se trouvait en Égypte ?

— Je suppose que le lanceur d'alerte est parvenu à le contacter via les réseaux sociaux ou une histoire comme ça.

— Tu penses encore que l'information a fuité grâce à un lanceur d'alerte ?

— Mais oui, comment pourrait-il en être autrement ? s'impatienta Piya. Tu ne vas pas me dire, j'espère, qu'il a eu une vision ou que les dauphins lui ont parlé pendant son sommeil ou je ne sais trop quoi encore… Ce n'est pas d'un grand secours. Mais changeant brusquement de ton, elle ajouta : Il y a pourtant quelque chose de bizarre…

— Quoi ?

— Je t'ai raconté que les échouages n'ont pas commencé au lever du soleil ainsi que le prédisait le message, mais deux heures et demie plus tard, vers 8 h 30 ?

— Oui, je m'en souviens.

— En y repensant, je me suis rendu compte que 8 h 30, heure indienne, devaient correspondre au lever du soleil là où se trouvait Tipu – enfin, s'il était encore en Égypte une semaine après avoir envoyé le message.

— Intéressant…

Piya m'interrompit brusquement.

— Et s'il te plaît, ne me dis pas que Tipu l'a vu dans un rêve ou un truc de ce genre. L'important à présent est de comprendre d'abord ce que Tipu faisait en Égypte.

— Je pense que Tipu avait l'intention d'embarquer sur un bateau pour traverser la Méditerranée. C'est juste une supposition mais je crois que Rafi est au courant.

— Je suis d'accord, c'est pour cela que j'aimerais que tu lui parles.

— Écoute Piya, je vais faire tout mon possible mais j'ignore quand je pourrai le voir maintenant, avec cette histoire d'hôpital et tout le reste…

— Les visites sont interdites à l'hôpital ?

— Je ne suis pas sûr. Je vais demander.

— En tous les cas, tiens-moi au courant, Deen. Je peux arriver n'importe quand.

— Eh bien, moi, je serai ravi de te voir ! lançai-je. Sentant que mes propos l'avaient déconcertée, j'ajoutai : Mais ne fais rien pour l'instant. Je vais essayer de parler à Rafi et je te tiens au courant.

— Entendu. J'attends de tes nouvelles.

J'allais lui dire au revoir quand elle m'interpella de nouveau.

— Attends, Deen ! Tu as encore une minute ? Je viens de recevoir quelque chose sur mon ordinateur.

— Bien sûr.

Je l'entendis tapoter sur son clavier avant de pousser un petit cri étonné.

— Deen, tu te souviens de la photo que tu m'as envoyée ? Celle de l'araignée ?

— Oui, pourquoi ?

— Je l'ai fait suivre à un de mes amis, Larry – un spécialiste des araignées.

— Pourquoi as-tu fait ça ? demandai-je, saisi de panique. C'était juste… une blague.

— Je ne sais pas ce qui m'a pris, mais je l'ai fait. Et je viens d'avoir un e-mail de Larry. Il était ravi de recevoir la photo – apparemment, la résolution était correcte si bien qu'il a pu l'agrandir et identifier la bête. Il dit que je dois te mettre en garde de toute urgence.

— Me mettre en garde ? Contre quoi ?

— L'araignée, sur cette photo… C'est une recluse brune, une *Loxosceles reclusa*. Sa morsure peut être très douloureuse ; son venin, au poids, est plus puissant que celui d'un serpent à sonnette. Il pénètre par la peau et nécrose la chair. Larry demande si c'est la seule araignée de ce type que tu as croisée ou si tu en as vu d'autres ?

— J'en ai vu une autre. Ou plus exactement, c'est Rafi qui l'a repérée. Elle a atterri sur son épaule avant de sauter sur la mienne. Mais j'ignore s'il s'agissait de la même espèce. Elles sont censées être répandues par ici ?

— Larry dit que c'est la première fois qu'il entend parler de sa présence dans l'hémisphère nord. Ce qui ne le surprend pas vraiment. La recluse brune est en train d'étendre rapidement son territoire du fait de la hausse des températures en Europe. Et il existe une espèce cousine, la recluse du pourtour méditerranéen, qui est déjà très répandue en Italie. Elles aussi sont assez dangereuses. Il y a deux ans, dans le Sud du pays, une femme est morte après avoir été mordue par une recluse méditerranéenne. Au départ, la dame n'a pas prêté attention à la morsure, pensant que ce n'était pas bien grave, mais le lendemain, elle était si mal qu'on n'a pas pu la sauver. On a dû faire venir l'anti-venin du Brésil… Elle est morte avant qu'il arrive.

— C'est une blague ?

— Pas du tout. Je vais t'envoyer un lien vers cette histoire : j'ai l'article sous les yeux. Apparemment, il y avait un foyer de recluses méditerranéennes dans la maison voisine et quelques-unes sont passées par sa cave. J'espère que ce n'est pas le cas là où tu es hébergé.

— Une infestation d'araignées venimeuses ! m'écriai-je – rien que d'y penser, j'en avais la chair de poule. À Venise ? C'est totalement improbable !

— Sois prudent, OK ?

Sentant une nouvelle crise de panique monter, je me mis à marcher pour la contenir. La chose à faire aurait été, bien évidemment, d'aller vérifier si d'autres araignées se trouvaient dans l'appartement de Cinta. Ne pouvant m'y résoudre, je pris une autre direction.

À peine avais-je fait quelques pas que je sentis quelqu'un marcher à ma hauteur, quelqu'un de beaucoup plus grand que moi. J'aperçus du coin de l'œil une casquette de baseball verte ainsi qu'une mâchoire pâle recouverte de barbe.

Redressant la tête, je me forçai à détourner les yeux, sans m'arrêter, regardant droit devant moi.

— Bonjour, monsieur. Comment allez-vous ?

Il parlait bien anglais mais avec un fort accent. Je remarquai qu'un tatouage épousait son avant-bras – c'était un python.

— Je vais bien, répondis-je en contenant le tremblement de ma voix.

— Ça vous plaît, Venise ?

— Oui.

— Vous n'avez pas l'air d'un touriste ?

— Pourquoi dites-vous ça ?

— Je vous vois tout le temps en train de parler à des *ragazzi* bangladais. Vous cherchez quelque chose ?

— Non. Je suis bengali moi aussi. Comme eux. Je trouve leurs histoires intéressantes, c'est tout.

— Vous aimez les histoires, hein ?

— Oui.

— Soyez prudent. Les histoires sont parfois dangereuses.

Je n'arrivais toujours pas à le regarder.

— Que voulez-vous dire ?

— Vous connaissez peut-être, monsieur, une histoire qui s'intitule *Morte a Venezia*...

Il émit alors un son, entre rire et grognement.

— Profitez bien de Venise, monsieur. Amusez-vous, mais n'oubliez pas de rester prudent.

Sa voix s'éteignit doucement tandis que je poursuivais mon chemin, sans me retourner.

Bizarrement, la panique m'avait quitté et j'éprouvais plutôt à présent une sorte d'engourdissement, l'impression de ne savoir ni ce que je faisais, ni où j'étais. Je ne savais même pas si j'avais vraiment parlé à cet homme ou si j'avais tout imaginé.

Au bout d'un moment, je finis par lever les yeux. Je me trouvais dans le ghetto, à proximité d'une petite librairie. Je l'avais pratiquement dépassée quand un détail attira mon attention et me fit rebrousser chemin à toute vitesse.

Une affiche d'exposition était scotchée à la vitrine. Mon cœur s'emballa alors que je la découvrais. Comment avais-je pu passer à côté d'un tel événement ?

Il s'agissait d'une exposition autour d'un des livres les plus rares et les plus précieux au monde : l'édition aldine de l'*Hypnerotomachia Poliphili*, texte allégorique datant du XVe siècle. L'édition aldine est communément considérée comme le plus bel ouvrage jamais publié : elle fut fabriquée à Venise en 1499 (ce qui en fait, techniquement, un incunable ou "livre ancien") et son imprimeur n'était autre que le grand Alde Manuce, qui avait passé toute sa vie dans cette ville et y était mort en 1515.

Ce seul nom suffit à me revigorer. Parfois appelé le "Michel-Ange du livre", Alde Manuce fut probablement, après Gutenberg, l'imprimeur le plus important de tous les temps, un homme dont l'héritage est encore tangible dans nos vies aujourd'hui : c'est lui qui a conçu les prototypes de quelques-unes des polices les plus utilisées à ce jour, parmi lesquelles la Bembo et la Garamond (ma préférée) ; c'est aussi Manuce qui a inventé les italiques, introduit le point-virgule et donné à la virgule sa forme caractéristique de crochet. Et comme si cela ne suffisait pas, il a également créé l'ancêtre du livre de poche, ce qui lui vaut d'être considéré comme celui qui a changé à tout jamais notre relation à l'écrit : après Alde Manuce, les gens se sont mis à lire non plus pour l'instruction, l'édification ou la piété mais aussi, tout simplement, pour le plaisir.

En regardant l'affiche de plus près, je vis que l'exposition se tenait à la fondation Querini Stampalia. Ce nom-là aussi m'évoquait beaucoup de choses : la dernière fois que j'étais venu à Venise, c'était pour une conférence qui se tenait dans cette même bibliothèque.

Ceci acheva de me convaincre. Je me mis en route sur-le-champ.

Tout en progressant dans les rues étroites et sinueuses, je me remémorai d'autres détails de ma première visite à Venise. Je me souvenais surtout de la présentation de Cinta à la Querini Stampalia. Elle avait décrit Venise comme "la capitale du livre au début des Lumières" ; y avaient été publiés, durant les deux siècles qui avaient suivi l'invention de l'imprimerie, pas moins de la moitié de tous les livres imprimés. Venise avait été le centre mondial du commerce du livre : c'était là qu'avait été mis sous presse, en 1538, le premier Coran, en alphabet arabe ; là encore qu'avaient été publiés les tout premiers ouvrages en arménien, en grec ainsi qu'en divers idiomes et alphabets slaves, dont l'alphabet glagolitique (je m'étais extasié devant l'aisance avec laquelle ce mot-là était sorti de la bouche de Cinta !).

Par ailleurs, suivre Cinta dans toute la ville avait été une expérience extraordinaire : s'arrêter là où se trouvaient jadis des librairies, l'écouter nous cxpliquer que les "livres" à cette époque-là étaient de simples grands formats imprimés (les clients achetaient les feuilles non découpées avant de choisir la reliure avec les marchands).

Alors que je me dirigeais vers la bibliothèque, il me vint à l'esprit que beaucoup de ces vieilles boutiques ainsi que tous ces ateliers d'imprimerie existaient encore à l'époque où le Marchand d'Armes était censé avoir séjourné dans la ville : en arpentant ces rues, il aurait vu tout autour de lui un univers dédié aux livres.

Et tandis que ces idées défilaient dans ma tête, j'eus l'étrange impression qu'il ne s'agissait plus d'idées mais bien plutôt de souvenirs, tellement vivaces qu'ils auraient pu être des rêves.

Lors de mon dernier séjour à Venise, j'avais passé des heures à déambuler dans la fondation. C'était un labyrinthe de salles de lecture dorées mais aussi d'élégantes cours et de galeries modernes, offrant à chaque tournant de nouveaux détails attrayants. Mais en cette journée, je n'avais qu'une chose à l'esprit : l'exposition dédiée à l'*Hypnerotomachia*.

J'eus la surprise de constater en entrant dans la galerie que j'étais le seul visiteur. Les livres rares n'intéressaient évidemment pas beaucoup de touristes.

L'incunable se trouvait dans une grande vitrine au centre de la pièce. Le long des murs avaient été installés plusieurs autres vitrines ainsi que des écrans. Certains d'entre eux présentaient la traduction du texte en diverses langues, d'autres, des éléments concernant le contexte historique et les controverses portant sur la paternité de l'œuvre (que l'on attribuait généralement à un moine franciscain du nom de Francesco Colonna).

Je m'arrêtai devant l'un d'eux pour lire une traduction anglaise publiée en 1592 sous le titre de *The Strife of Love in a Dreame*. Pendant que je faisais défiler les pages, des bouts de cette histoire me revinrent : celle-ci est portée par la voix d'un homme qui part à la recherche d'une bien-aimée toujours absente et se retrouve perdu dans une forêt, cerné de bêtes sauvages – des loups, des ours et des serpents. Il erre pendant des jours et des jours jusqu'à s'endormir d'épuisement et il fait un rêve, dans lequel il fait un rêve, tout à la fois terrifiant et érotique, empli de créatures, sculptures et monuments fantastiques sur lesquels sont parfois gravés des messages cryptiques, en latin, grec, hébreu ou arabe. Dans ce rêve rêvé, des voix et des messages émanent d'êtres de toutes sortes – animaux, arbres, fleurs, esprits…

Alors que je me remémorais tout cela, j'eus l'étrange sensation de m'être moi aussi perdu dans ce rêve : ce n'était pas tant que je rêvais mais plutôt que j'apparaissais dans les rêves de créatures – araignées, cobras, serpents de mer – dont l'existence me semblait fantastique. Et pourtant elles s'étaient glissées dans mes rêves, je m'étais glissé dans les leurs.

Comme dans un rêve, je finis par m'approcher de l'incunable ouvert sur un lutrin de velours. Il était entouré de magnifiques fac-similés de quelques-unes des illustrations ornant ses pages – la notoriété du livre reposait grandement sur ces somptueuses gravures sur bois (que certains attribuaient à Mantegna).

Je faisais le tour de la vitrine, le regard toujours fixé sur ces mystérieuses illustrations, quand j'eus soudainement l'impression d'en connaître quelques-unes, l'impression d'avoir récemment croisé, quelque part, des choses très semblables… Je me souvins alors des dessins aperçus sur les murs du sanctuaire et germa en moi la conviction que le Marchand avait vu ces pages et ces illustrations. Ce livre devait être celui dans lequel le visage de Manasa Devi lui était apparu. Lorsque je tombai sur une image de serpents enroulés, tous mes doutes s'envolèrent. C'était à présent une certitude : j'avais la conviction d'être entré, comme le Marchand d'Armes, dans l'univers onirique du livre. Le Marchand était tout près de moi.

J'étais tellement absorbé dans ce rêve que je fis une chose que je n'aurais jamais faite dans mon état normal. Je me précipitai sur la vitrine pour tenter d'en forcer le couvercle.

Une alarme dut se déclencher sans que je m'en rende compte. Quand je redressai enfin la tête, je vis que j'étais entouré de gardiens en uniforme et de bibliothécaires, qui me regardaient tous fixement ainsi que j'avais moi-même fixé le livre.

Je compris ensuite que l'on me faisait sortir, sans ménagement, pour me conduire peut-être dans un commissariat voire une prison. J'en éprouvai un tel choc que je finis par retrouver mes esprits : jetant un coup d'œil derrière moi, j'aperçus une dame à lunettes. Elle avait tout l'air d'une bibliothécaire – avec le temps, on finit par les reconnaître.

— Attendez ! criai-je. Je peux vous expliquer… Je suis un ami de la *professoressa* Giacinta Schiavon… Elle m'accueille chez elle.

Heureusement pour moi, Cinta était bien connue du personnel de la Querini Stampalia. Son nom eut l'effet magique d'un mantra : après une brève discussion entre la bibliothécaire et un policier sorti de nulle part, un coup de fil fut passé. S'ensuivit une conversation animée puis le combiné me fut tendu.

Cinta était au bout du fil et j'essayai de lui expliquer, du mieux que je le pus, qu'il s'agissait d'un malentendu. Je n'avais pas l'intention de casser la vitrine, j'étais prêt à payer si je l'avais abîmée, etc.

— *Calmati*, Dino. C'est bon. Je leur ai parlé de toi. Ne t'inquiète pas. C'est probablement un effet du décalage horaire. Tu devrais rentrer te reposer.

— Merci, Cinta.

J'allais rendre le téléphone quand je me rappelai l'appel de Piya.

— Cinta, je dois te dire autre chose. Il se pourrait que ton appartement soit infesté.

— Infesté ? reprit-elle, interloquée. Infesté de quoi ?

— D'araignées. J'en ai vu quelques-unes et une amie m'a dit qu'elles étaient peut-être venimeuses.

J'entendis un hoquet de surprise.

— *Orribile !* Je vais demander à Marco de vérifier sur-le-champ. De toute façon, ne t'inquiète pas – je rentre demain.

— C'est une excellente nouvelle, Cinta.

— *A presto, caro. Ciao ciao ciao !*

Marco, le *portinaio*, apparut devant moi alors que je m'engageais dans l'escalier. C'était un homme trapu et bedonnant, à la moustache broussailleuse. Je l'avais rencontré le jour de mon arrivée – c'était lui qui s'était occupé de mes papiers et qui m'avait donné les clés de chez Cinta. Je l'avais ensuite croisé à plusieurs reprises et j'avais parfois essayé de lui parler en italien. Mais il refusait ce genre d'échange : de son point de vue, j'étais un touriste auquel on ne pouvait s'adresser qu'en anglais.

Je compris à son expression qu'il m'attendait et qu'il n'était pas ravi de me voir rentrer aussi tard.

— Ah, monsieur, m'interpella-t-il, une main levée. Un *momento*, je vous prie !

— Oui ? C'est pourquoi ?

— *Ma* c'est vrai que vous avez vu *qualche* chose dans l'appartement *della professoressa* Schiavon ? Un insette ? Un ragnée ?

— Oui. J'ai vu une araignée venimeuse hier. Une amie m'a expliqué qu'il s'agissait peut-être d'une infestation.

— *Ma* j'ai regardé partout – il y avait rien di tout, *niente, nulla*. Maintenant, je viens moi avec vous. Et vous me montrez où vous l'avez vu ce ragnée.

Nous montâmes ensemble et il prit une clé dans le trousseau qui cliquetait à sa ceinture. Il ouvrit la porte puis me fit signe d'entrer.

— *Prego*, dit-il.

Quand j'eus franchi le seuil, il me suivit et referma la porte d'un coup sec. Quelques secondes plus tard, un fracas retentit – quelque chose était tombé dans le salon. Je me dirigeai vers la porte : un livre gisait au sol, ouvert.

— *Ma* ces vieux *palazzi veneziani* ! soupira Marco. Chaque fois que se ferme la porte, *qualche* chose saute *dall'*étagère.

— Celui-ci a dû faire un sacré saut, répliquai-je.

Le livre était tombé à côté d'un fauteuil, au centre de la pièce. En le ramassant, je remarquai sur la couverture le dessin d'un tigre aux couleurs vives : il s'agissait du livre de Salgari sur les Sundarbans. J'étais pourtant quasiment certain de l'avoir remis à sa place après l'avoir consulté.

Ou me trompais-je ?

Marco s'impatientait.

— *Forza !* lança-t-il. Montrez où vous l'avez vu, votre ragnée.

Je reposai le livre.

— Suivez-moi, je vais vous montrer.

Je le précédai dans la chambre de bonne où j'allumai la lumière. Je m'avançais vers l'endroit où j'avais vu la bestiole quand quelque chose vint percuter violemment un carreau.

Je bondis en arrière, terrorisé, mais Marco éclata de rire.

— *Ma*, ne vous inquiétez pas, c'est solement un oiseau.

Scrutant la fenêtre, je distinguai un petit oiseau brunâtre perché sur le rebord, qui m'observa pendant quelques instants avant de s'envoler.

— Des fois, ça arrive. Ils vont vers le nord et *allora* se sentent fatigués, et *quando* ils voient *una* lumière, se mettent à voler vers la lumière. Maintenant est la saison *della… como* se dit ?

— Des migrations ?

— *Sì. Migrazione.*

— Bref, repris-je en montrant la table. C'est là que j'ai vu l'araignée. Elle était sur mon ordinateur portable.

— *Sarà !* s'écria Marco en levant les yeux au ciel d'un air exaspéré. *Ma* j'ai regardé dans cette pièce. *Nulla ! Da* vingt ans que j'habite ici, jamais je l'ai vu, jamais de ragnée. *Ma come ?*

— Je ne sais pas mais moi, je l'ai vraiment vue. Regardez ! dis-je en lui montrant la photo sur mon téléphone.

Il resta impassible.

— Vous avez tant et tant de ragnées dans votre pays, *no* ? Peut-être là-bas vous l'avez vu ?

Levant les bras, il tourna les talons.

— Si vous le voyez encore, *presto presto*, vous m'appelez, OK ?

— OK.

En sortant, Marco me donna une tape dans le dos comme pour me rassurer, ce qui ne fit qu'accentuer l'embarras et la culpabilité que j'éprouvais à l'idée d'avoir inquiété Cinta inutilement. Après avoir refermé la porte d'entrée, je sortis mon téléphone pour lui envoyer un texto : "Marco a vérifié l'appartement. Il n'y a rien. Ne t'en fais pas. Tout va bien."

Elle ne tarda pas à répondre. "*Grazie, caro !* Dors bien. On se voit demain."

Je me dirigeai vers la cuisine où j'étais sur le point de me servir un verre d'eau quand quelque chose cogna contre le carreau. Je vis en me retournant un autre oiseau marron, perché sur le rebord de la fenêtre, qui donnait de petits coups de bec contre la vitre. Il s'envola dans un scintillement d'ailes quand je m'approchai. Debout près de la fenêtre, je regardai l'arrière-jardin rempli de fleurs ainsi que la ruelle mal éclairée de l'autre côté du mur. Sans rien remarquer de particulier, j'eus néanmoins tout à coup une drôle de sensation au niveau de la nuque. Je me retournai : il n'y avait rien dans cette pièce mais je perçus, quelque part dans l'appartement, comme un craquement et un gémissement – les bruits d'une structure en bois centenaire qui s'enfonce doucement dans le limon meuble de la lagune.

Même si je ne voyais rien d'anormal, il me semblait que tout autour de moi était vivant, jusqu'à cet air qui me caressait le visage, comme si un souffle traversait l'appartement bien que toutes les fenêtres fussent fermées.

Pour essayer de me calmer, je décidai d'appeler Gisa et de lui parler du bateau que Lubna avait l'intention de louer.

— Gisa, ce serait peut-être intéressant pour toi de participer à cette expédition ? Qu'en dis-tu ?

— Tu as peut-être raison, Dino, répondit-elle après réflexion. Ce pourrait être *molto interessante*. J'en parle à mon équipe et je te rappelle.

Après avoir raccroché, je me rendis compte que j'étais épuisé. Je décidai d'aller me coucher mais ne parvins pas à trouver le sommeil. Allongé, j'écoutais longuement la litanie nocturne des craquements et des gémissements de l'appartement, plus sonores et plus insistants que jamais, me sembla-t-il.

Je finis pourtant par m'assoupir pour me réveiller quelques heures plus tard. Mon cœur battait à tout rompre et j'étais assailli par un sentiment d'urgence, comme devant l'imminence de quelque chose. Même l'air me semblait plus lourd, évoquant les heures qui précèdent un orage.

J'allai chercher un peu d'eau dans la cuisine et, une fois de retour dans la chambre, alors que je refermais la porte derrière moi, un bruit me parvint du salon – un bruit de chute, comme si quelqu'un, surpris, laissait tomber quelque chose.

Sans y prêter attention, je me recouchai.

AVERTISSEMENTS

Tôt le lendemain matin, j'étais assis dans la cuisine devant une tasse de thé quand j'entendis un bruit de clé dans la serrure, suivi de la voix de Cinta quelques secondes après.

— Dino ? Tu es là ?

— Oui. Dans la cuisine.

— *Aspetta !*

Elle fit un détour par le salon pour aller tirer les rideaux. Elle en ressortit, un livre à la main, qu'elle agita dans ma direction en riant.

— Tu lis Salgari à ce que je vois ?

Me découvrant attablé, elle s'immobilisa d'un coup.

— *Caro mio !* Que s'est-il passé ? Tu as très mauvaise mine !

Elle s'approcha et posa une main sur mon épaule.

— Tu as un de ces airs ! Tu veux faire peur aux fantômes, on dirait !

— Tu me prends au dépourvu. Je ne pensais pas que tu arriverais si tôt.

— Je suis partie dès que j'ai pu. J'ai compris hier, à ta voix, que quelque chose clochait, que tu n'étais pas dans ton assiette. Et là, je vois bien que j'avais raison. Tu trembles ?

— Ah bon ?

— Mais oui ! Que se passe-t-il, Dino ?

— Je ne sais pas, Cinta. Mais tu as raison – je ne suis pas vraiment dans mon assiette.

Elle s'assit de l'autre côté de la table, en face de moi.

— Dino, dis-moi ce qui ne va pas. *Dimmi !*

— Je ne suis pas sûr de pouvoir t'expliquer, Cinta. C'est juste qu'il se passe un tas de choses que je n'arrive pas à comprendre.

C'est comme si je ne contrôlais plus rien de ce qui m'arrive. Comme si je m'effaçais petit à petit, comme si je perdais toute volonté, toute liberté…

— Mais que s'est-il passé pour que tu te retrouves dans cet état ? Raconte-moi.

— Plein de petits incidents, Cinta, qui se sont enchaînés rapidement. Je me sens ridicule de te raconter un truc pareil, mais toute cette histoire d'araignée m'a vraiment perturbé – elle est apparue devant moi, et puis, elle est restée là, sans bouger, comme si elle m'observait, comme si nous étions liés en quelque sorte… Et puis, j'ai découvert qu'elle était extrêmement venimeuse. Enfin… Je sais que j'en fais toute une histoire. Je sais bien que ça n'a rien à voir avec moi et qu'il doit y avoir une explication scientifique à tout cela, parfaitement naturelle.

— Vraiment ? réagit Cinta en fronçant les sourcils. Et quelle serait cette explication scientifique naturelle ?

— Oh, Cinta, tu la connais aussi bien que moi, m'emportai-je. Tu sais bien – les températures grimpent sur l'ensemble de la planète à cause du réchauffement climatique. Ce qui signifie que les habitats de diverses espèces sont aussi en train de changer. La recluse brune se répand dans des zones où on ne la trouvait pas avant – comme cette partie de l'Italie, par exemple.

— Oui, je sais tout ça. Mais pourquoi la planète se réchauffe-t-elle ? Est-ce aussi un phénomène naturel ?

— D'une certaine façon, oui. Le réchauffement se produit car il y a de plus en plus de dioxyde de carbone dans l'atmosphère, ainsi que d'autres gaz à effet de serre.

— Et d'où viennent-ils, tous ces gaz ? Ils viennent bien de voitures et d'avions et d'usines qui fabriquent – elle fit une pause pour balayer la cuisine du regard – des bouilloires, des grille-pains, des machines à expresso, reprit-elle en pointant du doigt ces objets. C'est naturel, ça aussi ? Naturel qu'on ait besoin de tous ces appareils dont tout le monde se passait il y a un siècle ?

— Allons, Cinta… Tu sais très bien comme moi que tout ceci est le fruit d'une longue histoire.

Elle réagit vivement à ces mots.

— *Eccolo !* Nous y voilà ! Tu ne peux donc pas dire que la présence de cette araignée est "naturelle" ou "scientifique". C'est à cause de *notre* histoire qu'elle est là. À cause des actions des hommes. Et elle est déjà liée à toi – tu as déjà un lien avec elle, que ça te plaise ou pas.

— Que veux-tu dire par là ? répliquai-je sur un ton sarcastique. Que l'araignée est arrivée elle aussi par quelque tour de magie ou de sorcellerie ? Qu'elle est porteuse d'un message ? Ou qu'elle essaie de me posséder ?

Cinta lissa ses longs cheveux blancs vers l'arrière.

— Tu viens de me dire, Dino, que tu as l'impression de t'effacer, de perdre ta volonté ?

— En effet.

— Tu reconnais ces symptômes ?

— La dépression, peut-être ?

— Tu peux l'appeler comme ça, si tu veux. Mais il y a d'autres manières de voir la chose. Quand j'écrivais mon livre sur l'Inquisition à Venise, j'ai lu des centaines de dossiers dans lesquels ces mêmes symptômes étaient décrits. Les inquisiteurs ont jugé toutes ces affaires, dont beaucoup concernaient des pratiques de magie ou des histoires de possession. On pourrait croire qu'il était question, dans tous ces cas, d'apparitions fantomatiques ou de choses volant dans le ciel – mais pas du tout. Il était pratiquement toujours question de perte de "volonté" et de "liberté" – *volontà e libertà*. Une victime raconte qu'on l'a persuadée de faire des choses qu'elle ne ferait jamais en temps normal de son plein gré. D'autres sentent qu'ils sont sous le coup d'un sortilège ou qu'après avoir avalé une potion, ils sont tombés amoureux de personnes qu'ils n'auraient jamais remarquées autrement. Ou alors une épouse est convaincue que quelqu'un a jeté un sort à son mari pour l'éloigner d'elle. Un fils imagine qu'après avoir été ensorcelé, son père dilapide toute sa richesse. Une fille est convaincue qu'on l'a privée de volonté et qu'elle ne peut plus sortir de son lit ni même remuer les membres. Tous sont assaillis par cette impression que des forces inexplicables agissent sur eux de telle sorte qu'ils ne contrôlent plus ce qui leur arrive. La plupart des histoires de possession suivent exactement ce schéma.

Elle me regarda dans les yeux et sourit.

— Ne reconnais-tu pas là tes propres symptômes ?

Je n'en revenais pas.

— Cinta, es-tu vraiment en train d'essayer de me faire comprendre que je suis possédé ? Qu'on m'a volé mon âme ?

— Non, Dino, pas vraiment, rectifia-t-elle en souriant. Ce n'est pas du tout ce que je dis. Nous ne vivons pas, toi et moi, dans un monde où l'on peut être possédé comme on l'entendait jadis. Ces choses-là arrivaient à nos ancêtres parce que leur volonté et la façon dont ils percevaient leur présence au monde étaient indispensables à leur survie. Pour survivre, ils dépendaient forcément de la terre, du temps qu'il faisait, des bêtes, des voisins, de leur famille et de tout le reste… Or rien de tout cela ne leur fournissait ce dont ils avaient besoin sur simple demande, contrairement à, par exemple, un distributeur de billets ou un agent à la *stazione*. Tout ce dont ils dépendaient pour leur existence pouvait se dresser contre eux et résister, que ce soit leur épouse ou leur cheval, sans parler du vent ou de la météo… En fait, pour survivre, ils avaient besoin de revendiquer leur présence sous peine d'être anéantis, de n'être plus que l'ombre d'eux-mêmes. C'est la raison pour laquelle la possession, cette perte de présence, les angoissait tant. Toi et moi ne sommes pas confrontés à une telle menace. Nous vivons dans un monde de systèmes impersonnels : inutile d'imposer notre présence à un distributeur pour obtenir nos billets ; inutile d'imposer notre volonté à notre téléphone portable pour le faire fonctionner. Dans notre contexte, personne n'a besoin de revendiquer sa présence pour survivre jour après jour. Et n'étant plus indispensable, ce sens de la présence finit par disparaître peu à peu, il se perd ou s'oublie… C'est plus simple de laisser les systèmes prendre le dessus.

Il me fallut quelques minutes pour comprendre ce qu'impliquait son raisonnement.

— En admettant que tu aies raison, Cinta… Cela veut donc dire qu'aujourd'hui, les gens – les gens comme nous – sont *déjà* possédés ?

Elle avait toujours son petit sourire énigmatique.

— Tout ce que je peux dire, Dino, c'est que quand je regarde ce monde – notre monde – avec les outils d'analyse des inquisiteurs, alors une conclusion simple me saute aux yeux.

— C'est-à-dire ?

— Que le monde d'aujourd'hui présente tous les symptômes de la possession diabolique.

— Quoi ? m'écriai-je. Tu n'es pas sérieuse, Cinta ! Où vois-tu des symptômes de possession diabolique ?

— Regarde simplement autour de toi, *caro*, reprit-elle, d'une voix un peu lasse. Tout le monde sait ce qu'il faut faire pour que la terre demeure un endroit vivable, pour que nos maisons ne soient pas envahies par la mer ou par des créatures comme cette araignée… Tout le monde le sait… Et pourtant, on demeure impuissants, même les plus puissants d'entre nous. On poursuit notre train-train quotidien, comme si on était captifs de forces qui auraient anéanti notre volonté. On observe tout autour de nous des phénomènes choquants, monstrueux et on détourne le regard. On s'avoue volontiers vaincus face à cette chose, quelle qu'elle soit, qui exerce son emprise sur nous.

Elle sourit de nouveau et tendit le bras pour me tapoter la main.

— C'est pourquoi ce qui t'arrive n'est pas une forme de "possession". Je dirais plutôt que c'est un *risveglio*, une sorte d'éveil. Dangereux peut-être, bien sûr, parce que tu perçois en te réveillant des choses que tu n'avais jamais imaginées ou senties auparavant. Tu as de la chance, Dino : une force inconnue t'a fait un don immense.

Elle se leva et s'approcha de la fenêtre.

— Je t'envie, *caro*, mais je dois aussi te remercier d'avoir fait entrer le Marchand d'Armes dans ma vie. Nous faisons face à une obligation, tu ne crois pas ?

— C'est-à-dire ?

— Nous avons l'obligation de partir sur ses traces, d'essayer de voir Venise telle qu'elle était à son époque.

— Et comment s'y prend-on ?

— Je pense qu'on doit aller faire une longue promenade à la découverte de certaines des choses que le Marchand d'Armes aura vues à Venise. Ça te dit ?

Je me redressai d'un bond.

— C'est une merveilleuse idée ! On y va quand ?

— Pas tout de suite, *caro*, dit-elle dans un sourire. Laisse-moi d'abord m'installer. Après le déjeuner peut-être ?

L'après-midi, comme cela lui arrivait souvent, Cinta sortit dans une tenue tout à la fois excentrique et mystérieusement élégante : elle avait associé une robe noire fluide et un *dupatta* indien fuchsia, qu'elle portait avec une paire de baskets bleues et un feutre marron dans lequel elle avait glissé une plume.

C'était une belle journée et la ville regorgeait de visiteurs. Le bruit de la foule emplissait les rues d'une rumeur qui m'aurait auparavant fait l'effet d'un brouhaha indistinct mais dans laquelle je percevais à présent, en permanence, un fond de bangla. J'avais l'impression de me trouver dans une forêt où les murmures d'un certain ruisseau ou d'une espèce d'arbre parvenaient jusqu'à moi, non pas pour m'attirer vers l'esprit du lieu mais plutôt me happer dans la palpitation de sa chair.

Pour Cinta, en revanche, les murmures de cette forêt n'évoquaient que des absents.

— Ma tante vivait ici, me dit-elle en montrant du doigt un bâtiment. Et là-bas se trouvait le meilleur chapelier de la ville.

Alors que nous passions devant un énième magasin de souvenirs, elle m'expliqua :

— Après l'école, c'est dans cette boutique que j'allais acheter une *sfogliatina* avec mes amis.

Elle tomba ici et là sur quelques connaissances. Leurs retrouvailles rappelaient l'ardeur mélancolique des derniers membres d'une tribu en voie d'extinction.

— Il reste si peu de Vénitiens qu'on se connaît tous à présent. J'ai du mal à décrire la joie que j'éprouve à parler notre dialecte.

— Je vois exactement ce que tu veux dire, Cinta.

Elle s'arrêta à un croisement pour me montrer une ruelle.

— Là, c'est la maison où serait né Marco Polo. Quelqu'un l'aura forcément montrée au Marchand – les Polo étaient, déjà à l'époque, parmi les marchands au long cours les plus connus…

Quelques instants après, nous étions sur le pont du Rialto. Cinta désigna un magnifique palais à la façade ocre percée de rangées de fenêtres, hautes et pointues.

— Et voici le palazzo Bembo, qui appartenait à la famille du grand poète, Pietro Bembo.

— L'homme dont le nom a inspiré à Manuce celui de sa police ?

— Exactement ! Bien après la mort de Pietro Bembo, la famille a aussi compté parmi ses membres un grand voyageur : Ambrosio Bembo qui, bien que plus jeune que le Marchand d'Armes, fut tout de même un de ses contemporains. En 1671, à l'âge de dix-sept ans, le jeune Ambrosio s'est embarqué pour un long périple : il est allé jusqu'en Inde et en est revenu.

Cinta inclina la tête et se gratta la joue.

— Il ne me semble pas totalement incongru d'imaginer qu'Ambrosio Bembo ait pu rencontrer le Marchand. Après tout, celui-ci s'est forcément renseigné sur la route auprès de gens qui la connaissaient. Et quelqu'un lui aura parlé du Capitaine Ilyas qui, à son tour, aura peut-être mentionné la présence, à Venise, d'un homme originaire d'Inde. *È abbastanza plausibile, no ?*

Entre-temps, un jeune Bangladais était apparu devant nous avec un seau rempli de glace et de bouteilles d'eau. Cédant à ses suppliques, Cinta en acheta deux, l'une pour moi, l'autre pour elle, avant de me murmurer discrètement :

— Demande à ce *ragazzo* d'où il vient et comment il est arrivé ici. En bangla.

— *Desh koi ?* demandai-je au jeune homme.

Ainsi que je m'y attendais, il fut surpris qu'un client ordinaire s'adresse à lui en bangla. Son expression ravit Cinta.

— Que dit-il ? *Dimmi, dimmi !* s'exclama-t-elle.

Le *ragazzo* m'écouta attentivement traduire ses propos.

— Il vient de Madaripur, au Bangladesh. C'est le district de mes ancêtres. Il en est parti à l'âge de dix-huit ans pour aller travailler en Libye. Deux ans plus tard, il a traversé la mer dans un canot pneumatique et il a atterri en Sicile.

— Il est venu dans un *gommone* ? s'écria Cinta. Mais il n'a pas eu peur de mourir ? Demande-lui – il n'a pas eu peur de prendre tant de risques ?

Je lui posai la question puis traduisis sa réponse.

— Il dit qu'il n'a jamais vu les choses sous cet angle-là. Il faisait partie d'un groupe et ils ont traversé ensemble, en se donnant de l'espoir et du courage.

Le jeune homme intervint alors. Tout sourire, il me retourna la question.

— Et vous ? Comment êtes-vous arrivé ici ?

— Par avion.

— Et c'est pas risqué, ça ? dit-il, toujours dans un grand sourire. Vous avez évalué les risques avant de monter dans cet avion ?

— Non.

— Eh bien, moi non plus. Certaines choses nous paraissent normales juste parce que d'autres les font. De toute façon, quand on est jeune, on ne pense pas vraiment aux risques.

Saisissant son seau, il s'élança vers un autre client.

Alors que j'expliquais à Cinta ce qu'il m'avait dit, elle hocha la tête comme si tout cela confirmait ce qu'elle pensait depuis longtemps.

— Parfois, je me demande ce qui se passerait si tous ces grands Vénitiens – les Polo, Nicolò de' Conti, Ambrosio Bembo – revenaient dans la Venise d'aujourd'hui... De qui se sentiraient-ils les plus proches ? De nous, Italiens du XXIe siècle, qui comptons sur les immigrés pour faire tout le sale boulot ? Des touristes qui débarquent en paquebot de luxe ou en avion ? Ou de ces *ragazzi migranti*, qui risquent leur vie pour traverser les mers, exactement comme tous ces grands voyageurs vénitiens d'autrefois ?

Nous empruntâmes le pont du Rialto et Cinta tourna à droite pour pénétrer dans une *piazza* jouxtant des arcades. À l'ombre de celles-ci s'alignaient des devantures dont la plupart étaient barricadées.

— Ici se tenait le marché où ton Marchand sera venu vendre ses cauris. C'est ici qu'il aura pu négocier avec des grossistes qui avaient besoin d'approvisionner en coquillages les bateaux en partance pour l'Atlantique. En Afrique de l'Ouest, les cauris étaient la monnaie indispensable au commerce en pleine expansion à l'époque, à savoir celui des esclaves destinés au Nouveau Monde. C'est à cette époque que la traite d'Africains est devenue un des piliers de l'économie coloniale européenne.

Elle poursuivit son chemin, me faisant traverser une rue bondée pour atteindre une ruelle plus calme.

— Rappelle-toi, Dino, qu'à l'époque où ton Marchand a séjourné ici, dans les années 1660, Venise n'était plus que l'ombre d'elle-même, une ville sur le déclin. Les beaux jours de sa puissance commerciale étaient révolus – ils avaient pris fin avec la découverte des nouvelles routes maritimes en direction des Amériques et de l'océan Indien. Car c'était, ne l'oublions pas, l'époque calamiteuse du petit âge de glace où tout était perturbé, dans les cieux comme sur terre. Venise a connu l'apogée de la crise en 1630. De l'autre côté des Alpes, une guerre atroce faisait rage – la guerre de Trente Ans –, tout comme une autre guerre de Trente Ans se déchaîne à présent à l'autre bout de la Méditerranée. C'est dans ce contexte que la météo s'est elle aussi dressée contre l'humanité : les cieux se sont déchirés, provoquant un déluge sur les plaines d'Italie du Nord. Personne n'avait jamais vu autant d'eau, qui a balayé les cultures et détruit les moissons. Les prix des denrées se sont envolés, la famine a commencé à tenailler le pays – et qui dit famine dit nécessairement maladie.

En 1629, la peste est arrivée à Milan par l'intermédiaire de soldats allemands et, en quelques semaines, des dizaines de milliers de personnes sont mortes. L'épidémie s'est propagée de ville en ville – de Mantoue à Padoue, puis à Venise où elle aurait été introduite par un diplomate. Ce n'était pas une première pour Venise car d'autres épisodes de peste y avaient éclaté, qui avaient permis de faire progresser les connaissances sur la question : de nombreux tracts avaient été publiés sur la gestion de la peste et des commissions sanitaires permanentes avaient été établies dès le XVe siècle. On peut même avancer que les protocoles sanitaires modernes en matière de gestion d'épidémie ont été inventés à Venise. Si bien que lorsque la grande peste de 1630 a éclaté, les responsables de la ville ont promptement réagi.

Elle me tapota le bras de son index comme pour me mettre en garde contre une conclusion hâtive et erronée.

— Ne va pas croire, Dino, que ces conseillers étaient des hommes crédules. La plupart d'entre eux avaient fait leurs études à l'université de Padoue, qui était alors un grand centre du rationalisme – c'était là que Galilée avait enseigné et sa doctrine, fondée sur l'ordre de la nature, était parole d'évangile pour tous ceux qui dirigeaient Venise. Ils ressemblaient à nos bureaucrates européens d'aujourd'hui : des administrateurs compétents, ayant reçu une solide éducation et peu enclins à des idées farfelues. Leur foi en la puissance de la raison humaine était sans limite.

Ils se mirent rapidement au travail, prenant toute une série de mesures. Quarantaines et couvre-feux furent décrétés ; tous les cas suspects étaient transportés vers une île placée en quarantaine tandis que ceux, peu nombreux, qui se rétablissaient étaient envoyés vers une autre île. On ferma tous les lieux publics et on interdit aux gens de sortir de chez eux ; seuls les soldats avaient le droit de se déplacer librement. Les rues furent tellement désertées que des plantes commencèrent à pousser entre les pavés. Des maréchaux dédiés, le visage couvert d'un masque pointu, passaient dans toutes les maisons pour les fumiger et vérifier qu'elles n'étaient pas infectées.

Mais la peste fut coriace. Les morts se comptèrent par milliers – ouvriers et poissonnières, nobles dames et prêtres… Les plus ardents des *probiviri* ne furent pas épargnés non plus. En quelques mois, un quart de la population de la ville périt. Il n'y avait pas assez de barques pour évacuer les morts ; les canaux étaient jonchés de cadavres ; à l'Arsenale – qui abrite aujourd'hui des expositions –, les corps s'amoncelaient ; on manquait de bras pour les recouvrir de chaux vive.

Au milieu de toutes ces horreurs cependant, un petit coin de la ville, la ruelle Corte Nova, fut quasiment épargné. Une jeune fille du quartier avait peint un tableau de la Vierge Marie, qu'elle avait accroché à l'entrée de la *corte*, en affirmant que la peste ne passerait pas la Madonna – et bizarrement, miraculeusement, il s'est avéré que les habitants de la ruelle n'ont pas été touchés par la peste et ses atrocités.

Les Vénitiens ont toujours adoré la Sainte Vierge, mais à partir de ce moment-là, toute la ville s'est placée sous sa bienveillance. Même les Pères de la ville, ces hommes de raison aux compétences certaines, ont reconnu leur totale impuissance et ont voté une résolution selon laquelle ils s'engageaient à bâtir une grande église en l'honneur de la Madonna. Et quand, peu de temps après, la peste a fini par décliner, on a dit que c'était un miracle de Santa Maria della Salute – la Madonna de la Bonne Santé.

Elle s'arrêta pour désigner un grand dôme gris qui venait de surgir devant nous, surplombant le Grand Canal.

— Voici Santa Maria della Salute. Cette église est aujourd'hui une des grandes icônes de la ville.

— Oui, je me souviens des tableaux de Turner.

— Et il y en a eu beaucoup d'autres… La Salute est probablement un des endroits les plus peints et photographiés sur terre. Mais on peut aussi la voir comme un monument érigé après une catastrophe, un mémorial aux terribles épreuves du petit âge de glace.

Nous fîmes une pause pour admirer l'église octogonale qui se dressait devant nous tandis que se reflétaient sur ses murs d'un blanc éclatant les rides ondoyant à la surface du Grand Canal.

— Le Marchand n'aura pas vu la Salute sous cette forme, ajouta Cinta. Il a fallu presque cinquante ans pour la construire, dont plusieurs années déjà pour en creuser les fondations, dans la boue. Dans les années 1660, s'il s'agit bien de la période à laquelle le Marchand a séjourné à Venise, il aura seulement vu la rotonde octogonale qui soutient le dôme. Mais il aura pu observer les travaux de construction de cette grande église et il devait savoir pourquoi on la bâtissait. Forcément… Dans la Venise de cette époque-là, le souvenir de la terrible peste de 1630 était encore vivace.

Tandis qu'elle parlait, un *vaporetto* passa à toute vitesse sur le Grand Canal. Les miroitements qui dansaient sur la façade de l'édifice se transformèrent en un tourbillon étincelant de reflets lumineux. Je remarquai alors que l'église n'était pas seulement belle : elle semblait également imprégnée d'effroi et de menace prophétique ; c'était un cri d'alarme lancé dans un tel moment de désespoir qu'il s'était pétrifié.

Je suivis Cinta dans l'escalier monumental qui menait vers l'entrée. Nous parcourûmes l'allée circulaire jusqu'au grand autel au centre duquel était exposée, en pleine lumière, l'icône dorée d'une Madone à l'Enfant à la peau sombre.

— Voici la Madone noire de la Salute. La *Panaghia Mesopanditissa*, c'est-à-dire la Madone médiatrice, celle qui intercède entre nous et la Terre faite chair, avec toutes ses bénédictions et toutes ses fureurs.

Elle se tourna vers moi et sourit.

— Comme tu peux le voir, c'est une icône de style byzantin. *Infatti*, on l'a apportée ici depuis Héraklion en Crète – ville connue pour être associée à A-sa-sa-re-me. Elle haussa un sourcil avant d'ajouter : Tu sais qui c'est ?

— Non.

— La déesse minoenne des serpents.

Alors que Cinta partait s'agenouiller après avoir allumé un cierge, j'allai admirer le grand dôme. J'observais cette immense cavité quand les cloches se mirent à sonner. Jusque-là, j'avais toujours interprété ces tintements comme une expression de joie et de célébration, mais je me souvins à cet instant qu'on sonnait aussi les cloches pour lancer l'alerte devant l'imminence d'un grand danger. Une voix semblait s'élever du passé pour rappeler au monde que les limites de la raison et des capacités humaines n'apparaissent pas dans le long écoulement du temps au quotidien mais dans l'assaut, bref et terrible, d'instants catastrophiques.

Je sentis alors la main de Cinta sur mon coude.

— On a beaucoup de chance aujourd'hui, murmura-t-elle tout en me conduisant vers la nef circulaire. D'habitude, on ne peut accéder au centre de l'église, sauf le 21 novembre, jour où des milliers de fidèles viennent célébrer la *festa* de la Madonna della Salute. Ce jour-là seulement on est autorisés à s'approcher du nombril de l'église qui est aussi l'omphalos de mon monde.

Elle désigna au sol une rosace de mosaïques représentant des fleurs autour d'une inscription latine.

— Souviens-toi de ces mots, *caro*, chaque fois que tu seras saisi de désespoir en pensant au futur : *Unde origo inde salus* – "De l'origine vient le salut".

MARÉE HAUTE

— Puisqu'on est dans cette partie de la ville, j'aimerais te montrer autre chose, m'annonça Cinta en sortant de la Salute. Quelque chose de contemporain que tu ne dois pas rater.

Nous tournâmes à droite avant de traverser une petite place. Un passage étroit longeait un bâtiment assez bas fraîchement repeint.

— C'est l'ancienne maison des douanes. Construite à peu près à la même époque que la Salute. Quand j'étais petite, c'était une vieille bâtisse en ruine. Mais il y a quelques années, un architecte japonais l'a restaurée et maintenant, comme tous les autres bâtiments de la ville, c'est devenu une galerie d'art. Tu devrais aller y faire un tour : il paraît qu'ils ont une exposition intéressante en ce moment – une exposition d'art moderne.

Le passage débouchait abruptement sur un promontoire triangulaire.

— Ça, c'est la punta della Dogana – la pointe de la Douane. Comme tu peux le constater, les deux principales artères de Venise convergent en ce lieu – le Grand Canal et le canal de la Giudecca.

S'offrait à nous une perspective imprenable sur la place Saint-Marc et la lagune dans le fond.

— Allons-y, dit Cinta. L'exposition ne va pas tarder à fermer.

Nous pénétrâmes dans une salle d'exposition aux effets de lumière saisissants. Quelques installations sans intérêt occupaient l'espace mais la plupart des visiteurs avaient choisi de les ignorer pour se concentrer sur une œuvre située tout au bout de la galerie.

Nous dûmes patienter parmi la foule amassée autour de l'œuvre avant de pouvoir nous en approcher. Nous nous retrouvâmes enfin à contempler un long réservoir d'eau vivement éclairé : on aurait dit un grand aquarium dans lequel étaient immergés des sortes de longs tentacules entrelacés et recouverts de minuscules écailles métalliques aux couleurs éclatantes rappelant celles d'un perroquet. Les visiteurs étaient incités à interagir avec l'œuvre en la touchant ou en agitant l'eau. Chaque fois qu'on les frôlait, les tentacules ondulaient, s'allongeaient, changeaient de forme... Et l'éclairage était si ingénieux qu'on avait presque l'impression que ces formes prenaient vie en se contorsionnant.

Nous étions séduits. Après avoir jeté un œil au catalogue, Cinta eut un petit rire.

— Ah voilà, c'est un vieil ami ! s'écria-t-elle.

— L'artiste ?

— Non ! Cet animal – *il mostro* ! précisa-t-elle en me montrant le titre : *Il mostro di punta della Dogana – Le Monstre de la pointe de la Douane.*

Le texte de présentation expliquait que cette œuvre avait été inspirée par une vieille légende vénitienne autour d'un monstre dont le repaire se situait sous le quai de la punta della Dogana.

— C'est là que nous étions il y a quelques minutes ?

— Tout à fait, répondit Cinta en riant et en me tirant par le coude. Retournons-y pour voir si on peut repérer la créature.

Elle m'entraîna à l'extérieur de la galerie et fila droit vers l'endroit où les deux canaux convergeaient. C'était la marée montante et l'eau n'était qu'à une dizaine de centimètres de nos pieds.

— Au cours des siècles, beaucoup de témoignages ont rapporté la présence du *mostro* dans différentes zones de la lagune. Certains disent qu'un poulpe géant – peut-être même toute une *famiglia* – s'est installé dans ces eaux. La dernière apparition date des années 1930 ; les deux pêcheurs qui l'ont rapportée ont assuré qu'ils l'avaient vu près de la punta della Dogona. C'est ainsi qu'est née la rumeur selon laquelle *il mostro* vivait ici.

Cinta trempa le bout de sa chaussure dans l'eau qui clapotait contre la berge.

— Mais dis-moi, Dino, ajouta-t-elle dans un de ses facétieux sourires, as-tu l'impression qu'un *mostro* pourrait vivre dans un lieu pareil ? À ce carrefour de canaux parmi les plus fréquentés du réseau ? Avec toute cette circulation ?

Elle désigna les *vaporetti* qui passaient en vrombissant.

— Non ! reprit-elle. C'est juste une histoire pour touristes. C'est impossible qu'il ait vécu ici.

Je la regardai brièvement ; ses yeux brillaient malicieusement.

— Non, Dino, ajouta-t-elle en se penchant vers moi. Quand j'étais petite, je savais pertinemment que le *mostro* vivait de l'autre côté de la ville. En fait, mon oncle l'avait vu.

Elle me tapota le bras et se remit brusquement en route.

— Suis-moi, Dino. Je vais te raconter l'histoire chemin faisant, me lança-t-elle dans un clin d'œil. Une fois là-bas, je te montrerai quelques vrais monstres par la même occasion.

Je compris à l'éclat fiévreux que je perçus dans son regard qu'elle avait une idée bien précise en tête et que je n'avais d'autre choix que de la suivre.

Le grand-père paternel de Cinta était pêcheur. Bien qu'aucun de ses deux fils n'ait suivi la même voie que lui, ils aimaient la pêche, surtout l'oncle Ruggiero qui s'installait souvent sur les Fondamente Nove pour taquiner le goujon.

Les Fondamente Nove sont une série de quais qui s'étendent sur un kilomètre au nord de la ville. À l'écart des principales rues et *piazze*, cela reste à ce jour un des quartiers les moins fréquentés de la ville. Dans les années 1920, c'était une zone d'embarcadères décrépits, sombre et déserte, ce qui en faisait l'endroit idéal pour attraper des poulpes et des seiches : on suspendait une lanterne au-dessus de l'eau et les poissons remontaient à la surface, attirés par la lumière ; il suffisait de les récupérer avec un filet.

Un soir, l'oncle Ruggiero, qui était alors adolescent, s'était rendu jusqu'à un ponton, équipé d'une lampe à gaz de qualité que la famille venait d'acheter ; il l'avait prise sans demander la permission à son père, pensant qu'une lumière vive lui garantirait une belle prise.

Il ne se trompait pas : dès qu'il avait accroché la lampe, poulpes et seiches s'étaient rués en nombre et il avait rempli son seau en un rien de temps. Mais alors qu'il se penchait une dernière fois pour déployer son filet, celui-ci lui avait été brutalement arraché des mains. Il avait attendu qu'il remonte à la surface – il était équipé d'une poignée en bois –, mais le filet n'était pas réapparu, comme si une créature énorme et puissante s'en était saisie et l'avait emporté.

Comment une chose pareille était-elle possible ?

Ruggiero avait suspendu la lampe à un crochet avant de s'allonger sur le ponton pour scruter l'eau – le filet devait être pris dans quelque obstacle. Ce n'était pas le filet qu'il avait vu mais deux petits disques brillants, qui semblaient réfléchir la lumière de la lampe dans sa direction tels des yeux de chat. Alors qu'il les observait, ces disques avaient commencé à grossir – on aurait dit qu'ils remontaient à la surface.

Ruggiero n'avait pas tardé à détaler. Abandonnant la lampe, il avait remonté le ponton à toute allure. À peine avait-il parcouru quelques mètres qu'il avait entendu un bruit d'eau suivi d'un grésillement. Regardant par-dessus son épaule, il avait constaté que la lampe avait été décrochée puis tirée dans l'eau : le halo de lumière avait perduré quelques instants avant que la lampe ne sombre sous la surface.

— On m'a raconté cette histoire bien des années plus tard, évidemment, poursuivit Cinta. Elle a fait forte impression sur mon esprit d'enfant. Pendant longtemps, j'ai rêvé d'apercevoir cette créature. Avec mes amis, on allait parfois sur place, munis de torches et de lampes.

— Et alors ?

— On n'a jamais rien vu. Mais entre-temps, l'électricité avait été installée partout. Et les gens disaient que toutes ces lumières avaient fait fuir la créature.

Le récit de Cinta fut entrecoupé car les rues que nous empruntions étaient tellement étroites et fréquentées que nous avions du mal à rester côte à côte. Sans compter que Cinta tombait régulièrement sur des connaissances, ce qui donnait lieu à une conversation, des présentations, et nous retardait davantage encore.

Nous progressions tellement lentement que le soleil était déjà couché quand nous finîmes par apercevoir, au loin, les Fondamente Nove. Nous nous trouvions alors dans un quartier de ruelles semblables à des tunnels et de petites maisons de guingois dont beaucoup paraissaient abandonnées ou inhabitées. De toute évidence, cela avait été à une époque un quartier ouvrier.

Tournant brusquement à droite, Cinta s'arrêta devant une maisonnette d'un étage qui penchait vertigineusement sur le côté.

— C'est ici que vivait la famille de mon père, m'expliqua-t-elle.

Elle désigna du doigt une fenêtre inclinée.

— Ma *nonna* s'asseyait là tous les soirs pour regarder les gens passer. Mon *zio* Ruggiero a passé toute sa vie dans cette maison. Son fils, mon cousin Altiero, y a grandi mais il a déménagé après son mariage – c'est le père de Gisa.

Cinta leva la tête pour observer le ciel qui s'obscurcissait.

— C'est à cette heure-ci que Ruggiero allait pêcher.

Elle fit demi-tour et sortit de la ruelle pour prendre la direction des Fondamente Nove. La nuit était presque tombée et, sur toutes les îles environnantes, des lumières scintillaient. Les silhouettes d'innombrables flèches et tours se découpaient sur un ciel de crépuscule.

Le quai et les bâtiments attenants en revanche étaient plongés dans l'obscurité.

— Ce quartier est encore habité ? demandai-je.

— J'en doute… Je pense que la plupart des maisons sont abandonnées.

Le déclenchement d'une lointaine sirène vint l'interrompre.

— Ah ! fit-elle en tendant l'oreille. C'est la sirène qui annonce l'*acqua alta* – la marée haute. Il va y avoir une inondation ce soir.

L'eau n'était plus qu'à quelques centimètres du bord. Je balayai le quai du regard. Apparemment, il n'y avait personne mais il était difficile d'en être certain dans cette lumière crépusculaire.

— Cinta, tu ne crois pas qu'on devrait rentrer ?

Elle éclata de rire.

— *Beh !* Maintenant qu'on est là… Et puis, on a encore le temps, me répondit-elle en se mettant à longer le quai d'un bon pas. Suis-moi. Qui sait ? *Il mostro* va peut-être remonter avec la marée ?

Elle s'engagea sur un étroit ponton d'une dizaine de mètres, flanqué de part et d'autre de poteaux de bois. Chacun était constitué de deux rondins attachés par des cordes.

Cinta alla jusqu'au bout en se tenant à la rambarde et elle se retourna pour me faire signe.

— Viens par ici, *caro*, viens – n'aie pas peur. Nous y sommes. C'est ici que mon *zio* Ruggiero a vu *il mostro*. Et c'est ici qu'il accrochait sa lanterne, indiqua-t-elle en tapotant deux poteaux.

Elle sortit son téléphone puis, ayant activé la lampe torche, braqua la lumière sur l'eau.

— Viens là, Dino. Où est ton téléphone ? Allume ta lampe.

Je la rejoignis et éclairai l'eau sombre qui affleurait quasiment les planches du ponton. Les deux faisceaux lumineux révélèrent des ondes concentriques à la surface trouble de cette étendue brune et verdâtre.

— Hélas, le *mostro* de la lagune ne veut pas se montrer, gloussa Cinta. Alors je vais te montrer un autre type de monstre, beaucoup plus dangereux.

Elle pivota légèrement et dirigea la lampe torche vers le poteau qui se trouvait à côté d'elle.

— Là – regarde !

Elle éclairait une partie du bois sur laquelle apparaissait nettement un creux.

— Si tu t'approches, tu les verras.

Éclairant moi aussi le poteau, je constatai que la surface du creux était criblée de trous, un peu comme l'intérieur d'un livre rongé par des termites. Je compris tout à coup que quelque chose vivait là-dedans – pas une seule créature mais beaucoup, qui se tortillaient, gigotaient en tous sens.

Cinta attrapa une épingle à cheveux qu'elle enfonça dans le bois pourri. Une des bestioles en tomba et vint s'écraser à nos pieds. Je parvins à l'éclairer de mon téléphone pour l'observer de plus près. Elle mesurait cinq centimètres environ et avait la couleur de l'huile de coco congelée. Son corps allongé s'élargissait au niveau d'une bouche en forme d'entonnoir, ourlée de minuscules filaments.

Elle était si laide qu'on avait du mal à la croire réelle.

Au bout de quelques secondes, elle prit la fuite en frétillant et tomba dans l'eau.

— Qu'est-ce que c'est que ça ?

— Un taret ou ver de bateau, m'expliqua Cinta. Un de mes amis qui travaille au *municipio* m'a amenée ici le mois dernier pour me montrer ces bestioles et les dégâts qu'elles causent. C'est lui qui a entaillé le bois. Elles sont de plus en plus nombreuses à envahir Venise du fait du réchauffement des eaux de la lagune. Elles dévorent le bois de l'intérieur, en grande quantité. C'est devenu un sérieux problème car Venise est construite sur des piliers de bois. Ces bêtes grignotent littéralement les fondations de la ville.

Nous braquâmes de nouveau nos téléphones sur les poteaux, ciblant cette fois les vers qui se tortillaient à l'intérieur. Cinta cogna sur les rondins avec ses doigts.

— De l'extérieur, ça a l'air *saldo*, n'est-ce pas ? Vraiment solide ? Mais l'intérieur est probablement creux.

Elle m'expliquait cela quand la rambarde contre laquelle nous étions appuyés s'inclina d'un coup sans que nous l'ayons vu venir. En tentant de la retenir, nous lâchâmes nos téléphones qui finirent dans l'eau.

Un craquement retentit.

— Vite, passe de l'autre côté, criai-je en direction de Cinta.

À peine nous étions-nous reculés qu'une portion de la rambarde bascula dans le canal, emportant des morceaux de structure dont l'intérieur rongé fut alors mis en évidence. Nous vîmes avec horreur une énorme quantité de vers grouillants sortir des rondins endommagés, se déverser sur le ponton et fondre sur nous.

— Cours, cours, hurlai-je en saisissant Cinta par le bras.

Mais les vers recouvraient déjà l'ensemble du ponton. Au bout de quelques mètres, Cinta glissa en les piétinant. Je tentai de la rattraper mais fus incapable d'arrêter sa chute. Elle poussa un cri alors que nous nous affalions tous les deux sur les planches.

Une nuée de vers se rua sur nous – nous en avions sur les jambes, les bras, le visage, la tête… C'était comme si la terre elle-même avait déployé des tentacules pour nous palper, éprouver la texture de notre peau et vérifier que nous étions bien réels.

Nous nous débattions pour essayer de nous en débarrasser quand une vague submergea le ponton, les entraînant tous avec elle. Lorsque l'eau se retira, j'entendis Cinta qui geignait.

— Qu'y a-t-il, Cinta ?

— C'est ma jambe et ma cheville. J'ai mal – *molto*, *molto*.

— Tu crois que tu peux te relever ?

Elle essaya de se redresser mais se laissa retomber en poussant un grognement de douleur.

— Non. *Non posso.*

Je passai le bras autour de son épaule et jetai un œil en direction de l'eau. Elle montait vite et je savais qu'on n'avait plus beaucoup de temps – nous serions bientôt pris au piège.

— Attends, Cinta. Une minute…

Me relevant tant bien que mal, je me tournai vers la berge pour voir s'il était possible de transporter Cinta jusqu'au bout du ponton, puis sur les Fondamente Nove. Mais le quai était lui-même submergé et une portion du ponton penchait dangereusement. En admettant que je puisse moi-même la franchir, il me serait impossible de faire passer Cinta. Si on essayait, elle risquait de tomber dans l'eau – et dans son état, elle ne pourrait pas s'en sortir.

Les lumières de la ville brillaient au loin et la vie semblait suivre son cours malgré la crue. J'entendais même la musique d'un orchestre, quelque part, à distance. Mais le quartier où nous nous trouvions était plongé dans une obscurité totale ; il n'y avait pas une seule lumière dans les environs.

Les pieds dans l'eau et le regard fixé sur les flèches éclairées à l'horizon, je fus saisi de sidération. Comment était-il possible de se retrouver, dans une des villes les plus civilisées au monde, totalement seul et impuissant, à la merci absolue de la terre ?

Cinta marmonnait à présent ; en entendant le mot *"Madonna"*, je compris qu'elle priait.

Cela faisait tellement longtemps que je n'avais pas prié que je ne savais même plus à qui adresser mes prières. Quand je m'agenouillai à ses côtés et fermai les yeux, l'image qui m'apparut fut celle d'une paume de main ouverte surmontée d'une tête de cobra.

— Regarde ! s'écria Cinta en me secouant par le coude. *Guarda !* Là-bas – *laggiù*. Regarde !

Son index désignait une lueur, semblable à celle d'une bougie, dans un des bâtiments abandonnés sur les Fondamente Nove.

— Je crois qu'il y a quelqu'un. Peut-être un *senzatetto* ou un squatteur. Ils pourraient nous aider… Essaie de les appeler.

— *Aiuto, per favore, aiuto !* criai-je en mettant mes mains en porte-voix.

Après un silence, une voix s'éleva.

— *Dove sei ? Che succede ?*

Même si les mots étaient italiens, la voix, elle, ne l'était pas, et je crus la reconnaître.

— *Bilal naki ?* hurlai-je en bangla. C'est toi, Bilal ?

— *Hã !* Oui ! cria-t-il en retour, visiblement surpris.

— C'est moi, Dinanath Datta. On s'est parlé l'autre jour. Je suis coincé sur un ponton et mon amie est blessée. Tu peux appeler une ambulance ou quelqu'un ?

— Bien sûr.

Cinta avait à présent de l'eau jusqu'à la taille.

— *Taratari* – dépêche-toi, Bilal !

Deux minutes s'écoulèrent avant que la voix de Bilal ne se fasse de nouveau entendre.

— Une *ambulanza* sera là dans quelques instants. Voulez-vous que je vienne vous aider ?

— Non, c'est bon. Tu ne peux rien faire de plus. On a eu beaucoup de chance de te trouver là. *Grazie ! Grazie mille !*

— *Prego*. Je suis heureux d'avoir pu vous être utile. Mais s'il vous plaît : ne dites à personne que j'étais là. C'est notre cachette.

— Je ne dirai rien. Ne t'inquiète pas !

Je m'assis à côté de Cinta et pris ses mains dans les miennes pour essayer de les réchauffer. Nous avions de l'eau quasiment jusqu'à la poitrine quand on perçut le hurlement d'une sirène qui se rapprocha peu à peu jusqu'à ce qu'une vedette blanche et orange apparaisse devant nous.

TRAVERSÉES

L'ambulance n'avait pas tardé à arriver car l'hôpital – l'*ospedale civile* – était tout proche, à l'autre bout des Fondamente Nove. Il nous fallut deux ou trois minutes à peine pour nous y rendre.

L'hôpital était tout à fait préparé à l'épisode d'*acqua alta* : l'ambulance s'arrêta devant un quai couvert où une infirmière et du personnel hospitalier nous attendaient avec un brancard. Nous empruntâmes un tunnel de plexiglas qui conduisait à un bâtiment moderne impeccable et Cinta fut emmenée derrière une porte sur laquelle était indiqué *Pronto Soccorso Traumatologico* tandis que je patientais à l'accueil, dans mes habits trempés. Au bout d'un moment, une infirmière eut pitié de moi et me tendit une combinaison verte ainsi qu'une paire de chaussons d'hôpital. Une fois que je me fus changé, elle me donna un sac pour mes vêtements mouillés et me précéda à travers un dédale de couloirs, de cloîtres et d'escaliers jusqu'à ce qui ressemblait à un vieux monastère. Là, elle me fit entrer dans une immense loggia déserte où je devais attendre des nouvelles de Cinta.

Je m'approchai d'une grande fenêtre encadrée de pierre et contemplai l'étrange spectacle de la ville inondée. Un peu partout, des passerelles de bois avaient fait leur apparition, autour desquelles s'activaient des migrants en bottes de caoutchouc. Dans tous les coins étaient postés des groupes de Bangladais qui vendaient des bottes, des galoches ou des couvre-chaussures en plastique.

Absorbé comme je l'étais, je ne remarquai pas qu'une personne se tenait derrière moi. Je sursautai en l'entendant s'adresser à moi en bangla.

— *Bané bhalo rojgar hoi.* On se fait pas mal d'argent les jours comme aujourd'hui. Pour nous, c'est un peu comme à la maison – on a l'habitude des inondations.

— Rafi !

Il portait une blouse d'hôpital de couleur bleue et des chaussons. Il avait un bras dans le plâtre, un œil au beurre noir et des traces de lacération sur le visage.

— Je vous ai vu passer devant ma salle. Qu'est-ce qui vous amène ici ?

Je lui racontai brièvement ce qui nous était arrivé.

— Alors comme ça, Bilal était dans ce vieil entrepôt en bordure de quai ?

— Oui ! On a eu une chance incroyable de le trouver là à cette heure.

Rafi hocha la tête.

— Je connais bien ce lieu. On va parfois y passer la nuit les jours de crue. Je suis déjà allé sur ces jetées et je les ai entendus.

— Qu'est-ce que tu as entendu ?

— Les vers. C'est exactement comme dans les Sundarbans. Là-bas, si on plaque l'oreille sur un quai, on entend les crabes creuser à l'intérieur. Mon grand-père m'a appris à les écouter. Parfois, en tendant bien l'oreille, on peut dire si un quai est sur le point de s'effondrer. Ici, c'est la même chose.

En écoutant Rafi évoquer les Sundarbans, je me souvins de notre première rencontre – moi, à l'intérieur du sanctuaire et lui, dans l'entrée, qui me fixait de ses grands yeux. Je me souvins de la façon dont il avait reculé alors que je m'approchais de lui – et je fus parcouru d'un frisson en repensant au cobra qui m'avait suivi tout du long, tête dressée. Je me souvins aussi des gestes tendres de Rafi alors qu'on emmenait Tipu à l'hôpital de Lusibari.

— Je dois te demander quelque chose, Rafi, annonçai-je en le regardant droit dans les yeux. Et cette fois, je veux que tu me dises la vérité. J'ai besoin de savoir. Es-tu parti de Lusibari avec Tipu ?

— Oui, avoua-t-il après avoir dégluti.

— C'est vrai que Tipu a eu beaucoup d'autres crises ?

— Oui, mais pas comme celle du bateau. Les crises ont repris, mais sous une autre forme. Parfois il était calme, parfois il se mettait à trembler. Ou alors on avait l'impression qu'il était somnambule. Ou bien il parlait et s'énervait, les yeux fermés.

— Tu étais toujours là ?

— Non. Les deux premières fois, il était chez lui. Sa mère était très inquiète. Elle voulait qu'il voie un docteur et qu'il se soigne, mais Tipu a refusé. Par la suite, chaque fois qu'il sentait une crise venir, il m'appelait et on partait ensemble sur mon bateau. Il aimait bien être sur l'eau ; il disait que ça lui rappelait ses sorties avec son père, quand il était petit.

— Est-ce qu'il t'a parlé de ce qu'il voyait pendant ces crises ?

— Un peu, pas grand-chose… La plupart du temps, il disait qu'il ne comprenait pas ce qui se passait. Il entendait des voix, il sentait comme une présence ou il voyait un lieu – y compris des lieux où il n'avait jamais mis les pieds. Ou bien il entendait la voix de son père – ce qui le réjouissait toujours. Mais parfois aussi, il était terrorisé – et incapable d'expliquer pourquoi il avait peur. Il disait qu'il voyait comme des ténèbres se refermer sur lui. Plus les crises se répétaient, plus il était agité. Il n'arrêtait pas de dire qu'il avait besoin de quitter Lusibari. Comme ça faisait un moment que je songeais moi aussi à partir, on a décidé de le faire ensemble. Si j'étais parti seul, je serais probablement allé dans une ville indienne – mais ça n'intéressait pas Tipu d'aller à Calcutta ou à Delhi. C'est lui qui m'a persuadé de tenter notre chance en Europe – il disait que ce serait plus simple si on partait à deux. Il a commencé à organiser les choses et on s'est mis à rassembler l'argent. Il insistait pour que ça reste un secret – il était sûr que sa mère et sa tante, Piya, essaieraient de le dissuader si elles découvraient qu'il projetait de quitter le pays. Il pensait même qu'elles le feraient interner. Alors il a inventé une histoire de travail, à Bangalore.

— Mais en fait vous êtes allés au Bangladesh ?

— C'est ça. Tipu connaissait déjà quelques *dalals* là-bas, qu'il a contactés par téléphone. Une nuit, on a traversé le Raimangal et on a rejoint Dhaka. L'argent qu'on avait réuni – c'était surtout celui de Tipu – suffisait à peine à couvrir les frais d'un simple passage par la route, avec juste un petit extra pour nos besoins pendant le voyage. On a passé deux semaines à Dhaka et puis le *dalal* nous a fait monter dans un minibus, avec un groupe d'hommes. Je n'avais qu'un sac à dos – même chose pour Tipu. On avait, en tout et pour tout, quelques habits, un peu de nourriture et environ 250 dollars américains.

Il y avait vingt-quatre hommes à bord du bus mais, contrairement à nous, tous n'avaient pas payé leur trajet. Certains travaillaient en fait pour le *dalal* : c'était leur boulot de nous faire passer la frontière. C'étaient de vrais durs avec lesquels il était impossible de discuter – fallait faire comme ils disaient. C'étaient pas tous des méchants – certains d'entre eux étaient sympas et plutôt bienveillants. Mais Tipu ne les aimait pas, il les appelait les "chacals" et disait que c'est comme ça qu'on appelle ce genre de types aux États-Unis, sauf qu'il utilisait un autre mot...

— "Coyotes" ?

— Oui, c'est ça. À partir de ce moment-là et jusqu'à la frontière turque, il y a eu tout du long des chacals avec nous. Ils se relayaient à chaque étape mais toujours, ils étaient là, à nous surveiller. On ne connaissait même pas le nom de la plupart d'entre eux.

Le premier minibus nous a conduits de Dhaka à la frontière indienne – à Benapole, au Bengale-Occidental. Comme notre *dalal* avait déjà graissé la patte à qui il fallait, on n'a eu qu'à passer le poste frontière. Un autre minibus nous attendait de l'autre côté, avec une nouvelle équipe de chacals.

On est montés et, quelques heures plus tard, on était à Kolkata. Là, on nous a enfermés dans une maison de connexion. On y est restés trois jours – planqués à vingt dans deux pièces, avec une salle de bains entre les deux. On ne pouvait pas sortir, pas même pour aller prendre l'air. Si on se plaignait ou si on posait trop de questions, on était giflés ou battus ; les chacals nous donnaient parfois des coups de crosse avec leur pistolet.

La troisième nuit, très tard, on nous a réveillés : on devait être prêts à partir, quinze minutes après. Il y avait un vieux camion devant la maison, dont les côtés étaient peints dans des couleurs criardes : l'arrière du véhicule était totalement fermé par des panneaux de bois qui empêchaient de voir ce qu'il transportait. On nous a fait monter un par un et on a fini entassés là-dedans, comme des vaches ou des chèvres. On avait juste assez d'espace pour s'asseoir.

Le camion avançait lentement, il avait de mauvaises suspensions. Chaque fois que le chauffeur changeait de vitesse, le moteur crachait des gaz d'échappement qui nous asphyxiaient. Pendant la journée, c'était une fournaise. Il n'y avait aucune ouverture sur l'extérieur. On devait rester assis, à basculer les uns sur les autres alors que le camion se traînait. De temps en temps, après plusieurs heures de voyage, il s'arrêtait et on pouvait aller faire nos besoins. Certains étaient malades et vomissaient à l'intérieur ; ça sentait tellement mauvais que, du coup, d'autres se mettaient à vomir.

Pendant presque tout le trajet, on ne savait pas du tout où on était. Quand on posait la question, on nous disait : "près d'Agra" ou "près d'Indore", mais le plus souvent, personne ne répondait. Et puis un soir, le camion a fini par s'arrêter près d'une maison de connexion. Ça ressemblait à un désert. On nous a dit qu'on était tout près de la frontière pakistanaise mais que si on voulait continuer, fallait payer cinquante dollars supplémentaires par tête de pipe.

Ça a été un grand choc parce qu'on croyait qu'on avait déjà tout payé. On ne savait pas quoi faire. On n'avait pas prévu de dépenser si vite nos dollars, on s'était dit qu'ils nous serviraient plus tard.

Tipu s'est énervé et a commencé à hurler sur les chacals. J'ai essayé de le raisonner mais ça n'a servi à rien. Il était hors de lui, il criait et jurait. Un des chacals l'a giflé mais comme ça ne l'a pas fait taire, deux autres l'ont traîné dans une pièce. Il y a eu des bruits de coups et puis on a entendu Tipu hurler. Et tout d'un coup, sa voix a changé : elle est devenue très bizarre, on aurait dit le cri d'un animal. Je l'avais déjà entendu crier comme ça et, donc, je savais qu'il faisait une de ses crises. Ça a duré une ou deux minutes et puis les deux chacals sont sortis en courant, l'air secoué. Ils m'ont dit d'aller voir Tipu à l'intérieur.

Il était allongé sur un lit, pantalon baissé. Il y avait un bâton par terre – Tipu m'a dit après qu'ils étaient sur le point de le violer mais que la crise avait commencé et que ça les avait arrêtés. Quand il est dans cet état, Tipu peut vraiment faire peur et je crois que c'est ce qui l'a sauvé ce jour-là. Finalement, on a payé sans faire d'histoires et les chacals nous ont laissés rejoindre les autres.

C'était la nuit noire quand on est de nouveau descendus du camion. On nous a dit de marcher même si on n'y voyait rien. À un moment donné, on est passés au Pakistan sans s'en rendre compte et, au bout d'un moment, on a distingué quelqu'un qui nous faisait signe avec une lampe torche. Là, on nous a refourgués à une autre bande de chacals. Ils nous ont fait marcher jusqu'à ce qu'on atteigne une route, où un autre camion attendait.

Et alors, tout a recommencé : les trajets interminables avec quelques arrêts dans des lieux sûrs dont on ne nous disait jamais le nom. Et puis un soir, comme la première fois, notre véhicule s'est arrêté et on nous a annoncé qu'on était à la frontière iranienne et qu'on devait de nouveau payer.

Cette fois, on n'a pas été surpris. Personne n'a protesté, pas même Tipu. Il s'était calmé depuis l'incident à la frontière indienne. Un jour, alors qu'on traversait l'Iran, il m'a confié qu'il sentait qu'on allait avoir des ennuis. Il s'est tourné vers moi et m'a dit : "Rafi, s'il m'arrive quoi que ce soit et qu'on est séparés, tu dois continuer, quoi qu'il arrive."

Jusque-là, Rafi avait parlé d'une voix égale mais je perçus à cet instant un tremblement et il leva la main pour s'essuyer le coin de l'œil.

— *To ami oké bollam*, poursuivit-il. J'ai dit à Tipu : "Jamais je te laisserai tomber." Il m'a répondu : "Si, tu dois le faire. Si on en vient à être séparés, tu dois continuer tout seul et garder l'espoir qu'on se retrouve un jour." On aurait dit qu'il savait ce qui allait se passer.

En Iran, les chacals étaient afghans ou kurdes : ils s'étaient occupés de tellement de Bangladais qu'ils parlaient un peu bangla. Après plusieurs jours de route, on est arrivés dans des montagnes, à l'ouest du pays. Il faisait très froid et on apercevait de la neige par endroits. Quasiment personne n'avait de vêtements chauds, ni même de chaussures adaptées – avec Tipu, on était partis du Bangladesh en tongs. On a dû donner aux chacals ce qu'ils demandaient pour obtenir des anoraks et des baskets – on n'avait pas le choix.

On est arrivés dans un petit village kurde et là, les chacals nous ont conduits dans une maison où se trouvaient déjà des dizaines d'hommes – surtout des Hazaras d'Afghanistan, du Pakistan et d'Iran. On nous a expliqué qu'on devait attendre un guide, qui nous mènerait de l'autre côté de la frontière, en Turquie.

Au bout de quelques jours, des Kurdes sont arrivés et nous ont fait grimper dans un camion tendu de bâches. On nous a annoncé que quand on s'arrêterait, faudrait courir aussi vite que possible. On nous a avertis que si des gardes-frontières turcs nous repéraient, ils nous tireraient dessus. Dans ce cas, on devait continuer à courir en espérant que les soldats ne nous voient pas dans le noir. Si on s'en sortait, on serait attendus par des guides de l'autre côté.

Notre camion s'est arrêté près d'une pente raide. Dès qu'ils ont baissé le hayon, on a sauté et on s'est mis à courir, comme on nous avait dit. On tombait, on glissait sur les pierres… Tipu et moi, on était terrifiés à l'idée d'être séparés – on essayait tant bien que mal de rester côte à côte.

Alors, on a entendu des coups de feu. On a vu derrière nous des projecteurs et des éclairs rouges. On était en pleine pente, qu'on s'est mis à dévaler à toute vitesse. En accélérant, on trébuchait, on tombait… Certains hommes devant nous ont été touchés par les coups de feu ; ils étaient là, étendus sur la piste, hurlant de douleur, mais on ne pouvait rien faire pour eux. On ne s'est pas arrêtés, on a sauté par-dessus leurs corps comme s'il s'agissait d'animaux morts. On devait être trente ou quarante à courir comme des dératés, paniqués – une vraie débandade !

Je ne sais pas comment je me suis retrouvé terré dans un coin avec une dizaine de Hazaras. Je pensais que Tipu était avec moi mais quand j'ai regardé autour de moi, j'ai vu qu'il n'y était pas. J'ai commencé à l'appeler mais les autres m'ont fait taire en disant qu'on allait nous repérer.

Je me suis dit que Tipu devait se cacher quelque part et que je le retrouverais le lendemain. Mais au matin, il n'était pas non plus avec ceux qui ont fini par nous rejoindre. Il était introuvable.

Vous imaginez dans quel état j'étais. Je ne savais pas du tout où était Tipu ni ce que j'étais censé faire. C'était Tipu qui avait étudié les itinéraires et qui savait où aller. Je ne pouvais que suivre les autres.

On est descendus dans la vallée où nous attendaient des Kurdes qui nous ont conduits dans une ville et nous ont indiqué où prendre un bus jusqu'à Istanbul. Ça faisait quelques heures qu'on roulait quand mon téléphone a sonné : c'était Tipu qui m'appelait via les réseaux sociaux. Il m'a annoncé qu'il était tombé en dévalant la pente et qu'il s'était fait très mal au pied. Pendant la nuit, il avait rebroussé chemin en rampant péniblement et il avait réussi à retrouver la frontière iranienne. Le lendemain, un groupe de Bangladais l'avait aidé à rejoindre le village kurde où nous avions fait un stop. Les gens se souvenaient de lui et l'avaient aidé à soigner son pied. Il m'a dit qu'il avait l'intention de rester là le temps de récupérer et qu'ensuite, il essaierait de nouveau de passer la frontière.

Entre-temps, il avait tout arrangé pour moi sur le Net. Je devais descendre du bus dans une ville de la banlieue d'Istanbul pour retrouver un groupe de réfugiés qui allaient rejoindre l'Europe à pied. J'ai suivi ses conseils et j'ai rejoint ce groupe – mis à part quelques Bangladais, les autres venaient surtout d'Irak, de Syrie, d'Afghanistan, de Somalie, du Pakistan et d'autres pays encore... Je les ai suivis jusqu'en Bulgarie d'abord, puis on a traversé la Serbie, la Hongrie et l'Autriche.

Tout du long, Tipu est resté en contact avec moi ; c'est lui qui m'a conseillé d'essayer d'aller à Venise. Comme je l'avais souvent entendu parler de cet endroit, j'ai accepté – où aller de toute façon ? À ce moment-là, je ne savais rien de l'Italie ni de l'Europe.

En Autriche, j'ai pris un train qui m'a emmené en Italie où j'ai été admis dans un *centro di accoglienza*, près de Trieste. Quelques jours plus tard, on m'a fait passer dans un camp à l'extérieur de la ville – et c'est là que j'ai appris que Tipu avait tenté de passer en Turquie une deuxième fois. Comme il avait réussi, je me disais qu'il essaierait de me rejoindre le plus vite possible. Mais il s'était passé quelque chose et il avait changé d'avis. Il avait fait un rêve dans lequel lui était apparue une femme, une Éthiopienne – on aurait dit une *forishta*, un ange, m'a-t-il expliqué. Par la suite, il ne parlait que d'elle – il voulait absolument la retrouver. J'ai essayé de lui expliquer qu'il était fou de croire qu'il pouvait retrouver une *forishta* aperçue dans un rêve – mais un jour, il y a trois semaines environ, il m'a appelé pour me dire qu'il avait réussi à contacter la femme qu'il avait vue dans son rêve et qu'elle lui avait demandé de se rendre dans une ville, quelque part en Égypte. Il avait déjà parlé à un *dalal* en Turquie, qui avait accepté de s'occuper de tout. Ne restait plus qu'à trouver les sous.

De mon côté, j'avais quitté le camp et j'étais à Venise où je gagnais un peu d'argent. J'avais déjà proposé plusieurs fois à Tipu de lui envoyer de l'argent mais il avait toujours refusé, disant qu'il ferait appel à moi quand il en aurait vraiment besoin. Or là, je sentais bien qu'il en avait vraiment besoin, que je ne pouvais pas le laisser tomber. Je n'avais pas assez – c'était une grosse somme –, j'ai donc contacté un *scafista* qui a bien voulu me faire un prêt : c'est le *scafista* qui a transféré l'argent pour le *dalal* de Tipu.

Tipu a pris l'avion pour l'Égypte dès que l'argent est arrivé – il y a quinze jours environ. Depuis son arrivée là-bas, il m'a appelé une fois, d'un café internet. Il m'a dit qu'il n'avait plus de téléphone mais que, de toute façon, ça ne lui servirait à rien, qu'on le lui confisquerait dans la maison de connexion où on l'emmenait. Il m'a dit de ne pas m'inquiéter : il avait retrouvé les gens qu'il cherchait et on se reverrait très bientôt.

C'est la dernière fois que j'ai eu de ses nouvelles.

Il me fallut du temps pour assimiler toute cette histoire.

— Ce que je ne comprends pas, Rafi, c'est pourquoi tu n'as pas contacté la mère de Tipu ou bien Piya ? Elles auraient pu lui envoyer de l'argent.

Il secoua la tête.

— Tipu ne voulait pas. Il était catégorique – il disait que je ne devais jamais, sous aucun prétexte, demander de l'aide à sa mère ou à Piya. Il m'a fait promettre de ne rien leur dire – à vous non plus d'ailleurs.

— Alors, pourquoi me racontes-tu tout ça aujourd'hui ?

— Je vais vous montrer.

Plongeant une main dans une poche de sa blouse d'hôpital, il sortit un bout de papier plié minutieusement.

— C'est la seule chose qu'ils ne m'ont pas prise quand ils m'ont tabassé, dit-il avec un sourire en coin tout en dépliant le papier.

C'était une photo qu'il avait découpée dans un journal – la photo d'un bateau de pêche bleu rempli de réfugiés.

Il tapota l'image de son index.

— Vous voyez ce visage, là ? C'est Tipu. Ce n'est peut-être pas très clair parce que l'image est un peu abîmée. Mais c'est lui, j'en suis sûr. Tipu est sur le Bateau Bleu.

Nous discutions encore quand je me rendis compte que deux heures s'étaient écoulées et que je n'avais toujours pas de nouvelles de Cinta.

Rafi m'aida à retrouver le chemin de la réception où j'appris qu'on s'était occupé de sa blessure – entorse à la cheville et fracture du tibia – et qu'à présent, placée sous sédation, elle dormait tranquillement dans une chambre individuelle (le *direttore* de l'hôpital, qui était un de ses amis, y avait personnellement veillé).

Je n'avais pas besoin de rester à l'hôpital, m'expliqua une infirmière. Puisque je ne pourrais pas voir Cinta dans l'immédiat, mieux valait que je revienne le lendemain.

Une fois fixé sur la conduite à tenir, je me préoccupai de trouver un téléphone.

— Y a-t-il un moyen d'appeler Lubna ? m'enquis-je auprès de Rafi.

Il fit oui de la tête.

— Il y a une cabine dans la salle d'attente. On peut essayer de l'appeler de là.

— On n'a pas besoin de carte téléphonique ?

— J'en ai une, qu'une infirmière m'a prêtée.

Il me conduisit à la cabine et composa le numéro.

— Tenez, fit-il en me tendant le combiné. Ça sonne.

Lubna décrocha au bout de deux sonneries et j'allai droit au but.

— Lubna ? *Shunun* – écoutez : est-ce que vous prévoyez toujours, avec vos collègues, d'aller à la rencontre de ce bateau de réfugiés ?

— Tout à fait. On a loué un bateau de sauvetage – à Marghera, pas loin d'ici. J'y vais demain avec Palash pour retrouver les autres. Pourquoi cette question ?

— Parce que j'aimerais me joindre à vous.

— Ah bon ? s'étonna-t-elle. *Keno bolun to ?* Puis-je vous demander pourquoi ?

— C'est une longue histoire. Disons qu'il y a peut-être sur ce bateau une personne que je connais. Un Bengali – l'ami de Rafi, en fait.

— Ah ? Rafi veut venir lui aussi ?

Je jetai un œil en direction de Rafi qui se tenait à côté de moi et écoutait attentivement.

— Rafi n'est pas en état de voyager. Mais j'ai d'autres amis que ça intéresse peut-être. Ce serait possible ?

— *Shomoshya nai.* Pas de problème à partir du moment où vous participez aux frais. Le bateau est grand, il y a plein de place. Vous serez combien ?

— Je ne suis pas sûr. Je dois d'abord leur parler. Je vous rappelle dans deux heures.

— Entendu. Tenez-moi au courant.

Quand je raccrochai, Rafi me foudroya du regard.

— Pourquoi je ne peux pas venir ?

— Parce que tu es blessé et hospitalisé, Rafi – regarde dans quel état tu es ! Tu ne peux pas bouger.

Il commença à protester mais je l'interrompis.

— Rafi ! *Bas !* Assez ! Pas la peine d'insister. Tu ne peux pas venir, un point c'est tout.

Étant donné les circonstances, je décidai que je pouvais me permettre le luxe d'un bateau-taxi. Une demi-heure plus tard, j'étais chez Cinta, devant mon ordinateur. Une fois connecté, j'eus la bonne surprise de voir que tout s'agençait facilement : Gisa avait hâte de participer à l'expédition ; quant à Piya, elle ne songeait qu'à nous rejoindre maintenant qu'elle avait pris connaissance du récit de Rafi et qu'elle savait que Tipu était sur ce bateau.

Il fut vite évident que la présence de Gisa serait un gros atout. C'est elle qui se chargea des détails pratiques : elle s'occupa des sacs de couchage et des provisions et réserva un minibus qui nous transporterait de l'aéroport à Marghera où se trouvait le *Lucania*, le bateau que Lubna et ses amis militants avaient loué. Elle se débrouilla même pour trouver un vol pour elle et son équipe, qui devait arriver le lendemain à peu près à la même heure que celui de Piya. Il fut donc convenu que Lubna, Palash et moi les retrouverions à midi à l'aéroport et qu'on partirait tous ensemble pour Marghera.

VENTS

À mon réveil le lendemain matin, je constatai que le temps avait pris une drôle de tournure. La décrue de l'*acqua alta* avait eu lieu mais le ciel s'était obscurci. Des bancs de nuages aux teintes variées, allant du gris argenté au presque noir, défilaient et tourbillonnaient dans le ciel, balayés par des rafales de vent capricieuses. De temps à autre, les fenêtres de l'appartement cliquetaient et s'élevait alors le sifflement d'un courant d'air, étouffé quelques instants plus tard par un chœur de craquements et de gémissements indignés provenant de la structure en bois vieillissante.

Je me hâtai de prendre mon petit-déjeuner, de préparer un sac et de me mettre en route pour l'*ospedale civile* avec l'intention de rendre visite à Cinta avant d'aller à l'aéroport.

Je quittai la maison aux environs de 9 heures. Dans le quartier, les migrants étaient présents en nombre, occupés à démonter la passerelle qu'ils avaient installée pour l'*acqua alta* et à déblayer la boue déposée par la crue.

Du fait des brusques rafales, il était difficile de ne pas glisser sur les pavés mouillés ; j'étais régulièrement obligé de m'abriter contre une façade de boutique en attendant que le vent se calme. Pendant l'une de ces haltes, j'entendis un homme s'écrier, en bangla : "*Kono din dekhi naai* – je n'ai jamais vu un truc pareil…", juste avant qu'un pot de fleurs, tombé d'un balcon, ne vienne s'écraser sur les dalles, à quelques centimètres de nous.

En temps normal, il m'aurait fallu quinze à vingt minutes pour aller de chez Cinta à l'*ospedale civile*. Mais ce jour-là, au bout d'une demi-heure de marche, je n'avais parcouru que les deux tiers du trajet. Je traversais un petit *campo* quand je perçus une sorte de martèlement. Je sentis ensuite quelque chose de froid me frapper le dos, puis les épaules et la tête. Portant une main à mon cou, j'eus la surprise d'attraper un grêlon.

Je courus me mettre à l'abri sous l'auvent d'un café en bordure de place. Quelques autres personnes y étaient déjà et nous regardâmes avec stupéfaction les grêlons s'abattre violemment, faisant voler des fenêtres en éclats et fissurant des vitrines. En entendant quelqu'un hurler *"Guarda ! Attenti !"*, je levai les yeux : l'auvent au-dessus de nos têtes, rempli de grêle, menaçait de s'effondrer. Je parvins à m'écarter juste avant qu'il ne se déchire, libérant une avalanche de grêlons.

À ce moment-là, aussi soudainement qu'elle avait commencé, l'averse cessa et le soleil réapparut. La grêle en fondant ne tarda pas à dégager de la vapeur et ce fut dans cette brume miroitante, digne d'un mirage, que je rejoignis finalement l'hôpital.

Une infirmière me conduisit jusqu'à la chambre de Cinta. Celle-ci était installée dans un fauteuil roulant, la jambe et la cheville gauches plâtrées.

Je pensais la trouver seule mais à peine avions-nous échangé des *baci* qu'elle désigna quelqu'un par-dessus mon épaule.

— Regarde qui est là, Dino. Ton ami…

Je découvris en me retournant Rafi, assis sur une chaise, qui souriait d'un air contrit.

— Ce matin, l'infirmière m'a dit qu'un *ragazzo bengalese* était passé prendre de mes nouvelles. Alors je lui ai demandé d'aller le chercher et, depuis, on papote… Rafi parle bien mieux italien qu'on ne pourrait penser.

Elle fit une pause pour passer les mains dans son abondante chevelure blanche.

— J'ai cru comprendre, Dino, que tu étais très occupé. Rafi me dit que tu t'apprêtes à partir pour une petite expédition nautique.

— Ce n'est pas exactement le terme que j'utiliserais…

— Je suis déçue, Dino – pourquoi n'as-tu pas proposé à Rafi de venir ? Ou à moi ?

— Mais enfin, Cinta ! protestai-je. Tu es hospitalisée, la jambe dans le plâtre. Comment pourrais-tu venir ? Et d'ailleurs, pourquoi aurais-tu envie de venir ?

Cinta secoua un doigt dans ma direction.

— Dino, tu sais très bien pourquoi Rafi a envie de venir. Après tout, son *benamato* se trouve sur ce bateau de réfugiés. Quant à moi, j'ai une autre raison.

— Ah bon ? Laquelle ?

— J'ai reçu un signe.

— Un signe ? D'où ?

— De cette histoire du Marchand d'Armes, précisa Cinta, accompagnant ses propos de sa gestuelle théâtrale. Tu seras sans nul doute intéressé d'apprendre que Rafi et moi-mêmc avons résolu le dernier rébus de la légende.

— Quel rébus ?

— Celui qu'on trouve quasiment à la fin, après que le Marchand quitte Venise et se fait capturer par des pirates. Tu te souviens sûrement qu'ils l'emmènent sur une île pour le vendre comme esclave ? Mais en chemin se produit un *miracolo* et il est finalement libéré par des créatures surgies du ciel et de la mer.

— Oui, je me souviens.

— Et te rappelles-tu le lieu où l'emmènent les marchands d'esclaves ?

— Bien sûr. Il s'agit de l'"île aux Chaînes".

— Comment dis-tu ça en bangla ?

— *Shikol-dwip.*

— Et voilà ! Tu as la solution – *shikol.*

— Que veux-tu dire par là ? demandai-je sans comprendre. En quoi est-ce la solution ?

— Parce que le nom arabe de la Sicile est "Siqillia" – et à mon avis, la ressemblance phonétique avec *shikol* n'est pas anodine. Le nom a dû se transformer alors que la légende était transmise de bouche à oreille. En tous les cas, je suis sûre que c'est vers la Sicile que se dirigeait le Marchand quand s'est produit le *miracolo*. Et comme tu le sais, la Sicile est précisément la destination de ce bateau de réfugiés.

J'étais sceptique.

— Si je comprends bien, tu veux venir avec nous parce que tu crois que va se rejouer une scène de la légende ?

Cinta éclata de rire.

— Eh bien, il se passera peut-être quelque chose. Ou pas. Quoi qu'il en soit, je ne veux pas rater ça, crois-moi ! Surtout maintenant que je sais que tu y vas.

— Mais, Cinta ! Ce n'est pas moi qui ai loué le bateau. Ce n'est pas moi qui décide.

— J'en suis bien consciente, *caro*. Avec l'aide de Rafi, j'ai déjà parlé à une certaine *signora* Lubna Alam. Elle a dit qu'elle serait ravie qu'on se joigne à l'expédition.

Cinta m'adressa alors un de ses malicieux sourires.

— Bien sûr, le fait d'avoir fait don d'une somme rondelette a peut-être contribué à faciliter les choses…

— Eh bien, concédai-je d'un ton résigné, il semblerait que tu aies pensé à tout.

— Tout à fait, *caro*. Tout est réglé. Rafi et moi venons avec vous !

Je lançai un regard noir en direction du jeune homme.

— C'est toi qui as tout manigancé ?

— Pas vraiment, dit-il.

Il hochait la tête mais je percevais bien son air satisfait – et je dois avouer que l'habileté avec laquelle il m'avait court-circuité m'impressionnait. Cela ne m'empêcha pas d'essayer une dernière fois de dissuader Cinta, sans grande conviction

— Jette un œil à l'extérieur, Cinta – tu as vu le temps qu'il fait aujourd'hui ? J'ai été surpris par une averse de grêle en venant ici. Ce n'est vraiment pas la journée à être dehors en chaise roulante. Et de toute façon, comment va-t-on te transporter jusqu'à l'aéroport ?

Cinta me tapota la main une nouvelle fois.

— *Non ti preocupi, caro*. Tu t'inquiètes trop. Tu ne devrais pas – on s'est occupés de tout. Mon ami, le *direttore* de l'hôpital, a réservé un bateau-taxi accessible aux fauteuils roulants pour m'emmener à l'aéroport. Et le *pulmino* que Gisa a loué pour aller jusqu'à Marghera est lui aussi équipé. *Sta' tranquillo* – on voyagera tous confortablement, surtout moi d'ailleurs.

En raison des conditions météorologiques étranges et des bourrasques qui balayaient la lagune, le trajet de l'hôpital à l'aéroport fut bien plus long que prévu. Le chauffeur de notre bateau-taxi nous avertit qu'il avait reçu l'ordre d'être très prudent : il y avait déjà eu plusieurs accidents dans la matinée, sur l'eau et sur les routes.

Fort heureusement, aucun vol n'avait été annulé et quand nous atteignîmes l'aéroport, plusieurs personnes du groupe – Lubna, Palash et Piya – avaient déjà pris place dans le minibus. Gisa et les quatre hommes de son équipe s'activaient encore à charger le matériel dans le coffre parmi les piles de sacs de couchage, les packs de bouteilles d'eau et diverses provisions.

Gisa avait visiblement pris les choses en main. Je fus frappé à cet instant par sa formidable présence – les mèches de couleur dans ses cheveux platine, ses grosses lunettes roses, son débit rapide… Sans perdre de temps, elle s'assura que le fauteuil de Cinta était bien attaché et que Rafi pouvait reposer son bras plâtré sur des sacs de couchage empilés sur le siège à côté de lui.

Alors que j'attendais de monter dans le bus, je sentais la nervosité me gagner. Cela faisait longtemps que je n'avais pas vu Piya et je ne savais trop à quoi m'attendre. Une fois dans le bus, je constatai qu'elle m'avait gardé une place. Mon cœur s'emballa mais mes espoirs furent rapidement déçus quand elle m'accueillit d'un bref "Salut !".

— Salut ! répondis-je.

Je remarquai alors que se lisait sur son visage la même angoisse que le jour où on s'était retrouvés à l'hôpital de Lusibari.

— Ça fait longtemps que vous attendez ? demandai-je.

— Presque une demi-heure. J'espère qu'on ne va pas rater le bateau. Tu en penses quoi ?

— Aucun risque. Il n'est que 13 heures et le bateau ne partira pas avant 15 heures. Je pense qu'il nous faut seulement vingt minutes pour aller à Marghera par l'autoroute.

Quelques instants plus tard, comme en réponse à ma remarque, le chauffeur annonça qu'un accident s'était produit sur l'*autostrada* dans la matinée en raison des vents violents et qu'on emprunterait donc un autre chemin. Mais on ne devait pas s'inquiéter. On arriverait quand même à Marghera largement dans les temps, le trajet prendrait une heure tout au plus.

Dès notre sortie de l'aéroport, le minibus fut ébranlé par des vents tourbillonnaires. La pluie tombait si dru par moments qu'on dut ralentir et avancer au pas. Par les fenêtres, on voyait à peine le bord de la route. Et même quand la pluie se calmait, le ciel restait étrangement menaçant : des spirales nuageuses d'un noir d'encre se détachaient sur le gris profond des champs.

Puis la pluie cessa brutalement tandis que, dans le même temps, la couverture nuageuse s'épaississait.

Nous étions sur une route de campagne à lacets, entourés de champs d'un vert luxuriant. Piya, qui était assise côté fenêtre et regardait par la vitre, me saisit brusquement le bras.

— Regarde ! cria-t-elle. Regarde le ciel !

Levant les yeux, j'aperçus une masse de nuages sombres qui enflait et frémissait, comme sur le point d'accoucher. Tout à coup, elle se rompit telle une coquille d'œuf, expulsant une petite forme grise qui se mit à descendre vers la terre, se contorsionnant comme une lanière de fouet tandis qu'elle se rapprochait.

— Oh, mon Dieu ! s'écria Piya. C'est une tornade !

Je fus interloqué par la frayeur que je perçus dans sa voix car Piya ne m'avait jamais donné l'impression d'être une personne peureuse. Elle eut alors une réaction à laquelle je m'attendais encore moins : s'agrippant au revers de ma veste, elle pressa son visage contre ma poitrine. Instinctivement, je passai un bras autour de ses épaules et l'enlaçai.

Tous les regards étaient à présent tournés vers l'extérieur, sur le côté gauche, où cette chose sinueuse évoquant un serpent ondoyait et virevoltait au-dessus de la verdure d'un champ de blé. Pendant quelques secondes, sa base resta suspendue au-dessus du sol, le touchant presque mais se rétractant au dernier moment. Cela se répéta trois ou quatre fois jusqu'à ce qu'elle finisse par frapper le sol.

Une gerbe de matière jaillit instantanément au-dessus du champ, dans un fracas de tonnerre, comme lors du passage d'un train rapide : branches, poteaux, tiges de blé, herbe et terre se mirent à tourbillonner dans les airs, s'élevant dans le ciel à mesure que la tornade fonçait dans notre direction.

J'avais vaguement conscience que le minibus était à l'arrêt et que beaucoup de voix hurlaient autour de moi ; je sentais également que Piya enfonçait ses ongles dans mon dos et qu'elle mordait le tissu de ma veste. J'étais terrorisé ; ne pouvant plus regarder à l'extérieur, j'enfouis mon visage dans son cou. Je me répétais une seule chose : "Si on doit mourir, pourvu que ce soit rapide."

Le fracas extérieur se fit assourdissant et le minibus, secoué de toutes parts, se mit à vibrer dans un cliquetis de vitres. On entendit alors un énorme bruit d'explosion suivi d'une secousse, comme si une charge immense s'était abattue sur le sol.

En levant la tête, je vis que la tornade nous avait manqués de peu : elle avait traversé la route une vingtaine de mètres plus loin, déracinant un arbre sur son passage.

Le tumulte finit par s'estomper pour laisser place à un silence mystérieux et inquiétant. On sentait que la tornade était repartie dans le ciel, perdant tout contact avec la terre. Mais l'air était à présent tellement chargé de poussière, de feuilles et de terre qu'on aurait dit que la nuit était tombée. Lorsque le chauffeur alluma les phares, on finit par découvrir qu'un arbre bloquait la route : ses branches se soulevaient et s'agitaient comme si elles vivaient leurs derniers instants.

Ce fut alors que j'aperçus, dans la lumière des phares, une chose bouger à l'extrémité du tronc : une silhouette qu'on peinait à discerner s'était matérialisée dans ce nuage de poussière telle une apparition surnaturelle. Cette silhouette sauta par-dessus le tronc quelques instants plus tard pour se diriger vers nous.

C'était un homme, vêtu d'une longue robe jaune ; coiffé d'une sorte de turban de couleur ocre, il était brun de peau et avait une barbe grisonnante bien coupée.

Il ne manifesta aucune hésitation quand il s'approcha de la fenêtre du chauffeur et tapota sur la vitre ; il avait l'air de savoir parfaitement ce qu'il faisait. Le chauffeur, en revanche, fit un bond de surprise et tâtonna avant de descendre la vitre.

L'homme ne posa aucune question. Il se contenta de pointer un doigt en direction de la route.

— *C'è una altra strada*, indiqua-t-il. Il y a une autre route – vous la trouverez sur votre droite, dans deux kilomètres. Si vous la prenez, vous arriverez à Marghera.

Sans un mot de plus, l'inconnu tourna les talons et s'en alla.

— *Grazie !* cria le chauffeur. *Grazie mille !*

Il ne reçut aucune réponse.

Sur le siège à côté de moi, j'entendis Rafi murmurer entre ses dents :

— C'est lui – Bonduki Sadagar. C'est lui.

J'étais dans un tel état de tension que je ne parvins pas à maîtriser ma voix.

— N'importe quoi, Rafi ! rétorquai-je sèchement. C'était juste un migrant en djellaba, un Maghrébin.

Nous échangeâmes quelques regards sombres avant que le chauffeur n'intervienne :

— *Ci sono tanti Marocchini qui* – il y a beaucoup de Marocains par ici ; ils travaillent dans les fermes.

Une vague de soulagement me submergea.

— Tu vois, lançai-je à Rafi. Qu'est-ce que je te disais ?

Mais Cinta, qui nous observait en silence, s'empressa de tendre le bras depuis son fauteuil pour prendre la main de Rafi.

— *Ti credo, Rafi*, dit-elle. Je te crois, moi. Je pense que quelqu'un veille sur nous.

LE *LUCANIA*

Avec sa coque vert vif et sa superstructure blanche, le *Lucania* était un bateau robuste à la mécanique fiable. Construit en Allemagne dans les années 1970, ce vaisseau avait fait partie de la flotte garde côtière pendant trente ans avant d'être vendu à une compagnie charter basée à Gibraltar ; ces dernières années, il avait été loué à deux reprises pour des opérations de sauvetage de réfugiés.

Dans le port de Marghera, entouré de gigantesques paquebots de croisière, le *Lucania* paraissait minuscule. Ce qui était une impression trompeuse car ce garde-côte n'avait rien d'un petit bateau : il devait mesurer plus de soixante-dix mètres de la proue à la poupe et pouvait accueillir, dans l'ensemble de ses cabines, de la cale aux ponts supérieurs, plusieurs centaines de personnes. Comme nos effectifs étaient bien plus réduits, nous avions amplement la place d'aller et venir.

Grâce aux talents de persuasion de Gisa, Cinta se vit attribuer une cabine confortable sur le pont principal. Le reste des passagers et moi-même fûmes installés en dessous, dans de vastes cabines sonores, éclairées aux néons et dépourvues de mobilier.

Nous étions encore occupés à défaire nos bagages quand un coup de sirène nous fit tous remonter sur le pont, juste à temps pour voir les grues et les portiques de Marghera s'estomper à l'horizon. À mesure que le port disparaissait, le paysage vers lequel nous voguions se précisa peu à peu – une étendue estuarienne plane, écrasée par un ciel bas.

Lorsque quelqu'un cria *"Guardate ! Guardate !"*, on se tourna tous vers le nord pour observer, à des kilomètres, un long serpentin qui descendait du ciel. On eut l'impression de le voir rebondir plusieurs fois après avoir touché le sol puis il disparut dans le ciel, tel un yo-yo qu'on rembobine.

À peine venait-il de disparaître qu'un autre cri retentit. On se tourna tous vers l'est cette fois, où une autre tornade était apparue ; en touchant la lagune vénitienne, elle aspira une trombe d'eau qui resta en suspens au-dessus du sol comme un tourbillon de cristal. Elle aussi disparut en quelques secondes mais le capitaine lança l'alerte et donna l'ordre d'évacuer tous les ponts.

Les membres de notre petit groupe se réfugièrent dans la cabine de Cinta qui bénéficiait d'une vue panoramique grâce à ses ouvertures sur les trois côtés. Après avoir demandé à ce que son fauteuil soit installé près du hublot, Cinta nous fit signe à Rafi et à moi de nous approcher.

— Vous voyez cette île, là-bas ? dit-elle en désignant un petit bout de terre que nous étions en train de dépasser. C'est San Giorgio in Alga, qui abrite un monastère depuis mille ans. Votre Marchand d'Armes sera passé tout près, comme nous en ce moment. Et cette autre île, là-bas ? C'est San Clemente, qui devait déjà ressembler à ce qu'elle est aujourd'hui à l'époque du Marchand. Un peu plus loin, on a le Lazzaretto Vecchio, où l'on envoyait les pestiférés. On y a retrouvé des milliers de squelettes, dans des fosses communes. Il n'a pas changé depuis des siècles. Vous avez donc sous les yeux ce que le Marchand d'Armes aura vu lui aussi…

Pendant ce temps, le ciel sombre et tourmenté continuait à se soulever et à tourbillonner, générant de temps à autre une tornade qui atteignait la terre ou l'eau – mais pas toujours. Jamais je n'avais vu de tel spectacle, qui ne semblait pas relever d'une expérience terrestre et humaine mais dériver plutôt des pages d'une fantaisie surnaturelle tel l'*Hypnerotomachia Poliphili*.

Nous apprîmes bientôt que ces étranges conditions météorologiques n'étaient pas un phénomène localisé : l'ensemble de l'Italie connaissait diverses perturbations. Un déluge de pluie et de grêle s'était abattu sur certaines villes du Nord ; des vents violents avaient frappé plusieurs zones ; dans les montagnes du Sud-Tyrol, des forêts entières avaient été décimées ; ailleurs encore, des arbres avaient été arrachés, endommageant des maisons et bloquant des routes.

Un des collègues de Gisa installa un poste de télévision dans la cabine de Cinta, nous permettant ainsi de suivre les reportages en direct sur les forêts dévastées, les gens cherchant à s'abriter de la grêle, les voitures flottant dans les rues des villes… Suivirent des scènes incroyables filmées à Rome où de nombreux pins parasols imposants étaient tombés après avoir été déracinés.

Alors que défilaient toutes ces images, Gisa poussa un cri.

— C'est le Trastevere – c'est mon quartier !

Elle s'empara de son téléphone portable et sortit précipitamment de la cabine.

Comme elle tardait à revenir, Cinta commença à s'inquiéter.

— Tu peux aller voir ce qu'elle fait ? me demanda-t-elle. J'espère qu'il n'est rien arrivé à sa famille.

Le *Lucania* avait atteint le large et bizarrement, par comparaison avec tout ce qui se passait ailleurs, nous bénéficions d'un temps plutôt clément. Le ciel s'était éclairci et empli de la lueur rosée du soleil couchant.

Comme les conditions étaient meilleures, beaucoup de passagers étaient retournés sur le pont principal. J'en fis donc le tour en essayant de retrouver Gisa parmi ces dizaines de visages. Je finis par la repérer, à moitié cachée derrière un des canots de sauvetage du *Lucania*. Visiblement sous le choc, elle fixait son téléphone, le regard vide.

— Gisa ? Que se passe-t-il ?

L'air abasourdi, elle n'arrêtait pas de cligner des yeux derrière ses grosses lunettes.

— Non, ce n'est rien, *niente*… Je suis juste soulagée, c'est tout.

Elle m'expliqua alors qu'elle avait eu beaucoup de mal à joindre sa compagne, Imma. Dans un premier temps, pendant quinze ou vingt minutes, celle-ci n'avait pas décroché. Gisa avait réussi entre-temps à contacter un voisin du dessous qui lui avait annoncé que la tempête avait causé la chute d'un arbre dans leur rue. Il était tombé sur leur immeuble. Gisa avait alors complètement paniqué ; elle était folle d'inquiétude quand Imma l'avait finalement rappelée. L'arbre s'était effectivement abattu sur leur appartement et beaucoup de vitres avaient été cassées. Leur fille adoptive se trouvait dans sa chambre quand la vitre avait volé en éclats, projetant des débris un peu partout. Mais elle n'était pas blessée, personne n'avait rien. Ils étaient simplement choqués. Ils avaient quitté l'appartement pour aller s'installer chez des amis où ils prévoyaient de passer la nuit.

Gisa se frotta les yeux et s'efforça de sourire.

— Tu imagines ? Dans une ville comme Rome, les miens sont devenus des réfugiés !

Un peu plus tard dans la soirée, un des cameramen sortit du vin tandis que Lubna et Palash préparaient des assiettes de paninis. Je remarquai que Piya n'était pas avec nous dans la cabine de Cinta.

Cela ne me surprit pas tout à fait car Piya était restée étonnamment silencieuse depuis qu'on avait embarqué ; j'avais l'impression qu'elle était gênée après sa réaction pendant la tornade.

En allant faire un tour sur le pont, je l'aperçus à la proue du bateau, en train d'observer la mer sous le clair de lune. Elle sursauta quand elle me sentit approcher. Je m'arrêtai net.

— Désolé… Est-ce que je te dérange ?

— Non, pas du tout !

Elle tendit le bras et posa une main sur ma manche.

— En fait, je suis contente de te voir. Je voulais m'excuser pour ma crise de tout à l'heure dans le bus. Tu as dû me prendre pour une idiote.

— Pas du tout. Moi aussi, j'ai eu très peur.

Je voyais bien qu'elle essayait de se contenir et quand elle reprit la parole, ce fut au prix d'un gros effort.

— Je ne suis pas du genre à m'affoler… Mais j'ai vécu une expérience horrible un jour, lors d'une tempête. C'était un cyclone, pas une tornade. Je pensais que j'avais dépassé ça mais, apparemment, ce n'est pas le cas. Peut-être que je n'y arriverai jamais.

— Tu parles de la tempête qui a coûté la vie au père de Tipu ?

Elle confirma de la tête.

— C'est ça. Je serais morte moi aussi ce jour-là s'il n'avait pas été là. Il s'appelait Fokir. Il m'a protégée, il a donné sa vie pour moi. Et je suis sûre que Tipu le sait, ce qui explique en partie notre relation si compliquée. Tipu était très, très proche de son père, et je suppose qu'au fond de lui, il me tient pour responsable de sa mort.

— Mais enfin, Piya, tu as fait beaucoup pour Tipu et Moyna. Tu as fait tout ce que tu pouvais.

— J'ai essayé… Mais je me dis parfois que je n'ai fait qu'empirer les choses pour eux. Rien de ce que je fais ne les aide beaucoup, me semble-t-il… Par exemple, emmener Tipu aux États-Unis – j'aurais dû savoir que ça allait mal tourner. Je n'ai pas vraiment la fibre maternelle… Mais il voulait tellement y aller – je n'ai pas pu refuser.

J'étais désemparé de voir Piya, habituellement si forte, dans un tel état de confusion et de détresse. J'avais du mal à trouver des mots de réconfort : c'était une personne très honnête à qui je ne pouvais renvoyer de vaines paroles.

— Moyna comprend tout ça, tu sais…, finis-je par dire. Elle t'est reconnaissante pour tout ce que tu as fait. Elle me l'a dit.

— Je crois qu'elle m'a pardonnée, d'une certaine façon, acquiesça Piya. Mais en vérité, s'il devait arriver quelque chose à Tipu, il ne lui resterait plus rien. J'en porterais alors tout le poids, non ? Toute la culpabilité ?

— Tu t'emballes, Piya… N'oublie pas qu'on est là pour sauver Tipu. Ne va pas imaginer le pire avant même qu'il ait eu lieu.

— Tu as raison, concéda-t-elle dans un petit sourire. Merci.

— Inutile de me remercier.

Elle posa de nouveau sa main sur ma manche.

— Non, vraiment, c'est sincère. Merci. Je ne sais pas ce que j'aurais fait sans toi ces dernières semaines. J'ai cru devenir folle quand on a appris que Tipu avait disparu. Tu as été la seule personne sur qui j'ai pu compter.

Ses mots étaient tellement inattendus qu'ils me laissèrent, littéralement, sans voix.

On nous avait expliqué lors de l'embarquement qu'il était d'usage sur les bateaux de sauvetage de faire dormir les hommes et les femmes dans des zones distinctes (exception faite des membres d'une même famille). Cette procédure fut adoptée sur le *Lucania*, les cabines à tribord étant réservées aux femmes, celles à bâbord aux hommes.

Au moment d'aller me coucher, je fis un tour pour essayer de dégoter un coin tranquille où installer mon sac de couchage. Il ne me fallut pas longtemps pour trouver une sorte de petite cabine où du matériel avait été stocké lors de missions de secours antérieures – un amoncellement de vêtements, de couvertures et de jouets à l'air triste.

Je poussai les vêtements et les jouets dans un coin pour me faire une place et me glissai sans tarder dans mon sac de couchage. Le pont métallique n'était pas des plus confortables et je ne pouvais rien contre l'éclat tenace d'une lointaine veilleuse. Je parvins néanmoins à m'endormir, sombrant bientôt dans un rêve où j'observais la Terre par l'œil d'une tornade alors que tout tournait autour de moi. Dans ce tourbillon brumeux, j'aperçus l'homme qui avait surgi devant nous après la tornade, vêtu d'une robe et coiffé d'un turban.

Son regard était si perçant que je me réveillai en sursaut. Trois paires d'yeux me fixaient : assis sur une pile d'habits, deux animaux en peluche et une grande poupée me dévisageaient.

Je me redressai d'un coup, ne sachant plus si c'était moi qui les avais posés là. Ou quelqu'un était-il entré pendant que je dormais pour réorganiser les affaires ? Mais le bruit des pas sur le sol métallique m'aurait alors forcément réveillé ?

Trop perturbé pour me rendormir, je décidai d'enfiler ma veste et de grimper l'échelle pour rejoindre le pont principal.

Il soufflait un air frais et vivifiant. Après deux profondes inspirations, je me tournai vers la proue où j'eus la surprise de découvrir la tête et les épaules de Cinta se découpant dans le clair de lune. Assise sur son fauteuil roulant, elle discutait avec Gisa.

Comme elles semblaient en pleine conversation, je décidai de ne pas les déranger. Mais alors que je m'apprêtais à tourner les talons, Gisa m'aperçut. Elle me fit signe de les retrouver à l'avant du bateau.

— Je suppose que toi non plus tu n'arrives pas à dormir ? me demanda Cinta.

— C'est ça.

À la lumière argentée de la lune qui l'éclairait vivement, je remarquai qu'elle regardait dans le vague.

— Gisa me racontait une chose qui s'est produite aujourd'hui, poursuivit-elle, alors qu'elle essayait d'appeler Imma à Rome…

Durant les vingt minutes d'angoisse pendant lesquelles elle n'arrivait pas à joindre sa compagne, Gisa avait perçu une voix à un moment donné, la voix d'une fillette qui lui disait : "*Sta' tranquilla, Ella* – Ne t'en fais pas. Tes enfants vont bien. Il ne leur est rien arrivé…"

Gisa avait regardé à droite, à gauche et derrière elle, mais il n'y avait personne.

— Ce qui est étrange, précisa-t-elle, c'est que, dans ma vie, une seule personne m'a appelée Ella. C'était Lucia, la fille de Cinta. "Ella" était le *nomignolo* qu'elle me réservait.

Cinta sourit et secoua la tête, agitant ses cheveux dans le vent.

— Lucia est avec nous, annonça-t-elle d'une voix calme et assurée. Je sens sa présence.

OBSERVATIONS

À la surprise générale, il faisait un temps magnifique le lendemain.

J'étais déjà sur le pont quand Piya monta, le visage protégé par un grand chapeau de toile. Jumelles autour du cou et sac à dos sur l'épaule, elle avait un air tout à fait professionnel.

— Ne me dis pas que tu vas observer les dauphins ? m'étonnai-je.

— Pourquoi pas ? fit-elle dans un haussement d'épaules. Plutôt que de me ronger les sangs au sujet de Tipu…

— Mais tu crois vraiment que tu vas en voir ?

— C'est probable… Il y a beaucoup de cétacés en Méditerranée et la plupart doivent être en pleine migration à cette époque de l'année.

Posant le sac à ses pieds, elle se posta à l'avant du bateau et se mit à scruter l'horizon avec ses jumelles.

Ce fut pourtant Rafi et non Piya qui les repéra le premier.

— *Oijé !* s'enthousiasma-t-il. Regardez par là, Piya-didi. Je crois que j'ai vu quelque chose.

Piya fronça les sourcils tout en réglant ses jumelles sur la zone que désignait Rafi. Deux minutes plus tard, elle concéda, presque à contrecœur :

— Eh bien, Rafi ! *Tomar chokh khub bhalo to !* Tu as de bons yeux !

— Qu'est-ce que vous avez vu ? demandai-je.

— C'est sûr qu'il y a là-bas un banc de cétacés. Mais je ne suis pas certaine de l'espèce – ils sont trop loin. C'est incroyable que Rafi les ait repérés sans instrument. Tu veux jeter un œil ? me demanda-t-elle en me tendant les jumelles.

Je relevai mes lunettes pour coller mes yeux contre les verres, sans grand succès : tout était brouillé.

— Tu les verras bientôt, me rassura Piya. Ils ont l'air d'avancer dans la même direction que nous. On ne devrait pas tarder à les rattraper.

Elle régla une nouvelle fois ses jumelles sur la portion de mer en question et, quelques instants plus tard, je fus enfin capable de distinguer une crête d'écume blanche là où des renflements de couleur sombre affleuraient à la surface.

— Je crois que ce sont des globicéphales à nageoires longues, s'écria-t-elle avec joie. Je dirais qu'ils sont cinq ou six. On en voit parfois dans les Sundarbans, surtout le long de la côte. Ils ne remontent plus à l'intérieur des terres alors qu'au XIXe, on pouvait en voir jusqu'à Calcutta.

Elle se tourna vers Rafi.

— Tu as déjà croisé ce genre de baleine ? Avec une bosse sur le front, qui ressemble à un gros ballon ?

— Une fois ou deux, confirma-t-il.

Piya sortit de son sac une autre paire de jumelles qu'elle lui tendit.

— Tu crois que tu pourras t'en servir avec une seule main ?

— Je crois que oui.

— Tu veux observer les cétacés avec moi ?

Rafi fit un signe de tête et s'empressa de chausser ses jumelles. En quelques minutes, il repéra d'autres mammifères.

— Là, là !

Piya se tourna dans la direction qu'il indiquait et ajusta ses jumelles.

— Hé, cria-t-elle quelques secondes après. Je crois bien qu'on a trouvé un banc de dauphins de Risso !

Elle tendit le bras pour donner une tape dans le dos de Rafi.

— Beau travail !

Cinta nous rejoignit bientôt. Après avoir observé Piya, elle me tira par la manche et me fit signe d'approcher mon oreille de ses lèvres.

— *È in gamba questa ragazza*, murmura-t-elle. Cette fille est futée.

— Tout à fait, répondis-je.

— Tu l'aimes bien, non ? demanda-t-elle en scrutant mon visage.

Je confirmai d'un mouvement de tête.

— Et tu t'y prends comment avec elle ?

Je fus secoué d'un rire nerveux.

— Oh, je ne crois pas du tout qu'elle s'intéresse à moi.

— Ne sois pas un *babbeo, caro*. Cette *ragazza* n'est pas du genre à ouvrir son cœur. Mais je sens qu'elle va ouvrir une porte pour toi, ou peut-être seulement l'entrouvrir. Alors, tu devras entrer. *Capisci ?*

— Oh, Cinta… Je ne crois pas du tout que les choses vont se passer comme ça.

— Mais tu l'espères… Je me trompe ?

— Peut-être…

— Tu vois ! dit-elle dans un sourire. On dirait bien que ton Marchand a déjà embelli ta vie…

— Que veux-tu dire par là ?

— C'est grâce à lui que tu l'as rencontrée – *non è vero* ?

Maintenant que le temps s'était éclairci, les passagers se mirent à bavarder les uns avec les autres : Lubna et Palash allèrent retrouver leurs camarades activistes tandis que Gisa se rapprochait des autres journalistes présents à bord.

Au moment du déjeuner, alors que nous étions une fois encore réunis dans la cabine de Cinta, Gisa entra en trombe : un ami basé à l'étranger venait de lui apprendre du nouveau concernant le Bateau Bleu ; il l'avait appelée d'Égypte.

Grâce à des images satellites, il avait été établi que le bateau avait entamé son périple près de la ville d'El-Arish, dans le Sinaï. Tout le monde savait que c'était une zone de non-droit, ce qui n'avait pas empêché deux correspondants intrépides de s'y rendre. Des gens du coin les avaient conduits vers un bâtiment décrépit à une trentaine de kilomètres de la ville. Là se trouvait, leur avaient-ils expliqué, une fameuse maison de connexion où de très nombreux réfugiés avaient été retenus par des trafiquants. Le lieu était connu pour avoir servi de centre de trafic d'organes.

La maison avait été conçue de manière ingénieuse : les cellules où l'on enfermait les réfugiés, dignes de cachots médiévaux, étaient enterrées et donc difficiles à repérer. À la surface n'était visible qu'une bâtisse tout à fait commune où les trafiquants avaient établi leurs quartiers. Au premier coup d'œil, personne n'aurait reconnu une maison de connexion.

Les villageois avaient raconté que, trois semaines auparavant, un nouveau groupe de migrants avait été transféré à bord d'une fourgonnette aux vitres teintées. C'était une cargaison particulièrement bigarrée comprenant des Éthiopiens, des Érythréens, des Somalis, des Arabes et des Bangladais. Se trouvait parmi eux une femme de grande taille, une Éthiopienne.

Deux soirs après leur arrivée, un garçon qui travaillait comme domestique dans la maison de connexion avait accouru au village voisin. Peu après la tombée de la nuit, une tempête avait frappé la maison. Une tornade s'était abattue avec une telle vigueur que l'édifice s'était effondré, entraînant la mort de certains trafiquants et jetant les autres dans le désarroi. Elle avait également emporté une partie du sol si bien que les réfugiés avaient pu sortir de leurs cellules souterraines et prendre le dessus.

Après s'être emparés des téléphones de leurs geôliers ainsi que des disques durs de leurs ordinateurs portables, les réfugiés les avaient forcés à les conduire sur l'un de leurs bateaux – celui qu'on appelait le Bateau Bleu. Le garçon avait expliqué que l'Éthiopienne avait tout orchestré. Elle avait mené les réfugiés sur le bateau et, une fois que tous avaient embarqué – plus d'une centaine de personnes au total –, le bateau avait mis les voiles dans la nuit.

Après investigation, les journalistes avaient confirmé que, selon les données météorologiques, une tornade avait effectivement frappé cette partie de la côte, à l'heure dite. Ils avaient aussi appris que ce genre de caprice météorologique se multipliait dans la zone ; il s'agissait, pensait-on, d'un effet du dérèglement climatique.

— Comment savoir ce qui s'est vraiment passé ? conclut Gisa. En tout état de cause, il semblerait que ces *rifugiati* soient en possession d'une énorme quantité de données concernant le trafic humain. Tout le monde sait que ces trafiquants ont des relations partout – pas seulement dans la pègre mais aussi dans les hautes sphères, parmi les policiers et même certains gouvernements européens. Tous ces réseaux pourraient être mis au jour. Il se raconte que c'est la raison pour laquelle tant de pays refusent d'accueillir le Bateau Bleu. Ce groupe de réfugiés en sait peut-être trop.

Lubna avait elle aussi des nouvelles.

— Toutes sortes de rumeurs circulent, nous confia-t-elle. On dit que des commandos vont prendre d'assaut le *Lucania* ou bien qu'il y aura une attaque de drones.

— Sérieusement ?

Elle acquiesça d'un air sombre.

— Oui. Et il semblerait que les militants de droite soient bien plus nombreux que nous : apparemment, ils ont affrété toute une flotte. Ce qui n'a rien d'étonnant vu l'argent dont disposent leurs partis. Ils peuvent nous bloquer ou nous faire reculer.

— Tu crois vraiment qu'ils tenteraient une chose pareille ?

— Qui sait ? Ils sont capables de tout. Tout dépend de la façon dont la marine va gérer la situation. Espérons que l'amiral Di Vigonovo garde la tête froide.

Cinta dressa l'oreille à l'annonce de ce nom.

— Qui ça ? Répète le nom de cet amiral.

— Alessandro Di Vigonovo, répéta Lubna. Ça vous dit quelque chose ?

— *Certo !* s'exclama Cinta en tapant de joie sur les accoudoirs de son fauteuil. Évidemment que je le connais ! Je connais Sandro depuis qu'il est tout petit. Les Di Vigonovo sont une vieille famille vénitienne. L'oncle de Sandro était le *parroco* de l'église Santa Maria dei Miracoli, à Cannaregio, et Sandro y a été enfant de chœur pendant des années. Tout le monde pensait qu'il entrerait dans les ordres mais, finalement, il a rencontré une fille dont il est tombé amoureux. Il a donc choisi d'intégrer la marine. C'est un homme bien – un honnête homme…

Elle fut interrompue par Piya qui poussa un cri tout en regardant vers le large.

— C'est incroyable ! Des rorquals communs, droit devant !

On se précipita de concert vers le bastingage, juste à temps pour admirer un énorme cétacé surgir lentement hors de la mer avant de replonger lourdement, déplaçant une telle quantité d'eau que le *Lucania* fut secoué par une vague deux minutes après.

— *Uau !* s'exclama Gisa. On dirait qu'ils prennent tous la même direction que nous ! C'est bizarre, non ?

— Pas tant que ça, expliqua Piya. C'est logique qu'ils se dirigent comme nous vers la Sicile. Pour atteindre l'Ouest de la Méditerranée, ils doivent passer par le canal de Sicile. À certaines périodes, c'est un des couloirs migratoires les plus fréquentés au monde par les mammifères marins.

Une heure plus tard, Piya poussa de nouveau un cri.

— Des cachalots, à 15 heures !

On aperçut de justesse un jet d'écume projeté dans les airs.

— C'est extraordinaire ! Combien d'espèces de cétacés as-tu repérées aujourd'hui ? demandai-je.

— Déjà quatre. Sachant que la Méditerranée n'en compte que huit.

— C'est normal d'en voir autant au même moment ?

— Tout dépend de ce que tu entends par normal. Ça varie selon la saison.

Lubna et Palash étaient tous deux très sollicités par les journalistes présents sur le *Lucania*, qui souhaitaient les interviewer longuement sur les enjeux migratoires. À la différence de Lubna, Palash prenait soin de ne pas dévoiler son identité : il insistait toujours pour s'exprimer de manière anonyme et, quand un journaliste de télévision lui demandait s'il pouvait le filmer, il refusait catégoriquement, poussant Lubna au premier plan.

Un journaliste finit par l'interroger à ce sujet.

— Pourquoi tenez-vous tant à rester dans l'ombre ?

Palash éluda la question.

— Simplement parce que je n'aime pas être dans la lumière.

Un peu plus tard, il vint me trouver pour s'expliquer.

— Vous devez penser que je suis un type louche ou un truc de ce genre.

— Non, pas du tout.

Après un silence gêné, Palash m'entraîna vers le bastingage auquel nous nous accoudâmes, visage au vent.

— C'est juste que ma famille ne sait rien de ma vie ici.

— Ah bon ? Comment cela se fait-il ?

— En fait, je suis venu en Italie en tant qu'étudiant, ce qui me distingue de la plupart des migrants bangladais. Ma situation au Bangladesh était très différente de la leur. La plupart d'entre eux viennent de villages ou de petites villes, alors que, moi, j'ai un père banquier à Dhaka. Mon frère aîné est fonctionnaire, plutôt bien placé. J'ai fait des études à l'université de Dhaka et je suis même diplômé en management. Pendant quelques années, j'ai occupé un poste de cadre dans une multinationale. Tous les jours, j'allais au travail en voiture et en costume-cravate.

Il désigna ses habits.

— Je suppose que c'est là que j'ai pris l'habitude de porter une veste et un pantalon. Et pourtant, d'une certaine façon, tout cela ne me suffisait pas. J'avais envie de quitter le Bangladesh depuis mon plus jeune âge. Avec un petit groupe d'amis, on avait décidé, quand on était tout jeunes, de partir en Finlande.

— En Finlande ? répétai-je, surpris. Pourquoi la Finlande ?

Palash eut un petit sourire d'autodérision.

— Je sais que ça peut paraître étrange, cette idée de vouloir s'installer en Finlande ! Mais à Dhaka, beaucoup de jeunes gens ont ce genre de rêve. Avec mes amis, on imaginait la Finlande comme tout ce que Dhaka n'était pas : un lieu calme, propre, frais, pas surpeuplé – et bien sûr, nos premiers portables étaient des Nokia, fabriqués en Finlande… Donc, on a toujours eu un faible pour ce pays. Quoi qu'il en soit, on voulait tous aller en Finlande, c'était notre fantasme, notre rêve… Un des garçons de notre petit groupe a d'ailleurs réussi à décrocher une bourse pour aller étudier dans une université finnoise. Ça nous a encore plus motivés, surtout quand ce copain s'est mis à nous envoyer des photos de là où il vivait – impossible d'imaginer plus bel endroit ! J'ai candidaté pour la même bourse, deux fois, mais je ne l'ai pas décrochée. J'ai donc décidé que je m'inscrirais, à mes frais, dans une autre université, quelque part en Europe, et que je ferais un transfert pour la Finlande plus tard.

À ce moment-là, je travaillais déjà et comme je gagnais pas mal d'argent, j'ai commencé à en mettre de côté. Je savais que je ne pouvais rien attendre de ma famille : ils étaient totalement opposés à l'idée que je parte à l'étranger – ils voulaient que je reste au Bangladesh. Donc, en cachette, j'ai postulé dans des universités européennes. Quand l'université de Padoue m'a accepté, j'ai décidé d'y aller. Entre mes économies et l'argent prêté par des amis, j'ai réussi à obtenir un visa d'étudiant et un billet d'avion.

Mais les choses ne se sont pas passées comme je l'espérais. J'ai pris des cours d'italien, que j'ai appris à parler plutôt bien – mais malgré ça, je n'arrivais pas à suivre. Au bout d'une année, j'ai renoncé aux études et j'ai fait une demande de permis de travail. Quand elle m'a été refusée, j'ai fait appel et, depuis, je n'arrête pas de faire appel… Quatre ans que ça dure et je suis encore dans les limbes si je puis dire – pas seulement en ce qui concerne mon statut en Italie mais aussi par rapport aux autres Bangladais qui vivent ici.

— Comment ça ?

— Vous voyez bien que tout chez moi est différent, poursuivit Palash. Mon accent, mes manières, mes origines – les autres s'en rendent compte dès que je prends la parole. Ils découvrent alors que je ne suis pas arrivé ici de la même manière qu'eux, que je n'ai pas eu à traverser ni à endurer les mêmes épreuves… Ils me croient incapable de travailler dans les mêmes conditions qu'eux, alors ils ne partagent pas les infos avec moi – par exemple, quand le propriétaire d'un magasin a besoin d'un livreur ou bien quand un hôtel recherche quelqu'un pour récurer les toilettes… Je serais ravi de faire ce genre de travail ici, même si, au pays, j'aurais refusé un emploi de secrétaire dans un bureau. Mais ici, je serais heureux de livrer des pizzas ou de faire la plonge. J'ai moi-mêmc du mal à croire que j'ai travaillé un jour comme cadre, en costard-cravate.

— Dans ces conditions, pourquoi ne rentres-tu pas, pour trouver un autre emploi ? Ta famille t'aiderait sûrement ?

Malgré son petit sourire triste, je remarquai que ses yeux étaient emplis de larmes.

— Je ne peux plus rentrer. Ma famille ne sait toujours pas que j'ai abandonné la fac et que je suis à la rue, à essayer de survivre. Pour mes parents, l'idée qu'un de leurs fils vive de ce genre de métier n'est même pas concevable. Ils me croient encore étudiant, dans mon université, occupé à assister à des cours et à rendre des devoirs… Si aujourd'hui je leur disais la vérité, il me faudrait aussi admettre que je mens depuis le début, qu'ils avaient raison de ne pas vouloir me laisser partir, que j'ai fait une grosse erreur et que j'aurais mieux fait d'écouter leurs conseils… Il me faudrait admettre qu'en poursuivant un rêve, j'ai détruit ma vie.

— Ce qui voudrait dire que ton rêve était une sorte de malédiction ?

— Je suppose, concéda-t-il d'un air las. Mais tout le monde a un rêve, non ? Et tout rêve n'est-il pas qu'un fantasme ? Pensez à tous ces gens qui viennent visiter Venise : qu'est-ce qui les amène ici si ce n'est un fantasme ? Ils pensent découvrir le cœur de l'Italie, un endroit où ils vont se frotter à l'histoire italienne et à la véritable cuisine italienne. Savent-ils que tout cela n'est possible que grâce à des gens comme moi ? Que c'est nous qui préparons ce qu'ils mangent, nous qui lavons leurs assiettes et faisons leur lit ? Comprennent-ils qu'aucun Italien ne se charge plus de ce genre de travail aujourd'hui ? Que c'est nous qui alimentons ce fantasme alors même qu'il nous détruit ? Et pourquoi ne le comprennent-ils pas ? Tout être humain a bien le droit de fantasmer, non ? C'est un des droits de l'homme les plus importants – ce qui nous distingue des animaux. Avez-vous remarqué que chaque fois que vous regardez votre téléphone ou un écran de télévision, vous tombez sur une pub qui vous dit que vous devriez écouter vos envies, poursuivre vos rêves – "Rien n'est impossible", "Allez-y ! Foncez !". Que signifient tous ces messages si ce n'est qu'on doit vivre son rêve ? Demandez à n'importe quel Italien, tous vous diront qu'ils ont un fantasme : peut-être veulent-ils aller en Amérique du Sud pour découvrir les Andes, ou alors en Inde pour visiter les palais et la jungle. Si vous êtes blanc, c'est facile : vous pouvez aller là où vous voulez et faire ce que bon vous semble. Mais pour nous, c'est impossible. Quand j'y réfléchis aujourd'hui et que je me demande pourquoi j'étais si déterminé à aller en Finlande, j'en reviens toujours à la même chose : je voulais aller là-bas parce que tout le monde me disait que c'était impossible, parce qu'on me l'interdisait. Quand on interdit quelque chose aux gens, ils en ont encore plus envie.

Tandis que je l'écoutais, une étrange impression de familiarité s'empara de moi, comme si Palash me renvoyait une image de moi-même. Je me souvenais de ma propre jeunesse, de mon agitation à cette époque-là, nourrie par un autre pourvoyeur de rêves, particulièrement puissant, à savoir les romans, que je dévorais, avec une appétence particulière pour ceux qui évoquaient de lointaines contrées. Je repensais à mon adolescence, à tout le temps passé à dénicher des livres de poche bon marché dans les ruelles de Calcutta (Alde Manuce aurait pu avoir en tête des gens comme moi quand il avait lancé la publication d'ouvrages accessibles à tous. J'étais aussi dépendant de ces bouquins que les jeunes gens de la génération de Palash de leur téléphone portable).

À cette époque-là, Calcutta comptait très peu de librairies et comme je n'avais pas les moyens d'acheter leurs ouvrages, je fréquentais plutôt les bibliothèques et les échoppes des bouquinistes. La lecture, pensais-je, était mon moyen d'échapper au monde étriqué dans lequel je vivais. Mais se pouvait-il que ce monde me semblât étriqué précisément parce que j'étais un vorace lecteur ? Après tout, comment la réalité, quelle qu'elle soit, peut-elle correspondre à des univers qui n'existent que dans les livres ? En tout état de cause, ces livres avaient eu sur moi exactement l'effet prédit par les critiques au XVIIIe siècle, au moment où les premiers "romans" avaient commencé à circuler largement : ils avaient suscité des rêves et des désirs, dérangeants dans le sens où ils devaient devenir les instruments de mon déracinement.

Si de simples mots avaient eu cet effet-là, qu'en était-il des photos et des vidéos qui défilent continuellement sur nos ordinateurs et téléphones portables ? Si, comme on le dit, une image vaut un millier de mots, quel est alors le pouvoir des milliards d'images qui s'infiltrent à présent dans les moindres recoins de la planète ? Quelle est la puissance des rêves et des désirs qu'elles génèrent ? La puissance de l'agitation qu'elles engendrent ?

Au coucher du soleil, une vingtaine de dauphins apparurent soudain et se mirent à folâtrer dans le sillage du *Lucania*, juste sous notre nez. Piya identifia des dauphins rayés, une autre espèce encore. Elle-même n'en revenait pas.

— Pas de doute, c'est un record ! On a repéré, en une seule journée, plus de la moitié des espèces de cétacés présentes en Méditerranée. C'est incroyable !

— C'est peut-être un miracle ? se risqua à suggérer Cinta.

Piya fronça les sourcils.

— Loin de là ! C'est simplement un peu inhabituel. Mais je suis déjà allée dans des zones où l'on peut voir une dizaine d'espèces en une heure.

Le spectacle offert par les dauphins en train de batifoler souleva sur le bateau une vague d'enthousiasme si bien que les passagers se mirent à les acclamer et à les applaudir. Comme par un effet de transfert d'humeur, les animaux redoublèrent d'acrobaties, de sauts avant et arrière extraordinaires, allant même jusqu'à nous regarder dans les yeux alors qu'ils virevoltaient dans les airs.

— De vrais cabotins, ces dauphins rayés ! commenta Piya sur un ton clairement désapprobateur. Ils savent exactement comment plaire au public.

— C'est vrai ? Mais est-ce que cela n'implique pas qu'ils comprennent les sentiments humains ? demandai-je.

— Pas du tout, me rabroua Piya. C'est juste un truc qu'ils font.

Le spectacle eut en tous les cas un effet certain sur le *Lucania* : l'atmosphère à bord se détendit d'un coup, craintes et appréhensions cédant la place à une ambiance de joyeuse camaraderie. Des bouteilles de vin et de grappa ne tardèrent pas à circuler tandis que des faitouts de pâtes fumantes faisaient leur apparition dans les cuisines – une association caritative catholique avait apparemment embarqué des vivres en grande quantité. Le son des guitares et des accordéons résonna bientôt sur tous les ponts, accompagné parfois de bribes de chansons.

Le ciel était très dégagé ce soir-là, baigné de clair de lune. Même après la tombée de la nuit, les dauphins continuèrent à suivre le *Lucania*, sautant de temps à autre comme pour garder un œil sur nous.

À un moment donné, Piya alla me chercher une assiette copieusement remplie et du vin. Nous levâmes nos verres – jetables mais recyclables – et trinquâmes en silence, une couverture de survie sur les genoux. Nous dévorâmes nos pâtes, épaule contre épaule.

Après sa dernière bouchée, Piya reposa sa fourchette et se tourna vers moi.

— Dis-moi, Deen, crois-tu que tu pourrais habiter ailleurs qu'à New York ?

J'allais dire non quand je me souvins de la porte à peine entrouverte évoquée par Cinta…

— Pourquoi cette question ? demandai-je, prudent.

— Parce que je me suis dit qu'Eugene, dans l'Oregon, pourrait te plaire. Le climat y est excellent et il y a une bonne bibliothèque. Tu devrais venir y faire un tour.

— Eh bien, je ne sais pas trop… Où est-ce que je pourrais loger ?

— Je suppose, avança-t-elle timidement, que tu pourrais venir chez moi. J'ai une chambre d'amis.

Mon cœur battait si fort que je craignais d'être trahi. Sachant que si j'en disais trop, je risquais de la braquer pour de bon, je m'efforçai de rester assez détaché.

— Pourquoi pas… Ce serait sympa.

— Et tu sais quoi ? Si tu te plais à Eugene et que ça te dit de rester un peu plus longtemps avec moi, il y aurait moyen de trouver quelque chose de plus confortable. L'appartement à côté du mien vient de se libérer.

Je dus lutter pour ne rien laisser paraître de la joie qui m'envahissait.

— Ça vaut le coup d'y réfléchir, dis-je en essayant de maîtriser ma voix. Je pourrais louer mon appartement à New York – j'aurais assez pour vivre grâce au loyer.

— Tu devrais y penser.

— Entendu.

Je me tus, submergé par un sentiment de gratitude – envers le Marchand d'Armes, sa légende, Manasa Devi et même le cobra royal : c'était comme s'ils avaient brisé une malédiction et, ce faisant, m'avaient libéré.

Mon regard se posa sur la mer éclairée par la lune et je me souvins d'une phrase qui revient souvent dans les différentes légendes bengalies autour du Marchand : *sasagara basumati* – la terre baignée d'océan. En cet instant, je me sentais entouré par tout ce que notre monde comporte de meilleur : une vaste mer, l'horizon, un clair de lune éclatant, des dauphins bondissants mais aussi, palpable tout autour de moi, un jaillissement d'espoir, de bonté, d'amour, de charité et de générosité.

LA TEMPÊTE

L'esprit de camaraderie et l'optimisme de ces quelques heures se dissipèrent rapidement le lendemain quand une flottille hétéroclite apparut. Il s'agissait de bateaux charters affrétés par des activistes de tous bords : les drapeaux et bannières déployés sur chacun des vaisseaux trahissaient les divergences d'opinions.

Retour à l'envoyeur !

On affiche complet. Rentrez chez vous

Aucun être humain n'est illégal

Nous sommes les indigènes, ce continent nous appartient

Migration climatique = Invasion

Les réfugiés ne sont pas nos ennemis

Les migrants sont tous des enfants de Dieu

Trop, c'est TROP

Renvoyez-les, et donnez-leur la pilule

En se rapprochant, on constata rapidement que les groupes d'extrême droite anti-immigration étaient effectivement parvenus à mobiliser très largement, rassemblant bien plus de bateaux et de sympathisants que nous. À en juger par les drapeaux qui flottaient au-dessus des ponts, certains d'entre eux étaient venus de loin pour soutenir la cause – Allemagne, Hongrie, Russie, Singapour et Australie.

À l'approche de ces navires, l'ambiance sur le *Lucania* s'assombrit drastiquement. Quand l'information circula qu'une assemblée générale allait se tenir sur le pont arrière, Cinta insista pour y assister, en fauteuil roulant. Je la conduisis donc jusqu'à la poupe et m'installai derrière le fauteuil tandis que les autres passagers s'asseyaient en tailleur autour de nous.

Mon expérience de ce genre d'assemblée remontait à mes années d'université à Calcutta, quand des "meneurs" s'emparaient de micros et haranguaient bruyamment le public. Mais ici, pas de meneur ni de micro. Ceux qui avaient quelque chose à dire levaient la main et attendaient leur tour pour s'exprimer. L'anglais était la langue de communication par défaut même si ce n'était la langue maternelle que d'une poignée de présents.

Une femme vêtue d'un long caftan élimé fut la première à prendre la parole. Dans un anglais approximatif, elle expliqua que le tout premier point à aborder était la stratégie à suivre en cas de blocage ou d'attaque par un autre bateau. La proposition fut adoptée à main levée et, l'un après l'autre, les intervenants se levèrent pour exposer leur point de vue. La plupart prônaient la patience et la non-violence. Quelques-uns parmi les plus jeunes et les plus radicaux des militants étaient d'avis que si on nous lançait des projectiles, on devait répliquer – mais la proposition fut refusée et il fut décidé que si un autre bateau s'approchait et se montrait menaçant, on constituerait une chaîne humaine, pour leur faire face mais sans avoir recours à la moindre violence.

On discutait encore lorsqu'un navire fut repéré à l'approche, derrière nous. On se précipita le long du bastingage et, une fois encore, malgré mes réserves, Cinta insista pour se joindre à nous.

Un mugissement de colère s'éleva de l'autre bateau quand celui-ci parvint à notre hauteur. Les passagers debout sur le pont étaient suffisamment proches pour qu'on puisse distinguer leurs traits. C'étaient surtout des jeunes gens, dont beaucoup s'étaient peinturluré le visage aux couleurs de leur club de foot. Beaucoup semblaient aussi avoir trop bu.

Quand ils se mirent à scander leurs slogans – "Fermeture immédiate des frontières ! *L'Italia agli Italiani !*" –, on se prit par la main et on répondit, en criant nous aussi : "Non à la xénophobie ! Non à la haine !" Mais ces formules simples semblaient totalement inappropriées face au phénomène auquel on assistait, qui avait quelque chose d'apocalyptique, notamment parce que la colère qui s'exprimait était clairement suscitée par la peur.

Je regardai en direction de Rafi, pensant le voir déstabilisé par une telle manifestation de rage. Mais son visage rayonnait et ses yeux brillaient.

— Vous vous souvenez de ce qui est arrivé au Marchand quand il a essayé de s'enfuir de Venise ? me demanda-t-il.

— Tu veux dire quand des pirates ont attaqué son bateau ?

— Oui. Vous ne pensez pas que ça aurait pu se passer ici ?

Seule Piya restait indifférente à la confrontation bruyante qui se déroulait autour de nous. Elle scrutait toujours la surface de l'eau, ne quittant pas ses jumelles.

— Tu vois encore les dauphins et les baleines ?

Elle confirma de la tête.

— Ils sont loin. Ils ont bifurqué quand on a rattrapé les autres bateaux. Mais beaucoup sont encore visibles.

— Il y en a autant qu'hier ?

— Tout à fait ! Je dirais même qu'ils sont plus nombreux – on a affaire à une migration d'ampleur.

— Vraiment ? On a de la chance.

— Mais eux, pas tant que ça… Je me demande ce qu'ils vont faire quand ils vont tomber sur les vaisseaux de guerre, là-bas.

Bien avant d'arriver en vue des bâtiments italiens, on comprit qu'il se passait une chose tout à fait inhabituelle dans la zone où ils se trouvaient. Quelques journalistes de télévision, déjà sur place, couvraient les événements.

Dans la matinée, un grand écran avait été installé à l'arrière du *Lucania* pour que l'on puisse suivre la situation en direct. On se retrouva ainsi à observer une étendue d'eau qui s'était animée de manière étonnante – on avait presque du mal à y croire : le cadre montrait une mer calme et étincelante d'où surgissaient des panaches d'écume alors que des bancs de baleines et de dauphins remontaient à la surface pour respirer ; de temps en temps, un dauphin bondissait dans les airs. Ils devaient être des centaines, concentrés sur une zone de deux kilomètres carrés.

— As-tu déjà vu une chose pareille ? demandai-je à Piya.

Elle secoua la tête.

— De grandes concentrations de cétacés, oui, mais jamais tant d'espèces différentes réunies. Ce qui est encore plus étrange, c'est qu'ils ont l'air de tourner en rond.

— Tu as une explication ?

— Mon hypothèse, suggéra-t-elle en hésitant, est qu'ils sont bloqués par ces bateaux de la marine.

— Mais ils pourraient certainement les contourner ?

— C'est vrai.

— Alors pourquoi ne le font-ils pas ?

Sa mâchoire se contracta.

— Je l'ignore, concéda-t-elle, vaguement embarrassée. On ignore encore beaucoup de choses au sujet des cétacés et de leur comportement.

Ce ne fut qu'en fin d'après-midi qu'on aperçut les bâtiments militaires. Il y en avait quatre, tous alignés et tournés vers l'est, parés, semblait-il, pour une embuscade de l'armada ennemie.

Les activistes embarqués sur le *Lucania* pensaient pouvoir agir directement sur le sort du Bateau Bleu dès que celui-ci apparaîtrait. Mais, sans avertir quiconque, la marine avait déjà pris des mesures pour contrecarrer tous ces espoirs.

Ses bâtiments étaient encore assez loin quand une flottille de vedettes grises vint à notre rencontre.

Assénant leurs ordres à travers des mégaphones, elles formèrent un cordon autour des bateaux charters pour s'assurer qu'ils conservaient une distance raisonnable entre eux mais aussi avec les navires de guerre.

Un sentiment général de déception s'empara du *Lucania* quand on comprit qu'on ne serait que de simples spectateurs. Notre seule chance fut néanmoins, étant donné notre position, de disposer d'une belle perspective sur les eaux à proximité des bateaux militaires.

Pour l'instant, il n'y avait toujours aucun signe du Bateau Bleu – il n'était censé arriver que deux heures plus tard. Toutefois, ce qui se passait dans la portion de mer que nous avions sous les yeux était tout à fait fascinant : une forêt y avait poussé, composée de nageoires dorsales et de jets d'écume.

Piya était surexcitée.

— Les grands cachalots… Les dauphins pilotes… Les rorquals communs… Les grands dauphins – ils y sont tous ! La seule espèce de Méditerranée que je n'ai pas encore repérée est la baleine de Cuvier !

La nuit était presque tombée quand une petite volute de fumée apparut au-dessus de l'horizon. Il fallut encore patienter ce qui nous sembla une éternité avant d'apercevoir le bateau tant attendu qui arrivait en crachotant. Dans son sillage, à une distance d'un kilomètre environ, suivait une rangée de garde-côtes qui battaient tous différents pavillons : à côté de ces vaisseaux, le petit bateau de pêche miteux, avec sa coque à clins et sa peinture bleue qui s'écaillait, avait l'air minuscule.

Sur le pont du Bateau Bleu, les réfugiés commencèrent à nous faire signe de la main. Une acclamation de bienvenue s'éleva du *Lucania*, rapidement étouffée par des rugissements hargneux en provenance des autres bateaux.

— Retournez là d'où vous venez ! On n'a pas besoin de vous ici ! L'Europe aux Européens !

Alors qu'il se rapprochait lentement des navires de la marine, le bateau de pêche ralentit encore avant de couper ses moteurs et de se laisser dériver parmi les dauphins et les baleines, cerné de jets d'écume.

— Espérons que le bateau ne soit pas percuté par une baleine qui remonte, fit remarquer Piya. Un cachalot ou même un rorqual pourrait facilement le faire chavirer.

Saisissant ses jumelles, elle se mit à scruter méthodiquement le pont du Bateau Bleu.

— Tu arrives à distinguer les visages ? demandai-je.

— Oui, à peu près.

— Tu as repéré Tipu ?

— Non. Pas encore.

Mais quelques minutes après, Rafi s'exclama :

— Il est là ! Je le vois ! Juste là, à côté de la cheminée !

Rafi sautait partout en poussant des cris. Piya l'enlaça et ils s'étreignirent, entre rire et larmes.

Un journaliste allemand se trouvait à proximité. Intrigué par ces manifestations de joie, il s'approcha de Gisa.

— Ils connaissent quelqu'un sur ce bateau ? s'enquit-il.

— C'est exact, répondit-elle. Cette dame est la mère adoptive d'un garçon qui se trouve à bord. Et ce jeune homme avec un bras dans le plâtre, c'est le compagnon de ce garçon. En fait, ils ont quitté le Bangladesh ensemble. C'est une histoire extraordinaire.

— Waouh ! Vous pensez qu'ils accepteraient d'être interviewés ?

— Je ne vois pas pourquoi ils refuseraient. Allez leur poser la question.

Quelques minutes plus tard, Piya vint nous demander conseil.

— Vous croyez qu'on fait bien d'accepter cette interview ?

— Absolument, dis-je.

— Tu devrais tout leur raconter, ajouta Gisa. À propos de toi et de Tipu, mais aussi sur sa relation avec Rafi. Tu dois absolument essayer de donner un visage humain au périple de ces réfugiés. Tu leur rendras un sacré service.

Piya n'avait pas l'air convaincue.

— Ce sera un bel exemple d'histoire vécue, ajoutai-je.

— Histoire vécue, hein ? reprit Piya. Voilà qui ravirait le type des sciences de la communication de mon université !

Elle sourit et me tendit ses jumelles.

— Tu veux bien me les garder ?

Je n'eus pas beaucoup de succès dans mes tentatives de réglage des jumelles : les visages de réfugiés étaient tellement brouillés par les jets d'écume qu'il m'était quasiment impossible de les distinguer les uns des autres. Dans la lumière rougeoyante du soleil couchant, les contours estompés du bateau et les eaux agitées tout autour avaient un air pictural, étrange et irréel. Ils me rappelaient vaguement des images déjà vues quelque part.

Assise à côté de moi, Cinta se souvint elle aussi d'une image.

— Dino, as-tu déjà vu ce tableau de Turner représentant un bateau négrier avec une tempête dans le fond ?

— Tout à fait ! Justement, j'y pensais. Et aussi ces tableaux de bateaux transportant des coolies.

Il m'apparut alors que ces ressemblances n'avaient rien de fortuit : d'une certaine façon, le sort de ces réfugiés rappelait en effet celui des ouvriers sous contrat, transportés du sous-continent indien vers de lointaines régions du globe pour travailler comme main-d'œuvre dans des plantations. Les coolies eux aussi étaient jeunes pour la plupart, et il s'agissait essentiellement d'hommes ; à cette époque-là aussi, des *dalals* et autres intermédiaires (*duffadars* et *mahajans* – recruteurs et employeurs) avaient été des rouages essentiels dans la machinerie de ces déplacements, sans oublier les emprunts et les prêts, indispensables au bon fonctionnement de la mécanique du système. En ce temps-là comme aujourd'hui, le trafic d'êtres humains avait constitué une forme de commerce particulièrement lucrative.

Il y avait aussi des similitudes dans les circonstances de leur voyage : les coolies, tout comme les réfugiés, avaient été contrôlés et exploités par des "chacals" et des surveillants ; eux aussi avaient été entassés dans des lieux étriqués, contraints de se contenter de minuscules portions de nourriture. Coups de poing, coups de fouet, camarades à l'agonie sous leurs yeux – tout ceci était monnaie courante lors d'une traversée de coolies.

Il y avait pourtant une différence essentielle : le système de travail sous contrat, tout comme l'esclavage avant lui, avait toujours été supervisé et contrôlé par les puissances coloniales européennes. Les coolies ignoraient bien souvent où ils allaient et quelles conditions de vie les attendaient ; ils ne savaient pas grand-chose non plus des lois et réglementations qui gouvernaient leur destinée.

En revanche, leurs maîtres coloniaux savaient tout d'eux. Ils consignaient avec un souci du détail obsessionnel la provenance des coolies, la caste et la tribu auxquelles ils appartenaient. Même leurs corps faisaient l'objet d'un examen minutieux, avec une attention particulière portée aux cicatrices ou à toute autre marque d'identification. L'État colonial décidait du lieu où ils étaient envoyés ainsi que de la date de leur départ ; à leur arrivée, c'était encore l'État qui les répartissait entre les propriétaires de plantations.

Aujourd'hui, c'était tout l'inverse.

Rafi, Tipu et leurs compagnons de voyage avaient entamé leur propre périple, comme je l'avais fait moi-même bien avant eux ; tout comme moi, ils avaient activé leurs propres réseaux et, tout comme moi, ils connaissaient parfaitement les lois et réglementations en vigueur dans les pays vers lesquels ils migraient. C'étaient plutôt les pays occidentaux qui ne savaient pas grand-chose de ces gens qui affluaient chez eux.

Ni moi ni aucun des jeunes migrants que j'avais rencontrés n'avions été transportés d'un continent à un autre pour devenir de simples rouages dans une machinerie de type plantation, n'existant que pour satisfaire les désirs d'autres personnes. Esclaves et coolies avaient travaillé pour produire de la canne à sucre, du tabac, du café, du coton, du thé ou du caoutchouc, autant de biens destinés aux pays d'origine des colons. C'étaient les désirs et les appétits de la métropole qui provoquaient le déplacement de gens d'un continent à un autre, le tout dans le but de produire des flux toujours plus grands de marchandises négociables. Dans ce système, esclaves et coolies étaient des producteurs et non des consommateurs ; jamais ils ne pouvaient aspirer aux désirs de leurs maîtres.

Mais aujourd'hui, comme tout le monde, Rafi, Tipu et Bilal voulaient acquérir toutes ces choses – smartphones, ordinateurs, voitures... Et quoi de plus normal ? Depuis leur tendre enfance, les images les plus séduisantes auxquelles ils étaient exposés n'étaient pas tant celles des rivières et des champs dans lesquels ils avaient grandi que celles de tous ces biens qui apparaissaient sans cesse sur leur écran de téléphone.

Je comprenais à présent pourquoi tous ces jeunes gens en colère qui nous entouraient avaient si peur de ce pitoyable bateau de réfugiés : cette minuscule embarcation représentait le renversement d'un projet centenaire, essentiel au développement de l'Europe. Dès les prémices de la traite des Noirs, les puissances européennes s'étaient lancées dans une des plus vastes et des plus cruelles expériences de reconfiguration planétaire : pour le bien du commerce, elles avaient transféré des gens d'un continent à un autre, à une échelle difficilement concevable, allant jusqu'à modifier le profil démographique de la planète tout entière. Mais alors même qu'elles repeuplaient d'autres continents, elles s'étaient efforcées de préserver la blancheur de leurs propres territoires métropolitains.

Tout ce projet se trouvait à présent bouleversé. Les systèmes et les technologies ayant permis ce type d'interventions démographiques massives – de l'armement au contrôle de l'information – avaient atteint leur vitesse d'échappement : plus personne ne les maîtrisait.

Voilà pourquoi tous ces jeunes gens en colère avaient si peur du petit bateau bleu : à travers le prisme de ce frêle vaisseau, ils percevaient le délitement d'un projet vieux de plusieurs siècles, qui leur avait conféré de vastes privilèges sur le reste du monde ; au fond d'eux-mêmes, ils savaient que les gens et les institutions auxquels ils avaient fait confiance jusque-là ne pourraient plus leur garantir ces privilèges.

Le monde avait changé, trop et trop vite. Les systèmes en place n'obéissaient plus à un maître humain ; ils suivaient leurs propres impératifs, tout aussi impénétrables que des démons.

Lubna débarqua en trombe, les joues en feu, les yeux brillants d'excitation.

— *Apni janten ?* me demanda-t-elle. Vous étiez au courant ? Pour Rafi et son ami, et tout le reste ?

— Je crois bien... Pourquoi ?

— Il semblerait que leur histoire ait ému le monde entier ! L'interview n'est pas encore terminée et on n'arrête pas de recevoir des appels. Les dons et les propositions pleuvent de partout ! Des groupes qui ne se sont jamais intéressés à notre cause nous envoient des messages. C'est incroyable – on n'a jamais vu une chose pareille...

Un détail au loin accrocha son attention et son regard glissa par-dessus mon épaule pour se fixer sur l'horizon. Changeant brusquement d'expression, elle se rapprocha du bastingage et plaça ses mains en visière.

— Qu'est-ce que c'est que ça ?

En me retournant, je distinguai une trace sombre qui dérivait peu à peu vers le sud.

— Un nuage peut-être ? suggérai-je.

— Non, impossible, dit Cinta. Ça ne bouge pas comme un nuage. On dirait que ça vient vers nous.

La trace grossissait rapidement, s'étalant à l'horizon telle une tache et gagnant du terrain dans notre direction. Je la regardai fixement sans comprendre.

— Qu'est-ce que ça peut bien être ?

Piya surgit à mes côtés. Me prenant les jumelles des mains, elle scruta l'horizon.

— Des oiseaux, annonça-t-elle. Ce sont des oiseaux – il y en a des centaines de milliers. Non. Des millions. Ils doivent migrer vers le nord – ils vont passer juste au-dessus de nous.

Rafi nous avait rejoints.

— C'est exactement comme dans la légende, dit-il en contemplant le ciel. Des créatures, surgies de la mer et du ciel…

Un silence abasourdi s'abattit sur le bateau tandis que la masse sombre fonçait vers nous : on aurait dit qu'un membre de la terre s'était dressé dans les airs et tentait à présent de nous attraper. Tout paraissait figé, même l'air ; j'avais l'impression d'avoir en quelque sorte cessé de respirer.

— C'est l'extase du temps lui-même, murmura Cinta. Jamais je n'aurais cru voir, de mes propres yeux, tant de joie inonder l'horizon.

À cet instant, ils arrivèrent – des millions d'oiseaux tournoyant au-dessus de nos têtes tandis qu'en contrebas, dans les eaux qui entouraient le Bateau Bleu, des bancs de dauphins bondissaient et des baleines battaient les vagues de leur queue.

— *Uno stormo*, dit Cinta en levant les yeux.

Le mot italien qu'elle utilisa pour désigner la nuée d'oiseaux était, me sembla-t-il, le terme approprié, le seul vraiment possible pour décrire le phénomène auquel on assistait : une tempête d'êtres vivants, de *bhutas*.

Rafi braqua ses jumelles sur le Bateau Bleu.

— Regardez ! Regardez là-bas !

Il pointait du doigt la proue du bateau de pêche où se dressait, au centre, une silhouette vêtue d'une robe longue.

— C'est une femme ! cria Piya.

— Ce doit être l'Éthiopienne, expliqua Rafi. Celle qui a fait venir Tipu en Égypte.

La femme leva les bras au-dessus de ses épaules, paumes de main vers le ciel. Quasiment au même instant, une excroissance en forme d'entonnoir se détacha du nuage d'orage qui tournoyait au-dessus de nous. Elle se mit à descendre, formant un halo tourbillonnant au-dessus de la tête de la femme.

Celle-ci resta parfaitement immobile, quelques secondes tout au plus, surmontée de ce halo d'oiseaux tandis que dauphins et baleines tournaient autour du bateau avec l'énergie d'un chakra. Se produisit alors une chose encore plus étrange : la couleur de l'eau commença à changer. Rapidement, elle s'emplit d'un éclat vert surnaturel, tellement puissant qu'on pouvait distinguer les dauphins et les baleines ondoyant dans l'eau.

— C'est de la bioluminescence ! s'exclama Piya. Incroyable !

On resta quelques instants figés devant ce spectacle miraculeux, pris entre la nuée d'oiseaux qui tournoyaient dans les airs tel un entonnoir en rotation et les ombres gracieuses des léviathans que l'on percevait dans le vert brillant de l'eau. Une sirène retentit soudainement sur le vaisseau amiral et un hélicoptère décolla de son pont avant quelques secondes plus tard.

Ce fut alors comme si une tempête s'éloignait : les oiseaux reprirent leur route, l'eau cessa de briller, les jets s'estompèrent. Quand l'hélicoptère atteignit le Bateau Bleu, la mer était de nouveau calme, le ciel dégagé.

Survolant le bateau, l'hélicoptère lança un appel en anglais à travers un puissant mégaphone :

— Nous sommes la marine italienne et nous sommes chargés de votre sauvetage. Nous allons vous transférer vers un autre bateau. Notre priorité est votre sécurité. Nous vous demandons de ne pas paniquer et de suivre nos indications. Ne craignez rien. Vous êtes en sécurité à présent.

Alors même que les mots résonnaient encore au-dessus de l'eau, deux cotres de la marine apparurent au loin, qui s'approchèrent des réfugiés.

À bord du *Lucania*, on resta d'abord tous silencieux, sous le coup de la stupéfaction et de l'incrédulité. Puis des acclamations soulagées s'élevèrent, bientôt étouffées par des cris de haine en provenance des autres navires : "Trahison ! Renvoyez-les chez eux ! L'amiral est un traître ! Il doit être jugé !"

Je sentis qu'on me pressait la main. Baissant la tête, je vis que Cinta me souriait.

— Qu'est-ce que je te disais, Dino ? Sandro Di Vigonovo est un homme bien. Un homme d'honneur, un vrai Vénitien. Je suis sûre que c'est lui qui a ordonné le sauvetage.

Derrière nous, Rafi et Piya tournaient sur eux-mêmes, enlacés, le visage noyé de larmes de soulagement. Puis Piya s'écarta pour venir m'étreindre.

— Je n'arrive pas à y croire, dit-elle en m'embrassant sur la joue. Tipu est enfin en sécurité !

Lorsque les cotres atteignirent le Bateau Bleu, la nuit était tombée et l'évacuation des réfugiés dut se faire à la lumière de puissants projecteurs. Une fois que tous les réfugiés furent transférés, des experts en démolition grimpèrent sur l'embarcation de pêche. Une série de petites explosions finit par retentir et le Bateau Bleu commença à chavirer très lentement. Alignés sur les ponts des cotres, les réfugiés regardèrent leur vaisseau sombrer ; beaucoup agitaient la main pour un dernier au revoir.

La voix de Gisa éclata alors à l'autre bout du *Lucania* :

— *Venite ! Venite qui !* Venez voir, l'amiral donne une conférence de presse. Venez voir !

On se massa autour de l'écran installé à la poupe pour découvrir un homme à l'air sombre, en tenue militaire, qui faisait face à une assemblée de journalistes. Une bande de texte défilait en bas de l'écran, avec la traduction des échanges.

— Amiral, avez-vous ordonné vous-même le sauvetage de ces migrants ?

— Tout à fait, répondit l'amiral Di Vigonovo. J'en assume toute la responsabilité.

L'annonce suscita une vague d'émotion. Il fallut attendre deux ou trois minutes avant que la question suivante puisse être posée.

— Mais, amiral, vous aviez reçu l'ordre d'empêcher ces réfugiés de débarquer en Italie ou même de monter sur un bateau italien. Vous êtes bien conscient d'avoir enfreint les ordres ?

— Je conteste l'accusation d'avoir enfreint les ordres qui m'ont été donnés.

— Mais vous n'êtes pas sans savoir que le ministre a donné l'ordre d'empêcher à tout prix ces réfugiés de mettre un pied en Italie ?

— Je vous demande pardon, reprit l'amiral, mais j'aimerais rectifier les faits. Le ministre a dit, publiquement, que ces réfugiés ne seraient jamais autorisés à entrer en Italie, à moins d'un miracle.

Il fit une pause.

— Et je crois qu'on a bel et bien assisté aujourd'hui à un miracle.

Dans l'agitation qui suivit, j'entendis Piya me murmurer à l'oreille :

— En fait, il se trompe… Tout ce qui s'est produit aujourd'hui peut s'expliquer scientifiquement. Il se trouve simplement qu'une série de routes migratoires se sont croisées, de manière assez inhabituelle.

— Même la bioluminescence ?

— Évidemment. Ce type de bioluminescence est causée par des dinophytes et on sait que certains de ces micro-organismes migrent eux aussi.

— Tu as déjà entendu parler d'un pareil phénomène ?

— Non, souffla-t-elle. Mais comme les changements climatiques bouleversent grandement les migrations animales, plus rien ne me surprend… Je suis sûre qu'à l'avenir, on assistera à d'autres croisements de ce type.

— Mais Piya, ne trouves-tu pas ça étrange ? Tous ces événements simultanés ?

— Je ne sais pas, fit-elle en secouant la tête. Vraiment pas. Tout ce que je peux dire, c'est que je suis reconnaissante que les choses se soient passées ainsi.

Je me rendis compte à ce moment-là que Palash était venu lui aussi s'asseoir à côté de moi, à ma gauche et qu'il pleurait en silence, la tête entre les mains.

— *Ki hohechhe Palash ?* lui demandai-je. Que se passe-t-il ? Pourquoi pleures-tu ?

— C'est un *miracolo*. Vraiment ! Tout ce qu'on espérait s'est réalisé. Dans le monde entier, les consciences s'éveillent – c'est peut-être le moment où tout va changer…

Pendant ce temps, un journaliste s'époumonait à l'écran.

— Le ministre vient de diffuser un communiqué, amiral, disant que vous avez enfreint la loi et que vous serez poursuivi. Qu'avez-vous à répondre ?

— Je n'ai rien à craindre de la justice, répliqua l'amiral, la tête haute. J'ai agi dans le respect du droit de la mer, des droits de l'homme et du droit divin. Si je suis jugé, ce sont les seules lois auxquelles je me soumettrai.

Ce fut alors la cohue, les questions des journalistes fusant dans tous les sens.

— Amiral, de quel droit privilégiez-vous vos convictions religieuses aux ordres que vous recevez ?

— Amiral, est-il vrai que vous avez accroché dans votre cabine une icône de la Vierge noire de la Salute ?

En entendant ces mots, je pensai à Cinta. Elle n'était plus avec nous et je l'avais perdue de vue depuis deux bonnes heures.

Je fis le tour du pont, sans repérer le moindre signe de Cinta. Saisi d'inquiétude, je me précipitai vers sa cabine. Comme elle ne répondit pas quand je toquai, je me décidai à tourner la poignée : à ma surprise, la porte s'ouvrit. La cabine était plongée dans le noir, seule une veilleuse brillait dans un coin. Cinta était allongée sur sa couchette, les yeux fermés, la tête auréolée de cheveux blancs.

Pensant qu'elle s'était endormie, je m'apprêtai à ressortir quand elle ouvrit les yeux et sourit.

— Entre, Dino.

Je m'approchai et elle me tendit la main.

— Comment vas-tu, *caro* ?

— Tout va bien, Cinta. Et toi ? Pourquoi es-tu ici, toute seule ? Tu ne veux pas faire la fête avec nous ?

— Mais je suis en train de faire la fête, dit-elle en souriant paisiblement. Je fais la fête avec Lucia, ma fille. Elle est ici, avec moi.

— Qu'est-ce que… ?

Elle me serra doucement la main.

— N'essaie pas de la trouver, Dino – tu ne la verras pas. Mais elle est là, crois-moi.

— Cinta, c'est insensé. Comment pourrait-elle être ici ?

— Elle est venue me chercher. Il est enfin temps.

— Mais qu'est-ce que tu racontes ?

J'avais haussé la voix, je criais presque.

— Tu ne vas nulle part, Cinta. Tu as besoin de voir un docteur, c'est tout. Tu ne vas pas bien.

— Non, Dino, répliqua-t-elle calmement. Tu te trompes. Je vais très bien. En fait, je ne me suis jamais aussi bien portée. Et c'est toi que je veux remercier. Tu m'as fait un grand cadeau – d'ailleurs, j'ai toujours su que tu ferais ça pour moi.

— De quel cadeau parles-tu ? Qu'est-ce que tu racontes ?

— Eh bien, Dino, comme tu le sais, j'ai parfois ces… intuitions. Et j'en ai eu une la première fois qu'on s'est parlé, devant cette bibliothèque, sous la neige du Midwest. Je savais que tu me ferais un jour un grand cadeau, une sorte de bénédiction… et je voulais t'en remercier.

Totalement affolé, je refusais d'en entendre davantage.

— Cinta, il faut que tu voies un docteur. Je vais en chercher un.

Je me précipitai à l'extérieur de la cabine et me dirigeai vers le pont, en quête d'un docteur. Étant donné les circonstances et l'agitation générale, j'eus besoin d'une quinzaine de minutes et de l'aide de Gisa pour en trouver un.

Lorsqu'on arriva à la cabine, un sentiment de terreur s'empara de moi. Je traînai à l'extérieur tandis que le docteur et Gisa entraient. Ne pouvant me résoudre à les suivre, je fermai la porte et décidai d'attendre là, les yeux fermés, brutalement assailli par des souvenirs de toutes ces années passées dans l'orbite de Cinta – depuis cette journée glaciale au Midwest où nous avions discuté dans la fausse grotte à l'entrée de la bibliothèque jusqu'à ces derniers mots prononcés dans cette cabine quelques minutes plus tôt : "Je savais que tu me ferais un jour un grand cadeau."

Je comprenais enfin pourquoi elle avait choisi de se lier d'amitié avec moi : c'était comme si elle avait eu l'intuition qu'un jour, nous nous retrouverions ici, à cette jonction spatiotemporelle mais que, jusque-là, rien ne la délivrerait de la douleur d'avoir été séparée de sa fille. En cet instant de clarté, j'entendis une nouvelle fois cette voix familière me susurrer à l'oreille les mots inscrits à la Salute : *Unde origo inde salus* – "De l'origine vient le salut", et je compris ce qu'elle avait essayé de me dire ce jour-là : que la possibilité de notre délivrance ne réside pas dans le futur mais dans le passé, dans un mystère qui dépasse le souvenir.

Je sentis alors comme une caresse – une main qui me frôlait délicatement la joue. J'ouvris les yeux d'un coup.

— Cinta ? commençai-je tout en me rendant compte que ce n'était qu'un courant d'air provoqué par l'ouverture de la porte de la cabine.

Debout devant moi, Gisa s'essuyait les yeux.

— On est arrivés trop tard, dit-elle. Cinta est partie.

REMERCIEMENTS

Je remercie vivement Shaul Bassi, Haznahena Dalia, Élisabeth Crouzet-Pavan, Roberto Beneduce, Shail Jha, Aaron Lobo, Kanishk Tharoor, Antonio Fraschilla, Sara Scarafia, Norman Gobetti ainsi que la fondation Civitella Ranieri.

OUVRAGE RÉALISÉ
PAR L'ATELIER GRAPHIQUE ACTES SUD
REPRODUIT ET ACHEVÉ D'IMPRIMER
EN AOÛT 2021
PAR NORMANDIE ROTO IMPRESSION S.A.S.
À LONRAI
POUR LE COMPTE DES ÉDITIONS
ACTES SUD
LE MÉJAN
PLACE NINA-BERBEROVA
13200 ARLES

DÉPÔT LÉGAL
1re ÉDITION : SEPTEMBRE 2021

N° impr. : 2103302
(Imprimé en France)